Senhorita Aurora

Outras obras de Babi A. Sette

Não me esqueças
Lágrimas de amor e café
Meia-noite, Evelyn!
A aurora da lótus
A promessa da rosa
O beijo da neve

BABI A. SETTE

Senhorita Aurora

10ª edição
Rio de Janeiro-RJ / São Paulo-SP, 2025

VERUS
EDITORA

Capa
Mary Cagnin

ISBN: 978-85-7686-681-7

Copyright © Verus Editora, 2018
Direitos reservados em língua portuguesa, no Brasil, por Verus Editora.
Nenhuma parte desta obra pode ser reproduzida ou transmitida por qualquer forma e/ou
quaisquer meios (eletrônico ou mecânico, incluindo fotocópia e gravação) ou arquivada
em qualquer sistema ou banco de dados sem permissão escrita da editora.

Verus Editora Ltda.
Rua Argentina, 171, São Cristóvão, Rio de Janeiro/RJ, 20921-380
www.veruseditora.com.br

CIP-BRASIL. CATALOGAÇÃO NA FONTE
SINDICATO NACIONAL DOS EDITORES DE LIVROS, RJ

S519s	
Sette, Babi A.	
Senhorita Aurora / Babi A. Sette. - 10. ed. - Rio de Janeiro : Verus, 2025.	
23 cm.	
ISBN 978-85-7686-681-7	
1. Romance brasileiro. I. Título.	
	CDD: 869.3
18-48295	CDU: 821.134.3(81)-3

Revisado conforme o novo acordo ortográfico.

Seja um leitor preferencial Record.
Cadastre-se no site www.record.com.br e receba
informações sobre nossos lançamentos e nossas promoções.

Atendimento e venda direta ao leitor:
sac@record.com.br

Para minha mãe. Você sempre será uma estrela brilhando no meu céu.
Eu te amo!

E para meu amigo que tem nome de anjo.
Sua arte e seu exemplo ajudaram a inspirar esta história.
Obrigada!

Este é um romance baseado em *A Bela e a Fera*.
Situações e comportamentos dos personagens foram escritos
para trazer o tom do conto de fadas ao romance. Boa leitura!

Companhia de Ballet de Londres apresenta:
A Bela Adormecida
de Tchaikovsky

PROGRAMA

Prólogo – O batizado
Ato I – O feitiço
Ato II – A visão
Ato III – O casamento

Prólogo
O BATIZADO

— NICOLE ALVES — OUVI E RESPIREI FUNDO ANTES DE ME LEVANTAR.
Fiz um último ajuste nas fitas de cetim que envolviam meus tornozelos. Eram como as artérias das minhas pernas. Dei um passo: lembrei dos olhos da minha mãe cheios de expectativa. Mais um: as bolhas e os calos dos treinos que me levaram até ali. Outro passo e minha memória foi invadida pelas horas sem fim diante da barra, os milhares de repetições dos movimentos. Passo ante passo, o corpo levado ao limite em busca da perfeição.

O caminho até ali não fora fácil. E não me refiro à distância que percorria até o palco, mas a um trajeto muito mais longo. Como um filme mental, revi minha mãe arrumando meu cabelo em frente ao espelho antes das aulas; lembrei as noites em que chorei querendo desistir enquanto ouvia o barulho da máquina de costura dela fazer hora extra durante as madrugadas para que eu pudesse dançar.

Parei, o coração pulsando na ponta dos pés. Inspirei o ar denso do teatro, que parecia quente e difícil de tragar. De olhos fechados, senti minha alma transpirar através da pele. Abri os olhos e notei que alguns dos jurados me encaravam, outros ainda viravam as folhas de papel.

Será perfeito, a voz da minha mãe vibrou dentro de mim.

No silêncio do teatro ecoavam sons humanos: um pigarrear, o dobrar de folhas e a minha respiração sofrida, que, eu tinha certeza, era audível até para quem estava longe do palco.

Tentava me convencer de que só o fato de estar entre os trinta finalistas já era muito bom. Essa mania estranha que temos de buscar consolo pela possível derrota antes mesmo de ela acontecer. Foram mais de dez mil inscritos, espalhados pelo mundo, na luta por quinze vagas.

Quinze sortudos.
Quinze pessoas que ganhariam o mundo.
Quinze é muito?
Parecia tão pouco.
Parecia tudo.

Na primeira fase, foram escolhidos mil e quinhentos bailarinos. A avaliação foi realizada pela seleção das performances gravadas em vídeo, em que os candidatos dançavam uma variação livre de uma lista de clássicos pré-selecionados. Minha filmagem fora enviada em DVD para a Inglaterra havia seis meses.

Neste ano, a fase final acontecia no Teatro Municipal do Rio de Janeiro. A cada dois anos, a Companhia de Ballet de Londres elegia um palco do mundo para sediar a última fase do seu maior prêmio.

Eu sabia que o fato de estar em casa, no Rio de Janeiro, não significava nada em cima daquele palco, não ajudaria a decidir quem ganharia a chance de andar sobre pontas para sempre. Sonho que poderia se tornar real com a bolsa de estudos em uma das escolas de balé mais importantes do mundo.

Somente quem tem o balé correndo nas veias sabe o que isso significa.

Para mim, o balé sempre foi como oxigênio.

Com quatro anos, calcei minha primeira sapatilha. Aos seis, fui aceita na melhor e mais rígida escola do Rio de Janeiro — e, na época, considerada uma bailarina prodígio. Com oito, vesti a peça mais importante do mundo — não o primeiro sutiã, e sim a primeira sapatilha de ponta.

E agora, com dezessete, estava prestes a descobrir se tanta dedicação seria recompensada.

Durante anos, treinei de seis a oito horas por dia. Eram várias sapatilhas gastas por mês. Dezenas de meias, collants, grampos, agulhas, linhas, fitas. Centenas de ajustes nas mesmas sapatilhas, mais habituais que escova e pasta de dentes.

O meu mundo era o balé, e agora a sobrevivência dele dependia de três fases e nove jurados. Quatro deles foram ídolos do balé mundial, além de serem também os meus. Os outros cinco eram do corpo diretivo da escola de Londres.

Nove pessoas e dezoito olhos, juízes da arte, da adequação física, exigindo coragem e individualidade, esperavam uma resposta criativa e sensível à música: execução acurada e fluida de diferentes dinâmicas de movimento. Identificariam facilidade técnica, controle e coordenação na série de cada candidato: uma apresentação de dança clássica, uma contemporânea e uma variação livre.

Era a fase final e, como a minha vida era o balé, nesse momento ela dependia de todos esses requisitos.

— Nicole Alves — um dos jurados se dirigiu a mim. — Você vai dançar a variação de Gamzatti, certo?

— Sim.

— Está pronta?

— Estou. — Respirei fundo, sorri e ouvi os primeiros acordes da musica preencherem o teatro e o meu coração.

Ato I
O FEITIÇO

> How can you see into my eyes like open doors?
> Leading you down into my core
> Where I've become so numb?
>
> — EVANESCENCE, "Bring Me to Life"

O AVIÃO ERA ENORME, E AS PESSOAS ACOMODAVAM MALAS E TENTAVAM SE ajustar entre os assentos.

Por que em um avião gigantesco sobra tão pouco espaço para os passageiros?

Ao menos na classe econômica. Para alguém pequena e flexível, como eu, ok, dava para passar. Mas para pessoas grandes e tensas... Deus, devia ser horrível.

Ah, sim, desculpe não ter me apresentado. Sou uma jovem de cabelos castanhos presos em um coque alto e olhos cor de mel, visto meia-calça fio 70, polainas de lã e moletom folgado. Neste momento, estou lendo um livro sobre a história do Ballet de Nova York e mascando chiclete, como se fosse o bem mais vital do universo.

Eu, Nicole Alves, estou indo a Londres para realizar o meu sonho.

Era tão maravilhoso que ainda não tinha caído a ficha.

Mas era verdade!

Eu estava lá.

Um mês atrás tinha acontecido a audição mais importante da minha vida, e, sim, eu havia conseguido. Era uma dos quinze sortudos indo para o Reino Unido.

Até então, Rio de Janeiro, Teresópolis e Belo Horizonte tinham sido as viagens mais longas que eu já fizera. E agora? Nova York e Londres, que seria minha nova casa.

Eu tinha acabado de passar uma semana em Nova York. Essa visita me deu o direito de participar de algumas aulas e fazer um tour pela cidade, como parte do prêmio pela conquista da disputada vaga para estudar na escola da Companhia de Ballet de Londres.

Meu telefone tocou e vi na tela que era minha mãe.

— Oi, mãe — atendi, apoiando o celular no ombro.

— Já está dentro do avião?

— Já.

— Você lembrou de colocar o agasalho e proteger as pernas com aquela meia de compressão?

Revirei os olhos.

— Sim, é claro que lembrei, mãe.

— E... conheceu alguém nessa semana aí no Ballet de Nova York?

Ela já tinha me perguntado isso mais de uma vez, e eu sabia o que significava: preocupação excessiva. A mania que toda mãe tem de querer controlar tudo o tempo inteiro. Isso sempre me irritou um pouco, como seria normal para qualquer garota da minha idade. Mas naquele momento, insegura com a mudança e com os desafios que enfrentaria, o que eu queria era ela comigo, e até gostava daquela preocupação exagerada em tempo integral. Olhei para o lado e observei o grupo de bailarinos que viajava comigo, sentados juntos. Eu era a única deslocada da turma. A maioria deles vinha da Europa ou dos Estados Unidos, e pelo que percebi muitos já se conheciam, pois estudaram juntos ou viviam participando de audições importantes.

— Os amigos vão vir na hora certa, mãe. Tenho certeza.

Ela suspirou.

— É só que... eu me preocupo com você sozinha, tendo que...

— Mãe... nós conversamos ontem sobre isso.

— Eu sei — murmurou ela. — Os bailarinos que ganharam a bolsa vão precisar fazer algum extra para se manter — terminou repetindo o que eu havia dito para ela na noite anterior.

Eu sabia que, apesar de minha mãe estar vibrando com a minha conquista, se culpava por não ter condições de me sustentar para que eu terminasse os estudos sem precisar me preocupar com nada além da dança.

— Vai dar tudo certo. É graças a você, ao seu apoio, ao que fez por mim, que isso está acontecendo...

— Mas eu não consigo parar de pensar que você vai precisar se virar em dez. Eu sei que o dinheiro que o seu pai te deu vai ajudar no começo. É só que eu... eu não quero que isso atrapalhe a sua dança e...

— Mãe — respirei fundo, engolindo o choro —, nós lutamos tanto para eu chegar até aqui, e você nunca me deixou pensar em desistir. Como conversamos ontem, eu vou procurar trabalho perto da escola de balé, algo nos fins de semana. A única coisa que não vou conseguir dar um jeito é na saudade de você.

Ela suspirou outra vez.

— Eu te amo, minha filha, e tenho muito orgulho de você.

— Também te amo, mãe.

— Tripulação, portas em automático. — O som do alto-falante chamou minha atenção.

— Mãe, preciso desligar. Acho que vamos decolar em breve.

— Boa viagem. Me ligue quando chegar lá.

— Ok. — E desligamos.

É incrível como parecemos só dar valor às coisas e pessoas quando as perdemos, certo? Errado. Eu sempre dei muito valor para minha mãe, e, apesar de saber que ela sempre estaria ali para mim, que era só pegar o telefone e ligar a qualquer momento, eu sentiria tanta saudade. Principalmente das pequenas coisas que somente a presença diária pode trazer. Colo de mãe é insubstituível e imprescindível, algo que nunca deveria faltar. Eu sentiria falta até mesmo das brigas...

Mergulhada em pensamentos, demorei para reparar no cara que estava quase gritando com alguém ao telefone e que, naquele instante, parou na minha fileira, dirigiu a mim sua melhor careta de "chupei um limão" e disse ao aparelho:

— Eu já ligo de volta, vou tentar colocar a minha mala dentro de uma caixa de fósforos.

Então ele começou a empurrar a mala no bagageiro como se estivesse cometendo um homicídio. Parou, encarando o espaço insuficiente, e, com as mãos na cintura e ofegante, voltou a tentar. Tentar não, surrar a porta para fechá-la — ou assassiná-la. Ele era um homem grande, não do tipo gigante, mas bastante forte. A mandíbula travada evidenciava o rosto quadrado, enfeitado por óculos escuros modelo aviador. Os cabelos castanho-escuros ondulados nas pontas estavam bagunçados, como se ele tivesse corrido alguns quilômetros ou acabado de descer de uma moto. Ele era realmente lindo, do tipo modelo. Um deus. Um artista que ganha milhões para fazer um filme. Jesus! Eu não conseguia parar de encarar.

A camiseta branca meio justa mal escondia os braços fortes e, conforme ele nocauteava o bagageiro, ela subia um palmo acima do cós da calça jeans e deixava o V à mostra. Aquele caminho de músculos abdominais que enfeitiça qualquer garota.

Como bailarina, eu conhecia homens fortes, mas esse não tinha nada da força com que eu estava acostumada. Ele exalava uma aura meio bruta, como a de um astro do rock.

Acho que era culpa da tatuagem. O que era aquilo? Uma partitura? Sim, era uma partitura musical enorme e intrincada circundando os bíceps até quase os cotovelos. Ele devia ser vocalista de uma banda de rock. Com certeza deixou uma centena de groupies gritando atrás dele no aeroporto.

Ah, rótulos são tão bobos, mas absolutamente inevitáveis.

E eu? Estava de boca aberta, pagando o maior pau para o assassino de compartimentos de malas em aviões. Quando ele deu a quarta porrada na porta, enfim uma comissária veio interceder:

— Senhor, eu posso fazer isso, está bem?

Ele parou sem dizer nada, nem um "obrigado". Eu estava na janela e ele ficaria no meio; o cara do corredor teve que levantar para que ele passasse. E, mais uma vez, não rolou "obrigado" nem "com licença". Nada. Se ele não tivesse sido tão grosseiro, eu até sentiria pena, porque as pernas dele mal cabiam naquele microespaço entre os assentos, e os joelhos esmagavam a mesinha da frente.

— Alô! — Era ele ao telefone de novo. — Você tem alguma puta ideia do que é ter que fazer uma viagem de oito horas entalado entre dois perfeitos estranhos?

Ui, isso foi rude, hein? E acho que é só o começo.

— Não, é claro que você não sabe, porque neste momento deve estar sentado na sua poltrona confortável, tomando um cafezinho e olhando pela porra de alguma janela, não é verdade?

Silêncio. O cara na poltrona do corredor se mexeu, parecendo desconfortável. Eu, na verdade, não me preocupava com o problema do corpo-espaço daquele astro grosseiro do rock.

— Eles alegam a porcaria de um overbooking na executiva — o bonitão continuou ao telefone —, e, como eu cheguei com o avião quase decolando e tenho que estar em Londres amanhã, não tive escolha. Fui obrigado a aceitar o último lugar de merda que eles tinham e um pedido de desculpa, com a justificativa de que o valor da diferença da passagem vai ser reembolsado no meu cartão.

O rapaz do corredor se encolheu um pouco e eu quase ri — o grandão ao meu lado ia viajar de executiva e...

— Eu pago uma fortuna de taxa a vocês para não ter que lidar com esse tipo de... Faz o seguinte, não peça desculpa. Medite, reze, faça qualquer prece e torça para ninguém fungar no meu cangote a noite inteira e eu conseguir descansar ao menos um pouco. Eu me apresento com uma orquestra amanhã à noite para mais de mil pessoas, que pagaram o dobro do seu salário pelo ingresso, e adivinhe? Elas querem um artista na frente da orquestra, não um zumbi. — E desligou.

Meu Deus, não podia ser! O roqueiro era o que, um maestro ou um músico clássico bem louco? Eu nem percebi que o encarava outra vez, possivelmente com jeito de idiota, e só notei o que fazia quando ele ergueu as sobrancelhas e me desafiou com um gesto que parecia dizer: "O quê?!"

Dei de ombros, desviei a atenção, peguei o fone de ouvido e meu iPhone, item quase tão essencial quanto água. Era incoerente eu ter aquele aparelho caro, que não combinava em nada com minha realidade. Valia mais que minha mala inteira, de vinte quilos, com as poucas roupas que eu tinha juntado na vida, a maioria costurada pelas mãos da minha mãe.

Esse disparate era culpa do meu pai. O coronel vivia em uma mansão, pagava minha escola e meu curso de inglês e me deu algum dinheiro para eu me manter em Londres por um tempo. Ele era o responsável pelos presentes caros, como o iPhone. Uma vez por ano, meu pai me visitava e fingia não notar o apartamento pequeno e minha mãe desmontada de tanto trabalhar para pagar as contas enquanto sustentava meu sonho de dançar. Sonho que ele nem sabia existir. Meu pai nunca se importou com meus sonhos. Seu sentimentalismo se limitava a fingir interesse quando me telefonava uma vez por mês, impelido por uma espécie de senso de honra hipócrita. Quando eu tinha dez anos, ele se casou outra vez, mas não teve mais filhos. Talvez pagar por minha educação, enviar algum dinheiro e presentes vez ou outra fosse a maneira que ele encontrava de manter a consciência tranquila. Só que dançar era um sonho caro, que exigia mais do que ele estava disposto a dar. Ele nunca acreditou na dança como uma profissão de verdade. Mas minha mãe acreditava. Além de ser secretária, ela dava aulas particulares de inglês e costurava para fora nas horas vagas, tudo para que eu pudesse continuar dançando.

Mirei o aparelho moderno em minhas mãos, a prova de como as pessoas podiam ser estranhas e mesquinhas. Enquanto a pista de decolagem era deixada para trás, sorri para a capa da Bela, a princesa da Disney. Minhas amigas do balé me levaram até o aeroporto e me deram alguns presentes divertidos de despedida. E, como sempre diziam que eu parecia a princesa do desenho animado, praticamente me obrigaram a colocar a capinha no celular antes de embarcar.

2

> I don't know you
> But I want you
> All the more for that
> Words fall through me
> And always fool me
> And I can't react.
>
> — THE SWELL SEASON, "Falling Slowly"

ESTÁVAMOS EM VOO FAZIA UNS QUINZE MINUTOS, POR AÍ. NÃO CONTEI O tempo, na verdade; a música no meu fone era muito boa para eu me distrair com qualquer outra coisa. Tinha ido assistir em Nova York ao musical *Always* e simplesmente me apaixonei pelas músicas. Tentava me controlar para não cantar "Falling Slowly" em voz alta quando senti um toque no ombro direito.

Era o maestro-roqueiro.

Tirei só um fone e levantei as sobrancelhas, naquela expressão que pergunta em silêncio: "Oi?"

— Por favor, será que a senhorita se importaria em parar de fazer bolas com o chiclete? Estou tentando me concentrar aqui.

Aí ele agitou o maço de papéis que segurava e me encarou de novo. Era uma partitura, cheia de rabiscos tenebrosos. Nos cantos havia várias anotações e todos aqueles símbolos musicais; parecia um hieróglifo impossível de traduzir. Virei novamente para o cara, que não me olhava mais.

Eu sempre soube que fazer bolas com o chiclete era falta de educação, mas pedir para outra pessoa parar de fazer também não me pareceu muito educado. Então coloquei o fone de volta e esqueci o assunto. A música era muito mais legal que a necessidade de concentração do cara ao lado, por mais gato que ele fosse.

20

Um tempo depois, senti outra batida no ombro.

Meu Deus, que neurótico! O que é agora?

Tirei o fone e ele respirou fundo.

— Senhorita, por favor, você poderia ter a educação de mascar de boca fechada? Ou de cuspir esse maldito chiclete? — E terminou com uma careta de nojo.

Eu achava que não estava mascando de boca aberta, então me senti muito mais irritada que envergonhada.

— Não vou parar de mascar, porque a pressão entope os meus ouvidos. — Bati de leve em cima deles para enfatizar o que eu dizia.

— Se você me atrapalhar mais uma vez com esses barulhinhos de rato, eu...

— Rato? — retruquei, horrorizada. — Você está louco? Eu não estou fazendo barulho nenhum.

Ele ficou me encarando por um tempo em silêncio e minha boca secou. Meu Deus, nem os óculos escuros ele havia tirado ainda. Quando falou, foi em um timbre de voz baixo e aveludado, rouco e intimidador, como se estivesse cantando uma balada romântica, só que em tom de ameaça. Uma canção de amor composta por um psicopata que mataria sua vítima depois de... de fazer sexo com ela.

— Eu realmente preciso me concentrar por aqui, e a sua falta de noção está me atrapalhando bastante... Detesto estar a um passo de perder a educação por causa de uma porcaria de chiclete. Então, senhorita, por favor — ele se aproximou um pouco antes de concluir —, abra a boca, cuspa esse chiclete e me deixe estudar em paz.

Não sei se foi pela maneira como ele falou, ou pela proximidade entre nós, ou se foi a hipoglicemia (eu realmente precisava comer alguma coisa), mas fiquei zonza.

Sem pensar e um pouco atordoada, enfiei dois dedos na boca e pincei o chiclete.

— Tanta confusão por causa disso. — Estiquei o braço para jogar fora e... Bosta!

O chiclete criou vida e caiu na perna dele, quase em cima do joelho. Aí o impensável aconteceu: o cara, o músico-eu-sou-louco-e-famoso, resolveu brincar de doze anos comigo. Senti a mão dele agarrar a barra do meu moletom folgado e puxar para o lado e para cima. Resultado: meu corpo meio que foi puxado junto e, num movimento rápido, ele pegou o chiclete com meu casaco e me soltou em seguida.

Meu Deus! Que absurdo, que pessoa sem noção. Olhei dele para o chicle-te recém-colado em minha roupa e explodi. Quando eu era criança, minha mãe me chamava de "pimenta de sapatilhas". Ela dizia que, quando eu es-tourava, quem estivesse por perto sentia na hora.

— Você é um babaca, seu brutamontes! — gritei, empuṭecida.

— E você, senhorita, não tem educação.

Ri, debochando.

— Aposto que todos aqui concordam que é o contrário... não é verdade? — Apontei para o cara do corredor, aquele que tinha levantado para ele passar e que agora nos observava. — Você não achou esse cara um grosso?

— Eu? — O homem quase encolheu na poltrona, enquanto o motoqueiro ao meu lado respirava de maneira pesada. — Eu não disse nada — ele conti-nuou, na defensiva.

— Certo. Pergunte então para a comissária que veio socorrer a porta do bagageiro. Ou, quer saber?! Que se danem você e a sua grosseria.

Peguei minha bolsa com movimentos atropelados e comecei a tirar todos os objetos de dentro. No nervosismo e na emoção da pressa, nem percebi o que saía de lá. Só parei quando encontrei os lenços umedecidos. Então dediquei minha atenção a desgrudar o chiclete do meu moletom e... Merda! Não foi fácil.

Impressionante como em apenas alguns segundos o chiclete grudou com-pletamente. Eu só ia conseguir tirar depois de passar gelo. Esfreguei várias vezes e a prova da grosseria daquele imbecil continuava ali, estampando meu moletom. Fechei os olhos, resignada, amassei o lencinho com o que saiu do chiclete e joguei no saquinho à frente.

O nécessaire voltou para a bolsa, assim como o pacote de lencinhos, cre-me hidratante, óculos escuros, pacote de absorventes, escova de cabelo, en-tão fechei a bolsa.

— Hã, senhorita?

— Ah, meu Deus, o que é agora? — Eu estava tão brava que saiu mais como um resmungo do que uma pergunta. Virei para ele, tentando deixar claro que não queria mais conversa.

E não queria mesmo. Até que vi. Algo facilmente identificável, com uma frase legível para ele, já que era escrita em inglês. Para minha tristeza, eu tam-bém entendia e falava muito bem inglês. E ali estava o outro presente criati-vo que minhas amigas do balé me deram no aeroporto, balançando no indicador do louco ao meu lado e com uma frase estampada na frente: "Você vai me ligar, né?"

— Por que você pegou isso? — Saiu antes que eu pudesse pensar. Agarrei a calcinha e enfiei na bolsa com tanta rapidez que o dedo do cara continuou esticado no ar.

— A sua calcinha pulou no meu colo, igual ao seu chiclete — ele respondeu, com uma expressão absurda de tão prepotente.

— Não é minha. Quer dizer, é, mas não fui eu que escolhi. Eu nunca compraria uma calcinha ridícula dessas. — Ai, meu Deus, eu estava conversando sobre calcinhas com esse... esse... Meu rosto ferveu. Porcaria! Eu devia estar vermelha que nem pimenta. Pimenta de sapatilhas era por isso também.

— Ok — ele disse, me fitando bem sério, como se isso não fizesse a menor diferença em sua existência intocável. Em seguida, virou, pegou aquela bosta de partitura e recomeçou a ler.

Continuei olhando para ele, é claro, ao menos por um tempo. Afinal não é todo dia que um homem que você nunca viu compartilha experiências que às vezes um namorado leva muito tempo para chegar a vivenciar, como pegar em um chiclete que você mascou e logo em seguida na sua calcinha. Na mais ridícula de todas elas.

❧

— Aceita o café da manhã?

Meu entorpecimento foi se desfazendo conforme as luzes se acendiam, janelas abriam e comissárias perguntavam, até mesmo para os mortos, se eles queriam tomar café.

Respirei fundo, estiquei as pernas, abri os olhos e... Merda! Meu coração foi parar na cabine do piloto em um segundo.

Mas que porcaria!

Fechei os olhos e me mexi, disfarçando. Abri outra vez, só para verificar, horrorizada, se o músico também dormia.

Ele despertou, se esticou e tirou o braço dos meus ombros. Virei em um movimento calculado, de olhos fechados, para fugir da situação mais absurda da minha vida.

Nós tínhamos dormido abraçados como um casal de pombinhos!

Por quanto tempo? Será que ele ainda estava acordado quando isso aconteceu?

Não, impossível. Ele teria chutado a minha bunda até eu pedir perdão por ter encostado nele. Eu sempre soube que me mexia muito enquanto dormia, mas daí a acordar caída em cima do... do...

— Senhorita, aceita o café?

Sacudi a cabeça em afirmativa e abri a mesinha da frente, rezando para que o cara não...

Ouvi o barulho da mesinha ao lado se abrindo.

— Senhor, aceita?

— Sim, hum-hum... — o músico pigarreou. — Aceito, por favor.

Suspirei e peguei a bandeja.

Talvez ele nem tivesse sentido ou notado o que acontecera. Era capaz que nem tivesse...

— Senhorita? — Ele tocou de leve meu ombro, mas encarava a aeromoça.

— O que vai beber? — ela perguntou para mim.

— Ah, desculpa. Um... um... suco de laranja.

— Eu também — o músico-travesseiro emendou.

Tomei o café da manhã rezando para que nada mais acontecesse entre mim e ele até o avião pousar, porque, no ritmo que as coisas andavam, se eu tentasse levantar para ir ao banheiro, cairia sentada no colo dele, ou sabe Deus o que mais poderia ir parar em cima daquele cara.

> London calling to the faraway towns
> Now war is declared and battle come down
> London calling to the underworld
> Come out of the cupboard, you boys and girls
> London calling, now don't look at us
> Phony Beatlemania has bitten the dust
> London calling, see we ain't got no swing.
>
> — THE CLASH, "London Calling"

TRÊS ANOS DEPOIS

Há três anos, Londres é a minha casa. Tantas pessoas do mundo inteiro fazem esta cidade ter a cor de todos os lugares. Às vezes ainda me perco por estas ruas que parecem todas iguais, tão perfeitas, cheias de jardins pontilhados de flores e casas de tijolos, portas escuras e maçanetas douradas. O fantástico de Londres é que você espera encontrar pessoas iguais, em ternos bem passados, com camisas simétricas. Mas logo, da porta mais certinha e comum, sai de casa uma senhora com cabelos azuis e monta em sua bicicleta reluzente para ir desfilar no Hyde Park. Isso sempre me faz sorrir.

Alguns dias atrás, almocei ao lado de uma mesa cheia de senhoras inglesas. Velhinhas que você acreditaria que só tomam chá com biscoitos. Elas esvaziavam a segunda garrafa — não de chá — e riam mostrando fotos umas às outras. Uma delas contava com orgulho que o neto tinha entrado para a guarda real. Acho que eram amigas havia tempos. Fiquei com lágrimas de realização por elas. Bobagem? Pode ser, mas certas coisas são tão humanas que sempre me deixam assim, meio boba.

Quando vim para Londres, é claro que eu sonhava com muitas coisas maravilhosas. Ninguém sonha em sair de casa e ser atropelado por um ônibus, ficar sem emprego ou ser traída pelo namorado.

Eu nunca sonhei com a cirurgia que tive de fazer no tornozelo, há um ano. Nada muito grave, coisa rápida para corrigir um calo ósseo que se formou por causa da sobrecarga no local. Na época, tive que diminuir o ritmo dos treinos por três meses, mas logo tudo voltou ao normal. Bom, também não sonhava com as tendinites nem com as joanetes. Porém parecia que isso vinha no pacote do sonho de ser bailarina. Eu sempre soube que a dor me acompanharia nessa profissão. O balé era o espaço da minha alma. Então, se eu dissesse que nunca sonhei com o que aconteceu comigo, estaria mentindo. É claro que eu fazia isso, dormindo ou acordada, mas não tinha nenhuma garantia de que aconteceria.

Só que aconteceu. De verdade.

Fazia dois anos que eu compunha o corpo de balé profissional da Companhia de Ballet de Londres, o principal da cidade e um dos primeiros do mundo. Havia seis meses era uma das primeiras solistas desse balé. E agora estava indo me apresentar para tentar conseguir o papel principal da peça que seria montada dali a alguns meses. E não era uma audição qualquer, já que dançávamos para os diretores fazia mais de quinze dias.

Era a etapa final. Aquela que definiria quem iria criar nuvens nos olhos daqueles que nos veriam alcançá-las.

Essa era uma frase da Natalie. Minha amiga era o feixe de luz no palco dos meus dias cinzentos. Mais essencial que sapatilhas novas.

Ela era minha melhor amiga desde que eu tinha chegado, minha colega de quarto durante o ano na escola e também havia sido contratada como solista na Companhia de Ballet de Londres, fazia dois anos. Eu sei que parece exagero de sorte ou graça divina, mas Natalie ter sido contratada pela mesma companhia que eu não era algo tão impossível assim de acontecer, já que era da nossa escola que saía parte dos bailarinos que compunham seu corpo profissional. E nós continuávamos morando juntas, agora em um dos apartamentos que a companhia mantinha para atender funcionários. Pagávamos um aluguel quase de mentira para um imóvel em Covent Garden. Só assim era possível morar ali e me dar ao luxo de ir e voltar a pé dos ensaios.

Nathy, como eu a chamava, não disputava o primeiro papel comigo, mas teria um solo bem legal na peça — ela seria a fada da alegria.

Eu caminhava para o local onde aconteceria o teste, lembrando de quando fui convidada para a seleção principal. Naquele dia, minha amiga olhou para mim e disse com fingida gravidade:

— Sabe, eu tenho raiva de você por te amar tanto e por você ser uma pessoa tão incrível. Bem que você podia ser uma vaca insuportável, e aí eu poderia te sacanear, sabotar suas sapatilhas ou secar você nos testes... Mas não posso viver o clichê da companheira de quarto invejosa, porque às vezes eu sinto torcer mais por você do que por mim mesma.

Natalie era assim o tempo todo. Essencial.

Esse teste era para conseguir o papel de Aurora no balé *A bela adormecida*. O teatro estava completando cento e cinquenta anos e, para comemorar, o cenário e o figurino seriam totalmente renovados. Porém o que tornava esse espetáculo tão celebrado era o fato de que um maestro famosíssimo aceitara, pela primeira vez em sua carreira, reger a orquestra do balé e, claro, fazer a variação da composição de Tchaikovsky.

E esse tal figurão da música estaria lá na última audição. Parece que exigiu ter a liberdade de opinar, escolher, mudar e julgar como uma das condições de sua participação. Traduzindo: ele seria nosso diretor, assim como Michael Evans, que era o diretor artístico.

— Oi. E aí, muito nervosa? — perguntou Nathy, que me esperava na entrada do local do teste.

— Um pouco — menti. Estava uma pilha de nervos.

— Você já testou as sapatilhas?

— Sim, estão perfeitas. Obrigada.

Além da fada da alegria na peça, Nathy era a minha fada das sapatilhas. Normalmente cada bailarina é quem ajusta as próprias sapatilhas. Após alguns meses observando como eu gostava das minhas, Nathy se ofereceu para arrumá-las para mim... E, meu Deus, ficaram tão perfeitas que nunca mais a deixei em paz. Então, sempre que dava, era ela quem fazia isso por mim.

— Você já viu o tal Hunter? — ela chamou minha atenção.

— Não.

Daniel Hunter era o maestro, o comentado figurão da música.

— Dizem que ele é... hum... Esquece.

— Tudo bem, Nathy. Já me falaram que ele é mais mal-humorado que o sr. Evans. — Se é que isso era possível.

— Parece que "perfeccionista ao extremo" é o nome do meio dele.

Cruzei as portas duplas e acústicas.

— Boa sorte. — Nathy veio atrás de mim. — Vai ser moleza, você vai ver, porque, se ele é perfeccionista, você é extremamente perfeita.

— Obrigada. — Respirei fundo e fui me arrumar. Eu ia apresentar uma variação do solo do primeiro ato.

Foram escaladas dez bailarinas, das quais eu e mais duas éramos solistas havia somente seis meses. O sr. Evans dissera que o papel principal em uma peça tão importante só seria disputado por três novatas (como profissionais, é claro) porque essa fora mais uma exigência do maestro, o sr. Hunter, e de outra diretora do balé, Olivia Bonnet, famosa por descobrir e eleger as primeiras bailarinas da companhia. Então, mesmo tendo ouvido tantos comentários estranhos a respeito dele, eu nutria uma espécie de gratidão involuntária pelo regente maluco.

Rótulos não são coisas idiotas? Eles deviam vir apenas em garrafas e potes de geleia, não em seres humanos. Eu nunca me senti bem rotulando uma pessoa que nem conhecia.

Enquanto prendia o cabelo em frente ao espelho, decidi que o sr. Hunter não seria um rótulo para mim e nem mesmo o motivo de as minhas mãos estarem um pouco mais trêmulas que o usual antes de uma apresentação.

— Srta. Alves — ouvi o alto-falante interno dos camarins anunciar a minha vez —, pode se dirigir ao palco, por favor.

A cada passo que eu dava em direção ao palco, deixava Nicole para trás. Quem surgia no lugar era Aurora, e ela só sabia se expressar por meio da dança.

Depois de fazer uma série de piruetas, finalizei com os últimos passos e Nicole entrou, devagar, em cena. Em meus braços, pernas, respiração, suor e cada célula do meu corpo, senti o êxtase provocado pela fusão completa da minha alma com a dança.

Respirei fundo e olhei para a frente. Encontrei o sr. Evans, diretor artístico da peça, as três assistentes de coreografia do balé e mais dois diretores do corpo artístico da companhia, incluindo Olivia Bonnet. Continuei seguindo as cadeiras vazias com o olhar atento, até que o vi o maestro famoso. Só podia ser ele.

Meu coração disparou.

Ele estava sentado umas três fileiras na frente das outras pessoas, como se fosse bom demais para se misturar com o restante dos mortais.

Minha respiração voltou a acelerar.

O maestro tinha cabelos escuros e compridos, presos em um coque desalinhado no topo da cabeça. O rosto era coberto por uma barba longa, daquele tipo que estava na moda, e, apesar de o teatro estar apenas com a iluminação do palco acesa, ele usava óculos escuros. Não se parecia em nada com os maestros da minha imaginação. Vestia um blazer justo e moderno demais e uma camiseta branca por fora da calça jeans desbotada. Maestros deveriam ser velhos, com cabelos sebosos, usar roupas fora de moda e mofadas. Aquele homem parecia um músico saído de um editorial da *Vogue*, não um regente inglês engomado. E, como se soubesse que eu o observava, o futuro diretor-maestro-famoso tirou os óculos escuros, semicerrou os olhos, cruzou os braços sobre o peito e me encarou com tanta intensidade que um choque percorreu minha coluna e eu me senti um para-raios.

Desviei os olhos com a incômoda sensação de já tê-lo visto em algum lugar. Pisquei devagar e saí do palco, estranhamente mais nervosa do que antes da apresentação.

4

> Tonight I'm gonna have myself a real good time
> I feel alive and the world, I'll turn it inside out, yeah!
> I'm floating around in ecstasy
> So don't stop me now
> Don't stop me
> 'Cause I'm having a good time, having a good time.
>
> — QUEEN, "Don't Stop Me Now"

— HOJE A GENTE VAI ENCHER A CARA PARA COMEMORAR — IVO DISSE QUANDO deixamos o balé no fim da tarde.

No meio do dia, tínhamos recebido a notícia de que eu seria a nova Aurora da peça e, com isso, vinha a certeza da minha promoção a primeira bailarina da companhia. Nathy insistiu que precisávamos comemorar e eu concordei.

Fomos a um bar underground, uma mistura de novos punks e motoqueiros. O lugar era coisa do Ivo. Ele saía do balé e vestia calça rasgada, bagunçava os fios longos do cabelo loiro e parecia mais o baterista de uma banda punk do que um bailarino clássico. Era engraçado e cheio de estilo.

Sentamos a uma mesa em um dos cantos, perto do palco.

— E aí, começamos com uma rodada de tequila? — Ivo perguntou.

Neguei com a cabeça.

— Sim, uma dose para cada — Nathy falou antes de mim.

— Eu não bebo tequila.

— Hoje você vai beber, amiga.

— Eu não...

Ivo já tinha se levantado e saído em direção ao bar.

— Ivo, eu já disse que você tem cara de príncipe? — perguntei com uma risada exagerada, culpa da dose de tequila que tinha acabado de virar.

Ele tinha sido escolhido para o papel de Florimundo, meu príncipe no balé.

— É, acho que foi por isso que eles me escolheram — ele respondeu, com falsa modéstia.

— Ah, sim, claro. O seu talento e o fato de você ser um dos primeiros bailarinos da companhia não querem dizer nada — Nathy contrapôs, com a boca torcida em uma expressão caricata.

— E aí, Ivo, quando você começou a dançar? — perguntei depois de dar um gole de água, para tirar o gosto ruim da tequila.

— Quando eu entendi que a rigidez e a disciplina do Bolshoi eram melhores que os porres que o meu pai tomava e as surras que ele me dava depois que bebia.

— Nossa! — Nathy disse, olhando para as próprias mãos.

— E você, Nicole, de onde a dança te resgatou? — Ivo perguntou.

— O balé sempre foi tudo para mim. Minha mãe sabia disso, então trabalhava duro para pagar as roupas, sapatilhas, aulas... Nunca tive dinheiro sobrando — encolhi os ombros —, por isso ainda tenho que fazer uns extras no café da companhia sempre que dá. Mas dinheiro é o de menos. O balé me resgata todos os dias. Enquanto eu danço, estou em um mundo onde não existem problemas.

— Como assim? — Ele não tirou os olhos de mim.

— Minha mãe amava Fred Astaire e Ginger Rogers, dizia que eles eram como anjos. Eu queria ser como eles, sempre pareciam tão leves e felizes enquanto dançavam... Então comecei a dançar. Meu pai morava em outra cidade e nunca ligou muito para mim. Ele é um figurão do exército brasileiro, metido com política. Quando soube que eu tinha vencido o concurso, quase enlouqueceu... Disse que dançar era coisa de vagabunda. — Dei mais um gole na água antes de acrescentar: — Só assinou a papelada para eu vir porque a minha mãe o chantageou com uns documentos que ela tinha guardados. — Encolhi os ombros, fingindo uma indiferença que não sentia. — Parece que ele pode ir para a prisão pela maneira como ganhou rios de dinheiro. E minha mãe tem provas, então o ameaçou e o obrigou a assinar e a me ajudar com a grana para me manter aqui no começo e...

— O pai da Nicole é um belo filho da puta! — Nathy me interrompeu. — Mora em uma mansão de cinema, é rico e nunca pagou nada além dos estudos dela.

— Pelo que eu entendi, ele queria me usar para atingir a minha mãe.

— A mãe da Nicole é uma batalhadora, trabalha como secretária, dá aulas particulares e também costura. — Nathy sabia a minha história de trás para frente, assim como eu sabia a dela.

A voz da minha amiga se misturou com as lembranças. A casa pequena onde cresci, os pôsteres do Fred Astaire e de bailarinos famosos que disfarçavam a pintura velha da parede. Na cabeceira da cama, as fitas das minhas sapatilhas gastas indicavam o número de pares trocados até aquele momento. Lembrei o guarda-roupa com a porta quebrada. Vivia bagunçado demais e me incomodava que ficasse aberto o tempo todo. Lembrei da voz da minha mãe.

— *Filha, ainda acordada?* — *Eu tentava dar um jeito na sapatilha que parecia estourada demais para ser socorrida.* — *Não precisa fazer isso, estou com o dinheiro para um par novo.*

Ela parou à porta do quarto, os cabelos cacheados e escuros em uma bagunça cansada, as olheiras e o corpo pequeno demais para alguém que trabalhava dois turnos.

— *Eu não quero mais que você costure noite adentro para pagar as minhas sapatilhas. Eu quero dar um jeito.*

Ela respirou fundo e disse:

— *Você tinha seis anos quando decidiu que queria ser bailarina. Eu me lembro da primeira vez que calçou uma ponta. O seu sorriso era maior que o seu rosto.*

Eu ainda tentava remendar um furo do lado esquerdo da peça e ouvi a minha mãe continuar:

— *Quando eu te vi dançar naquela audição, com seis aninhos — a voz dela soou embargada —, não foi o fato de você ter sido aceita na melhor escola do Rio de Janeiro que fez o meu coração se encher de alegria. Foi você, Nicole. A sua dança. Você tem alguma coisa especial. Se eu tiver que passar a vida em cima de uma máquina de costura ou dando aulas particulares de inglês para que você não desista de buscar os seus sonhos, farei isso com prazer.*

Larguei as sapatilhas no chão e admiti para mim mesma: minha mãe dava tão duro para que eu conseguisse, trabalhava dezesseis horas por dia, sonhando com o momento em que eu seria reconhecida. Admiti que tinha medo de decepcioná-la. Que talvez tudo aquilo fosse para provar que eu era capaz. Naquela noite, compartilhei um pouco da minha insegurança:

— *Estou com medo, acho difícil eu ser selecionada para a fase final do concurso.* — *Engoli em seco.* — *Acho que não sou boa o bastante. Bailarinas das melhores escolas do mundo estão disputando essas vagas e... eu acho que não vou conseguir.*

— *Filha, olha nos meus olhos.* — *Minha mãe sentou no chão à minha frente.* — *Você dança mais de sete horas por dia, seis vezes por semana, há anos. Eu acompanhei cada uma das suas bolhas, das suas dores, das vezes em que você chorou pensando em desistir. Ajudei você a amarrar cada uma dessas fitas que estão na sua cabeceira, e quero que você saiba que tem algo que não pode ser dado nem mesmo pela melhor ou maior companhia de balé do mundo, por técnica alguma, nem pelos melhores professores...*

— *O quê?*

— *Você dança com o coração e a alma. Isso nenhuma escola, por melhor que seja, pode ensinar. Você nasceu bailarina.*

— *Obrigada, mamãe* — *eu disse e a abracei.*

Hoje, mais de três anos após aquele dia, eu comemorava em um bar o fato de ter sido escolhida como a Aurora da peça *A bela adormecida*, em um dos maiores balés do mundo.

Eu consegui, mãe. Nós conseguimos.

Senti a mão de Nathy no meu ombro me trazer de volta para o bar punk e a mesa com a garrafa de tequila pedindo para ser esvaziada. Ouvi-a continuar:

— Aí a mãe dela fez o mesmo jogo sujo que o pai usou a vida inteira: o ameaçou com esses documentos.

— Mas, se a sua mãe tinha esses documentos, por que não usou antes para conseguir mais dinheiro do seu pai? — Ivo perguntou após virar outra dose de tequila e encher mais uma vez meu copo e o da Nathy.

— Ela disse que nunca quis se meter com ele desse jeito. Acho que a minha mãe tem medo dele, e talvez tenha razão em ter. — Lembrei da noite em que saímos de casa, quando eu tinha só cinco anos. Respirei fundo e continuei: — Ela falou que só usaria esses papéis em caso de vida ou morte. — Virei minha dose e depois concluí: — Graças a Deus, porque sem isso o meu pai nunca assinaria a autorização para eu vir para cá e nunca teria me dado o dinheiro e... acho que eu teria morrido. Foi mesmo um caso de vida ou morte.

— E você, Nathy, qual a novela da sua vida? — Ivo perguntou.

— Minha mãe me abandonou quando eu tinha oito anos. Ela dizia que eu era desengonçada e que não seria uma boa bailarina. Esse era o sonho que ela nunca realizou, e eu quis provar que ela estava enganada a meu respeito. E acho que consegui, por mais que eu nem saiba se ela está viva ou morta para comprovar. — Nathy encolheu os ombros e completou: — Hoje eu danço na maior companhia do mundo, e ela nunca saiu da escola medíocre em que dava aula.

— Mas isso é uma festa ou uma sessão de terapia? Ah, já sei: é uma competição para descobrir quem tem o passado mais deprimente — Ivo disse, sorrindo, talvez para tentar recuperar o bom humor da conversa.

— E o que vocês acharam do tal sr. Hunter? — Nathy indagou em um tom de voz um pouco alto e cheio de ironia. Sem entender por que, olhei para os lados, procurando instintivamente por alguém.

O maestro tinha sido oficialmente apresentado a todos hoje.

— É muito louco que ele tenha autorização para se meter desse jeito na parte artística do balé. E é um sujeito arrogante e bem estranho — Ivo respondeu.

— Também achei — Nathy emendou. — Não cumprimentou ninguém pelo nome, se dirigiu a cada um pelo papel... e ainda fez absoluta questão de nos chamar de "senhor" e "senhorita", como se estivéssemos no século passado. — Ela torceu a boca para baixo. — Surreal.

— Acho que a fama chega antes dele. Sei lá, devíamos dar um crédito antes de julgar. — Ergui as sobrancelhas. — Afinal mal o conhecemos!

— Ah, pelo amor de Deus. Um cara que fica quase meia hora em silêncio, analisando as pessoas como se elas estivessem em uma lâmina de laboratório, do jeito que ele fez, não pode ser normal — Nathy completou.

— O trabalho dele é analisar as pessoas — contrapus, ainda tentando suavizar o retrato pintado do maestro.

Quando fui analisada por ele na apresentação, senti uma incoerente moleza nas pernas e uma ridícula aceleração cardíaca. Ainda querendo tirar o peso da imagem dele, continuei:

— Fiquei com a estranha sensação de já ter visto o sr. Hunter em algum lugar.

— Onde? — Nathy questionou.

— Sei lá. Deve ser viagem minha, você sabe como eu sou péssima para guardar rostos.

— Não acho possível você já ter visto ele em algum lugar — Ivo replicou depois de virar outra dose, e eu o imitei. Começava a me sentir leve, solta e... É, até que tequila não era tão ruim.

— Por quê? — Lancei um olhar de interrogação para Ivo.

— Porque ele é conhecido por ser um ermitão. Parece que ninguém nunca o vê em lugar algum sem ser na frente das orquestras que rege e dentro da Academia de Música.

— Com uma barba daquele tamanho — Nathy riu, já meio alta —, ele anda *camufladado* na rua.

— *Camufladadíssimo!* — Ivo piscou para mim, e gargalhamos de perder o fôlego.

5

There's a club if you'd like to go
You could meet somebody who really loves you
So you go and you stand on your own
And you leave on your own
And you go home and you cry
And you want to die.

— THE SMITHS, "How Soon Is Now?"

A NATHY BÊBADA ERA ALGUÉM QUE SE DIVERTIA E MANTINHA O MÍNIMO DE noção sobre suas ações, movimentos e palavras, enquanto eu era uma pessoa tonta, lerda e desprovida de consciência. Era uma bosta, eu odiava. Por isso quase nunca bebia.

Depois da conversa em trio, fomos para a pista de dança. Nathy se empolgou bastante com Ivo. Apesar de ele afirmar que gostava mais de meninos do que de meninas, também disse que curtia sair com garotas vez ou outra. Pelo jeito que dançavam, ela seria uma dessas meninas. Mais bêbada do que me divertindo, acabei beijando um cara que usava lápis preto na pálpebra inferior e cheirava a cigarro de cravo. Na metade do segundo beijo, antes que eu vomitasse, porque estava zonza demais, resolvi ir embora.

— Eu vou com você — minha amiga disse, sem demonstrar a menor vontade de ir. Era evidente que ela queria ficar mais com Ivo.

— Não. Fica tranquila, Nathy, estou bem. Eu saio e pego um táxi.

— Não vou deixar você voltar sozinha.

— Pelo amor de Deus! — insisti. — Eu posso pegar um táxi e voltar para casa em segurança.

— Deixa, Nathy. — Era Ivo com as mãos na cintura dela. — Ela vai ficar bem.

— Chama um táxi assim que botar os pés na rua, entendeu? — ela exigiu, sacudindo o dedo indicador.

— Sim, senhora.

— Vamos enfiar a Nicole em um táxi, Ivo? — ela pediu outra vez.

— Tchau, Natalie! Isso aqui está um inferno de cheio. Se vocês saírem, não vão mais conseguir entrar e, se conseguirem, terão que pagar a entrada duas vezes.

— Ela tem razão — Ivo apontou.

— Me manda uma mensagem assim que chegar, está bem? — Nathy pediu com a voz arrastada. Ou o mundo todo me parecia embaçado?

— Sim, pode deixar. Aproveitem.

Eu só queria sair dali, escapar da música alta, das pessoas se esfregando pela falta de espaço, brigando pelo pouco de oxigênio que restava embolado com a fumaça de cigarros e gás carbônico.

Uma vez na rua, enchi os pulmões de frescor noturno e ar não viciado.

Só então me dei conta de algo que me incomodava fazia um tempo, quando eu ainda estava no bar: xixi.

Eu me esqueci de fazer xixi.

Mas que droga!

Estava segurando a vontade fazia quase duas horas, por preguiça de lutar com bêbados suados a fim de chegar ao banheiro. Tinha resolvido que faria isso antes de ir embora, mas, talvez pelo esforço que foi alcançar a porta, esqueci. A dor na bexiga era a certeza de que a falta de espaço não existia somente dentro do bar. Dizem que a bexiga dos homens é muito maior que a das mulheres. Uma viagem de vinte minutos para casa seria como declarar guerra contra a sanidade, e possivelmente, no meio do caminho, eu teria que pedir para o taxista parar em qualquer buraco para que eu pudesse fazer minha bexiga "calar a boca".

E se eu voltasse para dentro do bar? A fila para entrar estava enorme. Mesmo que eu tentasse explicar que tinha acabado de sair e só queria usar o banheiro, o segurança, se fosse simpático, iria rir da minha cara.

Olhei ao redor. Toda e qualquer espelunca que pudesse oferecer um banheiro de graça devia estar fechada. Notei que a região, tirando o movimento em frente ao bar, parecia vazia.

Muito vazia.

Saí andando na esperança de encontrar um lugar aberto que desse para usar, ou... uma rua tipo aquela. Avistei uma viela sem saída, deserta e escura.

Aquilo era tão perfeito como morangos com chantilly depois de uma semana em jejum.

Quem achava isso era a minha bexiga, gritando por alívio.

Apesar de a minha razão gritar por prudência, pois achava que poderia ser perigoso arriar a calcinha e agachar atrás de uma lixeira em uma rua escura, eu estava bêbada demais para escutá-la. Só conseguia enxergar morangos com chantilly e pensar como o mundo era um lugar mais fácil para bêbados do sexo masculino.

Entrei na viela. Olhei ao redor, não tinha ninguém. Seria rápido, o mais que eu pudesse. Dei a volta na lixeira, que tinha quase a minha altura por uns dois metros de comprimento. Sentindo-me segura escondida ali, abaixei a meia-calça, a calcinha, subi o vestido, agachei e...

Alívio era o meu nome do meio.

Morno e com barulho de torneira.

Alívio total. Estava quase terminando quando ouvi passos ecoando na viela.

Puta merda!

A capacidade de raciocínio sumiu. Quem raciocina em uma hora dessas? Era impossível. Subi a meia-calça em um pulo; os passos ficaram mais altos e próximos. Às pressas, me escondi atrás da lixeira. Colei o corpo na parede e congelei ao notar que quem quer que fosse tinha parado a poucos passos do local pelo qual eu passara, já que o outro lado da lixeira, o que dava acesso para a rua, estava bloqueado por umas cinquenta garrafas de vidro. Se eu tentasse escapar, seria ouvida com certeza.

Saia logo, acabe logo com isso, não me veja, implorei mentalmente.

Imaginei que fosse escutar o barulho de torneira, mas o que eu ouvi não tinha nada a ver com isso.

— Você é tão gostoso — afirmou uma voz feminina.

Ouvi respirações rápidas e barulho de... de... beijo. Era um casal se pegando.

Ahhh, nããããão!

O homem gemeu. Ou rosnou. Que grunhido era aquele?

Meu coração disparou.

— Nossa, como você é forte — a mulher disse, sem fôlego, e ouvi mais sons de beijos.

Minha respiração acelerou.

— Qual é o seu nome mesmo? — ela perguntou.

— Daniel — ele respondeu.

Ahhh, meu Deus, vão embora! Acabem com isso e vão transar em casa!

— Sabe, Daniel — disse ela —, eu nunca peguei no pau de um maestro.

O quê? O quê?!

Ouvi um gemido seguido de um rosnado novamente.

Santo Senhor. Será? Minhas pernas amoleceram. Não podia ser. *Simplesmente não. Entendeu, Deus?*

Meu coração pulou. Impulsiva, olhei para o lado e, apesar da penumbra, comprovei que o homem no beco, separado de mim por poucos metros, sendo apalpado e comido vivo por uma mulher, era o meu maestro. Não o meu maestro, mas um dos meus diretores e... *Que droga!*

O Ivo não disse algo sobre ele ser um ermitão? Que só era visto nos concertos? Acho que ele se esqueceu de acrescentar: "Ou fazendo sexo em becos mal iluminados".

— Eu exagerei no uísque... É melhor pararmos — a voz de trovão pediu.

Isso, parem! Agora mesmo!

— Não — a mulher gemeu, seguida por um rosnado dele.

Eu me esforçava para respirar tranquilamente. Quase impossível. Sem perceber, mordi com força os dedos das mãos enluvadas, movida por pânico, vergonha ou pelo ridículo da situação.

Ouvi outro grunhido de prazer masculino.

— Meu Deus... você está tão duro — ela arfou. — Tem camisinha?

Meu rosto transpirou de calor. Quase murmurei um protesto de horror ao mesmo tempo em que a mulher emitia mais um gemido, mas percebi que o calor das minhas bochechas se espalhou pelo colo, desceu pela barriga e em seguida — ah, não! — entre as pernas.

Eu estava excitada, tipo uma voyeur sem noção. Que bela merda!

— Escute — ele começou, sem fôlego. — Eu não tenho camisinha, exagerei no uísque e isso aqui não vai rolar.

— Podemos fazer outras coisas... Eu posso fazer você gozar.

Não, não, não e não! Por todos os deuses do recato e da moral. Não!

— Não, meu bem, realmente estou muito tonto. E... eu vou para casa. Sozinho — o maestro falou.

Graças a Deus. Ele tem bom senso. Ele tem vergonha na cara. Agora, apenas deem o fora!

— Eu não acredito — a mulher protestou.

— Acredite — ele disse, mais enfático.

Ouvi respirações bruscas.

— Seu... babaca!

Em seguida, ouvi passos rápidos se afastando e uma respiração profunda, provavelmente do meu diretor.

E então passos mais pesados também se afastando.

Enfim sozinha. *Obrigada, meu Deus!* Eles foram embora.

Eu pulsava de tensão. Fiquei sóbria em cinco minutos.

Cristo!

Voltei para casa abalada, sem conseguir tirar da cabeça a voz de trovão do meu diretor.

6

I don't care if Monday's black
Tuesday, Wednesday, heart attack
Thursday, never looking back
It's Friday, I'm in love.

— THE CURE, "Friday I'm in Love"

POR QUÊ, MEU DEUS? POR QUÊ?

Foi com essa interrogação que eu acordei na manhã seguinte ao porre de tequila. E não era só por causa do gosto de tapete mofado na boca que essa pergunta voltava uma e outra vez à minha mente. Havia um barulho zumbindo na consciência, uma voz que estourava nuvens de chuva.

Eu andava em direção à sala de ensaio, onde encontraria o sujeito que provou que maestros podiam, sim, quase fazer sexo e rosnar em lugares públicos. Enchi os pulmões e expirei para me acalmar. Desde que acordara, ao pensar em ensaios e balé, lembrava que teria de encarar o sr. Hunter, e inevitavelmente minha memória trazia o som de sua voz rouca e forte, me provocando uma falta de ar incoerente e irritante.

Abri a porta da sala de ensaio. Não encontrei a Nathy nem quando acordei nem na companhia. Ela não tinha voltado para casa na noite anterior, então presumi que havia passado a noite com Ivo, e, pelo que tinha visto no quadro de horários logo que cheguei ao prédio, ela teria aula agora. O ensaio nessa sala seria só para mim e Ivo. Ele era o meu príncipe Florimundo no balé. Quando batizou o par da princesa Aurora no desenho, a Disney mudou o nome dele para Felipe. Disney esperta!

Ivo já se aquecia.

— Bom dia — murmurei e fui direto para a barra.

— Bom dia, Nicole. Está tão ruim assim? — Ele ergueu as sobrancelhas loiras.

— Minha cara está péssima, né?

Ele encolheu os ombros.

— Odeio tequila — respondi, arrancando uma risada dele.

Minutos depois, a porta da sala se abriu e o sr. Voz de Trovão Hunter entrou com o sr. Evans.

— Bom dia — o diretor artístico cumprimentou.

— Bom dia — Ivo respondeu.

— Bom dia. — Foi a minha vez de dizer. Entretanto, eu não olhava para o sr. Evans, e sim para o sr. Hunter.

Ele mexia em uma pasta de couro marrom surrada e tirou de lá um bloco de papel. Abriu, folheou algumas páginas, levantou o olhar, passou pelo meu rosto, depois pelo do Ivo, e perguntou:

— Já se aqueceram? — Foi cru e seco, sem nenhum cumprimento, fosse falado ou um gesto silencioso.

— Sim, senhor — Ivo respondeu.

O sr. Hunter rosnando de prazer com aquela voz de tempestade.

— Srta. Aurora? — ele chamou minha atenção em um tom nada lascivo. Despertei dos seus gemidos imaginários e voltei à sala.

— Quantas vezes vou ter que repetir a mesma pergunta? — ele indagou.

— Desculpe, senhor.

E o sr. Exigência em Pessoa era a porcaria do meu diretor.

— E então?

— Oi?

Ele respirou lentamente duas vezes e semicerrou os olhos azuis profundos.

— A senhorita já se aqueceu? — perguntou entredentes.

Sim, desde ontem, pensei, sacudindo a cabeça antes de responder:

— Sim, senhor.

— Podemos começar? Ou será que vocês preferem continuar me encarando como se no lugar da barba houvesse dedos no meu rosto?

Acho que a minha boca se abriu, com mais espanto pelo comentário dele do que se realmente houvesse dedos no rosto daquele homem e eles estivessem tocando uma sinfonia de Bach.

— Em suas posições, por favor — o sr. Evans ordenou.

Senti a mão de Ivo tocar meu ombro. A música preencheu a sala e começamos a dançar. Cerca de meia hora depois, o sr. Evans havia corrigido alguns dos nossos movimentos e o sr. Hunter seguia em silêncio, apenas fazendo anotações no papel.

— Um, dois, três, quatro e... Mão mais baixa, Ivo — ordenou o sr. Evans.
— Outra vez, mais devagar e...
— Parem! — pediu o sr. Hunter. — *Merde!* — protestou em francês e continuou em tom ríspido: — Quantas vezes o sr. Evans vai ter que repetir "mais devagar" nessa entrada, sr. Florimundo? E você, srta. Aurora, esteja com ele quando te encontrar. Até eu que não sou bailarino já teria feito o movimento como ela está pedindo para vocês.

Ficamos parados, em silêncio, olhando do sr. Evans para o maestro.
— Que tal parar de perder tempo — prosseguiu — e acertar alguma coisa hoje?

Ele bateu palmas três vezes; parecia querer enfatizar o que acabara de dizer, ou talvez desejasse espantar moscas ao seu redor.
— Retomar — concluiu.

Engoli em seco e respirei fundo, tentando manter a calma. Se perdesse a cabeça, com certeza perderia também o emprego. Entendi os rótulos e a fama que o sr. Hunter carregava de ser um bloco de gelo, e não apenas porque a voz dele fazia tudo tremer, mas porque, meu Deus, ele parecia um general comandando um batalhão. Olhos frios, impessoais, postura distante, autoritária. Ele era intimidador, e talvez soubesse e usasse isso para conseguir o que queria.

Depois dos ensaios, eu, Nathy e Ivo saímos juntos do balé. Eles queriam passar em Brick Lane para comprar algumas coisas, e aquele era o lugar ideal para isso.

Imagine um lugar com gente do mundo inteiro e cheio de mercados, cafés, pubs, galerias, grafites, lojas vintage e modernas, artigos de todos os preços e para todos os gostos, de livros a antiguidades, de móveis a brechós. Brick Lane é uma rua com um misto de gastronomia multicultural e peças étnicas. É uma bagunça deliciosa.

— Você não teve o desprazer de ensaiar com o maestro ainda — Ivo disse para Natalie. Eles não estavam mais juntos, como ontem. Quando ficamos a sós, ela explicou que eles conversaram e resolveram manter as coisas em uma noite apenas, mas continuariam amigos.
— Ele passou metade do ensaio escrevendo em um bloco ridículo — continuou Ivo — e a outra metade falando palavrões em francês.
— Em francês? — Nathy perguntou, levando a cabeça para trás, em um movimento de incredulidade.

— Sim, acredita? — Ele bufou. — Se todos os ensaios forem como o de hoje, vamos precisar de paciência.

Eu olhava para um grafite incrível que cobria um muro, mas as cores e as formas não faziam o menor sentido, porque a minha cabeça viajava no que acontecera depois das primeiras horas de ensaio. Fiquei tão confusa e atordoada que não queria nem comentar.

— A Nicole que o diga. — Ivo não concordava comigo.

— O que aconteceu? — A curiosidade da minha amiga não deixaria passar.

— Sem drama, Ivo! — falei, apontando para a cara passada dele.

— Como assim? — ele cuspiu, sem dar tempo de resposta. — O maestro caminhou em silêncio até a Nicole, a segurou pela cintura e murmurou no ouvido dela.

— Instruções, sussurrou instruções. — Sacudi a cabeça. — E não foi no meu ouvido. Ele só... falou próximo. — *Tão próximo que a respiração dele ficou gravada no meu tímpano*, pensei.

— Você ficou pálida na hora — Ivo confirmou.

— Não se alimentou direito de novo? — Nathy me salvou.

Era verdade: em alguns dias, eu simplesmente não sentia fome. Quando ficava muitas horas sem comer, às vezes tinha hipoglicemia, principalmente nos ensaios. Devia ser mesmo isso.

— É, foi isso. — Suspirei. — Você me conhece.

— Ah, Nicole, você não pode ensaiar sem comer!

— Eu sei, mas estava atrasada e não deu tempo de comer nada.

Ivo olhava de uma para a outra com uma interrogação no rosto.

— Achei que você tinha ficado pálida por causa do jeito como ele foi te orientar. — Ele franziu o cenho e completou, torcendo a boca: — Bem estranho aquilo.

— E o que ele disse? — Nathy perguntou.

— Ele disse...

Respirei fundo, sem querer deixar transparecer quanto tudo o que vinha acontecendo relacionado ao sr. Hunter mexia comigo. Forcei uma voz desinteressada:

— Ele disse: "É o nosso primeiro ensaio, então, por favor, srta. Aurora, entenda e repita o que o sr. Evans está lhe pedindo. Quando o sr. Florimundo chegar às suas costas assim..." Foi aí que ele segurou a minha cintura e completou: "A senhorita deve virar e... e, logo que finalizar o movimento, não perca contato visual com ele, entendeu?" — Encolhi os ombros. — Aí ele me soltou e acho que acertamos o que estavam pedindo, porque depois da última repetição não fomos mais interrompidos.

— Ou o sr. Evans ficou tão chocado pelo maestro ter ido chamar a sua atenção ao pé do ouvido que não quis falar mais nada.

— Meu Deus, o cara é louco — minha amiga afirmou, e nós entramos em uma loja.

Ela desviou a atenção de mim para a primeira arara de roupas à sua frente. *Graças a Deus.*

Eu tinha resolvido que não contaria sobre ontem. Como poderia? Aqueles dois me enlouqueceriam. Possivelmente morreriam de rir, e depois a Nathy me atormentaria. Como eu tinha sido inconsequente em fazer uma coisa arriscada daquelas. E se o sr. Hunter tivesse me visto? Eu já estava mexida demais; precisava e queria manter a cabeça longe de qualquer coisa relacionada ao maestro.

> Somewhere in her smile, she knows
> That I don't need no other lover
> Something in her style that shows me
> I don't want to leave her now
> You know I believe and how.
>
> — THE BEATLES, "Something"

ESTÁVAMOS SENTADOS A UMA MESA GRANDE DO CAFÉ QUE FICAVA DENTRO DA companhia de balé. Depois do ensaio, o sr. Evans convocou uma reunião com os quinze principais bailarinos da peça. Achei que seríamos apenas nós e o diretor artístico, mas estavam presentes também as assistentes de coreografia e o sr. Hunter.

— Como sabem, este balé é um grande marco na minha carreira e na de vocês. Chamei todos aqui hoje porque já estamos ensaiando há pouco mais de uma semana e acho que muitos talvez ainda se perguntem por que temos o privilégio de contar com a presença de Daniel Hunter — ele apontou para o maestro antes de concluir: — em nossos ensaios.

Privilégio? Meu Deus, me segurei para não rir. Nathy, que estava sentada ao meu lado, me cutucou, e eu segui a direção que ela apontava com o olhar.

Engoli em seco.

O sr. Hunter me encarava sem piscar, com uma expressão tão fechada que senti como se as mãos dele apertassem meu estômago. Soltei o ar devagar e olhei para baixo. Tentei voltar a atenção para o discurso do sr. Evans.

— Ele não é bailarino nem coreógrafo, mas conhece bastante de balé clássico e é um dos maiores gênios da música que já pisaram neste planeta.

Olhei para ele, porque meus nervos se sentiam analisados, e tinham razão, já que o maestro continuava me encarando de um jeito nada educado ou natural.

Eu me senti uma menina de seis anos, participando das aulas de balé com a professora mais rígida que já tive: a madame Vivan. Ela não admitia erros, não queria saber se éramos crianças ou tínhamos medo dela. Eu tinha muito, na verdade. E o sr. Hunter me fazia sentir igual à menina tímida do subúrbio do Rio, que, por mais que quisesse, nunca acreditou que chegaria tão longe.

— Entendeu, Nicole? — Ai, meu Deus, era o sr. Evans, e eu não tinha a menor ideia do que ele falava.

— Ãhã. — Confirmei com a cabeça.

— Então, como eu dizia... ele não está nos ensaios para corrigir a parte técnica, apesar de poder me ajudar quando achar necessário. O sr. Hunter é responsável pela parte de dramaturgia. E acho que vocês já perceberam que ele pode ser até mais exigente do que eu. — O sr. Evans riu e foi seguido em coro pelo grupo.

Só eu não ri, porque o sr. Hunter não desviava os olhos de mim.

— Quer falar algo, meu amigo? Fique à vontade — o sr. Evans sugeriu.

Ele piscou, parando de me encarar.

— A única coisa que eu não quero que vocês esqueçam — ele começou com aquela voz que fazia meus músculos vibrarem — é que o balé não é apenas disciplina e perfeição técnica. O balé é contar uma história com os movimentos. Então, o que eu vou exigir durante os meses de ensaio em que ficaremos juntos é que deem o melhor de si, a maior entrega possível de emoção, de corpo. — Ele voltou a me olhar e completou: — E de alma. E eu quero que entreguem tudo isso à minha música, que na peça é a voz para os movimentos de vocês.

Silêncio. Ele ainda me observava, e minha espinha era percorrida por um milhão de ondas elétricas.

— Vamos arrasar! — o sr. Evans falou e todos bateram palmas, menos eu e o sr. Hunter, que continuava me torturando com aquele par de olhos azuis inquisidores.

∽

De vez em quando, eu trabalhava no restaurante do balé em noites de apresentação. Era um jeito de fazer uma grana extra. As gorjetas dos turistas costumavam ser boas. Era cansativo demais sair do ensaio, vestir o uniforme e passar horas a mais em pé servindo mesas, mas sempre valia a pena.

Infelizmente, como todo trabalho, esse também tinha seus inconvenientes. O de agora, por exemplo, era alto, grisalho, encorpado, usava um terno caro e já tinha bebido mais do que devia.

O intervalo da peça estava quase acabando e o homem não dava sinal de que se levantaria satisfeito com o que havia sido servido. Ao contrário, tinha acabado de beber mais duas doses de uísque e ainda não havia pedido a conta.

Se se resumisse apenas às doses de uísque viradas como se fossem água, eu não estaria tensa e buscando ajuda com os olhos. O problema era...

— Gracinha, vem aqui — ele me chamou outra vez.

O problema era o comportamento abusado. Nas primeiras vezes, eu o ignorei. Aquele tipo de bêbado inconveniente era algo muito raro de aparecer no teatro.

— Senta aqui — ele prosseguiu —, deixa eu te pagar uma bebida.

Posicionei-me mais perto da mesa enquanto vasculhava o salão com o olhar, buscando o gerente. Não encontrei. Achar uma pessoa no meio de centenas de mesas abarrotadas de gente sentada, em pé ou circulando era uma tarefa difícil. Havia no local reservado para as mesas umas trezentas pessoas, que, como pássaros migratórios, vinham todas juntas no início do intervalo e partiriam em sincronia logo mais, quando a peça reiniciasse. Era uma bagunça quase organizada.

— O senhor quer pagar o que pediu? — sugeri, tentando dar uma cortada sem perder a educação.

— Não — ele segurou meu pulso —, quero que você sente aqui comigo.

Bêbado nojento!

Olhei para o ponto em meu braço que ele apertava e tentei me soltar.

— Eu vou chamar a segurança. Me solte, por favor.

— Tão brava. — Ele riu de um jeito lascivo. — Eu gosto.

Senti o sangue esquentar no rosto e tomei impulso para tentar me livrar do contato indesejado.

— Tira as mãos dela — uma voz forte e autoritária ordenou atrás de mim.

Meu coração disparou. Eu conhecia aquela voz; ela vinha me atormentando fazia alguns dias. Olhei para trás e encontrei o sr. Hunter próximo às minhas costas.

O bêbado me soltou, encarando-o, surpreso. Nervosa, me afastei dando alguns passos para trás e colidi com um bloco de músculos, olhos agitados e respiração acelerada.

— Me... me desculpe, sr. Hunter.

A mão pesada e um pouco áspera dele pousou em meu braço em um gesto protetor. Meus joelhos fraquejaram.

— Ele já pagou o que deve?

— Não, senhor — respondi, rápida.

— Pague agora e saia daqui — rosnou ele. — E nunca mais volte. Nosso balé não recebe bem homens do seu tipo.

— Isso é um absurdo — o bêbado contrapôs, abusado. — Eu não estava fazendo nada de mais.

Então, segui a direção do olhar do sr. Hunter, que mirava meu pulso, por onde aquele filho da mãe tinha me segurado havia pouco. Constatei, surpresa, que havia uma marca vermelha de dedos. Eu era muito clara, e qualquer contato um pouco mais firme quase sempre me deixava marcada. Mas o sr. Hunter não sabia disso. Os olhos dele, antes injetados de raiva, viraram brasas pegando fogo. E eu que achava já tê-lo visto sem paciência, bravo ou irritado. Meu coração batia ainda mais acelerado.

— Está tudo bem — afirmei, instintiva.

— Pague o que deve e vamos lá para fora ter uma conversa, somente nós dois — ele falou entredentes, com falso autocontrole. — Ou podemos sair daqui direto para a delegacia. Você escolhe.

— Está tudo bem — repeti, nervosa, olhando para os lados. A maioria das pessoas já se levantava para voltar ao espetáculo.

Não queria me envolver em um escândalo com um cliente bêbado e o meu diretor. Mas o sr. Hunter não concordava comigo.

— Peça desculpa para ela agora, seu verme — ele exigiu, aproximando-se do homem, que se levantou em um impulso defensivo.

Parecendo atordoado com a ira contida na voz, na postura, nas palavras do maestro, o homem colocou duas notas de cinquenta sobre a mesa e saiu rápido, desculpando-se com voz vacilante:

— Me desculpe, senhorita. Eu sinto muito.

Assim que o bêbado se misturou com o restante das pessoas, o sr. Hunter murmurou em francês:

— *Fils de pute, salaud!*

E ficou encarando enquanto o homem se afastava, como se pudesse desmembrá-lo com o olhar. Seu peito descia e subia em movimentos rápidos, e notei que ele esticava o pescoço e abria e fechava as mãos, como um pugilista antes do combate.

Jesus.

— Obrigada — murmurei baixinho.

Ele piscou lentamente e olhou para mim.

— Você está bem?

— Sim, obrigada — respondi, pegando o dinheiro sobre a mesa, confusa com a reação do meu diretor, com minhas próprias reações diante dele. Agora, por exemplo, meu coração continuava ridiculamente acelerado, e eu sentia uma vontade inexplicável de abraçá-lo, de ser protegida por ele.

— Vou falar com os seguranças para o marcarem, caso ele volte ao teatro.

— Eu não vi que o senhor estava por aqui — soltei, sem saber mais o que dizer. Somente então notei que minhas mãos tremiam, segurando as notas de dinheiro.

Ele balançou a cabeça.

— Você quer uma carona até em casa, quer... beber uma água, tomar um ar...? Sei lá, posso te ajudar de algum jeito?

Pode sim. Eu quero saber quem é você de verdade. Por que durante os ensaios age feito um general e então, como agora há pouco, feito um cavalheiro daqueles que só existem nos livros. Por que você xinga em francês? Por que me olha com tanta intensidade? E por que eu tenho a impressão de que te conheço de algum lugar? Eu queria fazer essas e outras mil perguntas. Em vez disso, respirei fundo e respondi:

— Não, obrigada. Preciso terminar de arrumar minha seção e... Está tudo bem, obrigada mesmo, sr. Hunter.

Ele assentiu em silêncio e me olhou daquele jeito que fazia as estrelas todas caírem sobre a Terra, então se virou e saiu sem se despedir.

Fiquei um tempo parada, em choque, segurando com força as notas entre os dedos antes de conseguir me mexer.

Afinal quem é você, Daniel Hunter?

∾∾

Eu sentia dor nas panturrilhas e no joelho direito. Não era uma dor estranha, já que sempre me acompanhava depois de um treino longo.

Após aquele dia no café, quando o sr. Hunter me defendeu do bêbado folgado, nos encontramos apenas nos três ensaios seguintes. Ele se comportou como se nada tivesse acontecido. Continuou tratando todos nós com a frieza e o mau humor habituais.

Mas, afinal, o que eu achei que aconteceria? Que ele viraria um príncipe da gentileza só porque me defendeu de um homem sem noção?

Fiz uma careta quando um puxão de dor agulhou minha perna. Eu não deixava a dor virar minha inimiga. Para mim, ela indicava que meu corpo precisava se adaptar e aprender novos limites. Cada dia trazia a possibilidade de uma nova superação, e eu treinava com a certeza de que sempre podia dar algo mais. Era um tipo de desafio interno: até onde eu conseguiria deixar o balé entrar, quanto mais seria possível me entregar à dança?

Eu estava sentada, afrouxando as fitas das sapatilhas no chão da sala de ensaio, e iria em seguida para a fisioterapia. Todos já haviam saído, apenas o sr. Evans ainda guardava suas coisas.

— Nicole! — ele me chamou.

Desviei os olhos das sapatilhas para o meu diretor.

— O Hunter esqueceu o celular dele aqui, em cima do piano. — Ele sacudiu a cabeça enquanto pegava o aparelho. — Eu tenho uma reunião e estou superatrasado. Você se importaria de deixar na sala dele? Acho que ele ainda está no prédio.

Fiquei em silêncio, encarando-o sem saber o que dizer, e o diretor explicou:

— A sala nova dele é ao lado da minha. Você sabe onde é.

Senti o coração disparar. Não queria ir até a sala do sr. Hunter, não queria encontrá-lo a sós dentro de um espaço reduzido.

— E então? — o sr. Evans esperava minha confirmação.

— Tudo bem, eu levo.

Como poderia dizer não a um pedido inocente desses? Tirei as sapatilhas de ponta e me aproximei do diretor artístico, pegando o aparelho da mão dele.

Ele não sabia que para mim aquele pedido não era inocente.

Saí da sala de ensaio e calcei os tênis com o coração na boca. *Não surta, Nicole. É só entregar um celular para uma pessoa.*

Fui em direção ao andar de baixo, onde ficavam a parte administrativa e as salas dos diretores. Passei pelas primeiras portas; a sala do sr. Hunter era uma das últimas do corredor. Eu segurava o celular dele entre os dedos um pouco trêmulos.

— Sua ridícula! — me xinguei em voz baixa.

A tela do celular acendeu com a entrada de uma mensagem. Eu não devia olhar. Era errado ler essa mensagem. Mas não consegui evitar:

> Não faça nenhuma besteira, eu sei como este dia é pesado para você e...

Isso foi tudo o que apareceu na tela.

Que coisa mais estranha. Sacudi a cabeça e voltei a andar. A mensagem era de uma tal de Jessica. O que será que ela quis dizer com o dia de hoje ser pesado e não fazer nenhuma besteira?

Não é problema seu. Esqueça isso!

Passei pela sala do diretor Evans, parei em frente à porta vizinha e li a confirmação: "DANIEL HUNTER". Meu coração disparou outra vez. Pisquei lentamente e murmurei:

— Chega! Sua louca!

Levantei o braço, decidida, e bati na porta três vezes. Para minha surpresa, ela abriu sozinha. Estava apenas encostada.

Meu coração acelerou um pouco mais.

— Sr. Hunter? — arrisquei, colocando metade da cabeça para dentro da sala. — O sr. Evans me pediu para... — Parei quando entendi que o maestro não estava ali.

Respirei fundo, sem saber se aliviada ou um pouco desapontada. *Aliviada, é claro, sua tonta!*

Entrei na sala. Seria mais simples do que havia imaginado. Eu teria apenas que deixar o celular, sair dali e...

Havia um livro sobre a mesa: *O diário de Jack, o estripador.*

Meu estômago gelou. *Cruzes! Que leitura.*

Deixei o celular ali, com os dedos ridiculamente mais trêmulos. Já ia virar para sair da sala quando outra coisa em cima da mesa chamou minha atenção. *Saia, saia, saia!*

Porém minhas pernas idiotas não obedeceram. Quem mandava nelas era a curiosidade anormal que eu sentia por tudo relacionado ao mistério que o sr. Hunter se tornava para mim.

Atenta aos barulhos do corredor e sem pensar muito, avancei e abri a agenda. Folheei rapidamente algumas páginas: anotações de horários de reuniões, alguns desenhos de notas musicais, mais registros de compromissos. Até que cheguei aonde queria: o dia de hoje. Meu coração batia rápido demais. Se eu fosse pega, meu Deus!

Tinha apenas uma frase escrita, com a letra mais caprichada que nas outras anotações:

Hoje é o dia em que a morte se apaixonou por mim, mais uma vez.

Meu Deus! O que significava aquilo? Que coisa mais doida. Minhas mãos estavam molhadas de suor.

A porta da sala se abriu de uma vez. Fechei a agenda de maneira tão abrupta que ela caiu no chão. O sr. Hunter parou com a boca entreaberta e ficou me encarando, em silêncio.

— Eu... eu... eu... — Engoli em seco e prossegui, desesperada: — Eu vim devolver o seu celular.

Ele olhou para o celular sobre a mesa e então para a agenda no chão. Um vinco se formou entre as sobrancelhas negras.

— Você estava mexendo nas minhas coisas? — perguntou em um tom de voz tão frio que me gelou inteira.

— Não, eu não...

— Não minta para mim — ele ordenou, sombrio, e deu dois passos para dentro da sala.

Eu me encolhi.

— Desculpe, eu não... Me desculpe, eu só coloquei o seu celular na mesa e aí...

— Aí resolveu ler a minha agenda. — O sr. Hunter olhou para o caderno caído no chão.

— Não, é só que... — Eu não tinha o que falar. O que eu poderia dizer? Ele havia me flagrado. Minhas bochechas arderam de vergonha. Que coisa mais estúpida eu fui fazer. — Me desculpe.

O sr. Hunter apanhou a agenda, deu a volta na mesa e se sentou.

— Você já olhou mesmo. — Respirou três vezes antes de continuar: — Você quer mais alguma coisa, se acomodar e tomar um chá enquanto eu termino de ler para você, talvez? — ironizou.

Minhas bochechas esquentaram mais, e eu neguei com a cabeça.

— Me desculpe.

Ele apoiou as mãos sobre a mesa.

— Pode ir.

Arregalei os olhos, surpresa.

— Mesmo?! Quer dizer... desculpe mais uma vez, eu não queria ver...

Então me virei, aliviada. Graças a Deus, tudo ficaria bem. Ele não era o cara frio que todos diziam; tive certeza disso na noite em que ele saiu em minha defesa como um cavalheiro de armadura. Realmente as pessoas o julgavam mal, concluí e inspirei devagar, já com a mão na maçaneta da porta. Ele era intrigante e continuava mexendo comigo de maneiras inexplicáveis. Mesmo agora, meu coração acelerado e minhas pernas bambas provavam isso. Mas ele era compreensivo e...

— Srta. Aurora — o diretor chamou, e eu me virei para encará-lo. — No fim da próxima semana, quero que você apresente a sua variação do terceiro ato.

Escancarei a boca, sem conseguir evitar.

— Inteira — ele concluiu, e o ar do mundo se evaporou.

— Mas... mas... nós ainda estamos ensaiando o segundo ato.

— Há aqui algumas bailarinas que não teriam problema nenhum em apresentar a peça inteira na semana que vem, se eu pedisse. Você tem algum problema com isso? — E me lançou um olhar desafiador.

— Não — murmurei, com a voz falha.

— Que bom — disse e cruzou as mãos sobre a mesa.

Fiquei encarando-o, sem conseguir falar nada nem me mexer. Filho da mãe, era essa a "resposta" dele? Com ou sem razão de tentar me castigar, ele devia saber que isso exigiria que eu treinasse muitas horas a mais durante os próximos dias. Ao contrário das "outras bailarinas", eu nunca tinha dançado nesse papel antes. Desgraçado!

— Agora você pode ir. — E apontou em direção à porta.

Concordei em silêncio e saí de perto daquele... daquele... Eu não tinha o direito de xingá-lo mentalmente; sabia que havia errado feio. Saí de lá com a certeza de que estava ferrada e de que precisaria me desdobrar em duas nos próximos dias.

Conforme me afastava da sala pelo enorme corredor em direção aos elevadores centrais, lembrei da frase estranha que lera há pouco na agenda dele: "Hoje é o dia em que a morte se apaixonou por mim, mais uma vez".

O que ele quis dizer com isso?

✎

Sentada no café principal da companhia enquanto esperava Nathy, fiz uma pesquisa no celular sobre o maestro. Duas semanas após o encontro vergonhoso na sala dele, eu tinha certeza de que a frase naquela agenda era de verdade: o maestro era o crush da morte. Por causa dele ou perto dele, eu sempre me sentia morta.

Na primeira semana, ensaiei em dobro a fim de apresentar a variação do terceiro ato que ele exigiu e morri de cansaço.

No dia em que deveria apresentar a dança em sala — pelo menos era o que eu imaginava que aconteceria —, o maestro entrou, não cumprimentou ninguém, colocou sua pasta sobre a mesa lateral e caminhou em minha direção.

— Você se preparou para apresentar a variação do terceiro ato? — perguntou baixinho, com os olhos cravados nos meus.

— Sim — respondi e ergui o queixo, orgulhosa, tentando disfarçar quanto a proximidade dele mexia comigo.

— Ótimo — ele respondeu, sucinto. — Assim, quando o Evans começar a ensaiar o terceiro ato, você vai estar pronta.

Virou as costas e saiu. Encarei-o, incrédula, com as mãos na cintura. Sentia o corpo inteiro dolorido por causa das horas a mais de ensaio, e aquele desgraçado não ia pedir para eu dançar?! E então, dali em diante, fiquei morta de raiva.

E foi assim até o último ensaio com o maestro, naquela tarde de sexta-feira, quando ele me matou de calor, nervosismo e um milhão de sensações conflitantes.

— Srta. Aurora — o sr. Hunter me chamou no final do ensaio —, eu quero falar com você. Por favor, espere todos saírem. — E aí eu comecei a morrer.

Quando ficamos a sós, ele cruzou os braços sobre o peito antes de dizer:

— Eu quero uma reação diferente sua quando estiver dançando com o seu príncipe. — E deu alguns passos, se aproximando.

Meu coração acelerou quando o maestro se aproximou mais.

— Quero que você olhe para ele assim — pediu e apontou com a cabeça em minha direção.

Minha garganta secou.

— Assim... assim como? — me esforcei para perguntar e baixei o olhar, sem graça.

Os dedos dele ergueram meu queixo. O sr. Hunter estava tão próximo que eu sentia sua respiração no rosto.

— Assim — explicou, me encarando com intensidade. O polegar deslizou do meu queixo, desenhando a linha do maxilar. — Assim — murmurou baixinho. — Olhe para ele do jeito que você está me olhando agora.

O que ele quis dizer? Ele percebia como mexia comigo?

Nossa respiração estava acelerada. Hunter ainda me olhava intensamente. E, quando achei que ele fosse me beijar ou me matar, o maestro se afastou de uma vez, virou as costas, pegou a pasta e saiu. Simplesmente saiu, sem dizer mais nada.

— Oi. E aí? — Nathy acabara de sentar à minha frente e eu voltei para o café. — O que o sr. Frieza Hunter queria com você? — perguntou e se recostou na cadeira.

Senti o coração disparar ao lembrar o que aconteceu, o jeito como ele me olhou e tocou meu rosto.

— Nada de mais, me pediu para interagir com o Ivo de maneira diferente — omiti. Não queria falar sobre o que tinha acontecido, ainda estava abalada.

— Cruz-credo — Nathy rebateu. — Três semanas e ele faz questão de não cumprimentar ninguém e de tratar todo mundo pelo nome dos personagens na hora de pedir o que quer que seja. — Ela levantou a mão para chamar a garçonete. — Sabe o que mais me irrita? O que esse cara entende de balé para opinar com tanta propriedade?

— Então, lembra que eu contei? Depois que ele me ajudou com aquele bêbado no café, eu não consigo mais enxergá-lo da mesma forma...

— Ele é estranho demais.

— Eu não aguentei e acabei de fazer uma pesquisa sobre ele pela internet. — Se Nathy soubesse quanto tempo eu gastava pensando nesse cara e tudo o que vinha acontecendo, talvez ficasse preocupada. Bom, eu estava.

Ela abriu mais os olhos, perguntando "E aí?" com a expressão.

— Ele é um monstro.

— Claro que é.

— Não, não de verdade. Ele é um gênio, desses que a gente pensa que só existem nos filmes. Quer ver?

Ela concordou.

Acessei a internet no celular e a pesquisa saltou; eu ainda não tinha fechado a página. Comecei a ler:

— "Daniel Elton Hunter nasceu em 1991, em Londres. Cresceu na casa da família em North Yorkshire. Aos quatro anos, tocou piano pela primeira vez, impressionando aqueles que assistiam. Aos seis, já tocava como se soubesse fazer isso desde antes de nascer. Aos nove, compôs sua primeira sinfonia. Aos doze, apresentava-se pelos palcos do mundo, aclamado como um novo gênio da música. Formou-se na Escola Real de Música, em Londres. Aos vinte anos, já era um dos maiores maestros do mundo contemporâneo. A música e a arte o acompanham dentro e fora de casa. Filho de pai desconhecido, perdeu a mãe aos seis anos e foi criado pela tia e madrinha Olivia Bonnet."

— A Olivia Bonnet? — perguntou Nathy e parou com a boca entreaberta.

— Sim, ela mesma!

A garçonete chegou e pedimos dois cafés e duas quiches com salada. Iríamos sair de lá e ir direto para a estação de trem com destino a Oxford, onde o pai de Nathy, que era professor de física, morava.

— Meu Deus! — minha amiga suspirou. — Ele é sobrinho de uma das maiores bailarinas da Inglaterra, uma das mais influentes diretoras artísticas da Companhia de Ballet de Londres?

— Sim, mas ela se aposentou há três anos. — Disfarcei. Eu tinha a sensação de estar presa na arena de *Jogos vorazes*. Pulso acelerado, mãos um pouco molhadas de suor. Era isso que a imagem de Daniel Hunter fazia em meus sentidos. *Sentidos loucos*.

— A mulher é endeusada por todos aqui — Nathy afirmou, parecendo chocada.

— Eu sei.

— Então é por isso que acham que ele entende... Quer dizer, é por isso que ele entende tanto de balé.

— É provável.

— Ah, meu Deus, mas é claro! Como não me liguei disso antes?

Franzi o cenho, sem entender.

— O quê?

— A Olivia é francesa e se casou com um inglês, provavelmente irmão da mãe do maestro, ficou viúva muito cedo e nunca teve filhos. Ela era conhecida por falar em inglês e em francês durante as aulas. E as broncas? Somente em francês... Meu Deus! O sr. Hunter aprendeu com ela.

— Acho que sim.

— O que mais diz aí? — Nathy perguntou, apontando para o celular.

— "Hunter é convidado frequentemente para ser jurado dos principais prêmios de música e balé ao redor do mundo. Apesar do forte vínculo familiar e do grande conhecimento artístico de balé clássico, o maestro nunca participou ativamente do cenário da dança, recusando os inúmeros convites que lhe surgem para reger os principais balés do mundo. Assim, ele mantém os fãs da modalidade ansiosos por uma junção do seu genial talento com a música em um clássico da dança."

Nathy massageou o pescoço com as mãos; ela só fazia isso quando ficava nervosa.

— Ah, meu Deus, estamos tão ferradas! Ele é tipo... filho da Olivia Bonnet?

— Sim.

— Por que ninguém nunca comentou com a gente? Será que são todos tão alienados como nós duas?

— Acho que não. — Eu ri sem achar muita graça. — Devem imaginar que todos sabem, e aí... ninguém comenta o óbvio.

— Bom, para mim não era nada óbvio.

— Nem para mim. — Encolhi os ombros e tentei esticar as pernas, mas senti um puxão na panturrilha e devo ter feito uma careta de dor.

— Dolorida?

— Um pouco.

— Trocamos massagem na casa do meu pai.

— Fechado.

Apesar de contarmos com sessões diárias de massagem e fisioterapia no balé, às vezes elas pareciam não ser suficientes para diminuir o desconforto dos músculos.

Os pratos chegaram e comemos por um tempo em silêncio.

— Você ainda acha que o conhece de algum lugar? — Nathy perguntou depois de dar uma garfada na salada.

— Quem?

— O sr. Hunter — ela respondeu, como se fosse óbvio.

— Não, foi só uma impressão passageira.

Menti. Era uma impressão que não passava, já que o maestro vinha ocupando muito os meus pensamentos, e a força deles acabara de evocá-lo. Engoli em seco ao vê-lo se sentar a uma das mesas do café com Marie, uma das bailarinas da companhia. Senti as bochechas arderem, dessa vez de raiva.

— O que foi? — Nathy percebeu minha cara.

— Você viu a Marie hoje durante o ensaio? — perguntei, sem esconder a irritação.

— Não. Por quê?

— Só faltou ela se jogar em cima do sr. Hunter. Aliás, ela tem feito isso bastante nos ensaios. E agora eles estão aqui... tomando um cafezinho. — Olhei discretamente em direção à mesa que eles ocupavam.

— Nada diferente do que ela faz com todos os bailarinos, sejam héteros ou bissexuais.

O sr. Evans se juntou a eles e acenou em minha direção; retribuí o cumprimento e Nathy também. Movida por um impulso idiota, acenei e dei um sorriso tímido para Daniel Hunter, que se virou, me ignorando.

— Ele é nosso diretor, pelo amor de Deus! — rebati, ainda mais irritada com o pouco-caso do maestro. — Ela não tem limites?

— Acho que é por isso mesmo que ela está tão entusiasmada, porque aparentemente ele não dá a menor atenção para ela. E, sinceramente, com todo aquele pelo na cara, me dá arrepios só de imaginar um beijo nele. Não consigo nem pensar. Essa moda de homens com barba... — Ela torceu a boca antes de acrescentar: — Deus me livre! Ele levou a coisa a sério.

Só que eu imaginei um beijo entre o sr. Hunter e Marie e senti ciúme. *Idiota!*

Bufei e afastei a cena da cabeça enquanto remexia a salada quase intocada no prato.

— Você devia sair com alguém. Desde que terminou com o Richard, não ficou com mais ninguém. — Nathy deu um gole no suco.

Richard foi meu primeiro e único namorado; ficamos juntos por quatro meses. Quase um ano atrás, eu tinha dezenove anos, e ele, vinte e cinco. O problema era que, por estar fazendo mestrado em Oxford, ele tinha uma agenda cheia e vivia estudando; e eu, por ser bailarina e vez ou outra ainda fazer uns extras na loja ou no café da companhia, também tinha uma agenda cheia, e esse era o único adjetivo que cabia ali. Quando ele podia me ver, eu não podia, e vice-versa. Mesmo com o fim do namoro, ainda éramos bons amigos e nos víamos sempre que possível.

— É, você deve estar certa — concordei e arregalei os olhos. Marie estava debruçada sobre a mesa, sorrindo de um jeito absurdo, como se o homem de barba fosse feito de chocolate e waffle.

— Vai ter uma festa incrível da Faculdade de Medicina hoje. Vamos? — Minha amiga me encarou com os olhos brilhantes, alheia ao meu ciúme.

— Não sei, estou tão...

— Ah, para com isso, vai. Vamos aproveitar que temos três dias inteiros de descanso e nos divertir. Dançar como garotas normais, encher a cara e fumar um...

— Nem pensar! Da última vez que você me convenceu a "fumar um", eu passei dois dias sem sentir direito as pernas.

Natalie gargalhou.

— Ai, que exagero. — Ela me cutucou com o ombro. — Vamos, vai? Aquele gatinho do último ano vai estar lá... E quem sabe você conhece alguém.

Essa era a Nathy, sempre de olho em algum carinha, e, como ela tinha o rosto perfeito e um corpo de bailarina, sempre tinha muitos garotos de olho nela também.

— Tudo bem, amiga, eu vou.

— Ahhh... — Ela me abraçou, comemorando com uma dancinha. — O que seria da minha vida sem você?

— Não sei o que seria de mim — respondi e vi que o sr. Hunter agora me encarava, daquele jeito que fazia tudo no mundo passar mais devagar.

8

Cut open my heart right at the scar
And loosen up
Gonna do what I'm told go where I'm told
And loosen up
Take a shot in the rain one for the pain and listen up
I tried all the way.

— KINGS OF LEON, "Wait for Me"

UM MÊS DEPOIS

— Comportem-se! Hoje o sr. Hunter vem assistir ao ensaio — Nathy disse ao entrarmos na sala.

Depois de nossa última viagem para Oxford, vínhamos treinando seis dias por semana direto. E, após o ensaio de hoje, teríamos a primeira folga em quatro semanas, dois dias seguidos de liberdade, sábado e domingo.

Nathy, que tinha começado a namorar desde que estivemos em Oxford pela última vez, estava muito bem-humorada. Apesar de o Paul, namorado dela, ter vindo vê-la algumas vezes, ela parecia eufórica com a folga um pouco mais longa. Eu também estava — ir para Oxford de novo seria bom. Sair de Londres vez ou outra era uma maneira convidativa de descansar.

— Viemos mais cedo, temos algum tempo antes que os cavalheiros do apocalipse cheguem — afirmei rindo, e Ivo me acompanhou.

Ivo era russo e um bailarino experiente, dançava no balé de Londres fazia mais de cinco anos e como primeiro bailarino havia três. Ali a novidade era eu. Sabia que eu era a aposta não somente do sr. Evans, mas também do balé. Por isso, não podia falhar. Não tinha o direito de falhar. Ivo vinha me ajudando muito. Não foram poucos os dias em que ficamos além do horário, repassando uma centena de vezes os passos.

Olhei para meus dois amigos, que brincavam entre si. Lembrei da mania curiosa de Ivo de estudar o significado do nome das pessoas. Agora mesmo ele contava que a origem do nome Nicole era grega e significava vitória. Durante as noites em que ensaiávamos além do horário, Ivo e eu debatíamos nomes e suas possíveis influências. Ele era metódico, tinha uma força de vontade e um talento que poucas vezes vi, e era também um bom amigo.

Natalie ria de algo que ele falara e, como eu perdi a piada, resolvi fazer a minha própria:

— Fada da alegria! — falei, enfática.

Esse era o personagem da Nathy, e ela e Ivo pararam de rir e me olharam. Fiz a cara mais carrancuda que consegui e continuei:

— Lembrou quantos anos tem? — continuei, dando ênfase a um sotaque inglês forçado. — E você, sr. Florimundo? — disse, sem olhar para meu amigo. — Faça alguma coisa direito! Eu tenho mais o que fazer do que assistir a isso. Ninguém aqui parece ouvir uma palavra do que pedimos.

Eles se sentaram de frente para a porta e começaram a rir.

— É igualzinho ao sr. Hunter — Natalie me incentivou. — Bom dia, sr. Hunter. — Ela entrou na brincadeira e eu virei a cara, fingindo não ter ouvido.

— *C'est pas possible, incompétents!*

Meus amigos entraram de verdade na minha — agora mesmo, estavam me encarando com uma expressão de susto.

— *Merde*, o que vocês estão olhando? Vamos, sr. Florimundo, faça algo de útil no seu dia e tente me provar que todo este tempo gasto valerá a pena. Você parece que está com dor de barriga, e não sofrendo por amor.

Natalie fez uma negação e olhou para trás de mim, e Ivo continuava me encarando como se eu fosse criar dez pares de tentáculos e dezesseis cabeças.

— O que, sr. Florimundo, não lembra como se faz nem ao menos o *grand plié*? Ou lembrou que eu sou o único ser do mundo que pode soltar palavrões em francês e ainda assim ser aclamado por aplausos ingleses?

Então eu ouvi, em alto e bom som, aplausos às minhas costas. Senti o estômago se contrair, como se ele pudesse prever o que eu encontraria. Em seguida, nervosa, me virei.

E lá estavam o sr. Evans, que me olhava como se eu fosse um alien, e o homem que soltava palavrões em francês.

Ahh, que vergonha. Ele me ajudou tempos atrás com aquele bêbado inconveniente, e agora eu debocho dele em sala de aula. Está certo, era brincadeira e não era para ele ver. Mas que droga!

Hunter continuava a me aplaudir, me olhando de um jeito... O que era aquele olhar? Será que eu poderia morrer por efeito de um olhar? Talvez sim.

— Muito bem, srta. Aurora — falou o maestro. — Agora que já provou ser uma ótima palhaça, demonstre metade dessa habilidade no ensaio de hoje, ou com certeza eu lhe darei algumas aulas a mais de francês para que você continue treinando a sua fluência.

Eu tinha parado de respirar. *Ah, meu Deus, isso realmente está acontecendo?*

Meu coração dançava um *pas de deux* com as costelas. Engoli em seco outra vez; quer dizer, tentei engolir. Mas não consegui. Culpa do chiclete que eu mascava. E, antes que conseguisse me recuperar, ouvi:

— E jogue fora esse chiclete. Eu nem deveria ter que pedir tal coisa, afinal não sou sua professora de pré-escola.

Assenti, muda, porque o chiclete removeu todas as palavras da minha cabeça. Virei em direção ao cesto de lixo que ficava em um dos cantos da sala, sem sentir o corpo.

Todo o bom humor do início do dia resolveu se fechar de uma única vez em nuvens cinzentas e pesadas que despencavam na minha cabeça. Tive certeza disso quando a voz do sr. Hunter ecoou em cima de mim:

— Não deixe esse troço grudento cair no meu colo nem no chão da sala! Faça o favor de lembrar que aqui, na *Inglaterra* — ele fez o favor de dar ênfase à palavra, e prosseguiu: —, nós jogamos esse tipo de coisa mascada no lixo. Já que não temos a pressão de uma aeronave, acredito que seus ouvidos vão sobreviver sem que você precise mastigar isso.

O trovão e o raio da compreensão e da lembrança explodiram. Meu Deus, esse... esse cara... o sr. Hunter... era... Eu mal conseguia me manter em pé. Era o músico, o ogro que sentou ao meu lado no avião três anos atrás e que... Ai, meu Deus!

Tudo ficou escuro e tive que me apoiar na barra lateral, que por sorte estava a apenas dois passos. O sr. Hunter era o roqueiro que pegou meu chiclete mascado e minha calcinha!

Como eu não lembrei? Como?

Ele estava sem barba na época e... Jesus! Como não o reconheci?

Talvez esse fosse o motivo da minha obsessão por ele. Alguma parte da minha mente devia saber quem ele era e queria me avisar desesperadamente. A outra parte, a consciente, ou idiota, deletou por completo o episódio do voo. Mas pelo visto ele lembrava, e com detalhes.

O restante do ensaio aconteceu em total ausência de normalidade. Eu não conseguia nem lembrar direito meu nome, que dirá o balé que eu dançava fazia anos e os passos que executava melhor do que conseguia andar.

Desastre.

Ensaiávamos o "Adágio da rosa", a parte em que eu dançava um *pas de deux* com quatro bailarinos, os quatro príncipes pretendentes. Eu estava errando muitos passos. Agora, por exemplo, errava de novo. Minha concentração virou um chiclete mascado, e o humor sarcástico do sr. Hunter mascava o resto de tudo dentro de mim.

— Ou a srta. Aurora vai lembrar por que está aqui hoje, ou acho que devemos sentar e esperar o próximo número dos palhaços com que ela está querendo nos presentear desde que eu entrei na sala. — Isso, é claro, ele murmurou sem olhar para mim.

O meu futuro seria escuro ao lado dele. E, pior, fora eu quem cavara a minha cova, com atitudes bobas e impulsivas.

E, ops, merda, ou *merde*, mais um passo errado.

Olhei para Natalie, que me encarava, incrédula. A sala já tinha mais de cinco pessoas treinando. E, *merde*... mais um passo em falso e quase derrubei o John.

— Nicole — o sr. Evans falou —, parece que você não está em condição de realizar nenhum movimento hoje sem se colocar em risco, ou ao seu parceiro. Sugiro que sente e descanse um pouco para encontrar sua concentração, por favor. — Em seguida, virou-se para Marie, que era a Carabosse da peça, a fada má, e pediu: — Assuma o lugar de Aurora.

Marie era uma das bailarinas mais experientes da companhia, dançava como primeira bailarina havia mais de cinco anos e já devia ter atuado no papel de Aurora umas cinco vezes só na última temporada. Agora mesmo ela ensaiava para ser Carabosse e Julieta simultaneamente, em uma montagem que aconteceria no próximo mês. Quando passei pelo sr. Hunter, ele disse em um tom de voz baixo e controlado; acho que queria que só eu escutasse:

— Da próxima vez que quiser se divertir com seus amigos, acho que devia mostrar suas roupas íntimas. Garanto que dará melhor resultado.

Gelei e virei para ele. Tudo naquele homem me intrigava, mexia comigo, me descompensava. Eu odiava isso. Quando o encarei orgulhosa, porque queria deixar claro que, apesar de ter errado caçoando dele no início da aula, aquilo tinha um limite, ele não me olhava mais.

MERDE!

'Cause you're a good girl and you know it
You act so different around me
'Cause you're a good girl and you know it
I know exactly who you could be.

— ARCTIC MONKEYS, "Hold on We're Going Home"

ACORDEI COM O CALOR DO SOL EM MEU ROSTO. BRIGUEI UM POUCO COM A claridade, e meus olhos se entregaram à manhã que crescia na janela. Depois do ensaio e da lembrança do episódio do avião, viemos para Oxford. Durante a viagem de trem, contei tudo para uma Natalie chocada e, em seguida, descontraída. Ela riu durante a viagem inteira do que tinha acontecido há três anos, e eu acabei rindo junto.

A vida e o mundo podem ser muito loucos. Como esse tipo de coincidência existe? O que faz duas pessoas que nunca se viram viverem momentos como aqueles dentro do avião, e o que leva essa mesma pessoa, anos depois, a virar seu diretor, e então... o bêbado, a agenda, as instruções sussurradas ao pé do ouvido...

Em seguida contei sobre o beco. Ela quase surtou de tanto rir. Tentei fingir que me divertia também, só que nessa parte, especialmente quando me lembrei das sensações que a presença dele me causava, não consegui achar graça.

Espreguicei-me na cama; estávamos outra vez na casa do pai da Nathy. Antes de vir para cá, eu achava que Oxford era uma universidade com um prédio único e enorme. Ri sozinha ao entender que a cidade era toda cercada de prédios, que eles chamavam de *colleges*. Sabe Hogwarts? Alguns prédios daqui foram usados nas filmagens da escola de bruxaria.

Nathy ainda dormia. Levantei e abri a porta do banheiro devagar para não acordá-la. A sua noite fora mais longa que a minha. Eu tinha encontrado

Richard na festa, e conversamos até uma da manhã. Quando eu já bocejava mais do que respondia, ele me trouxe para casa. Não sei a que horas a Nathy voltou, mas acho que, pela empolgação dela com Paul, seu novo namorado médico, devia ser muito tarde.

Escovei os dentes e bochechei ainda com o gosto da pasta de hortelã na boca. Penteei os cabelos, que viravam uma coisa inominável depois de uma noite de sono sem prendê-los. Vesti uma roupa de ficar em casa. Quando saí do banheiro, minha amiga tinha acordado e passava uma camiseta pela cabeça.

— Bom dia — eu disse e sentei na beirada da cama.

Os pássaros cantavam muito pela manhã, especialmente depois de um cumprimento ignorado.

— Brigou com o Paul?

Um sopro forte pela boca foi a resposta. Através da janela, o dia ainda nos lembrava de agradecer à vida. Dentro, havia silêncio, mau humor no paraíso e olhos cansados, que agora não enxergavam nada além do espelho.

— Nathy, se você vai continuar me ignorando, eu vou sair e fazer alguma coisa.

— Faz o que você quiser. — Eu sabia que ela queria ou precisava brigar. E talvez desse isso a ela, porque a Natalie mal-humorada conseguia irritar até os pássaros do outro lado da janela.

— Quando acorda assim, você só é melhor que o sr. Hunter. — Pronto. Como a boa amiga que era, eu daria à Nathy a briga que ela queria.

— Vai passear, sua virgem da autocomiseração antiprazer.

Dei uma gargalhada irônica.

— Está de mau humor, né? Mas a criatividade para as ofensas continua igualzinha.

— Antes mal-humorada pela manhã que mal comida, ou melhor, nunca comida.

— Quer saber, Natalie? Vai à merda! Você é uma grossa quando precisa descontar suas frustrações em alguém. Eu não tenho culpa se o Paul te deu um pé na bunda ou dois. Fui! — desabafei, agarrando minha bolsa em cima da estante e virando em direção à porta, quando senti a mão dela fechar em meu ombro.

— A gente brigou. Desculpa, Ni, estou arrasada. — Apesar de eles estarem juntos há apenas um mês, eu sabia que a minha amiga era ciumenta quando do namorava.

— Ah, Nathy, o que aconteceu? — Virei para encará-la.

— Eu surtei de ciúme. Ele ficou conversando com uma amiga e eu surtei.

Eu a abracei, alisando suas costas em um gesto de apoio e carinho, os cabelos ruivos da Natalie entre meus dedos. Ela era uma Barbie bailarina.

— Que droga, amiga. Você tem que confiar mais em você, e nele também.

— Eu sei. — Ela fungou. — Eu liguei para ele agora há pouco, mas ele não atendeu.

— Vamos — peguei na mão dela —, vou fazer um chocolate quente para você e depois nós vamos ao cinema ver um filme bem engraçado, então...

O telefone da Natalie tocou. Eu me afastei quando ela pegou o aparelho de cima da penteadeira e olhou para a tela.

O quarto tinha decoração provençal, bem romântica. As janelas amplas inundavam tudo de luz, que tocava primeiro as cortinas de renda, depois o papel de parede azul com motivos florais e logo todos os móveis brancos estavam contornados pelo sol. Olhei para ela, que encarava o celular com o cenho franzido.

— É ele?

— Ãhã — Nathy assentiu com a cabeça.

— Aten... — Não consegui terminar.

— Oi — ela disse, manhosa. — Não, eu sei que errei. Mas você foi embora e...

Nathy dificilmente pedia desculpa, mesmo quando errava. Eu queria sinalizar que seria legal ela fazer isso, mas ela virou de costas, em direção à janela.

Sentei na cama outra vez.

A conversa era entremeada de silêncio e soluços.

— Está bem, eu só vou comer alguma coisa e saio.

Ela desligou e colocou um casaco.

— Ele está aí fora, ele... — Nathy suspirou, com lágrimas nos olhos — está supertriste. Que merda.

— Vai lá, conversa com ele, fala o que você está sentindo e... pede desculpa. Vocês vão se entender.

— Que merda estar apaixonada. Você não faz ideia de como a gente fica burro.

— Não, eu realmente não faço a menor ideia. Só tenho certeza que quero ver você feliz. Pode até ficar burra de paixão, mas tem que estar feliz.

Eu achava que nunca iria me apaixonar, porque o balé sempre foi meu primeiro e único amor. Beijei a testa dela antes de dizer:

— Que bom que tenho você convivendo comigo, cheia de paixão por um carinha. De certa maneira, eu vivo um pouco isso sem viver.

— Não, não vive — ela disse, limpando as lágrimas e dando um sorriso com o nariz franzido.

— Vai logo, senão o Romeu pode cometer uma loucura por amor.

— Quer saber? Sorte sua ser imune a isso.

— É, talvez — respondi, sem ter muita certeza se era isso mesmo que eu queria. Por mais que a dança ocupasse quase tudo de mim, existia um lado pequeno que insistia em ficar curioso com o tão sonhado amor romântico. Eu enfiava esse lado bem fundo, embaixo de uma pilha de fitas de cetim e toneladas de sapatilhas com alta quilometragem de *pas de bourrée*. Os únicos romances que me faziam suspirar eram os livros de Jane Austen e os musicais de Fred Astaire. Esse era todo o romantismo que cabia no meu mundo.

Fazia uma semana que tínhamos voltado de Oxford. Nathy se entendeu com Paul e passaria o domingo fazendo coisas de casal — o programa menos "segurar vela" que ela me propôs foi fazer uma maratona de série com eles na Netflix.

— O dia está lindo, Nathy. Vamos dar uma volta, ver gente.

Ela franziu o nariz.

— Preguicinha. E, além disso, vai chover à tarde.

Encolhi os ombros.

— Bom, eu vou. Estou precisando pegar um pouco de sol e tirar o mofo.

E foi por isso que resolvi passear em um parque mais longe de casa — queria, além de pegar um pouco de sol, ver coisas e lugares diferentes. Agora, deitada em uma manta sobre a grama fofa, sentindo o mormaço aquecer os meus ossos no jardim de rosas do Regent's Park, tinha certeza de que minha escolha fora acertada.

Nada como sair de casa em um dia frio, sentir o sol, ouvir música sem pressa, cochilar ao lado de roseiras perfeitas e...

Pingo.

Pingo.

Pingo.

No nariz, na bochecha e no cabelo.

Abri rapidamente os olhos e mirei o céu azul, que dava lugar a nuvens pesadas de chuva, anunciando que logo o mundo despencaria. E...

Mais pingos.

Agarrei a manta de lã e enfiei na mochila, vesti o casaco impermeável, o gorro e comecei a correr.

Chuva e frio, muito frio, eram a pior combinação que podia existir. Infelizmente a saída do parque estava longe.

Mas que bosta, me distraí tanto que nem reparei na tempestade se armando.

A chuva apertou no ritmo dos meus passos. Eu corria, minha calça e meus sapatos já estavam praticamente ensopados. Uma rajada de vento molhado e congelante atingiu meu rosto e meu queixo bateu.

Atravessei os portões de saída do parque; ainda faltava um pouco para a estação. Puxei o cordão do capuz do casaco.

— Srta. Aurora?

Olhei para o lado e dei de cara com Daniel Hunter em um carro preto esportivo. Meu coração disparou e eu me abracei instintivamente.

— Oi, sr. Hunter.

— Quer uma carona?

Neguei com a cabeça. Ele ignorou, inclinando-se para abrir a porta do passageiro.

— Entre no carro, pelo amor de Deus. Você vai congelar.

Fiquei alguns segundos encarando-o, sem saber o que fazer. O carro atrás dele buzinou.

— Anda, senhorita.

Sem pensar, abri a porta e entrei.

Ele intensificou o aquecedor. Mordi o lábio, segurando o tremor, e quase gemi de vergonha ao perceber que eu tinha sentado molhada naquele banco caríssimo de couro.

— Para onde você vai?

— Para o metrô, obrigada — respondi sem me virar.

Ouvi uma respiração profunda.

— Destino final?

— Minha casa, mas não pre...

— Onde você mora?

Olhei para ele, sem graça.

— Perto do balé, mas eu não quero te atrapalhar.

Ele negou com a cabeça.

— Estou saindo da Academia de Música. — Apontou para o prédio ao lado do parque. — Não tenho mais nada para fazer hoje. Você não vai me atrapalhar.

Esfreguei as mãos na calça ensopada, numa tentativa inútil de aquecê-las. Abri a mochila e peguei minhas luvas.

— Obrigada, mas eu posso ficar no metrô e...

— Tire o casaco.

Meu estômago gelou.

— O quê?

— Seus lábios estão roxos, seu casaco é impermeável e não deixa o calor do aquecedor chegar ao seu corpo.

Em um silêncio envergonhado, tirei o casaco, suspirando pouco depois, ao sentir o ar quente começar a me esquentar.

— Desculpe, sr. Hunter, eu estou molhada e o seu banco...

Ele fez uma negação com a cabeça.

— Só pegue a pasta de couro que está nos seus pés.

Olhei horrorizada para baixo, encontrando a pasta surrada que o maestro levava para cima e para baixo no balé.

— Ah, meu Deus — comecei, aflita. — Eu estava com os pés em cima dela! Desculpe, eu não vi.

O farol ficou vermelho e ele parou o carro, pegando a pasta da minha mão em seguida e a colocando no banco de trás.

— Obrigado. Essa pasta leva a minha vida, as minhas composições, tudo o que eu preciso para trabalhar. Se eu ficar sem ela, estou perdido.

Eu peguei na pasta de couro do sr. Hunter. Sabia que esse era um pensamento estranho. Porém, ensaio após ensaio, eu o via com aquela pasta junto ao corpo, como se fizesse parte dele. Alguns objetos são carregados com apego durante toda a vida e talvez contem muito sobre uma pessoa.

— Me desculpe, eu... eu não vi.

— Está tudo bem, não se preocupe. — O farol abriu e ele pôs o carro em movimento mais uma vez.

Naquele tempo de convivência, eu havia reparado em algumas coisas sobre o maestro: antes de perder a paciência, ele sempre esfregava os olhos; tinha mania de brincar com a caneta entre os dedos; e, quando não estava com algo nas mãos, os dedos longos dedilhavam incessantemente as pernas. Ele também afivelava a pasta de maneira desigual, o que fazia uma das tiras de couro ficar mais comprida que a outra. Para mim, isso dizia muito sobre sua personalidade: diante do mundo ele era metódico, perfeccionista, inflexível, mas talvez fosse mais relaxado do que aparentava. Mais tranquilo? Vai saber...

Encolhi os ombros com meus pensamentos.

— Tudo bem? — Ele notou.

— O senhor usa sempre a mesma pasta? — perguntei, num impulso.

O cenho dele franziu.

— Como assim?

Engoli em seco, arrependida de ter disparado a pergunta sem pensar.

— É que a sua pasta parece antiga, e às vezes objetos antigos contam muito sobre o dono. Hum... deixa pra lá.

— Você é estranha. — Os lábios dele se curvaram para cima de maneira quase imperceptível.

Meu Deus! Era o esboço de um sorriso. Meu pulso acelerou tanto que nem liguei de ser chamada de estranha pelo sr. Esquisito Hunter. Respirei fundo e senti meus braços arrepiarem.

Apesar de o interior do carro estar muito mais confortável do que a chuva lá fora, meu sistema nervoso enviava alarmes para o meu corpo, que não conseguia relaxar, como se estivesse em perigo ou...

— Sua boca está tremendo.

Meu pulso acelerou mais. Ele estava olhando para a minha boca.

O carro parou em outro semáforo.

Minha respiração ficou instável. Tomei coragem e o encarei. Nossos olhares se encontraram. Notei que ele apertou as mãos no volante.

— Você saiu de casa neste tempo sem guarda-chuva?

O quê?

Esfreguei as mãos nos braços, desnorteada, e respondi a primeira coisa que me veio à cabeça:

— O frio já está passando.

Os dedos longos apertaram um pouco mais o volante. O carro parou novamente e ele tirou a malha de lã que vestia.

— Tome, vai ajudar a te aquecer mais rápido.

Fiquei sem graça e ao mesmo tempo com uma vontade estranha de aceitar.

— Desculpa — pedi, agarrando a blusa.

Ele inspirou devagar.

— Pare de se desculpar, por favor.

Por favor?

Eu quis dizer que ele costumava pôr um pouco de medo nas pessoas, mas... aquilo não era verdade, pelo menos não comigo, nunca comigo. Para mim, ele era atraente como o sol deve ser para uma mariposa cega, ou para uma pessoa congelando. Como o predador perfeito deve parecer à sua vítima.

Um arrepio percorreu minha nuca. Bobagem, ele não era perigoso.

Eu só queria saber mais, conhecê-lo mais, entendê-lo mais. Principalmente quando ele se mostrava tão diferente da maneira como se comportava durante os ensaios, como agora: gentil, cuidadoso e educado. Então, improvisei:

— Estou pedindo desculpa por aquele dia, na sala, quando te imitei... Foi idiotice. — De certa forma era verdade; eu realmente queria falar sobre isso com ele havia tempos.

O carro parou em mais um farol.

— Se eu não fosse o seu diretor, talvez tivesse rido.

Surpresa com a resposta e com as reações dele, tão diferentes daquelas com as quais eu estava acostumada, passei rapidamente a blusa de lã pela cabeça e... me arrependi.

O cheiro do sr. Hunter estava em toda parte, um misto de madeira, sabão, conhaque e pele limpa. Se a música clássica tivesse um aroma, seria aquele. Era como ser abraçada por ele.

Um pouco atordoada, mirei a rua enquanto o sr. Hunter dirigia por um tempo em silêncio. Quando o carro parou em mais um farol, eu o fitei com mais atenção. Ele usava uma camiseta que deixava uma parte da tatuagem à mostra. Lembrei do dia no avião, quando vi o desenho pela primeira vez.

— A partitura no seu braço é uma música sua?

Ele me encarou parecendo surpreendido e fez uma negação com a cabeça. O indicador teclou o telefone afixado no painel do carro e uma música começou a tocar.

— *Réquiem* — retrucou ele. — Tatuei a partitura inteira de "Lacrimosa" nos dois braços.

Sem saber o que responder, entrelacei os dedos sobre as pernas. Apesar de a música ser linda, eu não sabia o que falar. Afinal quem tatua uma missa fúnebre nos braços?

— Eu conheço — comprovei, baixinho.

E, como se ouvisse minhas dúvidas, ele falou, espontâneo:

— É para me lembrar da minha aliança com ela.

Aquilo não explicava muita coisa.

— Com ela?

— Com a morte.

Eu devia ficar assustada? Porque só conseguia ficar cada vez mais intrigada.

— Como assim?

— Todos nós temos uma aliança com a morte. É o único encontro que temos certeza que acontecerá um dia. Com algumas pessoas mais cedo, com outras mais tarde. Apesar de sabermos disso, ninguém quer falar ou pensar sobre o tema.

Meus lábios voltaram a tremer um pouco e não era por frio. Talvez fosse medo, talvez meu instinto de autopreservação ainda funcionasse.

Às vezes, em uma situação estranha ou tensa, tentar manter um diálogo racional faz o clima parecer um pouco mais natural. E foi o que fiz:

— Acho uma ideia um pouco mórbida.

— É realista.

— Prefiro pensar na vida.

— Chegamos — ele disse, parando o carro.

Eu estava tão distraída que nem reparei quando entramos na rua da minha casa em Covent Garden e...

— Espera! — Arregalei os olhos. — Como você sabia onde eu moro?

Ele desligou a música do celular antes de responder tranquilamente:

— Você me disse.

— Tenho certeza de que eu só falei que mo... — Parei quando Hunter se inclinou sobre mim. Tão perto que a barba roçou na minha bochecha. Tão junto que senti a respiração quente tocar a pele do meu rosto. As minhas pálpebras pesaram. Ele me beijaria, tinha certeza que sim. E o mais louco de tudo era que uma parte bem grande minha queria o beijo. Queria muito.

Ouvi a trava da porta sendo aberta e reabri os olhos.

O sr. Hunter já estava sentado no banco do motorista outra vez. Ele havia se inclinado apenas a fim de abrir a porta do passageiro, para que eu saísse do carro, não para me beijar.

Que vergonha! Provavelmente eu estava com aquela cara de "Por favor me beije". E ele era meu diretor. Passada com a situação, tirei a malha e devolvi para ele.

— Obrigada pela carona. — Eu só queria sair logo do carro, me distanciar dele, daquele clima e daquela eletricidade que sempre corria entre nós e que eu não entendia.

— Entre e tome um banho quente, uma bebida que te aqueça, depois descanse. Eu não quero que você... Nós não queremos que a protagonista da peça adoeça.

Não consegui falar mais nada e saí do carro, fechando a porta sem olhar para trás.

Entrei no apartamento e passei pela Natalie e pelo Paul, que me cumprimentaram com os olhos grudados na TV. Esfreguei o rosto ao sentir que o cheiro do sr. Hunter ainda estava em mim. Entrei no banheiro, tirei a roupa e fui para debaixo do chuveiro, tentando lembrar se tinha dito meu endereço para ele. Eu tinha certeza que não.

Em seguida, tomei um chocolate quente e deitei embaixo do cobertor com um livro. Só me dei conta de que fiz exatamente o que ele me pediu quando já estava na cama.

10

> If you say run, I'll run with you
> If you say hide, we'll hide
> Because my love for you
> Would break my heart in two
> If you should fall
> Into my arms
> And tremble like a flower.
>
> — DAVID BOWIE, "Let's Dance"

VINTE DIAS DEPOIS DA CARONA, UMA MÚSICA NOVA ENTROU PARA A LISTA das mais tocadas no meu celular: "Lacrimosa".

Era estranho, um comportamento talvez um pouco obsessivo. Mas eu não conseguia evitar. Cada vez que a melodia tocava, eu dizia a mim mesma que era uma música linda e apenas isso.

Mas, no fundo, eu sabia o que estava por trás do impulso de ouvir aquela composição: a vontade cada vez maior de entender Daniel Hunter, de conhecê-lo melhor, de conhecer seus segredos.

Porque nos últimos vinte dias, depois da carona, o comportamento dele em sala mudou: ele entrava mudo e saía praticamente calado, como se não houvesse ninguém no local, como se ele estivesse assistindo a ensaios gravados. Às vezes murmurava algo para si e então anotava naquele bloco surrado. Nas poucas vezes em que falava, usava um tom de voz frio e compenetrado. Parecia estar lendo partituras em voz alta no lugar de dirigindo reações e emoções humanas por meio da dança. Nem por isso era menos intrigante. Pelo contrário, esse comportamento mais distante e aparentemente reservado continuava a dar nos nervos de todos. Como se o maestro fosse uma bomba-relógio ou a calmaria antes da tempestade. Eu tinha certeza de uma coisa: Hunter era muito mais complexo do que aparentava.

— Tem certeza de que vai ficar bem? — Nathy me perguntou na porta de saída da companhia, chamando minha atenção. Havíamos acabado um dia longo de ensaios.

— É claro que sim. Eu já fiquei sozinha antes e me alimentei direitinho. — Dei um empurrãozinho nela com o ombro e sorri.

— Tem certeza de que não quer ir para a casa do meu pai? Podemos sair juntas se você for.

Natalie passaria o feriado em Oxford, na casa do Paul.

— Não, amiga, obrigada. Vou dar uma folga para vocês e para as minhas mãos também nesse feriado.

— Mãos?

— Elas não aguentam mais bancar o candelabro.

Minha amiga abriu a boca, zombeteira e horrorizada.

— Eu não sabia que você se sentia assim com a gente.

— Depois da última briga de vocês, há um mês, parece que estão sempre se reconciliando.

— Ahhh, que exagero! E além disso tem o Richard, que quase sempre está com a gente.

— O que só piora a situação, porque, enquanto vocês estão trocando beijos... — Sacudi a cabeça. — Aliás, enquanto vocês *se engolem*, o Richard me seca com cara de cachorro abandonado.

Ela olhou para baixo.

— Nossa, desculpa. Não sabia que era tão ruim.

— Estou brincando, Natalie. — Suspirei. — Até dividida, a sua companhia jamais me deixaria deslocada... ou quase isso.

Ela passou o braço pelos meus ombros enquanto caminhávamos em direção ao apartamento.

— Sabia que eu te amo? — disse sem me olhar. Nathy tinha dificuldade de falar sobre qualquer sentimento, mesmo em uma amizade tão simbiótica como a nossa.

— Sabia, mas nesse feriado a sós no apartamento eu serei do sr. Darcy e do Fred Astaire.

— Ai, que medo que eu tenho de você com esses dois.

— Shhh, fala baixo — pedi, enfática. — Eles são meus amantes. O balé me mataria se soubesse, e ainda estamos muito perto do prédio.

Natalie gargalhou.

— Não ria. O sr. Hunter pode descobrir que temos senso de humor e ficar bravo.

Ela gargalhou outra vez, ainda mais alto.

— Ele estava quieto hoje também, né? Não abriu a boca durante o dia inteiro de ensaio. Aliás, não solta um mísero palavrão em francês já faz vários dias — ela comprovou, em tom de dúvida.

— Acho que ele é diferente do que imaginamos... Ele parecia triste hoje.

— Ele me dá arrepios, Ni... E a sua fixação por ele me preocupa.

— Você está exagerando, eu não tenho fixação nenhuma. — Suspirei com peso na consciência pela mentira, ao lembrar minha nova música-mania. Essa era só mais uma prova de que Natalie tinha razão.

Eu chegaria em casa e apagaria a maldita música do celular e...

Parei de andar de uma vez, com uma sensação de esquecimento. Nathy parou também.

— O que foi? — ela perguntou.

— O meu celular. — Já mexia dentro da bolsa. — Falei com a minha mãe no vestiário e acho que não guardei de novo. — Sentei no chão e comecei a revirar a bolsa. — Ah, meu Deus, que saco!

— Deixa eu ligar para ele — Nathy sugeriu, já com o celular na mão.

Parei de procurar e levantei, rezando para ouvir o toque. Grudei a bolsa no ouvido.

— Nada, né? — minha amiga perguntou.

— Não, com certeza ficou lá... Mas que bosta! — Fechei a bolsa e pendurei no ombro. — Vou ter que voltar.

— Ah, amiga, que droga!

— Pois é.

— Desculpa, nem te acompanhar eu posso, senão perco o trem.

— Fica tranquila, Nathy.

— Tem mesmo certeza de que não quer ir comigo?

— Absoluta. Vou deixar vocês se curtirem a sós um pouco. — Encolhi os ombros. — Vai ser bom pra mim. Acabei de comprar *Razão e sensibilidade* naquele sebo, lembra? Estou louca para reler.

— Não esquece de ligar o aquecedor e de se manter bem quentinha, hein?

— Recordes de frio e neve neste inverno, né?

— É, e você tem mania de andar mal agasalhada.

— Não sou muito friorenta, com exceção das mãos. — Mexi os dedos enluvados e concluí, sorrindo: — Sempre geladas.

Ela me lançou um olhar de repreensão.

— Está bem, mamãe — ironizei.

— Se a dona Silvana estivesse aqui, ela me agradeceria.

— Ela te agradece mesmo sem ver o que você faz por mim. Agora vá, antes que a gente congele aqui fora.

Natalie me abraçou e eu corri de volta para a companhia.

Depois que o expediente acabava, a área de ensaios me dava um certo calafrio idiota, mas involuntário. Acontece que tudo ali era tão grande. Era quase como entrar de madrugada em uma fábrica ou um shopping, o cenário perfeito para um filme de terror. Meu coração bobo tinha certeza disso, porque, apesar de a razão repetir incansavelmente: "Calma, para de atropelar as costelas, o Jigsaw não vai se materializar aqui", nada parecia tranquilizá-lo. Então eu fingia controlar o medo enquanto cruzava alas e corredores vazios e pouco iluminados em passadas rápidas. Bem rápidas.

Alcancei o vestiário e encontrei o celular em cima de um dos bancos. Lá dentro, com a iluminação forte, o medo ridículo sumiu e dei risada do meu reflexo pálido no espelho.

Guardei o aparelho na bolsa e resolvi fazer o caminho de volta com mais tranquilidade. Para espantar os pensamentos ruins, recordei o ensaio de hoje e como tinha sido intenso. Eu havia feito e repetido algumas vezes os principais *pas de deux*. Não me lembrava mais de psicopatas nem do medo. Ria, satisfeita comigo mesma. Eu tinha recebido mais de um elogio do sr. Evans.

Estava cruzando a área perto do palco provisório, montado para os ensaios finais das peças. Nunca deixava de me impressionar com o tamanho e a estrutura de tudo ali. Sorrindo, entre maravilhada e realizada, demorei um pouco para me dar conta de um som. Não qualquer som, mas uma música sendo tocada no piano.

Quando percebi, já estava andando em direção a ela.

Conforme os passos estreitavam a distância entre meus ouvidos e a melodia, eu reconhecia aquela que era uma das músicas prediletas da minha mãe — "I Want to Hold Your Hand" — sendo interpretada de tal maneira que parecia renascer e... deixar o mundo do avesso, no bom sentido.

Sem que eu soubesse como, lágrimas brotaram em meus olhos. Eu sentia saudade de casa e dos abraços da minha mãe, sentia falta até mesmo das nossas brigas e das exigências quase exageradas dela. Tudo era diferente. Mesmo nos falando todos os dias, ela estava longe. Após três anos fora de casa, eu entendi muitas coisas: é mais fácil criticar as pessoas que estão perto e que sempre vão nos amar incondicionalmente. Mãe é uma dessas pessoas que parecem que nunca vão deixar de estar presentes na nossa vida, como se não tivessem direito a isso, até que você percebe que não é assim. A vida muda, milhares de quilômetros de distância dificultam e afastam. Não foram poucas as vezes, nesses três anos, em que eu me peguei com vontade de ouvir a voz dela, de ir para a casa dela, de recorrer a ela por uma ajuda que só quem está próximo poderia dar, que só uma mãe poderia dar, e que ela sempre me deu. Fazia um ano que eu não a via e dois desde que visitara o Brasil. Entretanto, minha saudade era tanta que, naquele momento, eu jurava que havia passado dez anos sem casa e vinte sem mãe. Eu já tinha avançado dois passos sobre o palco, vendo o piano de cauda que ficava ali e o dono de toda a alma na música, que era... Meu Deus!

Retrocedi para fora da área visível, porque o assassino de *Jogos mortais* não estava no teatro, mas o sr. Hunter sim.

Meu coração, que já estava acelerado pela música, quase colapsou quando se deu conta de que minha obsessão particular era quem animava aquela melodia com tamanha entrega, emoção e vida.

Encostei na parede, perto de uma das entradas nos bastidores, e fiquei ouvindo a conclusão da música. Não saberia responder por que não saí de lá correndo.

A melodia, com certeza, era a culpada.

O sr. Hunter estava sentado de costas para mim. O som entrava e sugava o ar do meu corpo. Por isso ele era considerado um monstro da música. Eu não fazia ideia. Nunca o tinha visto tocar dessa maneira.

A respiração acelerada podia trair minha presença. Esforcei-me para manter o oxigênio no lugar dele. Fechei os olhos com um misto de sensações estranhas, chocantes, entre a saudade de casa e a surpresa por me emocionar tanto enquanto os dedos dele tocavam as teclas do piano.

A música foi diminuindo até as últimas notas.

Silêncio.

Então um som diferente preencheu o ambiente, um soluço, seguido de outro mais alto.

Santo Deus!

Abri os olhos, confusa, e ouvi um urro de dor vindo do peito do sr. Hunter, que apoiou a cabeça sobre as teclas. Ele criava uma outra sinfonia ao piano. Os sons eram regidos pela convulsão do seu corpo em choro.

Tapei a boca com as mãos trêmulas.

O sr. Hunter continuou chorando de um jeito que eu nunca tinha visto, principalmente vindo de um homem.

Por que eu não saía de lá?

Não sei. Estava paralisada com a dor daquele ser humano. Não um roqueiro malvado, nem um monstro ou um gênio, apenas uma pessoa sofrendo muito.

Será que tinha acontecido alguma coisa? Ou será que ele guardava essa dor dentro de si?

Que tipo de sofrimento fazia alguém se fechar em uma carapaça de grosseria para não mostrá-lo aos outros? Por que o sr. Hunter escondia isso, talvez até de si mesmo? E por que a nossa dor sempre parece maior que a dos outros?

Até que a tristeza dele veio me lembrar de que a dor atinge a todos. Talvez ele também sentisse que não havia amor o bastante no mundo. E que esse mundo nunca o entendeu. Todos nós sentimos isso em algum momento.

Ouvi os soluços que cessavam. O banco do piano se mexeu. Virei para sair do alcance de sua visão, colando as costas na parede. Ouvi passos sobre o palco se distanciando. E de novo o silêncio.

Meu Deus! Nem percebi que prendia a respiração.

Como fui egoísta e insensível ao julgá-lo pelo monstro que diziam que ele era. E, pior, ele fazia questão de provar a todos que estavam certos a seu respeito.

Olhei para o palco outra vez, agora vazio. Dei alguns passos tímidos e confusos até o piano. Toquei o banco que transpirava o calor perdido do corpo dele. Toquei também as teclas e senti meus dedos molharem junto ao som de uma nota. Lágrimas. Meu coração encolheu. Senti vontade de consolá-lo, de ajudá-lo, de entender o porquê daquela tristeza, daquela dor. Senti uma vontade tão grande que era quase inexplicável.

Esfreguei os olhos, respirando fundo, tomei impulso para sair e me detive quando vi ao lado do piano a pasta de couro do sr. Hunter, a mesma que ele carregava para cima e para baixo. A mesma que, no dia em que me deixou em casa, ele disse ser muito importante.

Guiada pelo segundo impulso mais estapafúrdio da noite, peguei a pasta para tentar lhe devolver.

∽∾

No meu quarto, sozinha, eu encarava a pasta em cima da poltrona ao lado da cama, como se ela pudesse desenvolver olhos e boca.

Eu havia corrido para tentar devolver a ele, mas o instinto de sobrevivência agiu antes do impulso e me deteve.

O que eu pensava em fazer?

O que diria ao encontrá-lo?

"Oi, sr. Hunter. Acabei de presenciar o ataque de choro mais comovente da minha vida e..."

Nunca!

Depois de parar e pensar por um tempo no que devia fazer, resolvi levar a pasta até a seção de achados e perdidos. Então lembrei que já estaria fechado naquele horário. Desisti antes de tentar. Não havia quase ninguém na área interna do prédio, só alguns seguranças que provavelmente nem saberiam onde deixar a pasta. Era noite de apresentação de uma ópera enorme e também não haveria ninguém na área administrativa.

Quando tentei voltar e deixar a pasta onde estava, adivinhem? Acesso trancado, luzes apagadas, e o medo do Jigsaw e do sr. Hunter voltou. Mais do sr. Hunter que do assassino imaginário.

O que ele falaria se me visse com a pasta na mão? Lembrei do que ele disse aquele dia no carro: "Essa pasta leva a minha vida, as minhas composições, tudo o que eu preciso para trabalhar. Se eu ficar sem ela, estou perdido". E ela estava na minha casa, no meu quarto, ao lado da minha cama, para ser mais precisa.

Não, eu não fui uma boa menina. Quando cheguei em casa, abri todos os compartimentos da pasta. Além de partituras, encontrei algo que fez meu orgulho e meu preconceito em relação ao maestro desmontarem um pouco mais. Era uma foto antiga, com as bordas amareladas pela ação do tempo.

Nela havia um menino de cabelos castanho-dourados no colo de uma mulher que trazia estampado no rosto o brilho do amor materno. Os olhos dela eram iguais aos do sr. Hunter, de um azul-claro hipnotizante. Eram os olhos mais bonitos que eu já tinha visto.

Ele levava a foto da mãe na pasta de trabalho? Ela morreu quando ele tinha seis anos. Poderia parecer um pouco doentio, mas o que eu consegui enxergar naquilo foi uma imensa tristeza. A pasta, a foto, o choro, a frase sobre a morte e a tatuagem. Será que tudo estava relacionado? Provavelmente sim.

Mirei outra vez a pasta com o cenho franzido. Ele possivelmente precisaria dela para trabalhar no feriado.

O que eu devia fazer? Onde será que ele morava?

Peguei o celular e fiz uma pesquisa rápida. Hunter morava na casa da família, próximo a Derbyshire, em North Yorkshire.

É longe.

Entrei, fucei, abri, li e reli dez, vinte páginas, até encontrar um site que mostrava as mansões históricas da região: "Mansão da família Hunter, desde 1849". Lá estava o endereço completo do maestro.

Movida pelo terceiro impulso estapafúrdio da noite, eu me convenci a ir entregar a pasta no dia seguinte. Isso porque o sr. Hunter não ficaria nada feliz sem ela.

Um arrepio percorreu minha espinha.

Quem eu queria iludir?

Eu iria lhe devolver a pasta porque queria vê-lo, porque meu coração imbecilizado não sossegaria até entender que ele estava melhor, recuperado daquela tristeza. Porque meu coração ainda mais imbecilizado queria poder ajudá-lo de alguma maneira.

Então, com essa certeza, inventei uma desculpa que me pareceu bem convincente de como aquela pasta tinha ido parar comigo. Fui dormir relembrando os soluços do sr. Hunter, algo muito diferente da frieza dele durante os ensaios.

> When you are with me, I'm free
> I'm careless, I believe
> Above all the others we'll fly
> This brings tears to my eyes
> My sacrifice.
>
> — CREED, "My Sacrifice"

UMA MANSÃO COBERTA DE NEVE ESTAVA DIANTE DE MIM, COMO EM UM SONHO. Parecia uma cena tirada de um dos livros da Jane Austen que eu tanto amava. O estilo era georgiano, que logo reconheci pela cor das pedras amareladas, pela simetria das janelas e portas e por um portão enorme de ferro oxidado que estava aberto. Fizemos a rotatória e pegamos uma ladeira de paralelepípedos. O carro tentou subir, mas, devido à nevasca que caía desde cedo, não conseguiu.

— Pode me deixar aqui que eu subo a pé. Volto em cinco minutos, não se preocupe.

Entretanto, o homem de pele marrom e sotaque indiano parecia preocupado; veio rezando e xingando o caminho inteiro. Acho que eram xingamentos em híndi. Bom, não eram em francês, então eu não entendia. Tinha tentado uns vinte táxis antes dele, e nenhum aceitou me trazer. Quando eu mostrava o mapa, eles diziam com a polida educação inglesa: "Não, senhorita, está nevando bastante e não posso arriscar uma viagem dessas".

Mas é claro que eu arrisquei. Afinal qual era o problema daqueles motoristas ingleses que tinham medo de um pouco de neve?

Saí da estação em Derbyshire e já me sentia uma louca antes mesmo de chegar à metade do caminho. Quando entramos na pior parte do trajeto, em uma subida sinuosa e estreita, que fazia o pneu do carro cantar e derrapar na neve a cada cem metros, comecei a rezar com o motorista. Naqueles momentos, dei razão aos taxistas sensatos que não me trouxeram. O medo de morrer só acabou quando a fachada da mansão se revelou à minha frente.

Valeu a pena. Maravilhosa.

A casa era imponente, cercada de natureza branca, tingida pelo inverno. Na primavera, devia ser um cenário de contos de fadas. Foram mais de três horas de viagem. Que loucura, meu Deus! O último ponto de civilização fora deixado para trás havia uns trinta minutos.

— Senhorita... — ouvi a voz cheia de sotaque do motorista.

Abri a porta e repeti:

— Me aguarde, eu já volto.

— Acerte a corrida agora, senhorita.

Fiquei em dúvida, mas não discuti, afinal ele também teve medo de morrer.

— O senhor vai me esperar para voltar, não é?

— Sim, sim, sim, mas volte logo. A neve está aumentando e a descida vai ser pior que a subida.

— Ah, meu Deus! — Peguei minha mochila, corri para fora do táxi e comecei a subir.

Vi uma fonte de causar alegria aos pássaros e toda a família de bichinhos das fábulas infantis, continuei subindo e... *Ai, droga, um escorregão!* Apoiei as mãos enluvadas no chão. Dei graças por tantas roupas. Levantei e continuei andando decidida até a casa, que ficava maior e mais intimidadora a cada passo. Parecia que ela queria engolir minha determinação.

O que estou fazendo aqui? Por que, Cristo, eu estou aqui?

Na porta principal, a maçaneta e a campainha eram douradas. Parei sem fôlego pela subida, sem ar pelo entendimento tardio do ridículo que aquilo seria.

Toquei a campainha. Minha resolução derreteu como gelo em contato com fogo.

Pelo amor de Deus, não esteja em casa. Não esteja em casa.

Alguém me tire daqui. Por que eu fui fazer isso? Ai, meu Deus!

Assim que a porta se abriu, vi um senhor de meia-idade com bigode branco e paletó xadrez no estilo inglês.

— Bom... — Minha voz ficou em algum lugar entre a subida e a resolução derretida. Limpei a garganta.

— Entre, senhorita, por favor.

Apenas assenti e dei alguns passos tímidos para o interior da mansão.

Meu Deus todo-poderoso.

Um lustre de cristal maior que o Tâmisa pairava sobre a minha cabeça. Meus olhos embasbacados percorreram com agilidade o que conseguiram alcançar: cortinas de seda, papel de parede de tecido? Sim, iguais aos do Palácio de Buckingham.

Respira, respira, respira.

Escada circular de mármore alta. Corredor, uma sala com a porta entreaberta e o som de um piano.

O mestre estava em casa.

Somente após o tour visual lembrei que tinha uma pessoa à minha frente, possivelmente aguardando. Reparei que eu não tremia de frio, e sim de nervosismo, porque não queria mais estar ali.

Que bipolar. Afinal quem passa pelo que eu havia enfrentado para chegar ali e subitamente deseja ser tragado por um buraco e expelido para fora, como um bichinho em um desenho animado, só pode sofrer de algum transtorno.

Engoli em seco outra vez e resolvi fingir que ainda havia um pouco de normalidade naquela situação.

— Eu... só vim entregar... — Estendi a pasta e, merda, minhas mãos tremiam.

— Que bom. O Daniel ficará muito feliz em saber que a senhorita... — O senhor ergueu as sobrancelhas, aguardando.

— Alves — eu disse ao mesmo tempo em que afirmava com a cabeça.

— Encontrou a pasta dele — o homem completou. — Vou pedir para ele vir recebê-la. A propósito... — Ele estendeu a mão. — Eu sou o secretário dele. Pode me chamar de Clarke.

— Muito prazer — eu disse, e apertamos as mãos.

— Vou avisar que a senhorita está aqui.

— Não! — Quando percebi, já tinha gritado. O homem deu um pulinho para trás, e eu tentei corrigir: — Hum... Quer dizer, muito obrigada, senhor, mas não incomode o meu mestre, quer dizer, o seu mes... o sr. Hunter. Parece que ele está — bati no ouvido — tocando.

— Sim, ele sempre está — disse, já se virando de costas, e completou: — Mas tenho certeza de que fará questão de lhe agradecer pessoalmente.

Fiquei sozinha com o lustre do tamanho do rio sobre a minha cabeça e com o som do piano que cessou, porque o sr. Hunter foi interrompido.

Cadê a porcaria do buraco de fuga dos desenhos animados?

Eu podia fugir pela porta, sair correndo, entrar no táxi e... Não! Seria ainda mais ridículo ser pega fugindo, rolando ladeira abaixo, até o táxi. Não, isso estava fora de cogitação.

Mirei meus pés. As botas de neve estavam cheias de folhas e...

— Srta. Aurora? — A voz grave que fez o lustre e os cristais, talvez até mesmo a escada, tremerem era do sr. Hunter. Então, a desculpa maravilhosa de como eu havia encontrado a pasta, que passei um tempão ensaiando antes de chegar ali, me pareceu a coisa mais ridícula que alguém poderia contar. Até mesmo o sr. Hunter, que nunca deve ter rido na vida, gargalharia na minha cara.

Sorri com os lábios trêmulos. Não restava nada que pudesse ser feito a não ser dizer:

— Eu... vim trazer a sua pasta.

— Sim, eu soube. O sr. Clarke me entregou. — Ele estreitou o olhar. — A senhorita veio de Londres até aqui?

— Não. Quer dizer... sim.

O cenho dele franziu ainda mais, se é que isso era possível.

— E onde a senhorita encontrou a minha pasta?

— Bom, eu estava no ensaio. É claro que sim, porque o senhor também estava lá ontem e... quando acabou, eu percebi que estava sem a minha corrente.

Por acaso fazia um frio de dez graus negativos lá fora? Porque todos os meus poros suavam, enquanto eu lutava para encontrar as palavras. Os dois homens me encaravam, aguardando, então respirei fundo e prossegui:

— Quer dizer, quando cheguei em casa, me dei conta de que a minha corrente de ouro devia ter caído em algum lugar do balé. Essa aqui, olha. — Enfiei a mão por dentro do blusão e puxei a correntinha.

Sabe a teoria daquele filho da mãe do Murphy? Eu comprovei que ela pode ser real, porque a porcaria da corrente enganchou na minha blusa e eu não conseguia puxá-la para fora das dez camadas de tecido que vestia. Tentei, forcei, virei e senti o rosto arder.

— Está bem, senhorita. Não precisa se enforcar para mostrar a corrente, eu já entendi.

Eu quis sorrir em uma tentativa inútil de demonstrar simpatia, mas não consegui.

— É uma bailarina de ouro que eu ganhei da minha mãe. É muito importante para mim. — Encolhi os ombros. — Aí fui até a sala de ensaio, que por sorte ainda estava aberta, apesar de não ter quase ninguém no prédio, e... *voilà*, encontrei a corrente e a sua pasta. — Fechei os olhos ao perceber que tinha soltado uma palavra em francês e entender que ele poderia achar que eu estava sendo irônica com a mania dele. Abri os olhos em seguida e encontrei o sr. Hunter me encarando sem emitir som nenhum, nem em francês, nem em inglês. — Não foi uma provocação, senhor. Quer dizer... não o fato de estar aqui com a sua pasta, que eu sabia que era sua, mas a palavra em francês... Não foi uma provocação. Eu sempre falo *voilà*. Aliás, eu gosto de usar algumas palavras em francês. — *Meu Deus! Que horror.* Fiz uma anotação mental para nunca mais corrigir um fora; fica muito pior.

— Na sala de ensaio? — o maestro perguntou.

— O quê?

— A minha pasta. — Ele me lançou um olhar curto, parecia desconfiado.

— Sim, senhor.

— Eu tinha certeza de que havia deixado em outro lugar.

— Não, senhor. A não ser, é claro, que ela tenha ido parar lá de alguma maneira... Porque, como eu disse — bati no peito para dar força às palavras —, foi na sala de ensaio que encontrei.

— Por que a senhorita não entregou para alguém ou esperou até o próximo ensaio para me devolver?

— Não tinha mais quase ninguém na companhia. E, quando o senhor me deu carona, lembro que disse como essa pasta era importante e...

— E aí você fez uma viagem de três horas, debaixo dessa nevasca, só para me trazer a pasta?

— Sim, senhor.

— Srta. Aurora, eu não sei se agradeço, se dou risada, mas tenho certeza de que não foi nada sensato vir dirigindo até aqui em uma condição dessas. — Ele apontou para a janela, onde a neve se acumulava.

— Ah, não, não. — Abanei as mãos em um gesto displicente. — Eu não vim dirigindo, peguei um trem e um táxi.

— A senhorita pegou um trem e um táxi? — Ele arregalou os olhos.

Ah, meu Deus, dá para ficar pior? Acho que não.

— Eu não tenho carro.

Ele abriu as mãos no ar, como se tivesse um milhão de perguntas não respondidas na mente, e devia ter. Pelo menos na minha elas estavam. Um milhão de vezes, a mesma pergunta repetida. *Por que eu estou aqui?*

— Então é isso. Tenha um excelente dia e um ótimo feriado e até a próxima.

Até a próxima? Até a próxima o quê? Até a próxima vez que eu bancar uma completa idiota na sua frente? Sacudi a cabeça. Olhei para a porta e o sr. Hunter se aproximou.

— Eu vou acompanhá-la até o táxi e olhar a cara do maluco que aceitou te trazer até aqui debaixo dessa neve.

— Não, não precisa.

— Eu quero — disse ele. — Não estou perguntando se você acha que é preciso.

Umedeci os lábios e sorri. Acho que metade da minha boca sorriu, porque a outra ficou petrificada por absoluto constrangimento.

❧

Após descer parte da rampa sem encontrar o táxi, eu não acreditava no que via. Meu coração devia estar ecoando em Londres, de tão rápido que batia contra o peito.

— Onde ele está? Eu deixei ele bem aqui, pedi que me esperasse! Ele, ele... — falei, olhando para os lados, e desci rapidamente a rampa até alcançar o portão.

Ouvi os passos pesados do sr. Hunter atrás de mim. Foquei na estrada, que era visível ainda por uns bons quilômetros. Meu estômago se contraiu quando não encontrei nem sombra do táxi vermelho que me conduzira até a maior estupidez da minha vida. Sem saber o que fazer ou falar, continuei procurando.

— Srta. Aurora — o sr. Hunter disse, com um tom de voz que extrapolava a prepotência. — O táxi não está atrás das árvores. Ele não caberia aí.

O meu rosto deve ter ficado no tom mais vermelho existente no cosmos. O que eu estava fazendo? Procurava o carro como uma alucinada, como se o táxi, aquele veículo enorme e chamativo, pudesse ter virado um carrinho de brinquedo ou uma joaninha.

— Não, é claro que não, eu sei disso! É que...

Parei ao ver o sr. Hunter se abaixar no chão e mexer na neve e nas folhas secas.

— Como pode ver, o táxi também não está coberto pela neve, nem embaixo das folhas. Sendo assim, acredito que ele foi embora.

Esse barbudo na minha frente é bem irônico.

— Tudo bem. — Coloquei as mãos na cintura, um pouco ofegante. — Eu chamo outro.

O maestro estourou em uma gargalhada, mas não parecia ter achado a menor graça.

— Inferno — ele murmurou. — Você não vai conseguir. — E praguejou de novo. — Nenhuma pessoa sensata se arriscaria a dirigir por esta estrada em uma nevasca dessas.

Ele tinha me chamado de louca, ou era impressão minha?

— Eu sei que vou conseguir. *Humpf!* — bufei, nervosa. — É claro que algum táxi vai topar me buscar...

— Se você não vê ou escuta a previsão do tempo, deixe eu lhe informar. — Ele, que estava de costas para mim, virou para me dizer com os olhos brilhando. — Há dias, todos os veículos de notícias do Reino Unido alertam para a possibilidade de termos a maior nevasca dos últimos cem anos, e adivinhe qual a área mais atingida? — Ele não esperou pela resposta. — Esta aqui — concluiu e girou nos calcanhares, subindo em direção à casa. A neve que caía forte já tinha coberto nossos ombros de branco.

— O que isso significa? — perguntei, zonza de puro desespero.

— Eu vou pegar o carro do Clarke e te levar de volta.

E subiu grunhindo uma frase que me pareceu "Mas que loucura" em francês. Engoli o que restava do meu orgulho e fui atrás dele.

12

> I hope you have found a friend
> Closing time, every new beginning
> Comes from some other beginning's end.
> — SEMISONIC, "Closing Time"

JÁ ESTÁVAMOS HAVIA MAIS DE DEZ MINUTOS DENTRO DO CARRO. OS PNEUS gritavam contra o asfalto e derrapavam a cada meio metro. O sr. Hunter xingava baixinho em francês e em inglês cada vez que isso acontecia. E nos últimos minutos eu tinha contado uns trinta palavrões. Minha respiração estava curta e eu lutava contra a vontade de chorar.

— Desculpe — pedi pela décima vez, mas ele não respondeu.

Olhei para fora e o dia começava a fugir do céu. No inverno, na Inglaterra, quatro horas da tarde já é noite. Que depressão. A neve só piorava, e o asfalto estava totalmente coberto de branco.

— Se você... — comecei com a voz falha, mas respirei fundo e continuei, mais decidida: — Se você preferir, podemos voltar e eu espero a neve passar para conseguir um táxi.

Dessa vez, ele me olhou e ficou me encarando em silêncio por uns dois minutos.

— Pode demorar dias até essa estrada ser liberada.

— Ainda bem que não temos ensaio pelos próximos quatro dias. — Tentei trazer algum humor para a conversa.

Ele deu uma risada fria.

Não funcionou.

O sr. Hunter voltou a tentar descer com o carro, devagar. Os pneus derraparam, houve um barulho alto, como um grito, e tudo aconteceu muito rápido. Em um segundo, estávamos girando uma, duas, três vezes... até o carro parar.

Tirei as mãos de cima do rosto e vi o contraste da neve com a fumaça da borracha queimada dos pneus. Toquei meu corpo em um gesto instintivo. Apesar do susto, eu não sentia dor nenhuma, estava bem. Virei para o lado. O sr. Hunter apoiava a cabeça no volante.

Gelei.

Ele havia desmaiado? Estava bem?

Cheguei a erguer a mão, vacilante, no intuito de tocá-lo. Mas ele levantou a cabeça, e a fúria que vi em suas íris azuis seria capaz de derreter a neve do mundo inteiro.

— Entendeu agora por que ninguém dirige em uma tempestade dessas?! — ele perguntou entredentes.

Eu me encolhi.

— E agora? — ele continuou, seco. — O que vamos fazer?

Mordi o lábio por dentro, nervosa, ofendida e irritada. Afinal qual era o grande problema se eu não pudesse ir embora naquele momento? O que havia de tão errado em esperar algumas horas, até a tempestade de neve diminuir? Ele me tratava como se ter de ficar no mesmo espaço que eu — apesar de ser uma casa enorme — fosse o fim do mundo, a coisa mais insuportável ou até mesmo algum tipo de tortura.

Coloquei a mão na maçaneta, abri e saí do carro sem pensar. Comecei a descer a ladeira; não ficaria naquele carro por nem mais um minuto. Preferia descer a pé até a cidade e chegar lá congelada, ou nunca chegar, a ter de aguentar as grosserias daquele homem tão complexo e paradoxal.

Ouvi a porta do carro bater, porque ele saiu também.

— Aonde você pensa que vai? — esbravejou.

— Embora.

— Você vai congelar.

Senti as lágrimas escurecerem minha visão e virei para ele.

— Eu não dou a mínima.

— Você não vai conseguir chegar a lugar nenhum... ou vai se machucar.

— Dane-se.

— Se não pensa em você, pense ao menos no balé.

— É só para isso que você liga, para a sua música ou para o espetáculo! Acho que nem percebe as pessoas à sua volta.

— Sabe o que eu penso? — Ele cruzou os braços. — Que a senhorita não tem maturidade nem controle emocional para assumir o papel que lhe foi confiado. Eu fui o primeiro a insistir com o sr. Evans para tirar você do papel principal e colocá-la em uma ponta qualquer, que é onde os bailarinos inexperientes devem estar, mas ele insiste em mantê-la em destaque.

Quando percebi, suas palavras já tinham causado estrago e eu provava para ele que não tinha mesmo inteligência emocional, já que sentia minha visão nublar com as lágrimas.

Resolvi falar tudo. Não aguentava mais, e não tinha mais nada a perder.

— Você quer saber por que eu vim? Quer mesmo? Eu vim porque ontem fui buscar o meu celular esquecido, e não a minha correntinha, como te contei, e fui atraída para o teatro de ensaios pelo som da releitura mais linda dos Beatles que eu já ouvi sendo tocada em um piano.

O olhar dele se arregalou e eu continuei, sentindo as lágrimas escorrerem pelo rosto.

— Então, quando a música acabou, ouvi o choro mais doloroso que já presenciei na vida... Acreditei que talvez tenha uma enorme tristeza aí dentro, por isso você afasta as pessoas, por medo dessa dor. — Baixei o olhar e suspirei, tentando me acalmar. — Eu fui uma boba mesmo de achar que o senhor precisava de um pouco de calor humano, de se sentir acolhido. Mas sabe de uma coisa?! Acho que o senhor realmente merece viver isolado do mundo e das pessoas, e sei que eu vou me arrepender até a morte por ter perdido o meu tempo tentando te entender.

Levantei o rosto e o encarei da maneira mais profunda que consegui. Ele apenas me fitava, mudo. Pela primeira vez desde que eu o conhecera, ele estava sem palavras.

— Agora eu vou embora. — Virei e comecei a descer outra vez. Porém a mão dele se fechou ao redor do meu braço, me impedindo.

— Espere! — pediu ele. — Isso é loucura, você não pode descer debaixo dessa neve e... e... Me desculpe — sussurrou. — É só que a sua presença nesta casa é errada. Eu sou seu diretor, e isso não é certo.

Ele tinha razão. Mesmo tendo sido rude, eu sabia que ele tinha razão. Eu queria ter ido até lá e fui, mas não deveria. A verdade é que eu não sabia mais o que pensar ou como agir.

— Tem razão, eu não devia ter vindo, foi loucura. Eu não pensei e...

— Está certo — ele me interrompeu, parecendo abatido, e puxou meu braço. — Vamos, a neve está piorando e estou gelado. Você também deve estar.

Concordei com a cabeça.

— E se... — Parei de andar e olhei para ele, sentindo o estômago se contrair. — E se a neve não diminuir logo?

— Você pode ficar aqui pelo tempo que for preciso. Mesmo que demore mais de um dia.

— Mais de um dia? — murmurei, nervosa.

— Vai ficar tudo bem.

Voltamos caminhando para a casa dele, o mais rápido que conseguimos. A nevasca era tão forte que eu nem enxergava direito. O sr. Hunter tinha razão: seria impossível ir embora dali naquele clima. Meu coração disparou diante dessa certeza, minha respiração também. O que eu estava pensando quando fui até lá?

> Wheels are turning
> I remember when you were mine
> Now just to reach you
> Baby, I'd stand in line
> But there's another world
> We're living in
> Tonight.
>
> — THE KILLERS, "Here with Me"

ASSIM QUE ENTRAMOS NA CASA, MEU DIRETOR CHAMOU A ESPOSA DO SR. Clarke, que era a governanta, e pediu para ela me mostrar o quarto onde eu ficaria. Quase morri de vergonha umas dez vezes. Mas o que eu podia fazer?

Devia ser umas oito da noite quando chamei Nathy pelo Skype. Lá fora, a neve piorava a cada olhada que eu dava pela janela. Os flocos pareciam bolas de golfe que caíam juntas, aos milhares. Olhar para fora era ver apenas uma névoa branca. Uma triste confirmação de que talvez eu não conseguisse ir embora no dia seguinte.

— Oi, amiga — ela atendeu. — E aí? Como está o sr. Darcy?

— Acho que está bem, talvez se sentindo um pouco abandonado.

— Abandonado?

— Você não vai acreditar no que aconteceu...

Contei passo a passo o que acontecera, desde a minha chegada até a entrada no quarto, então peguei meu iPad e o desloquei pelo cômodo, deixando Nathy ter uma ideia do luxo de tudo por ali. Quando voltei a olhá-la, encontrei uma Natalie perplexa, sem reação nenhuma.

Ela piscou demoradamente.

— O sr. Hunter? De verdade?

— Não, Nathy, alguém muito parecido. É claro que é ele.

— Meu Deus, tadinha de você, isolada com um maníaco! — ela disse, com um tom de voz excessivamente tenso.

— Não exagera, Nathy.

— Mas o que deu em você, Ni? Onde você estava com a cabeça para ir devolver a pasta pessoalmente?

Omiti a parte do choro dele; achei que era algo particular demais para contar, mesmo que fosse para a minha melhor amiga, que não parava de tagarelar:

— Ir para a casa do homem das cavernas, e pior, gastar dinheiro para isso. Só você mesmo, madre Nicole de Calcutá. Ou, nesse caso, de North Yorkshire.

Revirei os olhos e ela ignorou.

— Sempre querendo salvar as pessoas, não é? Mas dessa vez acho que você foi longe demais, em quilômetros também. Além de ele ser nosso diretor, é o cara mais insuportável que eu já tive o desprazer de conhecer.

— Nathy, eu já te disse o que acho sobre ele. Sim, ele é um grosso quando quer, mas... tem alguma coisa nele que...

— É assustadora.

— Não é assim. — Encolhi os ombros. — Nem o conhecemos direito.

— O cara foi um babaca. Então pode parar com esse excesso de bondade, que já está me irritando.

Soltei o ar pela boca.

— Ele me convidou para ficar pelo tempo que fosse preciso e até que foi gentil, no final.

Nathy sacudiu a cabeça, descrente.

— Ainda se ele fosse atraente, você podia encontrar alguma vantagem em estar confinada em uma mansão com a *figura*. — Ela fez uma pausa, pensativa, antes de acrescentar: — Está certo, ele parece ser bem gostoso.

— Natalie! — protestei em voz baixa, como se as paredes tivessem ouvidos. — Para, sua maluca, ele é nosso diretor.

— E qual o problema? Dá para ver que ele é muito forte e tem uma bundinha ajeitada, mas o problema é aquela barba. Deus, que horror! Quantos metros tem aquilo?

— Não sei. — Ri baixinho.

— Ele podia ser o conde Drácula, né?! Aí talvez valesse a pena estar presa. Mas está mais para lobisomem.

— Chega, Nathy! — pedi, sem conter o riso.

93

— Não, é sério. Às vezes eu penso que deve existir alguma civilização perdida ali, que nunca teve contato com o mundo exterior, vivendo isolada dentro da barba desse sujeito.

Não aguentei e gargalhei.

— Agora que você já jogou todo o veneno da Inglaterra no sr. Hunter, vai dormir melhor? — provoquei, e ela abriu as mãos em um gesto de dúvida.

— Acho que sim. E você, dê notícias! Se não conseguir sair daí até amanhã, eu mando o resgate.

— Ha-ha-ha... Eu devo rir agora?

Ela enrugou a testa, tensa.

— E se o sr. Hunter for um psicopata que mata e enterra as mulheres no jardim? Ou um que coleciona esqueletos em um quarto, tipo... tipo o Barba Azul?

— Chega de pirar, Natalie.

— É sério, Ni, estou preocupada. Não é normal o cara se esconder no meio do nada. Ele deve ter algum motivo sombrio.

— Sombrio vai ficar o meu humor se você não parar com essa brincadeira boba.

Ela ficou quieta, me analisando por um tempo através da tela.

— Ni, eu nunca comentei nada porque não queria te deixar ainda mais encucada com o sr. Hunter, mas o jeito que ele te olha me dá arrepios.

— Não seja tonta, Natalie. Ele olha todo mundo desse jeito intenso.

— Não, amiga, ele te olha como se... como se... quisesse comer você, e não digo isso no bom sentido, e sim como se você fosse a próxima refeição dele. O prato principal, entende?

Por um ridículo segundo, senti meu coração disparar com as palavras da Nathy. Eu estava sozinha e presa no meio do nada com um... um... estranho, que sempre me causava reações tão estranhas quanto. Com um cara que tinha um tipo de fixação pela morte.

— Está tudo bem, Nathy.

— Me chama amanhã.

Bufei, fingindo imparcialidade.

— Está bem.

Meia hora mais tarde, eu roía as unhas, não de fobia, mas de peso na consciência por ter rido das ofensas dirigidas ao maestro e, principalmente, por ter sentido medo dele. Um pouco, mas senti. Isso era ridículo. Ele podia ser tudo, mas não um assassino enterrador de mulheres.

Queria ir procurá-lo para pedir desculpa pelo que eu tinha falado mais cedo. Se o sr. Hunter me ofendeu, eu retribuí e... não foi certo. Eu sempre acreditei que a agressão é um pedido distorcido de amor, de compreensão, e o que foi que eu fiz? Me senti ofendida e quis atingi-lo da mesma maneira. Havia esquecido o que me levara até aquela casa e... duas batidinhas na porta entreaberta me chamaram de volta.

— Entre — pedi e me ergui da cama, deixando o livro que eu não lia na mesinha de cabeceira.

— Srta. Alves, com licença — disse o sr. Clarke. — Minha esposa pediu para lhe avisar que tem um prato com o jantar separado para você no micro-ondas. É só apertar o botão iniciar para aquecer.

— Obrigada.

— De nada. Qualquer coisa que precisar, nos chame. Boa noite, senhorita.

— Sr. Clarke...

Ele se deteve antes de sair.

— Sim, senhorita?

— Onde está o sr. Hunter? Eu... é... queria dar uma palavrinha com ele.

— Hã... — o homem pigarreou — ele está se exercitando.

— Onde?

— Lá embaixo.

— E... onde fica exatamente, você pode me dizer? — Curiosidade. Esse era o outro motivo da minha ida até aquele fim de mundo. Quem era o sr. Hunter de verdade?

— Ele... hum, não gosta muito que o interrompam quando se exercita.

— Mas e se...

Ele ergueu as sobrancelhas, fazendo uma curva na testa, e eu continuei, fingindo não ter visto o gesto.

— É que eu realmente preciso falar com ele. É importante.

— Eu não sei. Raramente temos visitas e...

Percebi que talvez estivesse sendo insistente demais, então achei melhor mudar o rumo da conversa.

— Entendo. Então ele não costuma receber os amigos?

— Não, senhorita. Quase nunca, para falar a verdade.

— Eu li que esta é a casa da família, certo? — Olhei para as unhas a fim de disfarçar minha curiosidade estratosférica.

— Sim, esta casa é uma herança de família.

— E a sra. Olivia, a tia dele que é bailarina, não mora aqui?

O sr. Clarke abriu um pouco mais os olhos antes de responder:

— Não, senhorita. Ela mora em Londres desde que o sr. Hunter completou vinte anos.

— Deve ser bem solitário aqui, não é?

— Ah, bastante.

— Ele, o sr. Hunter, viaja todos os dias de Londres até aqui?

Um fio de sorriso apareceu nos lábios do homem, que até então parecia imune a qualquer emoção.

— Eu insisto para que ele fique mais em Londres, especialmente quando trabalha até tarde. Algumas vezes por semana ele acaba ficando, mas na maioria dos dias vem para cá. Acho que ele só se sente em casa aqui, apesar de ter um apartamento confortável por lá.

Então ele tinha um apartamento em Londres. Isso me pareceu mais humano, pelo menos mais saudável. Uma viagem tão longa assim, de ida e volta, todos os dias. Quem aguentava isso? Ficou claro o motivo de ele ser tão mal-humorado.

— O senhor o conhece há tempos?

— Desde que me casei com a sra. Clarke, há uns quinze anos.

— E trabalha com ele desde então?

Ele sorriu de novo.

— Na verdade, primeiro trabalhei com a tia dele e, desde que ela se mudou, eu ajudo o Daniel.

Achei que o sr. Clarke devia sentir falta de conversar com alguém, e isso me animou a continuar. Mentira. Eu queria mesmo era matar um pouco da curiosidade, já que tinha certeza de que com o dono da história dificilmente encontraria respostas.

— E ele morava aqui quando estudava em Londres?

— Não, naquela época ele vinha apenas nos fins de semana. Ele morava na cidade.

— Quem mais mora aqui, sr. Clarke? Além do senhor e da sua esposa?

Muito mais relaxado, ele respondeu:

— Moram aqui também o jardineiro, a cozinheira e mais três mulheres que cuidam da limpeza.

— É uma casa muito bonita, e a sua esposa deve ser maravilhosa, mantendo tudo isso em funcionamento e em ordem há tantos anos. — Fui sincera.

Como o sorriso dele se espalhou por todo o rosto anguloso, aproveitei.

— O senhor não acredita que talvez um pouco de boa companhia pode melhorar o humor do seu patrão?

Então, o impensável ocorreu: o sr. Clarke gargalhou.

— Sim, senhorita, tenho quase certeza de que poderia ajudar.

— E ainda é um segredo a posição do "lá embaixo" onde o sr. Hunter está?

— Eu jamais poderia dizer que o acesso é pela sala particular de música dele.

Senti o coração dar um pulo e assenti com uma expressão de fingida seriedade.

— É claro que não. O senhor está apenas cumprindo ordens, não é mesmo?

— Certamente a senhorita compreendeu... E acho que entenderá também que eu jamais poderia dizer que a parede forrada de tecido verde-musgo em frente ao piano é, na verdade, a entrada para "lá embaixo" e que, para acessar as escadas, basta empurrá-la. Um mecanismo bem simples, na verdade.

— Lógico, eu entendo — afirmei, sorrindo. — Bom, então acho que vou descer para jantar, e nunca, jamais encontrar qualquer parede ou entrada secreta.

— Eu sei que não, senhorita.

Já tinha levantado e me dirigia para a saída do quarto quando ouvi a voz do sr. Clarke:

— Srta. Alves. — Olhei para ele. — Apesar do mau gênio que demonstra, o Daniel é uma pessoa muito bondosa e sensível. Ele é um artista de alma.

Sorri, porque, no fundo do meu coração, eu tinha certeza disso.

— Eu sei. Por isso estou aqui hoje, porque já sabia o que o senhor acaba de afirmar. E, sr. Clarke... me chame de Nicole.

O homem curvou os lábios para cima com simpatia.

— Eu tinha certeza que você sabia, Nicole.

14

Don't need another perfect lie
Don't care if critics never jump in line
I'm gonna give all my secrets away.

— ONE REPUBLIC, "Secrets"

O PIANO DE CAUDA MAIS ABSURDO DA TERRA SE EXIBIA, GLORIOSO, NO MEIO da sala de música do sr. Hunter. Um sofá e duas poltronas de couro caramelo fechavam o ambiente da lareira. Havia uma guitarra encostada em um dos cantos da parede e uma caixa de violino largada em cima da poltrona. Pisei no tapete bege, que cobria quase todo o chão e parecia feito de um tipo de lã macio, bem macio. Como seria bom deitar nesse tapete e... Pisquei com a imagem do sr. Hunter em cima de mim e eu deitada sobre o tapete.

Que loucura!

Afastei a imagem balançando a cabeça. Desviei a atenção da lã e das cenas que ela trouxe e prossegui analisando o ambiente ao redor. Vi uma mesa de madeira e um milhão de partituras espalhadas no tampo dela. Em cima da lareira, havia algumas fotografias.

Em uma delas, o sr. Hunter criança, com seu olhar que parecia feito de algodão e gotas de chuva, e a tia, Olivia Bonnet, estavam de mãos dadas. Em outro retrato, ele regia uma orquestra.

Vi a parede de tecido verde e enchi os pulmões de ar e de toda a resolução que consegui evocar. Empurrei devagar, e a parede falsa cedeu, abrindo a passagem. Notei uma escada e o acesso para o "lá embaixo" do sr. Hunter. Senti o coração acelerado na garganta. Desci.

Era um galpão. Um porão de fábrica, foi o que me ocorreu. Continuei percorrendo o espaço com atenção. Não havia mulheres enjauladas nem camas de tortura sadomasoquista, chicotes, muito menos aparelhos medievais ou esqueletos pendurados nas paredes, como um canto qualquer da minha mente criara. Havia apenas equipamentos de musculação, esteira, bicicleta. Um ringue. Um ringue de boxe? Sim, com um saco de areia pendurado no meio e o sr. Hunter... Meu Deus!

Meu pulso acelerou ainda mais com a imagem dele só de... Ele estava de boxer preta? Sim!

Um cara enorme apenas de cueca e luvas de boxe, surrando, não, querendo extrair os órgãos do saco à frente. Ele parecia transformado em um terremoto de raiva e murros, raiva e mais socos. Meu coração bombeava o peito, conforme eu me dava conta de algo além dos movimentos ríspidos e violentos: o corpo dele. Os músculos torneando e contornando cada pedacinho de pele molhada de suor.

Não era aquele exagero de força monstruosa, era... simplesmente perfeito. Reparei na tatuagem de partitura fechando os bíceps e em outras partes que ainda não tinha visto. Algumas notas musicais se desprendiam e subiam pelos ombros, se estendiam até a clavícula e desciam para encontrar uma clave de sol do tamanho de um punho do lado esquerdo do peito, na altura do coração. Minha respiração ficou presa na garganta. Difícil respirar no "lá embaixo" do sr. Hunter.

Então, ele me viu.

Dei dois passos para trás instintivamente.

Ele franziu o cenho e passou as mãos enluvadas nos cabelos.

— Como você chegou aqui?

Eu não podia dizer que o sr. Clarke tinha me contado, então, mesmo nervosa e um pouco arrependida por ter mais uma vez invadido a privacidade dele, resolvi ir direto ao assunto:

— Eu só queria falar com você sobre... sobre as coisas que eu te disse mais cedo.

— Falar o quê?

Abri a boca para responder, mas parei ao assisti-lo sair do ringue, tirar as luvas, pegar a camiseta pendurada em uma das cordas e passá-la pela cabeça em seguida. Ele era impressionante e, mesmo com todo aquele tamanho, se movia com uma leveza hipnótica, como um felino. O sr. Hunter parou a escassos centímetros do meu rosto. Senti uma mão enlaçar minha cintura e me puxar até estar colada nele.

Respirar? Devia ser contra as leis do "lá embaixo".

Ele também sentia isso, e a outra mão agarrou meu cabelo por trás. Meus joelhos amoleceram, mas o braço forte envolvendo minha cintura me manteve em pé.

Ele se inclinou ao meu ouvido e sussurrou:

— Fale...

Minha respiração acelerou mais, e lutei para encontrar as palavras.

— Desculpe pelas coisas horríveis que eu falei sobre você mais cedo.

O ar quente que ele exalou com uma risada, próximo ao meu ouvido, fez meus joelhos fraquejarem outra vez.

— Só que você tinha razão na maioria das coisas que disse.

Um pouco confusa, tentei negar:

— Não... E-Eu não devia ter dito aqu... — Me detive ao sentir um toque morno e úmido no maxilar, depois no queixo. Arrepiada com a sensação macia da barba e com a carícia lenta e convidativa dos lábios dele em minha pele, arfei.

Ele encostou a boca na minha antes de murmurar:

— Não me peça desculpa. — Os lábios roçaram os meus. — Não se aproxime de mim. — Um beijo suave. — Pare de aparecer sem ser convidada. Eu não quero você perto de mim, não quero sua simpatia, sua amizade ou sua bondade. Entendeu?

A mão dele apertou minha cintura enquanto a língua roçava de leve um dos cantos da minha boca, até eu me desmanchar por inteiro. Não conseguia pensar em nada, nem mesmo processar o que Hunter estava dizendo.

— Nervosa? — perguntou ele, sobre meus lábios.

Tive que engolir três vezes para conseguir responder:

— Nã... não.

— Parece que está. — A voz dele agora era baixa e controlada, quase um sussurro. Ela esmorecia os meus nervos e tudo em mim se liquefez.

— Não — repeti, mais resolvida.

— Você está tremendo.

Estava? Eu já não sabia, nem sentia nada além da voz e do corpo dele queimando o meu. Nem mesmo lembrava o que eu tinha ido fazer ali.

— Eu... — ofeguei — não...

— Parece uma menininha amedrontada.

Senti o ar quente da sua boca entrar e sair rápido entre meus lábios abertos.

— Não estou — disse, com a respiração ainda mais sofrida.

— Você me assusta, srta. Aurora.

— Eu... Eu? — Inspirei com dificuldade. — Por quê?

As mãos dele se moveram, abraçando minhas costelas. Eram tão grandes que ele praticamente envolveu meu tórax. Quando percebi, gemi baixinho.

Notei o corpo dele enrijecer contra o meu. Os lábios do sr. Hunter contornaram os meus e eu me perdi, acho que gemi de novo, não sei. Nada mais fazia sentido. Então, quando acreditei que fosse deixar de existir e me perder nos braços, no corpo, na boca colada à minha, as palavras dele me puxaram de volta à realidade:

— Sabe o que eu faço com meninas assustadas?

Apenas neguei com a cabeça; não tinha mais voz.

— Eu devoro no jantar como prato principal e depois enterro no meu jardim. — Dizendo isso, ele me soltou de forma tão abrupta que perdi o equilíbrio e caí de bunda no chão.

O sr. Hunter andou até o ringue, segurou a corda com as duas mãos e falou, de costas para mim:

— Mantenha-se longe. Se você sente medo, escute os seus instintos, porque eles têm um motivo muito certo para isso.

Então ele virou, com os olhos escurecidos, o rosto transfigurado de emoções conturbadas, em um misto de ódio e dor.

— Vá embora, srta. Aurora, suma daqui! — ordenou com tanta tristeza que eu obedeci sem nem pensar. Fiquei em pé meio tonta e corri escada acima, como um coelho fugindo de um lobo. Cheguei ao quarto com a mente em branco. Estava trêmula de medo, desejo, confusão, incerteza, ansiedade. Deitei de roupa por cima da colcha, sem conseguir deixar de pensar por um só segundo.

Ele ouviu a conversa que eu tive com a Natalie mais cedo e ficou bravo, ou triste. Dormi com uma frase solta entre o sono e a consciência: o sr. Hunter conseguia mexer com meu equilíbrio de bailarina, quase perfeito.

15

I never said I'd lie and wait forever
If I died, we'd be together now
I can't always just forget her
But she could try.

— MY CHEMICAL ROMANCE, "The Ghost of You"

EU TOMAVA CAFÉ DA MANHÃ NO DIA SEGUINTE ÀQUELA LOUCURA DO "lá embaixo". Comia uma torrada que ficou preta demais e, sem sucesso, tentei raspar a parte carbonizada com a faca. O sr. Clarke me trouxe até aqui e disse que seu amo — o sr. Maestro Louco — não costumava tomar café da manhã. Quase agradeci de joelhos. Não, era mentira; eu queria ver o sr. Hunter, olhar na cara dele e perguntar se ele tinha algum distúrbio de comportamento. Depois pediria desculpa pelo que ele ouviu ontem à noite. Talvez fosse melhor pedir desculpa antes de perguntar do distúrbio.

Ele quase me beijou, eu achei que fosse morrer, depois gritou comigo, então meu mundo se desfez e ele me mandou embora. Não necessariamente nessa ordem.

Mordi o pão seco e duro demais. Dois dedos de geleia não foram suficientes para disfarçar o gosto de carvão.

Tinha certeza de que não veria mais o sr. Hunter pelo tempo que ainda fosse obrigada a ficar ali.

Depois que ele me botou para correr do "lá embaixo", eu apostaria até a ponta dos meus dedos dos pés que ele sumiria dentro daquela mansão.

Como ele aguentava ficar a sós em uma casa tão grande? Agora, por exemplo, o eco dos ponteiros de um relógio enorme zombava dos meus nervos. E os vinte lugares desta mesa? Vinte? Acho que sim, porque nem adiantava contar; eles pareciam se multiplicar a cada tique-taque insistente.

A neve parou durante a madrugada, mas era provável que caísse ainda mais hoje do que ontem. Não que eu tenha ficado acordada contando os flocos. O Weather Channel era a minha nova compulsão de cliques no celular.

Nada feito. Eu ainda ficaria ali por hoje.

Dei um gole no leite quente e tentei tirar da boca o gosto de queimado do pão.

Teria tempo para ler e...

— Bom dia. — Encarei a fatia tostada no pratinho à minha frente, por reflexo, ou talvez algo em mim torcesse para que o pão tivesse desenvolvido a capacidade de falar. Respirei fundo e decidi, rápida, pelo pedido de desculpa. Porque, como as louças tremeram, aquela voz só podia ser dele. Olhei para cima e minha boca abriu. O problema é que o som que devia sair dela ficou preso em algum lugar entre a surpresa, o deslumbramento e o choque que correu em minhas veias.

Por um segundo, cinco ou seis, eu não o reconheci. Por mais uns quinze ou vinte, após o reconhecimento, fiquei catatônica, com a boca aberta e os olhos arregalados. Perceber isso fez meu rosto arder.

Ele puxou a cadeira à minha frente e sentou.

Continuei olhando-o, como se... como se ele fosse o homem mais bonito de todo o universo. E era.

Sim, eu lembrava o impacto que a beleza dele tinha causado em mim no avião. Mentira, eu não tinha mais capacidade de lembrar nada.

Ele se serviu de chá e pegou um pão da cesta.

— Você quer alguma coisa quente da cozinha? — o maestro perguntou com calma, agindo como se nada estivesse diferente, exceto pelos meus órgãos vitais, que mudaram todos de lugar. — E então? — Me olhava intensamente. — Quer ovos ou alguma outra coisa? Eu posso pedir.

— Barba — escapou.

Ele deu um gole no chá.

— Oi?

— A barba — apontei para ele. — Você tirou?

— Ah, sim. — O sr. Hunter bateu de leve no rosto. — Isso aqui... Fui aparar hoje de manhã e errei a mão. Tive que tirar.

Alguém podia devolver o ar ao mundo, por favor? Aquele rosto, meu Deus! Quadrado, as maçãs marcadas e o maxilar firme como o berço perfeito para a boca. O sr. Hunter tinha boca, afinal. E era uma boca realmente, bem, muito... muito mais que beijável. Lábios cheios, mas não exagerados... Que calor fazia naquela sala!

Olhei para a torrada e senti o rosto esquentar ainda mais. Se ele pudesse queimar, estaria mais preto que o pão rejeitado à minha frente.

Olhei de novo para o sr. Gato, quer dizer, Hunter... sr. Hunter.

Comporte-se, Nicole!

Como eu não me lembrava do nariz reto e da profundidade daqueles olhos que mudavam de cor conforme o humor dele? Como ninguém enxergava que aquele homem era... simplesmente perfeito? A barba escondia tudo isso? Ela se misturava com o cabelo castanho-escuro, agora preso em um coque do tipo... ai, meu Deus, do tipo que aqueles modelos maravilhosos usam — um coque samurai. Só que o sr. Hunter parecia mais um samurai do que um modelo magricela e... Pisquei lentamente e minha boca secou.

O tique-taque do relógio espremia tudo dentro de mim.

Ele tinha um vinco entre as sobrancelhas. Acho que era tão sério, tão carrancudo ou assustador que o vinco era parte permanente de sua expressão, mesmo quando parecia relaxado como agora, abrindo um pote de iogurte. Só que ele era jovem, muito mais jovem do que parecia com aquela barba e...

— Gostou? — ele perguntou.

— Do café?

— Da mudança.

Contudo, parecia ter um sorriso ali, naqueles lábios, que eu nem lembrava que existiam.

— Do clima? — Eu não conseguia mais entender nada.

Ele olhou para baixo e negou com a cabeça. Peguei a primeira coisa que vi na frente e enfiei na boca. Era uma tortinha de rim.

Eu odiava torta de rim.

Quero cuspir.

Senti os olhos se encherem de aflição, o estômago revolver. *Cuspa, sua idiota!*, o estômago gritou.

Como?!

Engoli, sentindo ânsia, e busquei o meu suco, desesperada. Tomei meio copo em um gole.

— Srta. Alves.

Depois que eu respirei, com os olhos cheios de lágrimas pelo gosto ruim ainda na boca, olhei para o sr. Hunter.

— Me desculpe por ontem — ele disse.

Não sabia se o meu horror agora era maior pelo pedido de desculpa ou pelo fato de ele ter me chamado de srta. Alves e não Aurora. Com certeza, era culpa de absolutamente tudo. Principalmente da boca. Não, eram os olhos azuis. Quer dizer... foi meu nome naquela boca. Inspirei com dificuldade e ele continuou tomando café da manhã, calmo e relaxado, como se nada no mundo estivesse fora do lugar.

Servi-me de mais suco e só então vi que minhas mãos tremiam. Larguei o copo e desisti de beber. Fiquei seca, com vontade de molhar a boca... na boca do sr. Hunter. Lembrei dos toques de ontem, da proximidade, dos lábios roçando nos meus. Pisquei e cobri os olhos com as mãos. Sacudi um pouco a cabeça na esperança de colocar as coisas no lugar. Inspirei com força.

Calma, Nicole! Nada precisa ser tão intenso. Exceto pelo fato de que o sr. Hunter agora parecia o irmão gêmeo bom e gentil dele — e parecia na mesma medida o homem mais irresistível da Inglaterra. Olhei para ele. *Fale qualquer coisa. Tire os lábios dele da cabeça!*

— Sr. Hunter, eu... eu é que peço desculpa. Acho que ouviu uma conversa ontem e...

— Conversa? — ele indagou, em dúvida.

— Eu falei ontem pelo Skype com a... Ela disse que o... medo do jardim...

— Srta. Alves, está tudo bem? — Ele parecia confuso.

Não, não estava tudo bem. Mas eu tinha que fingir que sim, então tentei de novo.

— O senhor sabe... A conversa sobre medo e o senhor lá embaixo. — Lembrei outra vez a maneira como ele me segurou e como eu reagi a ele e...

Levantei. Ele se pôs de pé também, em um pulo.

— Com licença — pedi, quase sem voz, e tomei impulso para me mover.

— Srta. Aurora!

Ao menos voltei a ser a personagem.

— Sente-se e termine o seu café — pediu ele.

— Eu... já terminei.

— Não, não terminou. — Apesar da exigência explícita, a voz dele era suave como se eu fosse uma criança pequena. — A senhorita quase vomitou a torta de rim e deu duas mordidas na torrada queimada. — Ele apontou com os olhos para o pão, culpado. — Então coma, por favor. É uma bailarina e não pode se alimentar mal.

Eu o encarei em silêncio e consenti. Pela expressão dele, não adiantaria discutir.

— Agora, peço alguma coisa quente da cozinha para a senhorita?

105

— Ovos — saiu em um fio de voz.

— O quê?

— Ovos mexidos.

Hunter pegou um aparelho sem fio próximo ao aparador, digitou e levou à orelha.

— Oi, sra. Moore, bom dia. Traga, por favor, ovos mexidos para mim e para a srta. Alves. Obrigado.

E lá estava o Alves de novo, e eu sem ar outra vez.

— Você se alimenta sempre mal desse jeito?

Só encolhi os ombros. Por algum incoerente motivo, fiquei com vontade de chorar, como uma criança mimada e repreendida.

— Você não pode fazer isso, tem que pensar na sua saúde, no seu bem-estar. É por isso que às vezes fica pálida nos ensaios e precisa respirar, com cara de quem vai desmaiar. Não é verdade?

Ele notava?

— Eu vou observar — continuou — e, se acontecer outra vez de você quase desmaiar nos meus ensaios, vou mandá-la sair da sala e se alimentar. Entendeu?

Aí aconteceu. Culpa da TPM, ou dos olhos, ou daquele rosto de um deus lenhador, falando como se realmente se importasse comigo. Quando notei, as lágrimas rompiam a barreira da autopreservação e desciam pelo meu rosto.

— Você está chorando?

Cobri os olhos rapidamente e limpei a vergonha das lágrimas com as costas da mão.

— Não, não estou. Está tudo bem.

Voltei a encará-lo, e a expressão que encontrei acabou de me desmontar. Era de dor; ele olhava para baixo.

— Eu não... — murmurou. — Desculpe, senhorita, eu não pretendia... Peço perdão, eu não tenho muito jeito para lidar com as pessoas, sou perfeccionista, impaciente, perco a cabeça, xingo em francês, não sei lidar com erros, tenho dificuldade de manter a calma quando cobro algo de alguém e realmente posso parecer bastante assustador. Entenda, vamos ficar aqui por um tempo e... não quero que você fique assustada. Eu posso ser grosso, fui um estúpido ontem e em mais de um momento, mas... — expirou com força — só não quero que você tenha medo ou pense que eu não sei falar sem gritar. Agora mesmo eu... eu tentei ser...

— Educado? — completei por ele.

— Acho que sim, ou pelo menos não deixar você com medo de ser enterrada no meu jardim.

Ele ergueu as sobrancelhas em arco. Era a prova de que tinha ouvido a conversa, não era?

— Agora o senhor foi bem educado, eu é que... estou sensível e um pouco confusa. Estar aqui é meio... é bem estranho. Desculpe, sr. Hunter. Acho que a minha atitude comprova que a ideia que faz de mim, da minha falta de maturidade e controle emocional, é certa.

Ele negou com a cabeça. A sra. Moore entrou trazendo os ovos mexidos em uma travessa e saiu em seguida. Comemos por um silencioso momento com os garfos tocando os pratos, o relógio tocando no ar e meus nervos tocando tudo dentro de mim.

Por quê? Porque o sr. Gato Hunter era o homem mais... mais... O quê? Irresistivelmente contraditório? Tentadoramente atraente? Perigosamente estranho ou misteriosamente sedutor? Uma mistura de tudo isso somada a um par de olhos que parecia sugar a razão da raça humana e o ar da Terra inteira resultava no novo sr. Hunter, que tomava café comigo. E ele era o meu diretor, um deles. Essa confusão de sentidos não era nada boa. Porque ele continuava sendo meu diretor e eu continuava sendo a srta. Aurora, ou Alves para o novo maestro. Era como tinha que ser. Era mais que certo que fosse assim.

Tire essa confusão da cabeça agora, Nicole. Desde quando uma barba tem o poder de mudar tanto as coisas?

Eu não daria esse poder à barba do sr. Hunter. Resolvido. Ele era apenas o meu diretor grosseiro, tendo um ataque de gentileza em uma de suas crises de bipolaridade.

— Foi o aniversário de morte dela.

Ouvi a voz um pouco abafada do maestro que não teria poder algum sobre mim e olhei para ele, que encarava a parede às minhas costas. Senti que os olhos dele me convidavam a buscar o que fitava com tanta atenção. Virei e encontrei um porta-retratos da mulher de olhar triste, com o sr. Hunter no colo. Era a mesma das outras fotografias, aquela jovem que supus ser sua mãe.

— Anteontem fez vinte anos que ela morreu.

O sr. Hunter falava sobre isso mesmo?

É claro que sim.

Meu Deus, ele realmente estava se abrindo comigo de maneira espontânea? E, se eu achava que nada mais poderia me surpreender ou me abalar, ele acabava de provar que eu era uma inocente e não sabia nada sobre abalos e surpresas consecutivas e em alta velocidade.

— Eu sempre fico triste no dia da morte dela... — ele continuou. — É algo muito difícil para mim... e não apenas porque foi o dia em que eu perdi a minha mãe, mas por tudo o que isso me lembra e por toda a realidade que isso traz.

Eu não entendi direito o que ele quis dizer com "toda a realidade que isso traz", mas decidi rapidamente que não deveria forçar perguntas, e sim oferecer o apoio que talvez ele estivesse buscando.

— Sinto muito.

Ouvi-o respirar longa e lentamente. Não queria terminar tão cedo a única conversa real que já tivemos, então tentei fazer com que não terminasse.

— De verdade, imagino como deve ter sido difícil crescer sem mãe... Não sei o que seria de mim sem a minha, então só consigo dizer que eu sinto muito mesmo.

Fui sincera. Só de lembrar o choro que eu presenciara naquela noite e de imaginar a dor que eu sentiria se perdesse minha mãe, a vontade de chorar voltou ainda mais forte. Senti que as lágrimas tornaram a encher meus olhos. O sr. Hunter olhava para a toalha de mesa e não mais para o retrato às minhas costas.

— O que mais dói, além da ausência dela, é algo que eu carrego dentro de mim até quando não penso nisso.

Eu não entendi novamente, só que, dessa vez, não consegui manter minha fingida imparcialidade.

— O que é? — perguntei.

O maestro piscou e me olhou como se estivesse assustado, como se tivesse despertado de uma espécie de transe. Eu sabia porque também estava envolta nele, porém, diferentemente do sr. Hunter, não queria acordar antes de ter mais respostas.

— Com licença, senhorita, eu vou trabalhar em uma composição.

Ele ficou em pé de uma vez e as minhas palavras saíram mais rápido que sua intenção de fuga:

— Posso ir com você? Quer dizer... hum... posso ficar na... na sala de música enquanto o senhor compõe?

Ele me olhou em silêncio e notei o vinco entre as sobrancelhas ainda mais fundo. Apressei-me, queria tentar justificar minha vontade incoerente de estar mais tempo perto dele.

— Eu quero ler e acho que seria interessante fazer isso ao som do piano.

Silêncio.

— Vou trabalhar, srta. Aurora, não compor a trilha sonora do seu romance.

E o cínico mal-educado voltou. Sem barba, é claro, ainda muito irresistível, isso é claro também, mas o distanciamento frio tinha sido erguido outra vez.

— Eu vou ler, sr. Hunter, não recitar o livro como em um ensaio de dramaturgia.

E então... ele riu.

Riu de verdade. Uma risada macia e quente, que fez a pele da minha nuca arrepiar. O som me fez notar outra coisa também: havia um espaço vazio em meu coração e, por algum motivo assustador, parecia que esse espaço só seria preenchido por aquela risada. Respirei fundo a fim de não mostrar quanto aquilo me afetou.

— O senhor ri?

— Sim, srta. Aurora.

— Sim, o senhor ri, ou sim, eu posso ler na sala de música?

— Você pode ler na sala de música enquanto eu componho.

Dizendo isso, ele virou as costas e saiu.

E me deixou com a sensação de que o espaço recém-descoberto em meu coração me daria muito, muito trabalho.

16

> I can be tough
> I can be strong
> But with you, it's not like that at all.
> — AVRIL LAVIGNE, "Wish You Were Here"

EU ME LARGUEI NA POLTRONA EM FRENTE AO PIANO, CUJO SOM ABRAÇAVA O AR.

Com o sr. Hunter tocando, o universo se calou para apreciar. Nunca tinha escutado uma composição dele, e o que eu sentia era difícil de traduzir. Quando alguém faz algo com a alma, quem percebe também é a nossa alma, e então somos tocados pelo outro de maneira profunda e íntima.

Demorei uns vinte minutos para conseguir passar do primeiro parágrafo. Sempre me surpreendia com a capacidade que a arte tem de aproximar as pessoas. É uma linguagem universal, que entendemos sem perguntas ou respostas. E ali a alma do sr. Hunter flutuava sobre as teclas, e meu coração entendia... Lembrei por que viajei horas com uma pasta ridícula embaixo do braço e por que não me detive antes de chegar até ali, com essa missão louca e descabida. O motivo era a música. Foi ela que me revelou que a alma do sr. Hunter era linda.

Perceber isso fez um frio cobrir meu estômago e minhas mãos suarem.

Quase trinta minutos foi o tempo que levei para reorganizar as ideias e conseguir me concentrar na leitura. Uma vez dentro do livro, sempre fomos eu e as páginas.

"Não tenho medo de mostrar meus sentimentos e de fazer coisas imprudentes, pois acredito que o que não se mostra, não se sente. Coisa que talvez surpreenda muito a você, pois os seus sentimentos são tão guardados que parecem não existir realmente", li em *Razão e sensibilidade*.

O sr. Hunter tinha medo de demonstrar sentimentos, mas na música, não.

Somente quando parei de ler para pensar nisso, me dei conta de que ele não tocava mais. Levantei os olhos das páginas e encontrei seu olhar no meu. Não sei quanto tempo se passou até ele quebrar o silêncio.

— Você faz caretas enquanto lê.

— Eu?

— Sim, senhorita. Morde o lábio, franze a testa, sorri e lê mexendo a boca.

— Eu não faço nada disso.

— Sim, faz — ele afirmou, rindo, e meu coração ficou preso naquela risada.

— Volte ao seu trabalho, sr. Hunter. Não quero ser alvo do seu mau humor porque você não consegue compor. — Ele permaneceu um tempo em silêncio, apenas me olhando, e tive que apertar o livro contra o estômago por causa dos choques que subiam pela minha coluna.

Assisti, intrigada, enquanto ele levantava e caminhava em direção à porta. Antes de cruzá-la, o sr. Hunter parou, perguntando:

— A senhorita não vem?

Como se tivesse explicado qualquer coisa antes, ele cruzou a porta. Demorei alguns segundos para entender que devia me mexer e ir atrás dele. Tive que correr um pouco para alcançá-lo — ele tinha pernas enormes e, apesar de o meu alongamento de bailarina ajudar, um passo dele devia ser igual a três meus. Aquele homem de ombros largos e sem barba parou em frente a portas duplas, colocou as mãos nas maçanetas douradas e abriu-as em um movimento.

Então o mundo ganhou vida e cor. O branco lá de fora não existia mais, tudo era sol e encantamento. Aquilo era a definição de lugar perfeito.

— Meu Deus! — murmurei e mordi o polegar, sorrindo como uma criança em uma casa feita de doces. Meu olhar subia e descia, percorrendo a parede coberta de espelhos, depois admirando o teto abobadado decorado com afrescos e as lindas portas duplas francesas que davam acesso ao jardim. Havia um piano de cauda em um dos cantos da sala, e barras de apoio rodeavam as paredes. Era uma sala de dança, mas não uma qualquer. Era uma das coisas mais lindas que eu já tinha visto.

— Minha tia transformou o antigo salão de baile em um estúdio de dança. — O sr. Hunter olhou ao redor. — Ela ensaiava horas por dia aqui.

— É lindo. Muito obrigada por me mostrar. — Os pelos dos meus braços se arrepiaram quando entendi que, naquela sala, uma das maiores bailarinas do mundo havia, talvez, aprendido a dançar.

— Você pode usar se quiser — ele afirmou com um olhar perdido e se virou para deixar o estúdio, sala de ensaios, salão de baile... tudo junto.

— Toca para mim. — *Droga, o que acabei de pedir?* Tentei me corrigir, rápida:
— Quer dizer, você pode ensaiar aqui e eu posso dançar e...

— Não! — ele negou, enfático, de costas.

Dei um pulo para trás, com o coração acelerado.

— Eu quero ficar sozinho. — E saiu sem olhar para trás.

Sacudi a cabeça, rindo, sem achar um pingo de graça. Ele tinha me levado até ali não para ser gentil, mas porque queria se livrar da minha companhia. Que idiota! Que homem mais difícil. Que pessoa complicada.

Bufei e fui até uma das barras de apoio. Tirei as botas de neve, o casaco mais pesado e me entreguei ao meu maior vício. A única coisa capaz de me levar até as nuvens e que nunca, nunca me desapontava: a dança.

❧

Eu estava na sala de dança fazia umas três horas, tentando inutilmente afastar os pensamentos do sr. Hunter e de toda aquela loucura: estar presa ali, na casa dele, as mudanças de comportamento, a barba, ou melhor, a falta dela, a maneira como meu corpo era afetado pela sua presença.

Tentava ensaiar um dos *pas de deux* da peça, mas não conseguia me concentrar muito nos passos e tive que recomeçar algumas vezes. Culpa do sr. Hunter.

— Culpa dele! — repeti, um pouco irritada.

— Srta. Alves. — Era a voz do sr. Clarke, que acabara de entrar na sala de dança. — Hum... — ele pigarreou, parecendo um pouco desconfortável. — O sr. Hunter pediu para eu vir ver se estava tudo bem e também para perguntar por que a senhorita está demorando tanto a voltar para a sala de música.

O quê?

— Ele espera que eu volte para a sala de música?

— Hã... acredito que sim, senhorita. Ele pediu que eu viesse buscá-la.

— Eu vou até lá. — O coitado do secretário não tinha culpa de o mestre da casa ser descompensado. — Obrigada, sr. Clarke — agradeci, vesti as botas e o casaco e saí do salão.

Atravessei os corredores decidida a perguntar para o sr. Hunter por que ele era tão complexo. Cruzei a porta da sala de música. Ele parou de tocar quando me viu e abriu um sorriso que fazia tudo perder ou ganhar sentido.

— Você pediu para me chamar?

— Achei que você fosse morar ali. — O sorriso se alargou em seus lábios, acelerou meu pulso e eu esqueci. O que mesmo eu queria perguntar para ele?

— Achei que você quisesse ficar sozinho — disse e cruzei as mãos na frente do corpo.

— Não, não quero mais. — E exalou o ar de maneira audível. — Eu... Aquela sala me traz recordações, muitas recordações. Algumas delas eu prefiro não lembrar.

— Ah — murmurei, percebendo que, quanto mais eu o conhecia, mais distante estava de realmente o entender.

Ele recomeçou a tocar sem dizer mais nada e fui surpreendida por uma música diferente das que ele tocara durante aquela manhã.

— Kings of Leon? — indaguei, sem esconder a surpresa.

— Muito bem, srta. Aurora — ele respondeu, com um riso de diversão nos lábios, e começou a cantar com uma expressão caricata.

Quando dei por mim, estava ao lado dele. Sem que eu pensasse, a música "Sex on Fire" saiu da minha boca e nós dois cantamos juntos.

— Não sabia que você gostava desse tipo de...

— Eu gosto de música boa, qualquer uma. Também não imaginei que a senhorita gostasse de...

— Rock? — perguntei, e não estava mais nem um pouco irritada com ele.

— Sim. — Ele encolheu os ombros. — Você parece... meiguinha demais.

— Oi? Meiga?

— É... tipo uma bonequinha de porcelana.

— Hum, tenho certeza de que posso dar aula de rock para você.

— É mesmo, srta. Aurora? Essa eu pago para ver.

— Paga?

— Sim. — Ele parecia muito convencido de que não precisaria pagar o que quer que fosse.

— Uma pergunta. — Lancei o desafio e ele me encarou, sério.

— Se você vencer, eu respondo. Se eu vencer, quero pedir uma coisa para você. — Ele olhou para minha boca, e senti que perdia as pernas novamente. Será que ele pediria um beijo? *Não, não viaja, Nicole.*

— Está bem! — aceitei, impulsiva, e me arrependi em seguida. Aceitei pensando no beijo, quer dizer, sem pensar em mais nada por estar pensando no beijo. E se ele pedisse algo que eu não pudesse cumprir, ou não quisesse? Mas o que ele poderia pedir que me deixaria nervosa? Nada. Afinal ele era meu diretor, lógico que não seria um beijo. Então o quê? Que estúpida. Como pude lançar um desafio sobre música para um maestro?

— Pronta? — ele perguntou.

— Sim. — Já tinha aceitado, e minha curiosidade não tinha nenhum senso de autopreservação.

Ele começou a tocar.

— Metallica, "Nothing Else Matters".

— Muito bem, você foi rápida.

Ele iniciou outra. Eu sentia o coração brincar de baqueta dentro do peito.

— Pearl Jam, "Even Flow".

Ele apenas abriu os olhos em sinal de concordância e iniciou outra.

— Snow Patrol, "Open Your Eyes".

— Certo — concordou, fechou os olhos e começou outra.

— 4 Non Blondes, "What's Up" — eu disse, dando um pulinho.

Ele fez uma expressão engraçada, com o cenho franzido, e eu cantei:

— *Twenty-five years and my life is still trying to get up that great big hill of hope for a destination...* — Ele parou de tocar e eu continuei cantando: — *I said hey, what's going on?*

— Muito bem, espertinha. Eu estava pegando leve, agora vamos dificultar um pouco as coisas.

Vários minutos depois, já tínhamos passado por Mother Love Bone, Violent Femmes, Nirvana, My Chemical Romance, David Bowie, Fever Ray... E, ao fim de umas vinte músicas, eu tinha acertado mais ou menos metade.

— Acho que eu ganhei — ele falou, com toda a arrogância de maestro que conseguia sustentar.

— Não, senhor. Eu ganhei.

Ele abriu as mãos no ar.

— Empate — disse, com um sorriso torto.

— Está bem — respondi, sentindo o rosto esquentar.

O beijo, o beijo, o beijo... Minhas células queriam isso descontroladamente.

— Pergunte — ele disse, me puxando de volta para a realidade. Respirei fundo. Tinha não uma, mas um milhão de perguntas, e fiz a que passou primeiro pela minha cabeça.

— Por que você estava tocando Beatles naquela noite em que te vi no balé?

Ele olhou para as teclas.

— Foi uma das primeiras músicas que eu aprendi no piano. Minha mãe sempre pedia que eu tocasse.

— Você lembra muito dela?

Ele abriu a boca como se fosse responder e então parou.

— Era só uma pergunta, srta. Aurora.

— Tudo bem. — Eu sorri e devo ter feito aquela expressão de "Não custava tentar, né?", porque ele riu comigo. Os risos dele estavam ficando frequentes, e o meu coração bobamente feliz com esse resultado.

— Agora é a minha vez. — O sr. Hunter olhou para meus lábios, que queriam ser beijados, acho que olhou. Eu estava meio perturbada com o que vinha sentindo. Respirei, tentando encher os pulmões de ar. — Se não quiser... tudo bem, eu entendo — ele murmurou.

O beijo, o beijo, o beijo... Todo o meu corpo estava pedindo. Assenti, porque já não tinha voz.

— Eu...

Deus, se ele enrolasse um pouco mais, acho que eu cairia sentada outra vez.

— Estou trabalhando em uma composição e gostaria de te ver dançar. Quero entender como ela vai ficar com os movimentos de uma bailarina.

Tudo bem, não era o beijo. Ainda bem que não era o beijo. Ainda bem nada, eu queria o beijo. Na verdade, eu adoraria que ele tomasse a iniciativa ou até pedisse, contanto que me beijasse. Fechei os olhos. Realmente estava fora de controle e muito ferrada. Que porcaria era essa de querer ser beijada desse jeito pelo sr. Hunter?

— Então? — A voz forte dele me despertou.

— Claro que eu danço.

— Amanhã, então. Depois do café, nesta sala.

Concordei, mas não parei de desejar os lábios dele. Olhava fixamente para a boca do sr. Hunter. Ele levantou. Até os átomos dentro de mim ficaram sem ar. Umedeci os lábios. *Por favor, por favor, me beije.*

Acho que só um imbecil não perceberia a energia estalando entre nós. Eu percebia. E queria que ele percebesse, e queria tanto ser beijada que até doía. Entreabri os lábios e ele deu dois passos, vencendo a distância entre nós. Fechei os olhos, rendida.

— Senhorita... não faça isso. — A voz dele saiu baixa e rouca.

Não sei quanto tempo demorei para entender que não seria beijada.

— O quê?

— Apenas... não faça.

Abri os olhos e o vermelho do mundo inteiro tingiu minhas bochechas.

— Eu... eu preciso... preciso tomar um banho. — E foi com essa frase idiota que saí quase correndo da sala de música do sr. Hunter.

Eu nunca quis ser beijada assim por ninguém. Acho que nunca havia desejado tanto alguma coisa. Meu Deus, que droga estava acontecendo comigo?

17

> Stay with me
> Let's just breathe.
>
> — PEARL JAM, "Just Breathe"

EU TINHA ACABADO DE SAIR DO BANHO E VESTI A MESMA ROUPA. NEM POR decreto iria fazer isso com a calcinha, que agora estava pendurada no boxe, secando. Antes falei com Natalie, ou melhor, briguei com ela, que continuava insistindo que o sr. Hunter queria me matar.

Depois que consegui convencê-la de que eu estava bem e fora de perigo, pude tomar meu banho em paz. Sequei o cabelo com a toalha e liguei o iPad. Queria ouvir um pouco mais de música. Queria também tentar falar com a minha mãe. Sentei na cama, e uma batida firme na porta desviou minha atenção.

— Pode entrar — pedi, tendo certeza de que era o sr. Clarke. Meu coração louco e o frio na barriga que se seguiram à abertura da porta provaram que eu estava enganada. Era o sr. Hunter, que tinha nas mãos uma pilha de roupas.

— São minhas. Sei que vão ficar grandes, mas... — Ele me estendeu o monte de peças dobradas.

— Obrigada. — Levantei da cama e me aproximei, pegando-as.

— Quando você disse que ia tomar banho, eu me liguei que não tinha roupas limpas. Então... — Ele olhou para o monte de peças e continuou: — Tem um moletom, camiseta, meias, uma malha e... Desculpa, só não tenho calcinhas criativas para emprestar.

Antes de sentir vergonha, eu me diverti com a brincadeira.

— Você vai lembrar disso para sempre, né?

— Difícil esquecer.

Coloquei as roupas sobre a cama.

— Você devia ao menos fingir não lembrar, por educação.

— O que dizia mesmo? Ah, sim. "Você vai me ligar", ou "Me ligue".

116

— Se quer me envergonhar, não vai conseguir — menti. Já estava envergonhada.

— Isso funcionou alguma vez?

— O quê? — *Por favor, pare com isso!*, implorei mentalmente.

— Alguém te ligou por causa da calcinha?

— Sr. Hunter, não quero analisar minhas peças íntimas esta noite, se o senhor não se importa — eu disse, sorrindo, enquanto tentava inutilmente disfarçar meu rosto em brasa.

— É que você fica linda quando está com vergonha. Eu... não resisti.

Senti o ar ficar preso entre o meu sorriso desfeito e o olhar intenso que voltamos a trocar.

— O que é isso? — ele perguntou, apontando para o meu iPad em cima da mesinha de cabeceira.

Eu ainda estava tonta.

— Um iPad.

— Eu sei o que é um iPad, pergunto sobre a música.

Música, que música? Como ele conseguia ouvir qualquer coisa além do meu coração acelerado? Inspirei devagar e notei que realmente o som estava lá. Esforcei-me para parecer natural.

— É forró, uma música típica brasileira.

— *Forrol*? — ele perguntou, com seu sotaque britânico.

Eu achei graça.

— Tem uma lenda urbana que diz que o nome original em inglês é *for all*. — Fiquei satisfeita por lembrar.

— Para todos?

— Sim, para todos dançarem. Eu adorava, às vezes ia em lugares em que só tocavam isso e dançava a noite inteira.

— E como se dança essa música?

— Em dupla — respondi, com o coração enlouquecendo outra vez.

— Você me mostra?

Assenti e me aproximei. Dei um passo, depois outro, enquanto meu coração seguia contra as leis da gravidade. Peguei a mão direita dele. Um choque percorreu minha pele. Guiei sua mão esquerda até minha cintura e tudo passou a ser aquela mão forte e quente irradiando ondas elétricas por minha espinha. Coloquei a outra mão no ombro largo dele.

— Me segue. São dois passos para cada lado — pedi com o pouco de voz que me restava.

Ele arriscou e eu o segui, sem deixar de conduzi-lo. Poucos passos meio perdidos depois, ele já tinha entendido e, talvez pelo excesso de ritmo que tinha no sangue, o sr. Hunter aprendeu rápido. Parecia que havia nascido dançando forró pé de serra. A música acabou e eu me afastei, sorrindo. Ele não soltou a minha mão.

— Só que no Brasil a gente dança um pouco diferente. — Escapou. Nem pensei.

— Diferente como? — Ele me olhava com tanta intensidade. Mirei meus pés.

— Mais perto.

A mão do sr. Hunter me puxou até não restar espaço nenhum entre nós. Conforme nos encaixamos, perdi o ar dos pulmões pela boca de uma só vez.

A música que tocava agora era um forró um pouco mais lento. Daniel Hunter me conduzia perfeitamente. Todo o meu corpo respondia pela presença dele. E senti-lo assim, tê-lo grudado em mim daquele jeito, foi demais em todos os sentidos. Ali, naquele quarto, com a neve branqueando tudo lá fora, ao som de um xote, eu tive certeza: nada nunca pareceu tão certo. Nem o balé, nem a dança, nem Fred Astaire ou Jane Austen. Entendi em um segundo, para no seguinte não saber ou entender nada de novo.

A música acabou, e a que veio em seguida foi "Night and Day". Meu corpo não queria se afastar do dele, e talvez ele sentisse o mesmo, porque continuamos juntos, ainda dançando. Dançando? Não, o mundo é que dançava aos meus pés, e o centro do universo eram aquelas íris azuis. Dentro de mim, um turbilhão de emoções. Minhas pálpebras fecharam, e acho que foi isso que fez a realidade voltar. Devagar, ele se afastou. Voltei a encará-lo. Ele parecia sem graça, eu estava desnorteada, ofegante e abalada demais para raciocinar.

— Frank Sinatra — ele disse e apontou para cima, talvez querendo devolver a razão para o mundo. Não funcionou. — Você gosta? — Hunter já tinha se distanciado, aumentando o espaço entre nós.

— Fred Astaire e Ginger Rogers — saiu automaticamente da minha boca. — Os dois dançando essa música foi o que me fez querer dançar. — Meu coração batia tão rápido que precisei sentar na cama. Tinha certeza de que, se não fizesse isso, eu desmaiaria.

— É sério? — Ele parecia inabalável, o que era um pouco irritante.

— Sim. Assisti tantas vezes a esse número de dança que até hoje sei os passos de cor. — Sorri com a lembrança, e finalmente consegui voltar a respirar.

Ao me sentir um pouco mais calma e controlada, continuei: — Eu sonhava um dia dançar com alguém, igual aos dois. Minha mãe sempre dizia que eles pareciam anjos. Eu era criança, tinha uns quatro anos quando vi pela primeira vez. Acho que ensaiei mais esse número do que qualquer outro até hoje.

O sr. Hunter se aproximou para sentar na beira da cama, ao meu lado.

— Posso? — ele perguntou.

— Sinta-se em casa.

E o sorriso dele preencheu meu coração.

— E realizou o seu sonho?

— O de dançar? É claro, o balé é a minha vida.

— Não o de dançar balé. O de dançar com alguém, como o Fred e a Ginger.

— Ainda não. — Curvei os lábios, soltando o ar pela boca. — Na verdade, acho que nem sonho mais com isso. Mas claro que continuo louca por eles, tenho até pôsteres dos dois no meu quarto.

— Você é muito... — ele fez uma pausa antes de acrescentar: — curiosa.

— Curiosa?

— Sim. Não é comum meninas da sua idade gostarem de Jane Austen e Fred Astaire.

— Eu também gosto de rock.

— Como eu disse, é uma menina curiosa.

— Menina? Falando assim, até parece que você tem o dobro da minha idade.

— Às vezes é como me sinto.

— Velho?

Ele respirou fundo.

— Não... Cansado.

— Você ficou bonito sem barba. — Merda! O. Que. Eu. Acabei. De. Falar?

E o olhar intenso do sr. Hunter estava em mim outra vez.

— Hum, quer dizer... ficou jovem. Não que você seja velho, mas agora...

— Sou bem mais velho que você, senhorita. Não tem problema você ter notado isso.

— Ah, vai, você tem o quê? Vinte e cinco anos? É claro que se sente cansado, falando assim, como se tivesse cinquenta e cinco.

— Tenho vinte e seis.

— Bem mais velho — bufei em tom irônico. — Até parece.

Com o silêncio, a música no iPad ficou mais alta.

— Está com fome? — ele perguntou depois de um tempo.

— Não, comi um pouco antes de subir.

Ele concordou com a cabeça.

— Você não se sente muito só aqui? — indaguei, olhando ao redor.

— Quando estou com a música, eu não estou sozinho.

— Eu te entendo. — Entendia mesmo, porque, quando eu dançava, nunca sentia nada a não ser a dança.

— E você, sente muita saudade do seu país?

— Sinto, mas não muita. A dança não deixa.

Ele mirou o livro da Jane Austen na cabeceira.

— Desde quando você gosta de ler clássicos?

— O primeiro livro que li dela, eu tinha uns doze anos.

Ele elevou as sobrancelhas com um olhar divertido.

— Sua vida de leitora se resume a romances?

Lembrei do livro que estava sobre a mesa dele, naquela tarde em que fui devolver o celular.

— Melhor que ler diários de estripadores — eu disse e ele me encarou novamente, dessa vez parecendo surpreso. — Aquele dia, na sua sala, eu vi o livro sobre a mesa — expliquei um pouco sem graça e me acomodei, recostando nos travesseiros.

Era uma cama de casal com dossel. Hunter estava sentado com as pernas para baixo e as costas na cabeceira.

— Ah, não — ele começou, mais descontraído. — Mas eu também leio livros de outros tipos de assassinos, não apenas os que estripam. E ainda gosto de ler sobre homens bomba e torturadores.

Olhei-o com um assombro forçado.

— Devo ficar com medo?

— Eu tenho uma coisa com a morte, acho que já te disse. — Ele forçou um sorriso enigmático.

Eu quis entrar na brincadeira, ignorando meu coração acelerado.

— Então por isso a morte se apaixonou por você... Entendi, você é o garoto da morte.

Virei para o teto, absolutamente sem graça. Tinha acabado de lembrá-lo de que eu havia lido a agenda dele. *Que estúpida!* Olhei-o de lado: Daniel me encarava com um vinco enorme entre as sobrancelhas. Cobri o rosto com as mãos.

— É agora que você vai me expulsar da peça? — perguntei, sem descobrir os olhos.

Senti os dedos mornos dele tirarem minhas mãos do rosto.

— Está tudo bem — murmurou ele.

E eu voltei a respirar.

— Desculpa, eu realmente não sei o que me deu aquele dia. Estava curiosa sobre... sobre você e...

— Não tem nada de mais escrito naquela agenda.

— Bom — tentei sorrir —, se não é nada de mais, o que significa essa história de a morte te amar?

Minha curiosidade sobre Daniel Hunter seria o meu fim. Eu já devia saber disso.

O maestro ficou me encarando por mais um tempo em silêncio, possivelmente pensando se me respondia ou me mandava embora no meio da nevasca. E então o impensável aconteceu: ele pegou uma mecha do meu cabelo entre os dedos e a colocou atrás da minha orelha. Prendi o ar, e uma onda gelada e deliciosa invadiu meu estômago.

— Ao contrário do que muitos acreditam, eu acho que a morte é uma mulher.

Precisava me esforçar para responder qualquer coisa, mas só queria fechar os olhos, abraçá-lo e ficar ali com ele em silêncio.

— Então a morte se apaixonou por você.

Ele deu de ombros.

— Só que ela não sabe amar sem destruir — respondeu, sombrio, e desviou os olhos para o dossel.

— E você a ama de volta?

— Eu só acho que ela é o maior mistério com o qual temos de lidar, e também o maior desafio. Às vezes sinto que, enquanto não aceitarmos a verdade de que todos morrerão um dia, nunca seremos capazes de viver sem medo. Também acho que diante dela qualquer problema que achamos ter desaparece. Talvez, se pensássemos mais sobre isso, descobriríamos que quase nenhum problema que acreditamos ter é realmente um problema — disse e continuou olhando para cima.

Tive que me segurar para não avançar em cima dele com mil outras perguntas. Sabia que talvez, se eu passasse do limite, ele poderia se fechar e se afastar outra vez. Então apenas concordei.

— Entendo o seu ponto de vista.

— Tenho que te contar uma coisa.

Ele passou os dedos no meu cabelo de novo, e eu me segurei para não arfar.

— O quê?

121

— Naquele dia em que te dei carona, você não tinha dito seu endereço.

Minha boca abriu e em seguida eu sorri, abismada.

— Eu sabia! Mas então... como?

— No dia em que aquele bêbado te incomodou, eu... — Ele esfregou os olhos com ar envergonhado antes de prosseguir: — Eu não ficaria tranquilo se não visse você entrar em casa. Então eu... esperei você sair e te segui.

Arregalei os olhos, impressionada. Ele se justificou:

— Eu só queria ver você entrar em casa bem e ter certeza de que aquele merda tinha desistido.

Meu coração acelerou. O que aquilo significava? Ele realmente se importava comigo a ponto de me esperar sair e me seguir até em casa. Por quê?

— Por quê?

Ele deixou as costas dos dedos deslizarem na lateral do meu rosto.

— Porque, se algo acontecesse com você naquela noite, depois de eu ter visto a maneira como aquele cara se comportou e mesmo assim ter deixado ele sair de lá sem fazer nada, não sei o que eu faria. Acho que nunca me perdoaria.

Fechei os olhos, tentando acalmar minha respiração.

— Obrigada por se preocupar e por...

— E, antes que você me pergunte, não, eu não costumo seguir bailarinas pelas ruas de Londres e estripá-las depois — disse ele, tentando imprimir um tom descontraído.

— Ainda bem — comecei, querendo suavizar o clima da conversa. — Eu sou muito nova para morrer e, apesar desse seu lance com a morte e tals... sinto de verdade que ainda preciso explorar a minha paixão por chocolate por muitos anos antes de deixar esta vida.

— Chocolate? — ele perguntou, com ar curioso.

— Sim.

— De qualquer tipo?

— Não. Ao leite em primeiro e absoluto lugar.

— Então você não vive sem chocolate?

— Não. Na verdade, acho que o governo devia distribuir uma cota diária de chocolate de graça, que nem remédio.

— Sim, para as mulheres — ele provocou.

— Ai, que comentário mais óbvio.

— Que as mulheres deveriam comer chocolate diariamente?

— Não, que os homens acham que só as mulheres precisam disso para alívio mensal.

122

— Alívio dos homens?

Caí na risada.

— Não, seu idiota. Alívio dos sintomas... da TPM.

— Vocês são muito sintomáticas e instáveis. Talvez o governo devesse mesmo distribuir chocolate de graça às mulheres.

— Olha quem fala! O homem que grita feito uma louca em TPM eterna.

— Pronto, podem me internar. Passei de todos os limites. Hunter percebeu, pois ficou sério, apenas me olhando. — Ou não? — perguntei, sem graça.

— Acho que vou pegar chocolate para você. — Ele forçou uma voz grave e raivosa. — Tem uma torta de chocolate com laranja lá embaixo, vou buscar.

— Ai, meu Deus, que horror! — A frase escapou da minha boca.

— Oi?

— Quem é o assassino de chocolate que mistura laranja nele? Tinham que mandar prender! — A minha língua solta não atrapalhou o bom humor da conversa, e eu começava a me questionar. Será que ele era tão estressado assim, como fazia questão de parecer? Acho que não, ou só profissionalmente, como ele mesmo dissera. Na verdade, ele era como aquelas bonecas russas, uma dentro da outra; parecia ter sempre uma faceta nova, uma surpresa para revelar enquanto escondia outras.

Eu o vi pegar o telefone e discar alguns números.

— Tome. — Ele me passou o aparelho. — Resolva isso direto com a sra. Moore, a cozinheira. Ela só não é mais perfeccionista do que eu. Acho que vai adorar ouvir a sua opinião.

Desliguei o aparelho o mais rápido que consegui. Mas, para fazer isso, quase montei em cima dele. Resultado: o sr. Hunter em grandes quantidades embaixo, e eu em cima. Virei o corpo rapidamente e disse, ainda envergonhada:

— A minha avó fazia o melhor bolo de chocolate do mundo. E a tentativa de me deixar sem graça com a sua cozinheira não funcionou.

— Não?

— Talvez um pouquinho — respondi, com um fio de sorriso na voz. Eu tinha me afastado dele, mas não estava tão longe como antes. Ele não se afastou.

No iPad começou a tocar "Can't Help Falling in Love", a versão da Haley Reinhart, e fui surpreendida pelos dedos dele desenhando círculos na minha cabeça. As batidas do meu coração subiram alguns graus dentro do peito.

— Você gosta dessa música? — ele perguntou.

— Amo. Talvez seja a minha preferida.

— Então você também gosta do rei?

— Minha mãe ama o Elvis. Ela me colocava para dormir cantando uma música que escutou na voz dele: "Bridge over...

— Troubled Water" — ele completou, com um sorriso.

— Sim, essa mesma. Ela cantava especialmente quando eu estava triste com alguma coisa. — Senti que os meus olhos começavam a pesar. Cafuné sempre foi meu ponto fraco.

Acho que bocejei, porque ele parou o carinho e se levantou da cama.

— Você está cansada, eu... vou deixá-la dormir.

— Não, não vá. Não quero ficar sozinha.

Ele me encarou, primeiro surpreso, depois parecendo refletir.

— Por favor — insisti.

— Está bem.

Ele tirou os sapatos e se recostou outra vez na cabeceira, dessa vez jogando as pernas em cima da cama e voltando a me fazer cafuné sem que eu precisasse pedir. Suspirei, satisfeita com o carinho.

— Descanse. Quando você dormir, eu vou para o meu quarto.

— Obrigada.

～

Acordei com o quarto ainda escuro e uma sonolência difícil de vencer. Senti um calor bom e um aconchego familiar. Fui devagar, meio entorpecida, recobrando a consciência. Notei o quente e macio do cobertor, o travesseiro morno subir e descer em um embalo...

Espera. Travesseiros não sobem e descem.

Claro que não.

Passei a mão ao meu lado, encontrando músculos relaxados que faziam parte de um... braço masculino? Achei que sim.

Meu Deus, era...

Eu estava?

Ele estava?

Eu dormi abraçada com ele?

Não.

Ele tinha dormido aqui, isso era claro, mas por que a minha cabeça usava o peito do sr. Hunter de travesseiro?

Ai, meu Deus, minha cabeça estava no peito dele, e meu corpo junto à lateral do seu. Um encaixe tão bom, como as melhores sapatilhas do mundo. Inspirei, aproveitando a sensação de conforto, paz e completude.

Parecia tão certo, mesmo sendo proibido. Mesmo sendo errado.

124

Tudo em mim se encaixava nele de maneira perfeita, como se fôssemos peças soltas e sem sentido até nos encontrarmos. Era tão maravilhoso que eu queria ficar assim para todo o sempre, amém.

Por que eu vinha sentindo essas coisas perto dele?

Dane-se, eu não precisava entender nada disso.

Só precisava ficar um pouco mais ali e talvez... Passei o braço direito por cima do peito dele e fechei-o em um meio abraço. Isso nos aproximou mais. Ele tinha um cheiro bom de carvalho, de sabonete e... dele.

Como será que era a pele do rosto de Daniel?

Eu só precisaria chegar um pouco mais perto e...

Levantei a cabeça e deixei os lábios tocarem de leve o maxilar quadrado. Então... a respiração masculina ritmada acelerou. Em um movimento nervoso e instintivo, voltei o rosto para baixo, encaixando-o novamente na curva do seu braço. Meu coração parecia solto no corpo, de tão rápido que batia. Será que ele percebia o que eu estava fazendo? Estava acordado?

A respiração dele voltou ao mesmo ritmo profundo e relaxado. Suspirei, fechando os olhos, em um misto de alívio e excitação. Pouco depois, o sono e aquela estranha sensação de estar em casa venceram minha consciência e eu voltei a dormir.

> I was upset, you see
> Almost all the time
> You used to be a stranger
> Now you are mine.
>
> — NEW ORDER, "Regret"

EU TINHA ACABADO DE TOMAR O CAFÉ DA MANHÃ SOZINHA. ACORDEI também sozinha, já passava um pouco das dez. Fiquei dividida entre a confusão e a ansiedade. Não tinha certeza se o que eu lembrava era real ou um sonho. Quando acordei, cheirei o travesseiro ao meu lado para confirmar. Ridículo fazer isso, eu sei, mas encontrei o perfume irresistível do sr. Hunter na fronha. Então ele realmente havia dormido parte da noite ao meu lado? Eu tinha certeza de que sim, lembrava muito bem o calor do seu corpo junto ao meu, o ritmo da respiração e o coração dele imprimindo algo dentro do meu peito.

Ouvi o som do piano pela porta entreaberta. Respirei fundo antes de entrar na sala de música. Assim que cruzei para o interior, ele levantou os olhos das teclas e sorriu.

Meu Deus! O que tinha aquele sorriso que fazia o meu coração dar pulos?

— Bom dia, Bela Adormecida. — Meu coração acelerou ainda mais: srta. Aurora virou Bela Adormecida.

Umedeci os lábios.

— Bom dia, sr. Hunter.

Ele parou de tocar e ficou mudo, me olhando com aquela intensidade que desmembraria até o Homem de Ferro.

— Nicole?

Eu estava tão abalada que demorei alguns segundos para perceber que ele acabara de me chamar de Nicole. Puro e simples, meu nome de batismo. Sem

18

> I was upset, you see
> Almost all the time
> You used to be a stranger
> Now you are mine.
> — NEW ORDER, "Regret"

EU TINHA ACABADO DE TOMAR O CAFÉ DA MANHÃ SOZINHA. ACORDEI também sozinha, já passava um pouco das dez. Fiquei dividida entre a confusão e a ansiedade. Não tinha certeza se o que eu lembrava era real ou um sonho. Quando acordei, cheirei o travesseiro ao meu lado para confirmar. Ridículo fazer isso, eu sei, mas encontrei o perfume irresistível do sr. Hunter na fronha. Então ele realmente havia dormido parte da noite ao meu lado? Eu tinha certeza de que sim, lembrava muito bem o calor do seu corpo junto ao meu, o ritmo da respiração e o coração dele imprimindo algo dentro do meu peito.

Ouvi o som do piano pela porta entreaberta. Respirei fundo antes de entrar na sala de música. Assim que cruzei para o interior, ele levantou os olhos das teclas e sorriu.

Meu Deus! O que tinha aquele sorriso que fazia o meu coração dar pulos?

— Bom dia, Bela Adormecida. — Meu coração acelerou ainda mais: srta. Aurora virou Bela Adormecida.

Umedeci os lábios.

— Bom dia, sr. Hunter.

Ele parou de tocar e ficou mudo, me olhando com aquela intensidade que desmembraria até o Homem de Ferro.

— Nicole?

Eu estava tão abalada que demorei alguns segundos para perceber que ele acabara de me chamar de Nicole. Puro e simples, meu nome de batismo. Sem

Tudo em mim se encaixava nele de maneira perfeita, como se fôssemos peças soltas e sem sentido até nos encontrarmos. Era tão maravilhoso que eu queria ficar assim para todo o sempre, amém.

Por que eu vinha sentindo essas coisas perto dele?

Dane-se, eu não precisava entender nada disso.

Só precisava ficar um pouco mais ali e talvez... Passei o braço direito por cima do peito dele e fechei-o em um meio abraço. Isso nos aproximou mais. Ele tinha um cheiro bom de carvalho, de sabonete e... dele.

Como será que era a pele do rosto de Daniel?

Eu só precisaria chegar um pouco mais perto e...

Levantei a cabeça e deixei os lábios tocarem de leve o maxilar quadrado. Então... a respiração masculina ritmada acelerou. Em um movimento nervoso e instintivo, voltei o rosto para baixo, encaixando-o novamente na curva do seu braço. Meu coração parecia solto no corpo, de tão rápido que batia. Será que ele percebia o que eu estava fazendo? Estava acordado?

A respiração dele voltou ao mesmo ritmo profundo e relaxado. Suspirei, fechando os olhos, em um misto de alívio e excitação. Pouco depois, o sono e aquela estranha sensação de estar em casa venceram minha consciência e eu voltei a dormir.

nenhum "senhorita" antes. Nunca achei que escutar meu nome pudesse causar tudo isto: um arrepio percorreu minha coluna, meus joelhos amoleceram e minha respiração ficou instável.

— Dormiu bem? — ele continuou.

— Sim, dormi. E você?

— Muito bem — ele respondeu e... Ah, Deus, o sorriso outra vez.

— Você dormiu... — Parei.

Como eu iria perguntar ao meu diretor se ele tinha dormido comigo? Não podia. O que era meio ridículo, já que eu sentia que estávamos ficando amigos. Amigos podiam dormir uns com os outros sem que isso significasse nada. O problema era que o meu corpo não me deixava acreditar que aquilo, isso, o sr. Hunter, não significava nada. Talvez o meu coração também não.

— Vamos trabalhar?

Lembrei do pedido dele ontem à tarde. Ele queria que eu dançasse a nova música. Notei que o jogo de sofá, que ficava em frente ao piano, tinha saído dali, o que deixou um bom espaço livre.

— Sim, claro. O único problema é que eu estou sem sapatilhas.

— Descalça? — Ele me lançou um olhar sugestivo.

— Ok. Que tipo de música é?

— Você vai ver.

Ele começou a mexer em umas partituras. Eu precisava tirar um pouco da roupa que vestia.

— Me dê um minuto, eu preciso tirar isso — disse, livrando-me do casaco pesado. Em seguida removi a blusa de lã que era dele, a calça jeans e fiquei somente com uma regata e a calça térmica. Eram de um tecido justo e confortável. Daria para me movimentar melhor assim. — Estou pronta, sr. Hunter — afirmei após arrumar as roupas descartadas na poltrona à minha frente.

— Me chame de Daniel, Nicole. — Ele encolheu os ombros. — Se você quiser, é claro.

Senti a garganta secar. O que era ridículo, porque era apenas o nome dele. Eu não mandava mais em porcaria nenhuma dentro de mim. Meus lábios se moveram em um sorriso bobo.

— Muito prazer, Daniel. Eu sou a Nicole, mas acho que você já sabe.

Ele concordou com a cabeça, parecendo se divertir.

— Pronta?

— Sim. — Respirei fundo e me posicionei no meio da sala. Fechei os olhos e ouvi os primeiros acordes do piano.

Inspirei devagar e deixei a música entrar no meu sistema. Era uma composição intensa, que seguia um ritmo crescente, e então a progressão voltava a cair. Deixei-me levar pela evolução da melodia. Ela fazia meu corpo ficar sem tamanho. Não lembro direito em que momento o olhei. Lembro sim, com detalhes, o que aconteceu com meu corpo e o mundo. Ou o que não aconteceu, porque...

Que olhar era aquele?

Dizer que ele me encarava com sincera admiração não chegaria nem perto de definir o que acontecia.

Enquanto as mãos do sr. Hunter corriam livres pelas teclas, os olhos dele corriam em mim com mais liberdade ainda. Eu era tocada em todas as partes por aquele olhar. Daniel criava as notas, que se desprendiam livres como o ar, e eu as absorvia, respirando o som.

Um arrepio percorreu minha nuca quando seus olhos pousaram em meu pescoço. Então passaram pelo meu colo, e o ar desapareceu.

Uma, duas, três piruetas, e eu me entreguei a um êxtase sem dimensão. Muito além do olhar dele para mim, as notas conversavam com meu corpo, e ele notava. Daniel entendia o que estava acontecendo. Nunca uma música falou tanto comigo, de maneira tão íntima e avassaladora. Deitei, deixando-me fazer alguns movimentos no chão, levantando em seguida quando a música pediu mais algumas piruetas.

O olhar dele passeou sobre meus braços e mãos, os músculos das minhas pernas perderam parte da sustentação e por pouco os joelhos não me deixaram sem apoio. Seus olhos subiram seguindo a escala — dos pés às pernas e pela barriga, e um choque gelado ondulou em minha espinha.

Enquanto eu dançava, os toques de Daniel comandavam minhas sensações. Ofegante, eu lutava para não me render, ir até lá e me atirar de verdade em cima dele. Daniel também ofegava, e o que parecia ser algo muito além do desejo desenhava uma expressão quase primitiva em seu rosto. A eletricidade que se instalou entre nós era tão intensa que qualquer pessoa que nos assistisse morreria eletrocutada. Eu estava a ponto disso. A composição foi diminuindo e meus movimentos, mais lentos, acompanharam o desfecho da música.

Parei, de olhos fechados e com o rosto molhado de lágrimas.

No tempo de uma piscada, ouvi o banco do piano ser afastado. Na pausa de uma batida do meu coração, as mãos dele envolveram minha cintura e me puxaram para o seu corpo. Eu respirava com dificuldade e ele acompanhava meu ritmo. Estávamos tão próximos que senti o ar que ele exalava marcar minha face.

— Nicole — ele ofegou —, nós não devíamos fazer isso.

Apenas assenti, mas meu corpo não. Umedeci os lábios, que pararam entreabertos, buscando algo que eu queria mais que oxigênio ou que a música: o beijo de Daniel.

— Foda-se! — ele disse e desceu a boca sobre a minha.

Não vi anjos voando nem escutei sinos tocando ou fogos estourando. Não, porque meus lábios estavam nos dele, e sua boca buscava a minha, e não sobrava espaço para nenhuma outra sensação.

Seus lábios, gentis e suaves, tocavam os meus, indo de um lado a outro, reconhecendo, pedindo permissão para avançar. Abri a boca, cedendo. Antes da invasão física, senti o ar do corpo dele me preencher e algo além disso, como se fosse possível duas pessoas trocarem parte do coração em um beijo.

Podia parecer uma cena cotidiana, mas não era. Não era nem um pouco comum para mim a língua dele incendiar minha alma. Nem os lábios que cresciam e diminuíam ao ritmo do meu coração e das carícias que o sr... que Daniel fazia.

Ele levou as mãos até minha nuca e exigiu um mergulho maior. Tirou completamente meu fôlego com aquele beijo, que ficava a cada instante mais profundo, desesperado, apaixonado.

Eu estava entregue, porque não tinha mais um corpo só meu.

Daniel mordeu de leve meu lábio inferior e o sugou. O pouco de equilíbrio que eu ainda tinha foi perdido. Suas mãos largaram a minha nuca e desceram, me sustentando pelas costas. E... meu Deus!

O frio em meu estômago aumentou quando meus pés perderam o chão. Eu estava no colo dele. A boca do sr. Hunter, de Daniel, não parava de se mover sobre a minha, pedindo, exigindo, que eu desse mais. Muito mais.

Será que era possível?

Ele me colocou sentada sobre algo. O quê? O piano, e se encaixou entre as minhas pernas, tomando minha boca com a mesma insanidade com que possuía a música. Entendi que, sim, era possível dar mais.

Sem respirar, sem razão e fora de mim por completo, gemi quando suas mãos percorreram minhas costelas com força calculada. Ele grunhiu quando minhas mãos se enroscaram em seus cabelos e o trouxeram para um beijo mais intenso.

— Nicole — ele ofegou —, que loucura. Eu quero tanto... você.

Eu o puxei com força para retomar o beijo. Também o queria. Desci as mãos da nuca para o peito dele e, conforme sua língua invadia minha boca, alcancei a barriga plana. Meus dedos escorregaram para o cós da calça e mais abaixo. Senti algo bem diferente da braguilha e ouvi-o gemer com mais vontade e me beijar com mais, muito mais força. Tudo em mim queria esse mais, em todos os lugares, e...

Batidas na porta.

— Sr. Hunter. — Era a voz distante e apagada de um homem. — Oh, desculpe, senhor.

A mesma voz se tornava um pouco mais nítida. Parecia o sr. Clarke. Percebi os braços de Daniel me envolverem em uma postura protetora.

— Eu sinto muito. É que... hum... eu consegui o telefonema que o senhor pediu. Eles estão na linha, senhor, e... hum... Desculpe, achei que gostaria de saber.

Duas respirações mais longas depois, ele respondeu:

— Peça um minuto, eu já vou falar com eles.

Ouvi a porta se fechar. As mãos dele subiram e desceram pelas minhas costas, e ele deu um beijo na minha testa.

— Nicole, é da empresa que remove a neve das estradas aqui da região. Eu preciso atender.

A nossa respiração continuava alterada.

— Está bem — eu disse, olhando para sua camiseta. Senti o polegar dele erguer meu queixo.

— Vou resolver isso, e depois... nós conversamos.

Concordei em silêncio.

Conversamos? Isso não era muito bom, era? "Depois nós continuamos" teria sido ótimo. Tentei sorrir, mas não consegui.

Observei-o se afastar e sair da sala de música. Olhei para os lados, ainda sentada sobre o piano. Senti um calafrio que espalhou uma onda de arrepios em meus braços. O calor da dança ia embora e, principalmente, o calor dos beijos que trocamos. Fechei os olhos e respirei devagar. O cheiro de Daniel estava em meus cabelos, meus braços, minha pele. Abracei-me com força, tentando me manter aquecida, protegida, sei lá. Pisquei lágrimas de confusão e cobri o rosto com as mãos, espantando a vontade de chorar. Meu Deus, eu estava ferrada!

Esperei-o por meia hora ali antes de resolver subir para o quarto, com uma angústia inexplicável e uma ansiedade que beirava o limite do suportável.

19

> I don't mean to run
> But every time you come around
> I feel more alive than ever.
>
> — PARAMORE, "Adore"

TRÊS HORAS TINHAM SE PASSADO DESDE QUE EU SUBIRA PARA O QUARTO.

Eu já havia olhado pela janela durante um bom tempo, lido parte do livro, ligado para Natalie para avisar que estava viva, escrito para minha mãe e para meu pai — o que foi um milagre, porque eu quase nunca tinha paciência de escrever para ele. Isso foi o que o tempo de sobra me obrigou a fazer.

Agora eu observava a paisagem pela janela outra vez. A neve tinha quase parado de cair. Floquinho, floquinho, floco...

Eu tinha visto havia um tempo um coelhinho preto correndo pela neve. Achei aquilo tão... *Oh, que coisa mais bonitinha.*

Agora eu procurava as pegadas do coelho na neve. Onde seria a toca dele? Será que tinha filhotes ali?

Ai, que tédio deprimente.

A neve realmente tinha quase parado de cair. Talvez amanhã eu conseguisse voltar para casa. Não entendia direito o motivo de essa ideia ser acompanhada por um incômodo. Eu devia estar dando um milhão de piruetas com a possibilidade de sair dali.

Só que não era assim. Depois do que acontecera mais cedo, eu não queria voltar para casa amanhã. Eu queria que...

O quê?

Não saberia nem começar a explicar o que eu queria de verdade. Só tinha certeza de uma coisa: eu queria mais beijos do sr. Hunt... do Daniel. Era ridículo continuar pensando nele como sr. Hunter.

Como será que ele reagiria? Fingiria que nada tinha acontecido? Ou será que eu iria embora dali no dia seguinte sem nem ao menos vê-lo de novo?

Ele falou "Depois nós conversamos", não falou? Diante do sumiço de mais de três horas, a ideia da conversa, que antes soara ruim... agora parecia ser tudo de bom. Eu queria conversar com ele, talvez até precisasse disso.

Mesmo que ele não venha me procurar, eu vou atrás dele.

Essa ansiedade era ridícula; nós não éramos mais crianças.

Por que, porcaria, ele demorava tanto a aparecer? Será que tinha ido limpar a neve da estrada com a empresa responsável pelo serviço?

Bufei, impaciente com o rumo dos meus pensamentos, e peguei o livro para ler. Nada como a leitura para se distrair ou fugir da realidade.

Ouvi uma batida firme na porta. Era igual à batida de ontem do sr... do Daniel. Minhas vísceras se contraíram antes da confirmação.

— Oi. — Ouvi a voz dele e fechei o livro.

— Oi — eu disse, com o coração disparado.

Ele apoiava o ombro no batente da porta, de calça jeans e malha preta, e tinha o cabelo molhado. Merda, ele era tão lindo! Por quê? Por que ele teve que tirar a barba? As coisas seriam bem mais fáceis se ele continuasse com aqueles pelos todos no rosto.

— Desculpe... Depois que eu falei com a empresa que faz a remoção da neve, o pessoal da Academia de Música me ligou e fizemos uma teleconferência. Demorou bem mais do que eu imaginava.

— Tudo bem.

— Para mim, não.

Eu o olhei sem entender. Ele explicou:

— O sr. Clarke me disse que você não almoçou, e já é noite.

— Eu... — encolhi os ombros — vou comer alguma coisa.

— Posso fazer uma massa, o que você acha?

— Sério? — Olhei-o, surpresa. — Quer dizer, você não parece o tipo de cara que cozinha.

— Ah, não?

— Não.

— E que tipo de *cara* eu pareço? — Daniel perguntou com diversão contida.

— Do tipo que enterra mulheres no seu jardim, a não ser que você vá me cozinhar com a massa. — Forcei a voz em um tom descontraído. — Se for me enterrar no seu jardim, prefiro ser colocada ao lado da fonte. Se não se importar, é claro.

Ele me olhou com a expressão séria, os lábios presos, o cenho franzido. Senti o estômago gelar, quase arrependida da brincadeira, e então ele gargalhou.

O meu coração riu junto, como já estava ficando comum.

— Vamos para a cozinha? — Ele estendeu a mão em um gesto de convite.

Levantei e fui em direção à porta.

— Você está com fome? — Daniel perguntou quando parei à sua frente.

— Sim, um pouco. E você?

— Faminto — ele afirmou, me olhando intensamente.

Tive quase certeza de que não era de comida que ele falava. Baixei o rosto e senti seus dedos, um pouco ásperos na ponta, erguerem meu queixo.

— Você não faz ideia.

E então ele me beijou novamente. Até eu estar sem fôlego e sem a menor vontade de nada que não fosse sua boca na minha. Os lábios, que no início se moviam com força, passaram a deixar toques suaves. Enquanto eu tentava, buscava mais, ele se afastou, colando a testa na minha.

— Nós temos mesmo que conversar — disse, sem fôlego.

— Ok — concordei, sem capacidade alguma de articular mais de duas palavras.

— Não me olhe assim...

— Como?

— Pare de olhar para a minha boca como se quisesse que eu te beijasse outra vez.

— Ãhã... — murmurei, ainda incapaz de respirar direito.

— Vamos, Nicole, você precisa comer alguma coisa.

— Ok — respondi, e aquele lado meu que eu nem sabia direito que existia me fez continuar olhando para a boca do Daniel.

— Você vai acabar comigo — ele sussurrou e, em seguida, sua boca estava na minha outra vez, graças a Deus estava.

Nossa, como estava!

Conforme o beijo se aprofundou, as mãos dele desceram até meu quadril. Com uma vontade possessiva, Daniel me pressionou contra seu corpo firme. Gememos juntos quando tudo em nós se encaixou. Enfiei a mão por dentro da blusa de linha que ele vestia e pressionei os dedos na pele de suas costas, enquanto o beijo era pura entrega.

Sem nenhum tipo de aviso, tão abrupto quanto começou, ele rompeu o contato, se afastando.

— Vamos... comer algo e... conversar, antes que eu faça... uma loucura.

Eu queria a loucura. Quase pedi por ela, entretanto ainda tinha um pouco de razão e fiquei quieta. Ele era meu diretor, afinal.

Será que era assim que as pessoas apaixonadas se sentiam? Meio idiotas? *O quê?*

Por que eu pensei isso? Eu não estava apaixonada, nem queria. Não, era apenas desejo. Olhei pela janela do corredor enquanto o seguia até a cozinha: havia muita neve. O isolamento do mundo estava me confundindo. Seria bom voltar para casa amanhã. Senti o coração saltar uma batida. Sim, seria mais que bom: retornar para casa começava a ser essencial para manter minha sanidade, ou o que restava dela.

20

> We took your rights,
> And your mother's home
> I turned but your tomb
> Can be your pick
> Not pawned
> Poisons, blood.
>
> — FEVER RAY, "The Wolf"

JÁ ESTÁVAMOS NA COZINHA FAZIA UNS QUINZE MINUTOS. DANIEL HAVIA me falado que a empresa de remoção de neve trabalharia pela manhã na estrada que dava acesso à sua casa. Então, se tudo desse certo, eu poderia ir embora no início da tarde.

Demonstrei um exagerado alívio por causa disso. Teria ensaio no outro dia muito cedo. Ele não falou nada diante do meu falso entusiasmo.

— Você sempre cozinha? — perguntei, tentando quebrar o silêncio chato que havia se instalado entre nós depois que comemorei minha saída da mansão.

— Eu adoro cozinhar, mas não é sempre que tenho tempo.

Enquanto ele temperava dois medalhões de carne, eu picava tomates para o molho. Vermelhos, gelados e macios, os tomates são frutas — difícil de acreditar. Lembrei da maneira profissional como minha avó deslizava a faca ao cortar coisas na cozinha.

— Quando eu era criança, gostava de ficar na cozinha. Minha mãe e minha avó faziam experimentos com massas e bolos. Eu adorava quando diziam que eu era a ajudante preferida delas.

— Eu cresci no meio de partituras, aulas e ensaios de balé.

Eu sabia que ele falava da influência que Olivia Bonnet teve em sua vida.

— A sua tia... Como ela é?

— Como mãe? — Ele desviou os olhos para os meus. — Ela foi uma boa tia. E uma excelente bailarina. Sabia que eu fiz cinco anos de balé?

Larguei a faca, surpresa.

— O quê?

Ele deu de ombros.

— Pouca gente sabe.

— Você... você gostava?

Ele abriu um sorriso complacente, negando com a cabeça.

— Eu era obrigado.

Imaginei aquele homem meio bruto metido em sapatilhas e ri alto, sem me conter.

— Você está rindo? — franziu o cenho, parecendo bravo.

Meu estômago gelou um pouco.

— Desculpe, é que... sei lá, não combina nada com você.

— Eu também acho, mas a minha tia não concordava. Por isso eu tenho horror da sala de ensaios desta casa — ele prosseguiu, mais descontraído. — Até os onze anos eu vivi ali as piores horas da minha vida. Tenho pesadelos com isso até hoje.

Mordi o lábio, contendo a risada.

— Hum... Deve ter sido horrível. — Queria perguntar tantas coisas, mas achava que a infância dele não era um assunto palatável para antes do jantar.

— Na verdade, não tenho do que reclamar. Ela também me proporcionou as melhores oportunidades para desenvolver o meu talento com a música.

Ele voltou a trabalhar nos medalhões, eu voltei a picar os tomates.

— Ela é uma ótima pessoa — Daniel continuou —, muito justa e honrada. Foi uma tia carinhosa e tentou, da maneira que conseguia ou sabia, suprir a ausência dos meus pais... Acho que a única frustração dela é que eu odiava balé e até os dezoito anos queria ter uma banda de rock — concluiu em tom ameno.

— Meu pai nunca quis que eu fosse bailarina.

Ele deu algumas batidas na carne antes de perguntar:

— Como eles são, os seus pais?

— Minha mãe é a melhor pessoa do mundo, eu devo tudo a ela. Mas meu pai... Eu o via tão pouco que ele, como pai... — suspirei — foi um bom tio ausente. Ele mora em uma cidade distante da que eu cresci.

— Onde você cresceu?

— No Rio de Janeiro.

— Rio de Janeiro — Daniel repetiu, em tom pensativo. — Eu estive lá uma vez, há alguns anos.

— E gostou?

— Tem como não gostar? Aquela cidade é maravilhosa, não sei como você não morre de saudade.

Sorri ao ter uma ideia boba.

— Eu morro. Na verdade, morro de saudade mesmo é do Jean. — Soltei o ar de maneira exagerada e condoída. — Achei que não fosse aguentar no começo... Eu me acostumei a estar sempre com ele.

Olhei para o lado e Daniel continuava a trabalhar, impassível, como se não tivesse ouvido.

Eu me senti uma tonta ao tentar provocar ciúme nele. E achei que ele não só devia ter percebido o que eu fazia, como também certamente me considerava uma menina imatura, talvez até convencida. Continuei picando os tomates em um silêncio constrangedor.

Fui surpreendida pelas mãos dele envolvendo minha cintura. Minhas pernas amoleceram quando ele colou a boca na minha orelha.

— É impressão minha ou você estava me provocando?

— O quê? Não... — menti, porque, enquanto ele soprava as palavras no meu ouvido, os braços exerciam uma pressão desconfortável na minha cintura, e aquilo me desnorteou.

— Eu não gosto de ser provocado, srta. Aurora, e serei obrigado a te castigar para que você aprenda a nunca mais repetir isso. — A voz, ao contrário da pressão que ele exercia sobre mim, era suave e controlada. Percebi que eu estava tremendo de... medo? Excitação? Ou seria de expectativa, nervosismo?

— É o meu gato. O Jean é o meu gato. Meu bichinho de estimação.

Os braços dele aumentaram um pouco a pressão, e eu perdi parte do ar dos pulmões.

— Tarde demais. Eu tinha decidido que não jantaria você, mas, depois dessa sua brincadeirinha, vai virar o acompanhamento para a massa.

Ele mordeu minha orelha e começou a mover os dedos nas minhas costelas, como se dedilhasse o piano. Fui invadida por ondas incontroláveis de cócegas.

— Vou matar você de rir — ele disse, espirituoso.

Tive certeza de que Daniel era o mestre universal das cócegas. Nunca um ataque desses tinha me deixado tão desesperada. Eu me debatia e lutava por ar.

— Pelo amor — pedi enquanto dava risadas incontroláveis. — Me sol...
— Explodi novamente em gargalhadas. Os dedos longos e insuportáveis continuavam a dedilhar minhas costelas. — SOLTA! — Busquei ar, e outra onda de riso me invadiu.

Eu não enxergava e nem sequer lembrei que estava segurando a faca com a qual cortara os tomates. Tentava me soltar e respirar, tudo ao mesmo tempo. Contorcia o tronco, e as lágrimas rolavam pelo rosto. Com desespero crescente, eu continuava lutando por ar entre as gargalhadas. Ouvi o barulho de algo cair no chão. E só então me dei conta de que era a faca.

Ele não me segurava mais.

Apoiei as mãos no balcão da cozinha e inspirei o ar tão necessário de volta aos pulmões.

Ouvi uma espécie de grunhido às minhas costas.

— Não — ele murmurou.

Girei e encontrei o rosto lívido de Daniel fixo em mim, me analisando dos pés à cabeça.

— Está tudo bem?

Em meio segundo, ele segurava minhas mãos e olhava para elas com uma expressão de horror. Sentindo o coração enlouquecer e ainda ofegante pelo ataque de riso, notei o que havia tirado a cor do rosto de Daniel. Algumas manchas de... sangue?

Sim, era sangue. Ele tinha um corte de alguns centímetros no dorso da mão.

Merda! Eu o cortei sem perceber.

— Desculpa, você... Eu... te machuquei. — Fui puxada do balcão em direção à pia. Ele abriu a torneira e ordenou com tanta urgência que os pelos dos meus braços se arrepiaram:

— Lava, lava agora!

— Eu... É você quem precisa lavar — apontei, sem entender nada.

— Agora!

Continuei olhando-o, sem reação. Será que eu tinha me cortado também?

— Você é surda, Nicole? — Dizendo isso, ele pegou minhas mãos e colocou embaixo da água corrente, agarrou o detergente e espremeu quase meia embalagem em cima delas e em uma parte dos meus braços, que também tinham algumas manchas vermelhas.

— Mas você... você está machucado. — Olhei para ele enquanto me lavava com movimentos atropelados.

Vi o sangue gotejar da mão dele. Fechei a torneira com um nó na garganta e disse, com a voz trêmula de incompreensão:

— Deixa eu te ajudar.

— Você se cortou, está machucada?

Neguei com a cabeça. A voz ficou presa entre a incredulidade e o nervosismo.

— Acho que não. Desculpa. Você precisa... Deixa eu te...

— Não!

Olhei para o chão. Vários pingos desenhavam círculos vermelhos na pedra cinza.

— Desculpe, foi sem querer.

Ouvi-o respirar profundamente e o encarei. Daniel estava de olhos fechados. Dei dois passos em sua direção e estendi a mão para tocá-lo.

— Deixa eu te ajudar com o cor...

— Não. — Ele abriu os olhos, distantes, cheios de culpa, e recuou, como se essa culpa fosse dirigida a mim em primeiro lugar. — Vá para o seu quarto, Nicole, agora! — Seu tom de voz era baixo. Nunca alguém me deu uma ordem tão friamente. Como se não pudesse existir ninguém capaz de contestá-lo.

Pisquei demoradamente, sem entender como meu universo podia virar de cabeça para baixo em tão poucos minutos.

Por que tudo aquilo?

Por quê?

— Está bem — respondi, virei, ainda trêmula, e saí da cozinha com a maior vontade de chorar que já tinha sentido na vida.

139

21

> When I look into your eyes
> I can see a love restrained
> But, darlin', when I hold you
> Don't you know I feel the same?
>
> — GUNS N' ROSES, "November Rain"

EU ESTAVA DEITADA, TENTANDO DORMIR HAVIA MAIS DE DUAS HORAS, MAS era impossível.

Aquela expressão no rosto de Daniel quando viu o sangue. O horror na voz enquanto mandava eu me limpar. Os olhos vidrados analisando meus braços.

Por quê? Qual seria o problema desse cara?

Será que podia existir alguém tão louco a ponto de quase perder a cabeça por causa de um corte?

A reação exagerada poderia ser pela raiva de ter sido ferido? Ou ele enlouqueceu diante da possibilidade de que eu tivesse me cortado?

Eu não aguentava mais criar um milhão de hipóteses. Nem que eu tivesse que obrigá-lo, nós teríamos "a conversa" que ele prometera. Decidi ir atrás dele e entender, ou ao menos tentar entender, o que acontecia.

Saí para o corredor e fui até o quarto dele. A porta estava entreaberta. Ele não estava ali. Desci até a cozinha; não havia nem rastro da nossa tentativa de jantar. Fui até a sala de música escura e vazia, e obviamente nada do sr. não-me-toque-existe-sangue.

Respirei fundo.

Talvez ele estivesse no "lá embaixo". As imagens de quando desci lá, dois dias antes, invadiram minha mente. O coração bateu mais rápido, e empurrei a porta de acesso.

No meio da escada, escutei o que suspeitava: era Daniel matando o saco de pancadas, embalado pela trilha sonora de "The Wolf", do Fever Ray. Sim, ele estava lá, brigando com o que quer que precisasse derrotar.

Parei no meio da escada e ponderei se devia mesmo descer e confrontá-lo ali, já que ele parecia possuído por algum tipo de ódio irracional. Os degraus eram de cimento queimado, assim como o piso do ambiente inteiro; canos aparentes e uma iluminação de galpão tornavam o "lá embaixo" bem frio.

"Vá para o seu quarto, Nicole, agora!" Minha consciência foi tomada pelas últimas palavras dele e a frieza na maneira como me mandou sair da cozinha.

Enchi os pulmões de ar, sabendo que talvez fosse a última respiração profunda que conseguiria dar enquanto estivesse ali. Segui para o ringue a passos lentos, até entrar em sua linha de visão, e... congelei com o que vi.

Não esperava nada nem vagamente parecido com aquilo. Não tinha me preparado para... Quem seria louco a ponto de imaginar que alguém poderia fazer tal coisa?

O problema não foi ver o corpo perfeitamente esculpido e os músculos torneados, como da outra vez. Nem o fato de ele estar coberto de suor. O problema é que, com o suor, tinha outra coisa que escorria de suas mãos: sangue!

O louco esmurrava o saco sem luvas e nenhum outro tipo de proteção que pudesse amenizar os impactos brutais da pele contra o couro daquele troço pendurado.

Soltei um gemido de dor, choque e nervosismo pela agonia dele.

Daniel deu mais um soco enquanto gotículas de suor e sangue espirravam como uma revoada em várias direções. Mais alguns socos e grunhidos de dor.

Parecia um animal ferido. E, o que era pior, se autoflagelando, se punindo por algo.

— Chega! — gritei, horrorizada demais para me dar conta do que fazia. — Pare agora!

Ele não ouviu; parecia possuído e fora da realidade. Deu mais um soco seguido de outro, e meu coração apertou ainda mais.

— Seu louco, pare! — gritei, apavorada, e alguns soluços irromperam do meu peito.

Então ele me olhou e ficamos por alguns segundos suspensos no silêncio um do outro. Meus olhos ardiam de lágrimas, minha respiração estava sem ritmo e eu sentia o corpo inteiro pulsar.

Ele abriu os braços, ainda me encarando fixamente, antes de afirmar num tom de voz firme e seco:

— É isso que eu sou, um monstro, entendeu? Olhe bem para mim... Está vendo isso aqui? — Ele ergueu as mãos cheias de sangue na altura do rosto. — É isso que eu sou, e ninguém pode me mudar. — Ele abaixou os braços em uma postura derrotada e murmurou: — Fique longe, Nicole.

Sem entender como, dei dois passos em sua direção. Eu não queria distância. Eu queria entendê-lo, queria estar perto dele. Nem sei direito o que queria, só sei que não era distância. Quando o Daniel percebeu o que eu fazia, ficou ainda mais alterado.

— Fora daqui! Eu não quero você atrapalhando a minha vida, não quero você acabando com a minha paz, entendeu?

Estanquei, paralisada com aquela loucura.

— Fora daqui! — ele repetiu, obcecado. — Eu não quero mais olhar para você.

Tentei me mover, mas não consegui, porque cinco toneladas de cimento pareciam prender minhas pernas.

Ele deu uma risada forçada.

— Por que você não se mexe? — Parou, como se finalmente entendesse alguma coisa, antes de concluir: — Você acha que aquela meia dúzia de beijos que trocamos significou alguma coisa para mim?

— Eu... achei que... — Minha boca se moveu sozinha.

— Que o quê, Nicole? O que você achou?

Minha voz não saía. Queria mandá-lo à merda ou cuspir qualquer outro palavrão da lista de um milhão que cruzou minha mente. Só que o bolo na minha garganta não deixou.

Ele esticou os músculos dos braços, se alongando.

— Aquilo não foi nada, só um deslize idiota. E me avise se você não tiver cabeça para continuarmos trabalhando juntos, e eu peço ao Evans para te substituir.

Respirei uma dezena de vezes, engolindo o choro, e, quando voltei a olhá-lo, ele já socava aquela porcaria de novo.

Ao vê-lo tão transtornado novamente, se ferindo daquele jeito insano, mesmo depois das grosserias que falou, não senti nada além de uma dor quase física no peito e uma vontade ainda maior de não permitir que ele me expulsasse de sua vida, assumindo de novo o papel de monstro. A mesma mentira que ele usou comigo e usava com todos à sua volta para se manter isolado do mundo. Eu podia não ter muita experiência em psicologia, mas tinha certeza de que era isso que ele estava tentando fazer.

Munida dessa coragem, talvez meio suicida, cheguei perto do ringue.

— Você pode continuar fingindo ser esse monstro pelo tempo que quiser — falei, decidida —, até ajustar o que quer que precise ser calibrado aí dentro. Eu sei bem o que você está tentando fazer e, não, não vou sair correndo daqui como da primeira vez, ou como todos fazem quando acham que você é um maluco psicótico, obcecado pela morte. Nesses poucos dias, eu vi ao menos uma parte sua e... você não vai me fazer mudar de ideia, seja lá o que isso signifique.

Ele já tinha parado de bater no saco e me encarava com olhos enormes, como se estivesse surpreso demais para ter qualquer reação.

— Nunca encontrou ninguém que te dissesse isso? — perguntei, com as mãos na cintura. — Dane-se, o problema é seu. E, se mesmo assim ainda não aguentar olhar para mim, é você quem deve procurar outro balé para reger, porque eu não vou fugir.

Virei as costas e saí.

ᕲᖆᕲ

Entrei no quarto sombreado; a única luz presente era a da iluminação amarelada do jardim.

Era uma noite escura e fria. Apesar de o aquecedor estar ligado, percebi que meus dentes estavam batendo. Tive certeza de que era o frio interno, aquele com o qual não podemos brigar.

Deitei na cama, puxei o cobertor e senti as lágrimas no rosto antes mesmo de compreender que chorava. Uma vez libertas, elas me embalaram até o sono vencer.

Despertei sentindo dificuldade para entender que horas eram. Notei um braço envolvendo minha cintura. Fui puxada até meu corpo estar colado em outro, muito maior que o meu. Era o sr. Hunter, o maluco. Mas quem achava isso era a minha razão. O coração, ao contrário, batia como um idiota e choques devoravam meu estômago. Senti a respiração subir e ficar presa na garganta. Paralisei completamente enquanto ele beijava minha cabeça. Ainda entorpecida de sono, demorei a compreender que ele agia como se não tivesse sido possuído por alguma força das trevas pouco tempo atrás.

Com dificuldade, tentei tirar o braço dele de cima e me afastar.

— Não, por favor. Me perdoa — ele disse, com a voz baixa.

Será que perdoo? Eu estava confusa e exausta demais para responder. Ele continuou:

— Há três anos, quando nos encontramos naquele avião, eu... — Ele respirou profundamente. — Eu tenho insônia. Quando durmo muito, não passa de quatro horas. Duas ou três horas é a média diária, isso em uma cama confortável.

Sacudi a cabeça. Ele estava falando sobre média de sono comigo? *Meu Deus, o que é isso?*

— Então — continuou ele —, eu tinha certeza de que não pregaria os olhos naquele voo. Isso costuma agravar o meu mau humor e me deixa com dificuldade de concentração. Só que alguma coisa aconteceu. Você dormiu e... em pouco tempo apoiava a cabeça no meu ombro. Eu ia mexer em você, ou te acordar, para que voltasse para o seu espaço na poltrona, então te olhei. Você estava com uma expressão tão serena que... não consegui. Não quis te atrapalhar, ao contrário, me vi admirando o seu rosto. E aí notei como você é perfeita.

Ele tocou a ponta do meu nariz.

— O nariz arrebitado.

Escorregou os dedos e tocou meus lábios.

— A boca entreaberta, o contorno perfeito dela.

Minha respiração acelerou, acompanhando a dele.

— Seus cílios pretos, que fazem uma curva e são mais grossos na ponta, me lembraram uma colcheia... E, em algum ponto entre o ritmo do seu sono e os traços do seu rosto, eu adormeci. E não dormi pouco. Quando acordei, atribuí aquilo ao cansaço acumulado e não pensei mais no assunto. Porém o seu rosto voltava à minha memória em algumas noites mais difíceis...

Ele colocou as mãos no meu ombro e me virou para encará-lo. A luz difusa do quarto deixava o rosto dele sombrio, mas ainda assim notei a intensidade dos seus olhos nos meus.

— Eu te reconheci no momento em que você pôs os pés, as pontas naquele palco, no dia da apresentação. E, quanto mais eu te via nos ensaios, mais difícil era não pensar em você. E, quanto mais eu pensava em você, mais queria, mais quero estar junto, cuidar de você, te conhecer e... Isso é errado. Aí você apareceu aqui, tão envergonhada e arrependida por ter vindo, que eu me irritei, senti raiva de mim mesmo quando entendi que teria você aqui por um tempo.

Ele lambeu os lábios, parecendo nervoso.

— Eu queria, *quero* tanto você. Mas, porra, eu sou o seu diretor! Não é certo, por isso e por motivos que agora não consigo falar... Eu não quero que você vá embora, porque os nossos beijos, os poucos que trocamos, foram os mais fodas que eu já dividi com alguém. Eu tentei, eu preciso ficar longe. — A voz dele saiu baixa. — Eu não sou bom para você. Estou errado por estar aqui e por me sentir incapaz de fazer você sumir da minha vida.

Senti meus olhos umedecerem. Minha mão subiu até o rosto dele, e engoli o choro.

— Eu não quero ir embora. Então...

Ele me abraçou com força.

— Que bom — Daniel murmurou e deu vários beijos na minha cabeça.

Eu ainda sentia uma vontade enorme de chorar. Apesar do aconchego de estar nos braços dele, tinha tanta coisa que eu queria e precisava entender.

Em silêncio, continuamos abraçados por um longo tempo. Ele passava as mãos no meu cabelo. Meu coração queria ficar quieto e fingir que nada tinha acontecido, mas a razão não deixou.

— Por que tudo aquilo?

Senti sua garganta descendo e subindo em minha testa.

— Se eu te pedisse um tempo... um tempo para conseguir falar sobre isso, você me daria?

Daria? Será que eu queria dar esse tempo? Sabia que a minha cabeça traçaria as possibilidades mais surreais.

— Enquanto eu não te contar — ele recomeçou —, vamos levar as coisas mais devagar entre nós, vamos ser... hum... amigos e...

Daniel engoliu outra vez, sua voz parecia... embargada? Talvez sim. Ele prosseguiu:

— E, quando os ensaios e as dez apresentações acabarem, não serei mais seu diretor. Isso também vai estar resolvido, então nós podemos ter uma conversa franca e depois você decide como vamos continuar. Está bem?

Amigos. Durante quase dois meses. Parecia razoável. Prudente era a palavra. Parecia prudente e... Merda! Eu não queria ser amiga dele. Queria respostas e muito mais, queria os beijos e o que vinha depois deles. Senti vontade de dizer não, mas, como não podia agir dessa maneira, respondi:

— Você faz isso com frequência? — Toquei as mãos dele, envoltas por uma gaze.

— Não, não faço.

— Não faça mais. Não tente me expulsar da sua vida daquele jeito horrível, por maior que sejam os problemas dessa conversa que vamos ter... Se você me prometer isso, sim, podemos ser amigos até lá.

— Eu prometo.

Balancei a cabeça, concordando com a amizade temporária. Senti seus dedos erguerem meu rosto e a respiração dele na minha boca.

— Posso te dar um último beijo antes de virarmos amigos? — ele perguntou com os lábios quase colados nos meus.

Não respondi. Meu peito se encheu de ar, em um gesto de alívio, e minha boca buscou a dele por vontade própria. Quando a língua de Daniel encontrou a minha e ele gemeu de prazer, entendi que queria muito esse beijo, muito mais do que devia.

145

22

Oh, father of the four winds, fill my sails,
across the sea of years
With no provision but an open face,
along the straits of fear
Ohh.

— LED ZEPPELIN, "Kashmir"

DANIEL ME TROUXE EM CASA. ELE FEZ QUESTÃO DE VIR, MESMO EU DIZENDO umas trinta vezes que não precisava. Na trigésima vez, ele me encarou sério, sério de verdade, então concordei. No fim da viagem, dentro do táxi, tentei convencê-lo a ficar em Londres. Só que ele era uma das pessoas mais teimosas que eu conhecia. Fizemos o caminho abraçados, como um casal de namorados, e vez ou outra ele passava a mão no meu cabelo, no meu rosto e nos meus lábios, nossa respiração acelerava e ficava difícil lembrar que éramos somente amigos. Acho que sabíamos que era a nossa despedida.

Despedida do quê? Era o que eu ainda me perguntava dois dias depois. Porque o que tivemos não podia ser considerado algo em que coubesse uma despedida.

Agora eu só precisava explicar essa teoria para o meu coração, porque ele não concordava e deixava isso claro. Cada vez que eu pensava em Daniel e achava que iria cruzar com ele no balé, o idiota do meu coração queria dançar um solo inteiro fora do corpo.

Tentei disfarçar com a Nathy, sei lá por quê. Não tinha encontrado ânimo de explicar minha situação: Daniel Hunter e eu amigos até as apresentações do balé, e quem sabe depois, se ele não fosse realmente um psicopata, um assassino em série, nós poderíamos ser algo mais.

Então era para ela ter me deixado em paz, afinal éramos melhores amigas. Mas ela tinha uma espécie de detector interno que sabia o que eu sentia antes que eu tivesse a chance de falar, por isso Nathy andava meio...

— Então quer dizer que o sr. Hunter mostrou um lado bom e generoso da personalidade dele?

Ela andava fazendo perguntas o tempo inteiro. Se eu estava com dificuldade de parar de pensar nele, ela não ajudava em nada. A cada cinco minutos, tinha uma interrogação nova.

— Ãhã — respondi e mordi a maçã que comia de sobremesa no jantar.

— E essa mudança foi do nada, ou aconteceu alguma coisa que operou um milagre no homem das cavernas?

— Ele não é. — Parei, respirei fundo e disse: — Ele está diferente em todos os sentidos.

— Em todos? Como assim?

— Esquece, Nathy, pelo amor de Deus!

— Ah, não. Eu não acredito, você ficou vermelha... Não lembro de ver você assim só de falar em um cara. Eu não acredito!

Virei para a geladeira, guardei a garrafa de suco e o que sobrou do jantar, arrumando as coisas na prateleira.

— Você está louca, eu não fiquei vermelha.

— Eu te conheço, Nicole Alves. Você só fica assim quando está muito constrangida, ou com muita raiva, ou... Meu Deus! — ela quase gritou e deu uma gargalhada. — Eu não acredito! Você entregou seu coração inalcançável para o homem barbado?

Fechei a geladeira com um movimento mais seco do que gostaria.

— Vou dormir, amanhã cedo nós temos ensaio. E, de verdade, para de me encarar como se eu fosse... o corvo de três olhos de *Game of Thrones*.

— Desculpa, é que... eu nunca acreditei que fosse te ver assim algum dia.

— Pelo amor de Deus, assim como? — eu disse mais alto, já entrando no quarto.

— Ou você me conta a verdade, ou eu vou ligar para a sua mãe para recrutar uma aliada.

— Você não seria louca a esse ponto — duvidei, mirando o batente da porta, com as mãos na cintura.

— Eu sou sua melhor amiga e, se você não pode ou não quer abrir o seu coração comigo, acho mesmo que está precisando de ajuda.

Bufei. Ela fez uma expressão de martírio, e eu me senti um pouco culpada.

— Está tarde. Amanhã, depois do ensaio, nós conversamos e eu te conto tudo, ok?

— Você está louca se acha que eu vou aguentar até amanhã... ainda mais agora que tenho certeza de que existe algo a ser contado.

Ficamos um tempo em silêncio, nos encarando com uma cumplicidade que ia além das palavras. Resignada, eu disse:

— A gente se beijou e... foi bom, muito bom. — Droga, minhas bochechas estavam ardendo de novo!

— Só isso?

— Só, só beijo, Natalie.

— E por que você está vermelha de novo?

— Ah, estou? Sei lá, deve ser o frio.

— Certo, ãhã, o frio. E por que você não me contou antes?

— Porque eu sabia que, quando contasse, você não me deixaria em paz até extrair tudo.

— Ahhh, então tem mais? — Natalie era realmente insuportável quando queria.

— Não, Nathy, foi só isso. E nós resolvemos que vamos ser apenas amigos até o fim das apresentações.

Entrei no quarto e vesti o pijama. Não queria contar mais nada. Porque, no fundo, era só isso mesmo. Exceto pelo fato de ele poder ser um assassino, ou algum tipo de psicopata bipolar, ou... sei lá, já não tinha nenhuma certeza. Apaguei a luz e deitei na cama. Até que ouvi minha amiga entrar no quarto.

— Como assim, apenas amigos?

— Ele é nosso diretor, Nathy. Ele não quis, e eu também não quero, misturar as coisas. Não é certo.

— Hummm, sei não. Isso está com jeito de saída estratégica e educada de uma situação que ele não quer mais.

— Pode ser. Agora, de verdade, me deixa dormir — pedi, disfarçando o desconforto que as palavras dela trouxeram. Era bem provável que fosse verdade. O sr. Louco Hunter tinha se arrependido de me beijar e, como eu era a bailarina da peça que ele regia e dirigia e um pé na bunda grosseiro ficaria muito chato, ele podia ter tentado... *Ah, meu Deus, chega. Não vou enlouquecer.*

— Como é beijar um cachorro?

— O quê?

— Ué, com aquela barba sem fim, deve ser como beijar um cachorro peludo, não? Tipo um afghan hound?

— Cala a boca, Nathy — eu disse, depois de parar de rir. Não ia contar que ele tinha tirado a barba. Não perderia por nada a cara de besta dela amanhã no ensaio.

Meu coração saltou com a certeza de que nos veríamos pela primeira vez em quase três dias.

> And this kind of pain, only time takes away
> That's why it's harder to let you go
> And nothing I can do, without thinking of you
> That's why it's harder to let you go.
>
> — NICKELBACK, "Trying Not to Love You"

ENTREI NA SALA DE ENSAIO COM NATALIE E MAIS DOIS AMIGOS DO CORPO DE balé, o John e o Simon, que eram meus parceiros nos *pas de deux* do "Adágio da rosa". Tentei me concentrar a manhã inteira e não pensar em Daniel, para não ficar ansiosa sobre como seria a reação dele ao me ver. Ainda tentava, sem conseguir, porque minhas mãos suavam de expectativa, e nem preciso mencionar o coração alucinado, né? Isso já estava virando rotina.

Ele entrou com o sr. Evans e não cumprimentou ninguém, como sempre.

Natalie, que estava à minha frente, quase perdeu o equilíbrio no alongamento que fazia quando o viu sem barba. Minha amiga olhou para mim de queixo caído e negou, incrédula, com a cabeça. Moveu os lábios e disse em silêncio:

— *Meu Deus do céu!*

Dei um sorriso amarelo e disfarcei a diversão que a cara abobada dela proporcionou à minha manhã.

Mentira. Não precisei disfarçar, porque me sentia um pouco decepcionada pela falta de reação de Daniel.

O que eu esperava? Que ele saísse correndo e me desse um abraço?

Não, com certeza era ridículo imaginar que ele mudaria o jeito como agia nos ensaios pelo que acontecera entre nós.

Ele estava certo.

Não! Quem eu queria enganar? Ele não estava certo! Podia ao menos ter me olhado, dado um sorrisinho, qualquer coisa que demonstrasse que se sentia como eu.

Mas como eu me sentia?

Acho que ansiosa demais e talvez com saudade.

— Sr. Florimundo — a voz grave dele chamando Ivo me sobressaltou —, se queria nos presentear com a sua ausência de movimentos, por que não ficou em casa dormindo?

Abri a boca por alguns segundos, então pisquei lentamente para o Ivo e assumimos a posição do ensaio.

Duas horas depois e doze, não, catorze tiradas sarcásticas do sr. Hunter dirigidas a todos os bailarinos no ensaio, eu estava confusa, sem entender o porquê de ele estar sendo rude com todos ao meu redor que erravam, menos comigo.

Depois de mais uma pequena falha da Natalie, ele disse:

— Fada da alegria e todos os outros, que *merde* está acontecendo hoje? Se vocês não têm condições de ensaiar, façam o favor de sair daqui. Vão empinar pipa, alimentar esquilos ou qualquer outra porcaria que não seja atrapalhar a performance da protagonista e uns dos outros.

Paralisei e fiquei encarando-o, incrédula. Olhei para o lado, para a sala agora cheia de profissionais do corpo de balé. A maioria interrompeu o que fazia e olhou para mim, sem acreditar. Mas o que aquele louco achava que estava fazendo? Por acaso ele queria deixar todos com raiva de mim por me cobrar de um jeito diferente?

O sr. Evans encarou Daniel, sinalizando uma negação com a cabeça, e pediu calma em um movimento discreto.

— Nicole, vá tomar um copo de água e depois retomamos o ensaio, está bem?

Assenti e saí da sala. Fui até o vestiário ainda sem entender nada, afinal eu também tinha errado durante o ensaio. Enquanto Daniel destilava palavras ácidas para os outros bailarinos, a mim ele se dirigia com a voz mais baixa e os olhos calorosos.

As outras quatro horas de ensaio correram com a usual normalidade. As grosserias do sr. Hunter continuaram sendo distribuídas sem cerimônia a todos que erravam. No entanto, consegui empurrar para o fundo de qualquer lugar toda a confusão que experimentava.

Eu voltaria sozinha para casa, já que o ensaio acabara antes para Nathy, mas sabia o que me aguardava em casa: um monstro com os poderes da Medusa. Isso porque notei que, sempre que o sr. Hunter cobrava alguém de maneira mais ríspida, ela tinha vontade de transformá-lo em pedra. Na verdade, eu mesma o teria transformado, se fosse possível. O que ele queria me tratando com tanta diferença, fazer todos me odiarem? Ou *o* odiarem?

Ele nunca tinha sido tão rude assim. Nunca, em três meses, ele havia agido desse jeito. E ao fim do ensaio, como eu já imaginava, todos me analisavam com expressões tensas e desconfiadas. Que ódio.

— Força, gente — Ivo falou.

— Nossa, como aguentar em silêncio? — John me perguntou enquanto andávamos para o vestiário.

— Caramba, o que deu no sr. Hunter hoje? Resolveu descontar na gente todos os problemas da vida!

E seguiram se queixando, até eu conseguir cruzar a porta de saída e caminhar direto para casa. Olhei para meus tênis brancos em contraste com as pedras da calçada estreita que conduzia ao meu apartamento. Parecia tudo igual: os prédios de quatro andares, as portas com maçaneta de cobre, os sons da noite na cidade. O frio, a ausência de pessoas na rua e os postes de luz amarelada sempre deixavam Londres soturna no inverno.

Tudo estava normal, exceto por um homem encostado no batente da porta do meu prédio, com as mãos nos bolsos. Tudo estaria em paz se esse homem não fosse Daniel Hunter.

24

> I walk this empty street
> On the boulevard of broken dreams
> Where the city sleeps
> And I'm the only one and I walk alone
> I walk alone, I walk alone
> I walk alone, I walk a...
>
> — GREEN DAY, "Boulevard of Broken Dreams"

PAREI A CINCO METROS DA ENTRADA DO PRÉDIO. OLHEI PARA ELE E PARA A porta, como se ela fosse a salvação, e ele, um dragão ameaçando minha segurança.

— Boa noite, Nicole.

Ridículo. Como se esse imbecil estivesse me vendo pela primeira vez no dia.

Ignorei-o e comecei a procurar a chave dentro da bolsa. Porcaria de bolsa com oitocentos compartimentos e tudo o que uma pessoa precisaria para sobreviver em uma ilha deserta durante um ano.

— Quer ajuda? — ele perguntou.

Ignorei outra vez.

Achei. Graças a Deus! Fui até a porta e parei a uma curta distância de Daniel. Não olhei para ele.

— Vai continuar me ignorando? — o louco perguntou.

Com os dedos trêmulos, tentei enfiar a chave na fechadura e a bosta do molho escorregou da minha mão. Um vulto, com a agilidade de ninja, engoliu o chaveiro.

Respirei fundo e disse:

— Me devolve, por favor. — Não virei para ele; eu encarava a porta.

— Não enquanto você continuar fingindo não me ver.

— Eu realmente não estou com humor para brincar de "adivinhe qual das minhas múltiplas personalidades está no comando agora"... Então só me devolva a chave. — Olhei para ele, com raiva. — Por favor. Agora.

— Isso é por causa do ensaio de hoje?

— A chave. — Estendi a mão.

— Você sabe como eu lido profissionalmente com as coisas. Eu notei que você não... Aliás, que ninguém estava muito concentrado.

— A merda da chave! — Ah, se meus olhos fossem lâminas.

— Eu só quero tirar o melhor da equipe. Eu sei que vocês têm muito mais a oferecer do que aquilo que mostraram hoje no ensaio.

Bufei e estendi a mão outra vez.

— Eu vou pedir pela última vez... Me dê a porcaria da chave, por favor.

— Você fica linda quando está com raiva. Fica vermelha igual àquela personagem de desenho. — Ele parou como se pensasse em algo e disse: — Como é o nome dela, aquela fadinha?

— Vai à merda!

— Vamos jantar, Nicole. Você se acalma, nós não congelamos aqui fora, conversamos e...

Eu estava tão obcecada de raiva que nem pensei que podia pegar o meu celular, ligar para Natalie abrir a porta, matar Daniel e entrar satisfeita em casa.

Em vez disso, fiz o que a minha irritação mandou. Fui para cima dele e passei a apalpar os bolsos da jaqueta, da calça e da camisa que ele usava.

— Onde está? Onde você colocou?

Ele tentava me segurar e gargalhava ao mesmo tempo. Ainda sem pensar, ou talvez escutando somente a minha parte idiota, levei as mãos até os bolsos de trás da sua calça. Mais precisamente, na bunda. Na bunda muito gostosa dele. Ao me dar conta do que eu fazia, Daniel já tinha parado de rir. Eu estava com os braços em volta de sua cintura e, claro, estávamos abraçados. Não consegui alcançar o volume que julguei ser minha chave. Ele segurou meus ombros e me empurrou em direção à porta. Vi o rosto dele descer em direção ao meu.

Abri a boca para protestar.

Mas sua boca... grudou na minha. Meus braços subiram para empurrá-lo. O problema eram aqueles lábios irresistíveis e o que eles despertavam no meu corpo. O idiota parou de lutar muito rápido e deixou Daniel avançar. E, meu Deus, ele avançou com a língua na minha. Suas mãos agarraram minha cintura e me estreitaram no calor que emanava dele. Minhas mãos subiram e cavaram a massa de cabelos escuros.

— Senti tanta saudade — ele disse e não me deu espaço para respirar, exigindo minha boca outra vez.

Paramos depois de trocar mais alguns beijos.

— Seu imbecil! — ralhei, com a respiração sôfrega.

— Eu nunca disse que não era um.

— Não quero que você trate ninguém daquele jeito.

— Eu só quero tirar o melhor de vocês — ele afirmou, baixinho.

— Mas isso não funciona! E o pior: eu também errei, mas você só foi rude com os outros. Todos perceberam e, com exceção dos meus amigos, ficaram com raiva de mim.

— Não era minha intenção, eu vou me conter.

Nós ainda respirávamos com dificuldade.

— Acho bom, ou esqueça que somos... amigos?

— Esse era o plano, até você colocar as mãos na minha bunda.

Mas que homem insuportavelmente arrogante!

— Eu quero que a sua bunda se dane. Não pedi para você esconder a minha chave no bolso.

— Não escute o que essa garota diz — ele comentou olhando para trás, como se falasse com o próprio traseiro.

Não consegui não sorrir.

— Vamos jantar? — ele convidou.

Olhei para ele e depois para a porta.

— Vamos, vai, srta. Aurora.

— Se você tratar qualquer outra pessoa mal daquele jeito, eu juro que chuto a sua bunda na sala de ensaio.

— Está bem, temos mais um acordo. Se eu fizer alguém se sentir mal de novo, me abaixo e deixo você me chutar.

Apertei a boca, segurando a vontade de rir.

— Vamos jantar antes que eu congele. E, ah... de sobremesa eu trouxe chocolate para você. Está no carro — ele disse e saiu em direção à rua.

Ele lembrou. Eu não sabia se ficava irritada ou feliz. Segui-o, sem ter certeza de que era isso que devia fazer e sem ter ideia se aguentaria lidar com Daniel e com o sr. Hunter. Eles pareciam pessoas completamente diferentes habitando o mesmo corpo. Talvez fosse mais fácil com dr. Jekyll e Mr. Hyde.

Daniel escolheu um restaurante mais afastado do balé. Durante o jantar falamos sobre música, política, dança e música outra vez. Mas o clima entre nós estava longe de parecer normal. A verdade era que eu ainda me sentia incomodada com o que tinha acontecido mais cedo.

A conta tinha acabado de chegar e ele não me deixou nem mesmo ver o valor. Sem ânimo para me opor e criar caso — "vamos dividir o jantar" —, deixei que ele acertasse com o garçom. Só queria ir embora.

— Obrigada — falei e tentei levantar, mas Daniel me impediu, me segurando pelo braço e me puxando suavemente.

— Nicole, eu... preciso te explicar. — Ele sacudiu a cabeça. — Acho que eu te devo uma explicação mais sincera sobre o que aconteceu hoje naquela sala.

Eu o encarei, surpresa, porque não esperava que ele voltasse ao assunto espontaneamente.

— Quando te vi, tudo o que eu queria era correr até você e te beijar. Estava a ponto de explodir de vontade, de saudade, e a única coisa que eu pensava era: *Porra, eu não posso ferrar com tudo e dar bandeira.* — O maestro apertou um pouco minha mão antes de acrescentar: — Aí o ensaio começou e você errou, e os outros bailarinos também não ajudaram. E eu só conseguia pensar: *Merda, se eu não agir normalmente todos vão perceber.* E então eu tentei cobrar de você como sempre fiz, não consegui e me irritei. Acabei exagerando com os outros sem perceber. Eu só queria te abraçar e dizer que tudo ficaria bem, e fiz o contrário. Sou a merda de um pavio curto e não estou sabendo lidar com o que venho sentindo por você.

Meus olhos se encheram de lágrimas.

— Você fica lindo quando é sincero.

Entendi que Daniel estava confuso e mexido, assim como eu, e ouvi-lo abrindo o coração dessa maneira me desarmou.

— Prometo que não vou mais fazer nada parecido. Vou me controlar.

Respirei fundo e concordei com a cabeça. Ficamos nos encarando em um silêncio cúmplice e cheio de eletricidade.

— Podemos esquecer que somos amigos, apenas por esta noite? — ele pediu e olhou para minha boca.

Nossa respiração estava acelerada.

— Ãhã... — concordei, ansiosa.

Daniel levantou de uma vez, me puxando pela mão.

— Vamos sair daqui. Porra, como eu quero te beijar! — disse antes de cruzarmos a porta para a rua.

25

When you cry a piece of my heart dies,
Knowing that I may have been the cause.
If you were to leave, fulfill someone else's dreams,
I think I might totally be lost.

— CITY AND COLOUR, "The Girl"

— POR QUE VOCÊ SAIU DE NOVO COM AQUELE OGRO EM PELE DE DEUS nórdico? — Natalie me esperava no sofá, mexendo no celular.

Daniel veio me trazer em casa depois do jantar e as coisas esquentaram entre nós. Esquentaram tanto que achei que a ordem dos planetas no sistema solar tinha sido alterada: Sol, porta do meu prédio, Mercúrio, Vênus... Nós nos deixamos levar e quase transamos na frente do meu prédio. Eu disse *quase*.

Meu pulso acelerou com as lembranças do que eu tinha feito há pouco.

Era para ser somente um beijo de despedida na porta do prédio. Mas eu resolvi fazer algo que desejava desde que tinha visto a tatuagem de Daniel inteira, no "lá embaixo".

Com os dedos trêmulos, um pouco insegura pela ousadia, tirei o casaco dele e abri sua camisa. Daniel interrompeu o beijo e me fitou com olhos arregalados.

— O que... você está fazendo? — perguntou com a voz quebrada.

— Uma coisa que eu quero fazer há dias — respondi enquanto baixava a gola de sua camisa, revelando um ombro, a clavícula e parte do peito.

Sorri para a clave de sol na altura do coração do maestro.

— Nicole — ele começou a protestar —, nós esta... — E parou, arfando, quando meus lábios alcançaram as curvas da tatuagem sobre o peito.

Beijei o desenho sem pressa, cada linha, cada traço, dando leves mordidas, acariciando com a língua e me derretendo conforme o coração dele batia cada vez mais rápido contra meus lábios. Quando me afastei para fitá-lo, tentando, um pouco atrapalhada, abotoar a camisa dele, Daniel me encarava com os olhos cheios de desejo.

— Porra — sussurrou, agarrando meus cabelos e removendo os grampos do meu coque, antes de continuar: —, essa foi a coisa mais sexy que eu já vi na vida.

Senti meus cabelos caírem sobre os ombros e os lábios dele baixarem sobre os meus em mais um beijo insano de paixão.

Nada do outro mundo.

Absolutamente tudo do outro mundo.

Foi um baita amasso na rua, perto do balé. E o cara era meu diretor. Porcaria!

Então, antes de perder o controle, Daniel — não eu, porque meu controle já estava perdido — se afastou e disse que não podíamos continuar naquele ritmo. Não até que as noites de apresentação acabassem e antes da conversa que teríamos.

Concordei. Não queria, mas concordei. Agora, entrando em casa, ainda atordoada com a intensidade de tocar e ser tocada por Daniel, eu não queria convencer Natalie de nada.

— Ei! Por que você saiu com ele outra vez? — minha amiga insistiu.

— Porque ele beija como um deus do sexo — respondi, tentando dar uma de boba.

Ela me olhou em silêncio por um tempo, parecendo pensar sobre o que falar.

— Ele ficou lindo sem aquela cabeleira facial, e eu só o perdoo porque, enquanto ele era um leão com todos que erravam, parecia um gatinho com você.

Sacudi a cabeça.

— Ele só é assim nos ensaios. E prometeu que agiria diferente.

— Pago para ver.

Suspirei.

— Ele é uma boa pessoa, Nathy, de verdade.

Ela ficou em silêncio, apenas me observando.

— Deve ser mesmo. Para merecer o seu coração, tem que ser alguém incrível.

— Coração, Natalie? Que exagero!

— Ãhã, admitir para si mesma que está de quatro é difícil. Eu entendo.

— Não seja ridícula, eu não estou de quatro.

Ela bocejou.

— Se você diz... quem sou eu para contestar — concordou, irônica.

Não respondi, porque sabia que, se argumentasse, nós iríamos discutir como duas irmãs velhas, rabugentas e orgulhosas.

Tinha acabado de pegar no sono e despertei com o barulho do celular. Apanhei o aparelho, digitei a senha e li: "2:00".

> Aurora, vc está acordada?

> Mais ou menos.

> Como assim? Você escreve dormindo?

> Não, mas eu estava dormindo.

> Te acordei?

> Mais ou menos.

> Como assim?

> Eu estava quase dormindo, rs.

> Não vou pedir desculpa. Fico feliz por você estar me respondendo.

> Você é meio mal-educado, sabia?

> Você está brincando?

> Mais ou menos, rs.

> Não estava conseguindo dormir.

> Por quê?

Sem sono.

Quer que eu cante para você?

Vou aceitar.

Dorme, Daniel, que a Cuca vem pegar.

Quem?

Hahaha. É um personagem do folclore brasileiro. Espera, vou dar um print na foto.

Um jacaré verde com cabelos?

A Cuca.

Estou um pouco chocado ainda. Que porra é essa?

A Cuca. Não brinque com o folclore do meu país.

Mas é um jacaré loiro.

Cuidado, ela é uma bruxa.

O jacaré é fêmea? :o

Para! Vocês também têm coisas esquisitas.

Tipo o quê?

Tipo... tipo... o Puck.

Ele não é esquisito, é um menino travesso.

159

É, com orelhas de fada.

Não, não dá para comparar. O Puck é um ícone da cultura inglesa.

Um Peter Pan endiabrado.

Rs. Está certo, folclore é uma coisa meio esquisita em qualquer lugar.

Eu acredito.

No Puck?

Haha. Não, em fadas e gnomos.

Boa noite, Nicole.

Oi?

Não vou continuar conversando com uma menina que acredita em fadas, vai que é contagioso.

Daniel, sumo senhor da seriedade, tomara que seja.

Contagioso?

Não vai responder?

Nicole?

Ei, era brincadeira. Juro.

Rs

Achei que vc tinha ficado brava...
Acho bonitinho você acreditar.

Bonitinho?

E meiguinho.

Meiguinho? Outra vez... Ah, sério, não me enche o saco.

Chocolate, onde está o seu chocolate?

Hahaha. Seu insuportável, acho que não gosto de você.

Eu... gosto de você, muito.

Eu... também.

São quase três da manhã.

Nossa, que tarde! Boa noite então.

Durma com os anjos.

Achei que você não acreditava...

Acho que é contagioso. Bons sonhos, srta. Aurora.

26

This heart, it beats, beats for only you
My heart is yours
(My heart, it beats for you)
This heart, it beats, beats for only you.

— PARAMORE, "My Heart"

HOJE TERÍAMOS MAIS UM ENSAIO COM A PRESENÇA DO SR. HUNTER. DEPOIS DO último jantar juntos, dois dias antes, vínhamos trocando mensagens o tempo inteiro, durante várias horas.

Quando entrei na sala, Daniel e o sr. Evans já estavam lá. Era estranho ser tão íntima de uma pessoa, como vínhamos ficando, e...

— Bom dia a todos — o sr. Evans cumprimentou enquanto o maestro permanecia em silêncio, como sempre.

Ele precisava manter a postura, não podia mudar de repente a forma de tratar alguém. Era o que eu queria, talvez até precisasse, acreditar. Ou realmente essa era a maneira de ele agir profissionalmente. "Ninguém muda ninguém", minha mãe sempre dizia.

Natalie se aproximou e disse na minha orelha:

— Quando ele está com você, fora dos ensaios, vocês também conversam só pelo celular?

— Daria para você ser mais chata? — respondi, em tom de voz baixo.

Ela respirou lentamente e desviou os olhos para o sr. Hunter, que estava de costas para nós.

— Ni, eu só não quero que esse cara te machuque. Sei lá, ele me assusta um pouco.

— Ele não vai me machucar.

— Aos seus lugares, senhores — ouvi a voz do sr. Evans.

— Depois conversamos — Nathy disse e se afastou.

No fim do ensaio, eu começava a me perguntar se Natalie não tinha razão em estar preocupada. Eu estava. Só que não comigo, e sim com Daniel. O que acontecia com ele? O sr. Frieza Hunter parecia quieto. Muito. Estranhamente quieto. Ainda mais que nos últimos ensaios antes do feriado. Mas, se fosse apenas pelo silêncio, eu não estranharia tanto. Talvez essa fosse a maneira dele de conseguir manter o controle e cumprir o que me prometeu. Só que, além de não ter emitido uma única palavra, ele estava agitado: andava de um lado ao outro da sala, levantava e sentava, entrava e saía do estúdio. Perdi as contas de quantas vezes ele fez isso nas últimas horas. No intervalo, mandei uma mensagem para ele:

Oi, está tudo bem?

Ele visualizou e não respondeu. Então, quando o ensaio acabou, decidi que tentaria falar com ele.

— Nathy, não precisa me esperar. Eu vou resolver umas coisas por aqui e depois vou para casa — eu disse assim que fomos dispensadas.

Ela olhou rapidamente para Daniel, que pegava as coisas dele, e então para mim.

— Tem certeza?

— Ãhã...

— Ok.

Esperei que ele saísse da sala e fui atrás da maneira mais discreta que consegui. Ele pegou o elevador que dava acesso ao térreo. Era apenas um andar para baixo e, se eu corresse pelas escadas, poderia alcançá-lo antes de ele sumir pelas ruas.

Dois lances de degraus engolidos pelas minhas pernas depois, abri a porta de incêndio. Ofegante, olhei para os lados e vi que Daniel andava em direção à porta. Era tarde, tínhamos ensaiado até um pouco depois do horário e estávamos sozinhos. Continuei andando rápido e parei ao seu lado quando ele colocou a mão na maçaneta.

— Daniel? — chamei e notei-o enrijecer. — Fale comigo — insisti. — Está tudo bem?

Ouvi uma respiração longa. Ele abriu a porta. Sem pensar, segurei seu braço. Ele virou o rosto e me encarou.

Deus, os olhos dele estavam vermelhos.

— Fale comigo.

Ele olhou para baixo.

— Nicole, me deixe sozinho.

A voz dele me deu um calafrio na espinha: estava baixa, morta, repleta de desespero.

Neguei com a cabeça. Que porcaria estava acontecendo? Ele tomou um impulso para sair e eu apertei ainda mais a mão em torno do seu braço. Nem notei que ainda o segurava.

— O que aconteceu? Eu quero tentar te ajudar.

Ele deu uma risada triste.

— Me solte, Nicole, alguém pode ver. Você não pode me ajudar hoje. Eu preciso ficar sozinho. — E exalou o ar, parecendo cansado.

Deixei o braço cair. Ele fechou os olhos, respirou fundo e saiu. Não consegui me mexer enquanto o observava pela porta de vidro, se afastando de cabeça baixa, derrotado. Uns vinte metros à frente, ele parou. Achei que fosse virar e me encontrar ali como uma louca, parada, encarando-o. Só que ele não olhou para mim; em vez disso, encostou a cabeça na parede e seu corpo começou a tremer.

Meu Deus!

Os ombros dele sacudiam. Eu tinha certeza de que Daniel convulsionava de chorar. Cobri a boca com a mão, angustiada, e saí sem pensar duas vezes. Ninguém merece enfrentar sozinho o que quer que fosse que ele estivesse passando. Mas ele já andava outra vez. Acelerei os passos. Ele virou a esquina. Continuei, mais rápida. Virei a mesma esquina a tempo de vê-lo entrando em um pub.

O lugar estava lotado; era happy hour e bêbados engravatados enchiam a cara, gritando em uma competição ridícula de quem era mais idiota. Eu detestava esse ambiente que havia em alguns bares. Mesmo assim, avancei até o encontrar sentado no balcão, virando o que devia ser uma dose tripla de conhaque ou uísque. Vi-o girar o dedo no ar e o barman servi-lo em seguida de mais uma dose generosa.

Se eu fosse falar com ele, quanto Daniel me acharia metida e sem noção?

E, se ele me mandasse embora outra vez, quanto *eu* me acharia idiota?

Ele virou a segunda dose e apoiou a cabeça nas mãos, com os cotovelos sobre o balcão. Eu me aproximei devagar. Hesitante, levantei a mão e toquei seu ombro. Ele me encarou.

— Oi — eu disse baixinho.

Daniel não falou nada, só balançou a cabeça em negativa e soltou o ar pela boca. Então enfiou a mão no bolso, tirou algumas notas, deixou em cima da superfície de madeira, agarrou minha mão e me puxou para fora do bar.

Saímos andando a passos largos. Paramos ao encontrar uma rua menos movimentada. Ele se deteve e girou para ficarmos de frente.

— Achei que tinha pedido para você me deixar sozinho — Daniel disse, mas não de maneira rude. Ele estava sofrendo e, apesar de suas palavras me mandarem embora, o olhar abatido e a maneira como se inclinava em minha direção pareciam um pedido de ajuda.

Quando percebi, já tinha envolvido o rosto dele entre as mãos.

— Eu não consigo te deixar sozinho.

Ele fechou os olhos e colocou a mão em cima da minha. Senti seus dedos acariciarem minha pele antes de ele me afastar com apenas um movimento.

— Eu não estou em um bom dia, Nicole. É melhor você ir embora. — Dizendo isso, ele começou a andar.

Ao seu lado, eu me sentia em uma espécie de realidade paralela, onde buracos abriam e me sugavam, cada um deles provocando uma sensação diferente e incontrolável. Agora, por exemplo, eu tinha caído no buraco da falta de amor-próprio, porque, apesar de ter sido mandada embora várias vezes, minhas pernas me arrastavam quase correndo atrás dele. Notei Daniel erguer a mão e o farol de um carro preto esportivo piscou. Era um BMW, o carro em que ele me dera carona — esse idiota iria dirigir depois de virar duas doses enormes de bebida?

Ah, mas não ia mesmo! Em poucos passos, eu estava na porta do passageiro. Daniel entrou quase ao mesmo tempo que eu.

— O que é isso? — ele perguntou, com os olhos estreitos.

Eu em um buraco de imbecilidade.

— Eu salvando a sua vida. Me dá a chave, Daniel. Você não vai dirigir.

Ele ficou um tempo me olhando em silêncio e, pelo jeito como fazia isso, ou ia me botar para fora pelos cabelos, ou ia arrancar minha roupa e transar comigo ali, no espaço entre o painel e os bancos. O ar ficou denso.

Ele baixou a cabeça e apoiou a testa no volante.

— Nicole, sai do carro, por favor.

— Não. Se você quiser dirigir, vai ter que fazer isso comigo junto.

— Que merda, Nicole! — Ele me olhou outra vez daquele jeito intenso, com a boca entreaberta e a respiração curta.

Passei a língua nos lábios, porque queria sua boca na minha. Não era o momento certo para querer isso, mas não consegui evitar.

Fechei os olhos, ainda desejando beijá-lo, como desejava o balé, o ar, a música. Ouvi a porta se abrir. Droga, ele ia me botar para fora. Foi aí que entrei no buraco da esquizofrenia, porque, quando dei por mim, estava arrancando

165

a roupa. Tinha muita prática em trocar de roupa em segundos, por causa das apresentações de balé. Então, quando Daniel alcançou a porta do meu lado, eu já tinha tirado o casaco, a calça de malha e a camiseta. Estava só de calcinha e sutiã. Nem tive tempo de sentir vergonha ou de entender quanto a minha ideia era absurda, ridícula.

Ele abriu a porta. Abaixou resolvido e... parou. Seus olhos saltaram, e notei o movimento de sua garganta ao engolir.

— O que você está fazendo? — A voz de Daniel saiu ainda mais rouca do que era.

— Ou você me coloca para fora nua, ou vai ter que me vestir.

Ele me analisou de cima a baixo com olhos que pareciam duas bolas de fogo. Busquei o ar com a boca enquanto o olhar dele incendiava o mundo. A respiração de Daniel ficou mais rápida.

— Merda! — ele murmurou.

Não tive tempo nem de piscar e a boca dele estava na minha. Ele estava em cima de mim. A porta do carro foi fechada. As mãos de Daniel desceram e subiram pelas minhas costas, abriram o fecho do sutiã, fecharam em punho nos meus cabelos e puxaram devagar minha cabeça para trás. Arqueei o pescoço, dando o acesso que ele exigia. Engoli o gosto de conhaque dos beijos dele; nunca conhaque me pareceu tão bom.

— Eu te quero tanto, porra! — Daniel disse e desceu os lábios pelo meu pescoço.

Gemi quando as mãos dele se fecharam em meus seios e, em seguida, ele os sugou e lambeu enquanto soltava uma espécie de rosnado. Enterrei os dedos na massa de cabelos castanhos, pedindo, implorando mentalmente que ele não parasse nunca mais.

Minha mão escorregou dentro de sua camiseta e deixei os dedos correrem pelo abdome, até chegarem ao cós da calça. Ele se afastou um pouco e me olhou de um jeito diferente.

— Por favor — pedi, e nem sabia o quê. Sim, claro que sabia. Eu queria Daniel inteiro, queria demais. Meus quadris se moviam em um ritmo louco, como se guiados por uma sabedoria instintiva e natural. Daniel gemeu e me beijou como nunca tinha feito antes, como se nada fosse suficiente. Abri a calça jeans que ele usava. Pela primeira vez, eu o senti inteiro em minha mão, e o som que saiu do peito de Daniel deveria ser gravado e eternizado como música.

— Daniel... — comecei, sem fôlego.

166

— Hum... — ele gemeu e me beijou outra vez.

— Eu... eu preciso te dizer uma coisa — tentei.

Daniel beijou meu maxilar e deslizou os lábios até minha orelha. Afundei as unhas no ombro dele, e meu corpo inteiro formigou de prazer quando ele sugou o lóbulo, depois a lateral tensionada do meu pescoço.

— Eu sou virgem — confessei de uma vez, enlouquecida de desejo —, e quero... quero que seja você.

Ele endureceu sobre mim, e não apenas da maneira esperada. Seus músculos se retesaram, como se ele tivesse tomado um choque. Ele desgrudou a boca da minha pele e se afastou. Abri os olhos e encontrei um Daniel pálido, que parecia ter visto um fantasma.

— Jesus Cristo! Que loucura é essa? — perguntou, sem fôlego. — O que é que nós estamos fazendo?

Tive a sensação de que um balde de água gelada caía sobre a minha cabeça. Ele cobriu o rosto com as mãos.

— Nós não podemos, Nicole, não assim, dentro de um carro. Nós tínhamos combinado... Mas que merda que eu quase fiz...

Então eu me encolhi e, sem controlar ou mesmo entender o porquê, senti as lágrimas brotarem. Talvez porque algo que nunca parecera tão certo para mim parecia tão errado para ele. Por quê?

— É porque eu sou virgem? — perguntei, decepcionada.

— Não. Quer dizer, também... Nós não podemos, não aqui, não desse jeito.

Pisquei lentamente e senti as lágrimas descerem por meu rosto.

— Ah, meu Deus! Não chore, Nicole.

Ele percebeu.

— Foi um dia difícil pra cacete. Se você chorar por minha causa... — A voz dele falhou. — Por isso eu pedi para você ficar longe. Eu sou a porra de um monstro... Só trago merda para a vida dos outros.

Engoli em seco e tentei respirar normalmente. Ele também estava com lágrimas nos olhos. Parecia tão ferido. Somente então entendi que eu tinha invadido o espaço dele de muitas maneiras.

Ele pediu distância mais de uma vez. E agora chorava, ou estava a ponto disso. Em vez de ajudá-lo, como era minha intenção, eu tinha piorado as coisas.

— Você não é um monstro, Daniel. Eu só queria tentar te ajudar, mas é que, quando estamos juntos, eu preciso... eu quero tanto você que acabo fazendo loucuras. E, principalmente, não queria que você dirigisse depois de beber e...

167

— Nicole — ele segurou meu rosto entre as mãos —, sou eu quem tem que te pedir desculpa. Eu quase... Meu Deus, nós não podemos. Não ainda.

— Eu sei — respondi, sem saber direito.

— Meu Deus, me desculpe... Eu perdi a cabeça. Eu não posso, não desse jeito.

Por que ele se desculpava assim?

Olhei para as pessoas passando na rua mais à frente. Casais abraçados, grupos de amigos rindo, outras andando sozinhas. Eu queria que ele se abrisse, confiasse em mim, não tivesse que esperar tanto assim para me contar o que quer que fosse.

— Amigos até o fim das apresentações? — indagou, chamando minha atenção, e passou a mão por meus cabelos.

Levantei o rosto e dei um beijo em seu queixo quadrado.

— Amigos contam uns aos outros por que estão tristes. Eu só queria te ajudar. E entender.

Daniel respirou fundo e ficamos em silêncio por um tempo. Ele lambeu os lábios antes de falar:

— Eu vi uma pessoa hoje na rua... uma pessoa que me lembra da maior cagada que eu já fiz. — A voz dele quase não saiu.

Deslizei a mão em seu peito, incentivando-o a continuar.

— Uma pessoa que jamais vai me perdoar e que... eu jamais vou me perdoar pelo que causei na vida dela.

— Entendo.

— Não me peça para explicar mais nada agora, por favor.

Ele inspirou pelo nariz de maneira entrecortada. Em seguida, ficou em silêncio.

Acho que isso seria tudo o que ele falaria por hoje. E eu não me sentia no direito de pedir mais. Apesar de querer muito saber, não podia. A verdade era: eu topei ficar com ele nessa condição estranha, já tinha topado ser só sua amiga e esperar o tempo que ele tinha me pedido. Se havia alguém ali querendo quebrar o nosso combinado, era eu.

— É sobre a conversa que vamos ter quando as apresentações acabarem? — perguntei.

— Sim.

— Tudo bem. Se você quiser ficar sozinho, eu... eu vou embora.

Dois braços fortes envolveram minha cintura e me estreitaram a ele.

— Não, fica... Fica aqui, por favor.

168

Respirei fundo, aliviada, pois também queria ficar. Queria muito mesmo.

— Deixa eu me vestir — pedi, já buscando a camiseta.

Daniel se virou, afastando o banco do motorista, e sentou ali, me dando espaço. Em seguida, ligou o aparelho de som do carro. Pouco depois, eu estava no colo dele, com a cabeça apoiada no peito largo e quente. A música que estava tocando era "Enjoy the Silence", do Depeche Mode.

— *Words like violence* — ele começou a cantar baixinho no meu ouvido — *break the silence, come crashing in into my little world. Painful to me, pierce right through me. Can't you understand? Oh my little girl.*

Ele está sussurrando a letra para que eu o entenda. Meu coração disparou.

— *All I ever wanted, all I ever needed is here in my arms. Words are very unnecessary, they can only do harm... Enjoy the silence.**

E ele apertou um pouco os braços em volta de mim. Tive que morder os lábios por dentro para não chorar. O que será que o deixou tão triste?

Queria que ele ficasse bem. Queria poder ajudá-lo. Lembrei que, quando era criança, minha mãe dizia que o balé fazia mágica. Bastava eu dançar que nada me deixava triste ou irritada. Então ela me deu o colar com o pingente de bailarina para que eu nunca mais ficasse triste.

— Eu vou fazer uma mágica — disse, erguendo a cabeça do colo dele. Enfiei a mão atrás do cabelo e abri o fecho do meu colar, sorrindo com a ideia que acabara de ter. — Uma bailarina de ouro mágica — afirmei, já colocando o cordão no pescoço dele.

Suas sobrancelhas grossas se arquearam.

— Ela não deixa você ficar triste — concluí, tentando soar animada.

Daniel pegou a corrente pelo pingente. Olhou para ele com a boca um pouco torcida.

— É mesmo? Vamos ver se funciona — concluiu com um sorriso contido nos lábios. Aquele sorriso que eu amava.

O sorriso que eu quero tanto devolver para ele.

Voltei a recostar a cabeça no colo dele, satisfeita, e a música preencheu o carro.

---

* "Palavras como violência quebram o silêncio, chegam destruindo o meu mundinho. São dolorosas para mim, elas me perfuram. Você não entende? Ah, minha garotinha. Tudo o que eu sempre quis, tudo de que eu sempre precisei, está aqui nos meus braços. Palavras são muito desnecessárias, elas só podem causar danos... Aprecie o silêncio."

Acordei com Daniel beijando minha fronte.

— Bela Adormecida — ele chamou. — Acorde, nós apagamos por quase três horas.

— Ai, meu Deus, jura?! — Eu me ergui em um pulo, assustada.

— Calma, está tudo bem. Estou sóbrio e posso te levar para casa agora.

Esfreguei os olhos com a ponta dos dedos e fui para o banco do passageiro. Estiquei as pernas e os braços.

— Você está melhor? — perguntei depois de bocejar.

— Sim, obrigado. — Ele beijou a minha testa, carinhoso.

— Viu como ela funciona?

Daniel se espreguiçou como pôde no espaço reduzido do carro.

— Quem?

— A bailarina.

Ele sorriu.

— Quem funciona na minha vida é você, srta. Aurora. — Meu coração disparou, foi até a lua e voltou.

— Então me devolve — pedi, tentando disfarçar como aquela frase mexeu comigo.

— O quê?

— O colar, meu Deus!

— De jeito nenhum — ele disse e colocou a corrente dentro da camiseta.

— Daniel, é minha.

— Não é mais.

— Foi a minha mãe quem me deu, tem valor sentimental. — Abri as duas mãos no ar.

— Agora tem valor sentimental para mim também.

— É uma bailarina... É coisa de garota.

— É, é coisa da minha garota... E eu quero ela bem aqui, comigo. — Ele bateu no peito, na altura em que devia estar o pingente, quase no coração.

Suspirei, com o pulso ainda mais acelerado.

— Você vai ficar ridículo com ela — constatei sem segurar o sorriso bobo.

— Eu não ligo a mínima. Agora vou te levar para casa.

Concordei sem tem certeza por quanto tempo as coisas entre nós funcionariam daquele jeito: sustentadas em uma corda bamba de segredos e recheadas de um desejo insuportável que precisaríamos controlar por muitos dias ainda.

27

> But you only need the light when it's burning low
> Only miss the sun when it starts to snow
> Only know you love her when you let her go.
>
> — PASSENGER, "Let Her Go"

AS TRÊS SEMANAS SEGUINTES FORAM CHEIAS DE ENSAIOS. NATURAL, JÁ QUE faltavam uns vinte dias para a estreia. Eu me sentia um pouco ansiosa. Como não estaria? Era minha primeira peça em um papel principal. As pressões aumentavam dia a dia. Conforme a estreia se aproximava, a equipe inteira atingia o limite físico e emocional, assim como eu.

Agora eu caminhava de volta para casa após o ensaio. Olhei para os meus pés: vestia tênis de cano alto confortáveis, e conhecia tão bem o caminho que poderia percorrê-lo de olhos fechados.

— Respira... Um, dois, três, quatro. E expira... Um, dois, três, quatro.

Contar o tempo entre uma respiração e outra era o exercício que eu fazia para tentar manter a ansiedade sob controle. Outro exercício também passou a me ajudar: o da observação. Apesar de continuar tratando todos no balé com uma fria cortesia, Daniel nunca mais foi grosseiro e sarcástico com ninguém como daquela vez em que me fez sair com raiva, sendo analisada por todos.

Estalei a língua com o rumo dos meus pensamentos. Ele tinha melhorado um pouco.

Eu precisava ser sincera. O meu problema com ele era por uma insuportável razão: depois daquela noite no carro, não nos vimos mais. Com exceção dos ensaios, onde ele passou a me tratar com o mesmo distanciamento profissional que tratava todos.

Entretanto, havia as mensagens que trocávamos diariamente, em que a intimidade sufocava qualquer profissionalismo. Era como se Daniel existisse apenas no mundo virtual. O que era muito frustrante. Eu sabia que não seria fácil, só não imaginei que seria tão difícil.

Em um dia desses, alucinei e comecei a fazer pesquisas sobre pessoas com fobia de sangue, que surtavam ao ver sangue ou enlouqueciam ao sentir o cheiro, até que cheguei a um site que falava sobre vampirismo e pessoas viciadas em sangue. Fiquei tão perturbada com o que li que naquela noite tive pesadelos assustadores. Queria esquecer aquelas imagens e ideias repugnantes e doentias, não queria relacionar nada daquilo a Daniel. No dia seguinte, me convenci de que estava ficando louca e desisti de tentar adivinhar qual era o problema dele. Teria mesmo que esperar pela conversa prometida.

Seria bom ter alguém com quem conversar sobre isso tudo, mas eu não podia contar para Nathy. Ela mal me dava descanso sem saber metade da história. A louca da minha melhor amiga seria capaz de acreditar que o sr. Hunter era uma espécie de vampiro moderno. Ela tentaria me convencer de que ele participava de rituais secretos para beber sangue de virgens. Mas o pior é que ela me convenceria disso. Natalie era a única pessoa capaz de me colocar em dúvida sobre qualquer assunto, até um delírio absurdo como esse. Logicamente meu estado de ânimo também não ajudava em nada — eu estava paranoica e inquieta com essa relação virtual com Daniel.

No primeiro fim de semana depois do episódio do carro, eu o convidei para irmos a uma exposição de dança que acontecia em Londres. Ele deu uma desculpa educada, dizendo que precisava trabalhar. Não entendi que era uma desculpa e continuei insistindo, como uma idiota:

> Ah, tudo bem, podemos ir amanhã ou depois.
> A exposição fica por quinze dias ainda.

Dez minutos mais tarde chegou a resposta:

> Ok, se der eu te aviso.

Mas ele não avisou.

Esse não foi o único convite que fiz nestes mais de vinte dias. Infelizmente, não. A verdade era: tirando nossas conversas virtuais, ele não queria uma amizade convencional. Porque amigos normais convidam uns aos outros e se veem com uma frequência mínima possível fora da tela do celular.

Nos ensaios com ele, às terças e sextas, eu reforçava em mensagens algum convite, mergulhada no buraco da inconveniência, um daqueles que permeavam a realidade paralela em que ele vivia: "E aí? Vamos beber alguma coisa depois?", "Está passando um filme que eu queria muito ver, vamos?", "Tem uma exposição de balé no Victoria and Albert".

Ele não topou nenhuma vez.

Mas eu não era maluca. Não ficava apenas mandando esse tipo de convite. Nós também conversávamos muito. Mais de uma hora por dia, e às vezes eu caía no sono com o celular na mão. Trocávamos ideias sobre tudo, tudo mesmo: viagens, músicas, filmes...

Por vezes teclávamos na hora do jantar, enquanto eu cozinhava e ele também. Em outros dias, era vendo a mesma série na TV ou ouvindo uma música. Muitas vezes, durante tudo isso, todas as noites.

Na noite passada, por exemplo, ele tinha listado todos os personagens de *Guerra nas estrelas*. E a ordem dos filmes, e mais várias curiosidades sobre *Harry Potter*, e também dicas de cinema erudito. Parecia que estava em cartaz uma releitura de *Crime e castigo*, contada por meio da dança. Dormimos traçando mil teorias sobre *Game of Thrones*.

Escrevi, rindo:

> Daniel, você é um nerd.

> Você também.

Natalie se irritava e dizia que eu namorava o celular. Depois de vinte dias sem encontrar nenhum argumento para rebater as críticas dela, minha frustração finalmente bateu no limite do tolerável.

Observei ao redor, próximo ao meu prédio, e percebi que o movimento nos bares e restaurantes de Covent Garden aumentava. Era sexta-feira e eu queria muito ver uma apresentação de balé contemporâneo no Robin Howard Dance Theatre.

Logo que saí do ensaio, mandei a mensagem:

> E aí, vamos ver aquele balé de que te falei?

Minutos depois, recebi a resposta:

> Adoraria, mas estou com alguns estudos atrasados. Vou direto para casa e provavelmente trabalhar em cima de algumas partituras a noite inteira.

> Ah, que pena! Bom, tomara que termine logo e não se canse muito.

> Nos falamos mais tarde, ok?

> Ok. Bjs

Entrei em casa, digerindo a frustração de ter uma pessoa tão presente em minha vida sem realmente ter. Tão perto e tão longe. Ele podia mesmo estar muito ocupado nestas semanas, não podia? E ele nunca explicou direito como seria essa nossa amizade temporária. Eu sentia saudade e isso era tudo. Queria estar com ele mais que no celular. Queria que ele também quisesse.

Pendurei o casaco e a mochila na chapeleira. Natalie recortava revistas, sentada no chão, enquanto Paul a abraçava por trás. Esta era a mania dela, que só ficava atrás do balé: gostava de recortar tudo aquilo que considerava valer a pena, desde lugares interessantes para viajar, palcos do mundo onde sonhava dançar e casas nas quais pretendia morar. Depois de recortar compulsivamente duas, três ou quatro revistas, ela fixava as imagens em um diário, ou colava em um quadro de camurça. Na maioria das vezes, guardava os recortes em um baú.

Era um desperdício de espaço e papel, mas nunca comentei nada. Eu mesma tinha minhas esquisitices: colecionava as fitas das minhas sapatilhas velhas. Não de todas, mas daquelas que considerava importantes. Andava com uma foto do Fred Astaire e da Ginger Rogers na carteira e tinha múltiplas variações de valsas do século XIX no meu HD. Para coroar, meu sonho mais recorrente era ser levada para dançar em um baile em 1800 com o sr. Darcy. Assim, fica bem claro por que eu não podia falar nada da mania de ninguém.

— Oi, amiga — Nathy disse do chão.

— Oi, Nicole — Paul me cumprimentou em seguida.

Se ele estava ali hoje, significava que o sofá seria a minha cama. Esse era o nosso acordo. Toda vez que alguém levasse o namorado para o apartamento de um quarto, a outra iria para a sala.

Sem problema. Quer dizer, tinha um problema, sim. Um imenso problema hipotético. Eu, que nunca precisei disputar o uso do quarto nos fins de semana, agora sonhava com isso. Queria muito brigar por precisar desse quarto para receber meu namorado. E esse era o problema. Cadê o namorado? O cara que eu gostaria que dividisse o espaço comigo não parecia tão disposto, nem visível, nem existente. E eu nem estava pensando somente em sexo. Poderíamos apenas dormir. A vontade mal resolvida virava uma obsessão, que só piorava nas noites em que Nathy e o namorado se mostravam tão cúmplices e carinhosos um com o outro.

Fui até minha mochila e peguei o celular. Respirei fundo, irritada, porque sabia que só mexia no telefone para ver se tinha mensagem dele. Outro gesto que tinha virado compulsão.

— Nós vamos pedir comida chinesa, você quer? — Nathy perguntou no intervalo de um dos beijos que eles trocavam.

Mas que droga! Eu estou... o quê? Com inveja da minha melhor amiga?

Meu celular vibrou. Era Daniel.

> O que você vai jantar hoje?

> Estou pedindo comida chinesa.

— E aí, quer? Ai! Para, Paul! — disse Nathy, depois de alguma gracinha que ele soprou no ouvido dela.

— Não. Valeu, Nathy. Acho que vou sair e comer alguma coisa na rua.

Não aguentava mais comida chinesa. Toda semana acabávamos pedindo a mesma coisa. Na verdade, eu não era muito fã de comida nenhuma, gostava mesmo era de chocolate.

Os olhos de Natalie cresceram, surpresos.

— Você vai sair com o Daniel? Ele parou de ter medo de mulher?

— Não, Natalie. Eu... vou com o Ivo.

— Ah, tá.

Menti. Fiquei irritada com a brincadeira dela e, se eu falasse que iria comer sozinha, ela ia convencer o Paul a ir junto e acabaríamos os três em algum lugar por aí.

Não que eu não curtisse a companhia deles, mas é que não rolaria continuar assistindo ao episódio quente do mês, ainda por cima ao vivo.

❧

Eu já estava andando fazia uns quinze minutos e nenhum lugar parecia bom o bastante para matar minha fome. Em uma sexta à noite, todos os lugares em Covent Garden ficavam impossíveis de tanta gente. Queria comer em algum lugar menos entupido. Eu me senti meio o Zelig, do Woody Allen, com uma certa fobia social. Não era sempre assim, mas naquela noite eu queria ficar sozinha e jantar em um lugar mais tranquilo. Foi por isso que eu quis sair.

Pensa. Onde é que tem um lugar legal e que não seja tão cheio aqui perto? Hummm... o The Red.

Era um lugar muito bom. Um desses restaurantes bem cotados, mas que pelo preço nunca lotava, e eles tinham um segundo andar. Lembrei que, nas pouquíssimas vezes em que fui lá, sempre estava mais vazio que cheio.

Não tinha planejado gastar muitas libras para comer, mas também não estava nos planos abrir uma garrafa de conhaque e me embebedar até cair, e eu me encontrava a um passo disso. Sozinha. Ri com ironia. Sozinha não, eu podia beber na companhia do meu namorado, o celular.

Seria melhor sentar em um lugar quente e confortável e gastar o dinheiro que eu tinha na bolsa para comer bem e tomar um bom vinho. Assim que cheguei à porta do restaurante, reparei em minhas roupas — calça jeans preta e camiseta branca de malha por baixo do casaco, informal demais para o ambiente — e dei de ombros.

— Dane-se, vai assim mesmo.

Cruzei a entrada. Por dentro o lugar era todo vermelho e preto. Muito couro e madeira escura. A hostess veio me receber. Analisei ao redor, o andar de baixo parecia lotado.

— Oi, boa noite — eu me adiantei.

— Boa noite, senhorita. Mesa para...

— Um — pedi e sorri, tentando parecer simpática.

Ela olhou a tela do tablet.

— Se puder ser no andar de cima, que é mais vazio... eu prefiro — pedi.

— Só um minuto. — Ela mexeu um pouco mais na tela e disse com um sorriso tão ensaiado que me arrepiou. — Sim, pode ser no andar de cima. Eu te acompanho até a mesa.

— Ok, obrigada.

Subia os últimos degraus quando ouvi uma risada feminina. Assim que a escada acabou, fiz um tour visual pelo espaço. Suspirei, sinceramente satisfeita ao perceber que, tirando uma mesa grande ocupada, havia apenas mais uma, com um casal.

Minha mão gelou, e o ar deve ter gelado junto, porque ficou difícil respirar. Mas que...

Fiquei zonza.

Mas que filho da puta!

A loira que o acompanhava levantou. Minha vontade era desaparecer e vomitar, não necessariamente nessa ordem.

Ela era uma dessas mulheres irreais, que você acredita que existem só para ferrar com a vida de pessoas normais. A loira passou ao meu lado. Eu só queria sumir.

— Senhorita, a sua mesa é por ali. — A hostess apontou com a cabeça.

— Eu... Vocês fazem comida para levar?

Ela ficou me olhando como se eu tivesse acabado de desenvolver uma tonalidade verde. Eu devia mesmo estar meio verde — de ódio. Tentei dar dois passos para sair do alcance da visão dele. Fiquei na frente da recepcionista.

— Desculpe, senhorita, eu não entendi. — Ao dizer isso, ela se afastou, indo em direção ao lugar em que possivelmente seria minha mesa. Daniel, que até então tinha o olhar perdido, naquele exato momento ergueu os olhos e... me viu.

Ele sorriu.

Ele sorriu?

Minhas pernas amoleceram.

Os olhos dele se estreitaram.

Meu coração ficou enorme e queria sair pela boca.

— Eu... acho que...

Ele se levantou.

— Eu desisti de jantar. — Não ouvi o que a hostess murmurou ao meu lado. Virei as costas e fugi. Dei vários passos largos em direção à escada e trombei com a loira.

— Nicole — Daniel disse às minhas costas.

— Desculpe — murmurei para a mulher e alcancei a escada.

Anos de alongamento, treinamento físico e postural foram por água abaixo diante da confusão que se instalou em segundos dentro de mim. Ou melhor, foram literalmente escada abaixo, pois eu quase tropecei e caí no final.

— Nicole, espere! — ouvi a voz mais enfática dele atrás de mim.

Mente em branco, porta da saída e rua.

Minha mente não estava em branco. Havia muitos srs. Hunter mortos de maneiras diferentes nela. O ar gelado da noite encheu meus pulmões, mas o que estava gelado de verdade era tudo dentro de mim.

Ele mentiu?

Eu já tinha me afastado uns dez metros da frente do restaurante quando meu passo foi erguido no espaço entre uma pernada e o ar — culpa de uma mão morena e grande fechada em torno do meu braço.

— Nicole, por que você está fugindo?

Respirei fundo. Eu me senti cansada de tudo aquilo, ou melhor, profundamente irritada. Mas o desânimo por toda aquele situação louca que vivíamos também estava ali. E por causa disso eu falei, com a voz controlada e baixa:

— Eu não quero que você me explique nada, eu... — Olhei a mão firmemente fechada em torno do meu braço. — Só me solta.

— Meu Deus, como assim? Você não viu a minha mensagem?

— Você disse que iria trabalhar — respondi, nervosa.

— Você não está aqui por causa da minha mensagem? — ele repetiu, surpreso.

Aí o desânimo virou uma onda eufórica que eu não consegui entender, até que a onda estourou em uma gargalhada de incredulidade.

— Qual delas?

— Como, qual delas?

— Não perca o seu tempo e vá terminar o jantar. — Voltei a andar, mas ele me impediu novamente, agora com as mãos em meus ombros.

— Eu te chamei para vir aqui, Nicole. Você não viu?

Pisquei demoradamente, confusa.

— Chamou?

— Olha o seu celular.

Girei de frente para ele, tirei a bolsa do ombro e abri, buscando o aparelho. E me senti meio idiota quando vi a última mensagem de Daniel, enviada havia trinta minutos:

> Estou tomando uma bebida com uma amiga no The Red, você não quer vir me encontrar?

Olhei para ele e, em seguida, para o celular.

Daniel estava um pouco ofegante.

— Você não respondeu.

— Eu nem visualizei. Por que você não me ligou?

Ele olhou para baixo e depois para mim.

— Sei lá, nem passou pela minha cabeça.

Não passou pela cabeça dele?

— Você não ia trabalhar? — perguntei, começando a ficar irritada outra vez.

— Ia, mas encontrei a Jessica por acaso na saída do balé. A gente não se via há bastante tempo e... ela é uma amiga de muitos anos e...

— Aí te deu uma vontade incontrolável de sair com alguém. — Abri as duas mãos na frente do peito, fazendo um gesto de pausa, irritada. Irritada. Irritada.

— Ela é só uma amiga que eu não via há muito tempo, e não ia me atrapalhar tomar alguma coisa rápida com ela.

Foi aí que a irritação saiu de cena e deu lugar à raiva.

— É isso, ela é uma amiga e eu não passo de uma bailarina descompensada que convida o diretor para sair, sem parar, há uns... vinte dias. Estou cansada disso e vou para casa.

Cheguei a sentir o impulso do meu corpo na intenção do movimento, só que aquele homem insuportável era grande e forte demais. Ele continuou me segurando como se eu não pesasse nada.

Daniel respirou pesadamente.

— Nicole, para... Me escuta. A verdade é que eu tenho evitado sair com você, porque... porque já está difícil demais.

Minhas bochechas arderam. Ele se apressou:

— Você tem ideia do que é ter que ver você duas vezes por semana, movendo cada músculo dentro daquelas roupas? Você tem alguma maldita ideia de como eu passo mais da metade dos ensaios enquanto sou obrigado a analisar os seus passos? — ele continuou, sem fôlego. — E quando aqueles bailarinos colocam as mãos em você e os lábios nos seus, eu quero matar cada um deles, mesmo sabendo que muitos são gays.

— Não tente me confundir, isso não explica nada. Aliás, eu nem quero ouvir a explicaç...

— Eu não insisti para você vir porque... sabia que a conversa de hoje, com essa minha amiga, mexeria em assuntos do meu passado, e eu não quero envolver você nisso, não agora. Nicole, eu...

— Ah, sim, são vários motivos, não? Você ser o meu diretor e não poder me comer porque é antiético. Eu ser virgem. E ainda tem todo esse mistério que ronda a sua vida. Nós vamos sentar um dia para conversar e você... você vai me dizer que é um vampiro, ou que uiva para a lua, ou que o seu sangue é ácido e você mata por prazer.

Seus olhos se arregalaram e a cor do seu rosto sumiu. Os dedos na curva do meu braço se fecharam com mais firmeza.

— Me solta! — protestei.

— Nunca mais fale isso, entendeu?

— Vai à merda.

— Não fale mais isso. Fui claro, srta. Aurora? — exigiu entredentes. A pressão exercida pelas mãos dele aumentou um pouco mais.

— O quê? Que você não me come porque é meu diretor? Ou porque eu sou virgem? — Tentei me desvencilhar. — Seu merda, me solta!

— Isso também.

E ele me beijou.

Eu nunca fui beijada com tanta vontade. Quis me soltar, mas as mãos dele estavam em todos os lugares, me levando até o impossível. A boca de Daniel ainda se movia sobre a minha. Fechei os dentes com determinação. Senti lágrimas descerem pelo meu rosto. Eu ardia de raiva e desejo, confusa com aquela situação.

— Você acha que pode me beijar e tudo estará resolvido? — tentei dizer enquanto os lábios dele corriam, exigiam, buscavam os meus.

Inspirei pela boca de maneira inconsciente, e essa pequena abertura foi o que bastou para que sua língua me invadisse. A mão em minhas costas foi até a nuca, me impulsionando para dentro. Ele gemeu e meus músculos cederam, amoleceram.

— Entendeu? — Daniel disse, ofegante, sem dar espaço para resposta. Os lábios dele soltavam e exigiam os meus, lentos e rápidos, como as escalas da música. — Entendeu agora o que você faz comigo?

E voltou a me beijar, febril, sem a pausa necessária para que eu pudesse organizar os pensamentos. Toda música tem pausas, mas os beijos dele não tinham; eram ainda mais intensos que a música. E, quando notei, eu já o puxava. Exigia junto, ofegava e gemia. A língua dele brincava com a minha, ia fundo e saía só por tempo suficiente para que respirássemos. Uma de suas mãos imobilizou minha cabeça, e a outra corria solta pelas minhas costas por baixo da camiseta, distribuindo choques em meus ossos e cobrindo meu estômago com deliciosas ondas geladas.

Devagar, ele parou de me beijar, mas me manteve em seus braços.

— Vamos para o restaurante. Eu quero te apresentar a minha amiga.

Meus músculos enrijeceram outra vez.

— Vamos, Nicole, pare de ser tão ciumenta.

Respirei fundo. Ele estava certo, eu ainda sentia ciúme.

— Vamos, vou só me despedir dela — ele afirmou.

Estávamos com a testa colada, enquanto seus braços ainda me envolviam, me seguravam.

— Depois vamos para a minha casa. Vamos levar as coisas de um jeito diferente, ok?

— Diferente?

— Não vamos mais ficar sem nos ver. Eu sou adulto, você também, podemos nos controlar por três semanas, não?

Quando dei por mim, eu negava.

— Ah, não podemos? — Notei diversão na voz dele.

Enchi os pulmões de ar e disse, tentando disfarçar:

— Sim, podemos, é claro que sim. Só não sei se eu quero continuar sem saber nada sobre você.

— Nicole, eu sou seu diretor, nós nem devíamos mencionar coisas como jantares ou quando eu vou fazer você minha por inteiro...

Meu estômago gelou e eu prendi o ar. Eu pensando em transar, e ele falando em... Ai, Deus, em me fazer dele. Como ele era intenso.

— O meu passado faz parte do que eu sou, não posso fugir dele... Nós vamos ter aquela conversa quando as apresentações acabarem.

Continuei em silêncio e ele sussurrou na minha orelha:

— O motivo da gente não fazer amor a noite inteira é que eu estou tentando manter alguma ética aqui, porque a conversa que nos aguarda nós precisamos ter de qualquer jeito.

— Tudo bem — concordei, querendo morrer. Francamente, eu queria dizer para a porcaria da ética ir se danar. Acho que ele percebeu.

— Você sabe que, se vier à tona que estamos saindo, nós dois seremos prejudicados, não sabe?

— Acho que sim.

Ele ainda falava na minha orelha, e minhas pernas viraram geleia. *Ética idiota, eu te odeio!*

— Entenda, esse é o seu primeiro papel como protagonista. Ninguém acreditaria, por mais talento que você tenha e tem, que o conseguiu por mérito próprio. É pensando nisso também, na sua carreira, que eu tenho feito o sacrifício de me manter afastado. Entendeu?

Suspirei. Ele tinha razão. Era ridículo, machista, mas verdadeiro.

— Vamos tomar cuidado e... — Ele bufou. — Que se dane, eu também estou morrendo de saudade. Vamos nos ver sempre que for possível.

Mordi o lábio por dentro e assenti sem entender direito qual a diferença de nos vermos sem transar ou transando, de ética com ou sem cama e distância. De conversa sem sexo ou com sexo, e a relação da tal ética com segredos. Nada fazia sentido e tudo se encaixava. Resumindo, eu estava louca!

Conhecer a amiga do Daniel foi menos estranho do que eu imaginava. Jessica demonstrou simpatia sincera durante o pouco tempo em que permanecemos no restaurante. Ele não soltou minha mão, como se achasse que eu ainda tentaria fugir de lá a qualquer instante.

Na hora de me apresentar, Daniel não soube o que dizer, engasgou, e eu completei por ele:

— Uma amiga.

Mas os olhos curiosos de Jessica iam o tempo todo dele para mim e de mim para nossas mãos dadas. No fim da breve conversa que tivemos, após ele pagar o jantar que já tinham comido, a frase que ela falou ficou martelando na minha cabeça durante o caminho até a casa dele:

— Eu fico muito feliz, Daniel, por você estar se dando a chance de conhecer alguém outra vez.

Se dando a chance e outra vez.

Essas palavras não saíam da minha mente. Ele teve alguém e, depois disso, nunca mais. "Se dando a chance" significava que talvez a experiência não tinha sido muito boa para ele. Que ele precisava, para estar com alguém, superar algum bloqueio. Isso não era novidade para mim; era evidente que ele tinha um ou vários bloqueios com relações afetivas. A conversa que teríamos deveria explicar isso também.

E Daniel mencionou que Jessica lembrava o passado dele.

Ah, meu Deus! Será que era ela a pessoa que ele... Cenas de Daniel com aquela loira magnífica na cama tomaram minha imaginação. Nem precisei abusar da criatividade para que meu estômago se fechasse e minhas mãos ficassem úmidas.

Ciúme.

Ai, que idiotice. Sempre critiquei casais ou pessoas ciumentas demais. E ali estava eu, ouvindo uma música romântica no carro com Daniel, indo para a casa dele e com a segunda crise de ciúme da minha vida. A primeira tinha sido no restaurante, agora há pouco.

— Essa música me lembra do meu ex-namorado. — Ótimo, agora eu tinha voltado a ter doze anos, porque queria provocá-lo. Queria também tentar saber mais, uma espécie de autotortura admitida.

Ele ficou em silêncio, como se não houvesse escutado. Mas minha criança interna, birrenta e insatisfeita, não nos deixaria em paz.

— E você? Tem... quer dizer, teve muitas namoradas?

Música, pneus contra o asfalto, zunido do ar-condicionado.

— Uma só.

Aquilo voltou a contorcer meu estômago.

Já notaram como podemos nos tornar seres completamente estranhos? Porque naquele momento eu preferiria ouvir que ele teve mil mulheres, que ele era um galinha, um cafajeste e que... Uma só? Em toda a sua vida? Com vinte e seis anos? Porcaria de louca em que eu me transformei, culpa desse sentimento que vinha tendo por ele. A verdade é que, se ele dissesse "muitas", eu também ficaria insatisfeita.

Sorri e tentei digerir o ridículo das minhas emoções.

— Ela deve ter sido especial.

Música, asfalto, minha respiração acelerada.

— Ela foi.

Qualquer um que marca a sua vida pode ser especial, não? Fechei os olhos, brava comigo mesma, porque simplesmente não conseguia me segurar.

— Faz tempo que terminaram?

— Bastante tempo. — A voz dele sumiu no final, como se ele sentisse dor, e aquilo me fez desmontar. Ele ainda sofria por essa tal namorada, e podia ser ela a mulher com quem ele jantava hoje, quando eu cheguei e interrompi.

Ah, não, não, não, não! O que estou pensando? Que atrapalhei alguma coisa?

Que se dane. A verdade é que eu odiava todo esse ciúme que sentia e queria dividir com ele de alguma maneira.

— Eu também tive só um namorado. Quer dizer, tive dois, mas o primeiro não conta, porque eu era muito nova. O meu ex está terminando o mestrado em Oxford, nós também somos muito amigos até hoje.

Música, ar-condicionado, minhas bochechas esquentando de vergonha pelo meu comportamento infantil. Ignorando os alarmes internos da autocensura, que já estavam disparados fazia algum tempo, continuei:

183

— Ele queria ficar noivo com quatro meses de namoro. Eu não me sentia pronta para um passo desses, mas é claro que eu ainda penso muito nele e...

Pneus gritando até o acostamento, o carro e minha voz freando juntos.

— Chega, Nicole, mas que porra!

Ouvi meu cinto de segurança abrir. Sem entender como, me vi erguida do banco e logo estava sentada no colo do Daniel. As mãos dele cavaram meu cabelo.

— Você conseguiu me deixar com ciúme, agora chega! — E aí ele me beijou.

Estávamos na estrada que levava até a casa dele. E ficamos nela até perder a conta dos beijos, enquanto as árvores que nos espiavam através da janela dançavam com o vento. Nós nos beijamos até não haver nenhuma outra música além das batidas do nosso coração como um só.

Paramos antes de levar adiante o inevitável, que só aconteceria dali a vários dias e depois da tão prometida conversa, que pairava sobre mim feito uma alma penada, com uma sombra e uma foice.

28

> We are unstoppable
> I just can't escape the pull
> We are unstoppable.
>
> — LIANNE LA HAVAS, "Unstoppable"

NA NOITE ANTERIOR, DANIEL TINHA IDO TRABALHAR E EU FUI DORMIR sozinha. Em algum momento da madrugada, senti-o deitar ao meu lado. Quando acordei, estava sozinha outra vez. Tomei café da manhã com o som do piano como companhia.

Peguei meu celular em cima da mesa e abri o navegador em um dos maiores sites sobre o cenário cultural de Londres. A primeira notícia que pulou na tela era um vídeo de Daniel regendo um concerto para convidados especiais da rainha. Eu sabia que esse evento tinha acontecido alguns dias atrás, ele havia comentado comigo. Meu pulso acelerou enquanto eu abria o vídeo, curiosa. Nunca tinha visto Daniel reger.

Era a *Sinfonia n. 7* de Beethoven, segundo movimento. A reportagem abaixo do vídeo era uma entrevista com ele, então a câmera tinha o maestro como foco principal.

As primeiras notas soaram e o rosto de Daniel estava turvo de emoções, que pareciam variar entre a raiva e a dor. Seu semblante amaldiçoava a música, e não apenas em francês, mas em russo, latim, espanhol, alemão, italiano e em todas as línguas que existiam sobre a Terra. Daniel parecia muito assustador. Minha boca secou enquanto as mãos dele ensinavam a melodia a se comportar. Então, outros instrumentos entraram e a sinfonia evoluiu. Ele fechou os olhos, e a nuvem negra que pairava em sua expressão se suavizou; era como se as notas tivessem resolvido lhe obedecer, e ele estava satisfeito.

Agora o maestro acariciava a música com as mãos, ela entrava dentro dele, transformando-o em algo maior, mais complexo, mais bonito e inteiro.

Conforme as escalas subiam, o rosto dele mudou outra vez, dando lugar a uma expressão de prazer, os olhos se abriram, pesados de... desejo? Parecia desejo. Ele e a música estavam em transe, em uma vibração íntima, sexual... Um calor percorreu minha pele. Daniel despia a melodia com as mãos, com os olhos, com corpo e alma.

Minha respiração acelerou e a sinfonia cresceu enquanto os movimentos dos braços dele se tornavam mais vigorosos no ápice do ato ou do prazer. Alguns fios de seu cabelo preso se soltaram, e eu tinha certeza de que ele transpirava, assim como eu. Daniel inspirava as notas com a boca entreaberta, e eu nem lembrava mais o que era respirar. Deus, eu queria que ele transasse comigo, precisava que ele me possuísse como possuía a música, e precisava disso agora. O ritmo foi diminuindo, ele fechou os olhos outra vez, tentando equacionar a respiração, se recuperando depois do clímax. A sinfonia por fim acabou.

Será que era assim que o rosto dele ficava depois de ter um orgasmo de verdade? Acreditei que sim. Tive certeza que sim. Fiquei alguns minutos sentada na mesa do café para conseguir parar de tremer, suar e talvez... babar.

O som do piano da sala de música voltou a preencher minha consciência. Um pouco menos abalada, levantei e resolvi ir ao encontro do maestro fodedor de sinfonias.

Cruzei o corredor e entrei na sala; ele me chamou com a cabeça para que eu avançasse. Aproximei-me com passos tímidos até o banco do piano. Ele parou a composição que tocava e começou uma música que eu logo reconheci: "I Want to Hold Your Hand".

A música que me levou até ele naquela noite no balé. Na verdade, as notas responsáveis pela minha ida até ali, quase um mês atrás.

Só que, desta vez, não apenas tocou, ele cantou e fez isso olhando para mim. Ele estava calmo e sua expressão era serena, como se não tivesse acabado de foder durante quinze minutos com uma orquestra inteira. Eu ainda me sentia abalada demais com o que tinha assistido, com a intensidade dele no vídeo, e, cada vez que a letra que Daniel cantava dizia "And when I touch you I feel happy inside"* e "You got that something, I think you'll understand",** meu coração acelerava.

A música acabou.

— Acho que foi essa música que trouxe você até aqui. — Ele riu e balançou a cabeça.

---

* "Quando eu te toco, me sinto feliz por dentro."

** "Você tem algo, eu acho que você entende."

Quis perguntar se ele tinha orgasmos enquanto regia, mas, em vez disso, respondi:

— Acho que sim.

— Minha mãe cantava essa música para eu dormir... É uma das únicas lembranças que eu tenho dela.

— Sinto muito. — Minha garganta secou ao pensar no Daniel criança, tendo que lidar com a ausência da mãe e do pai que ele nunca conheceu. Ele ficou órfão com seis anos, e essa realidade triste foi capaz de tirar o sexo da minha cabeça.

— Lembra que uma vez você me perguntou sobre a minha pasta e eu disse que era velha? — Daniel fechou a tampa do piano.

— Sim, claro que eu lembro.

— Você tinha razão.

Franzi o cenho.

— Como assim?

— Sobre o que falou, que alguns objetos contam parte da nossa história.

— Mas você disse que eu era estranha e...

Ele apoiou as mãos na tampa do piano, olhando para elas.

— A pasta foi a única coisa que o meu pai me deixou. Quando soube que a minha mãe estava grávida, ele largou a pasta no quarto dela, com três mil libras esterlinas e um bilhete.

Coloquei a mão sobre a dele em um gesto de carinho.

— Achei que você não soubesse quem era o seu pai.

— Nunca quis saber.

— E o que dizia... Quer dizer, você leu o bilhete?

Ele concordou com a cabeça.

— Dizia: "Eu não posso fazer isso, me desculpe".

Mordi o lábio de leve, pensando como deve ter sido difícil para um menino de seis anos lidar com o abandono do pai e a morte da mãe.

— Você usa a pasta para ter o seu pai por perto de alguma maneira?

— Ele não é ninguém para mim, nunca foi... Essa pasta não me lembra dele, ela me traz a certeza da única coisa deixada pelo meu pai: a ausência, a falta. Ela me lembra como o abandono me fez ser quem eu sou hoje e, principalmente, sempre me faz pensar em como um bilhete, uma escolha, alguns segundos são suficientes para mudar sua vida e de todos ao seu lado.

Apertei a mão dele com mais força.

— Sinto muito por isso.

— Está tudo bem — comprovou com olhar intenso. — Com você aqui, está tudo ótimo.

187

Ele levantou abruptamente, e eu me sobressaltei.

— Venha, quero te mostrar uma coisa boa. — Ele me puxou pela mão para fora da sala de música e depois da casa.

Fazia vários dias que não nevava e a temperatura vinha subindo gradualmente. Ainda estava frio, mas a neve tinha baixado, deixando alguns lugares antes brancos mais vivos de terra e pedras. Caminhamos cerca de uns dez minutos pela trilha da propriedade, até chegarmos em frente a uma construção que eu reconheci na hora.

— Um estábulo?

— Sim. Aí está, outra de minhas paixões.

— Cavalos?

— Isso mesmo, srta. Aurora. Aceita me acompanhar em um passeio?

Senti o rosto esquentar e um frio percorrer minha espinha.

— Eu tenho medo.

— Medo?

— Sim, eles são enormes.

Daniel achou graça.

— Enormes?

— E... e eles... não gostam.

— Como assim?

— Sei lá, eu nunca subi em um e acho que eles não gostam. Bom, eu não gostaria que alguém montasse em mim.

Ele achou graça outra vez.

— Tem certeza, srta. Aurora? Eu... não ligaria, contanto que fosse você a montar.

Abri a boca, chocada com a brincadeira. Daniel sorriu e abriu a porta do estábulo. Fui empurrada para uma das baias livres e um beijo me roubou o fôlego.

Era assim: eu nunca sabia quando ele ia esquecer que éramos somente amigos, até... até as mãos dele subirem pelas minhas costas e o beijo se aprofundar, até eu estar tonta e mole e só conseguir pensar em sexo com ele outra vez.

— O que você está fazendo comigo? — perguntou ele, com a respiração incerta, e a testa colada na minha.

— Correspondendo ao beijo?

— Isso também — ele afirmou e se afastou sem soltar minha mão. — Venha, quero te apresentar para um dos meus melhores amigos.

Alguns passos dados entre as baias, e paramos em frente a uma específica. No interior dela, um enorme vulto negro saiu das sombras em direção à porta, em direção à mão estendida de Daniel. Meu estômago se contraiu em um misto de nervosismo e admiração: era um animal imponente, de pelo lustroso. Um cavalo preto com olhos que lembravam tâmaras. Apesar do brilho cheio de vida, os olhos eram profundos, como buracos negros. Como o coração de Daniel parecia ser, pensei, e meus braços se arrepiaram. O animal fungou quando o maestro tocou a crina de comercial de xampu, estendendo a carícia pelo pescoço.

— Este é o Mozart. Mozart, esta é a srta. Aurora.

Olhei de um para o outro, ambos machos impressionantes. Intuí que eles se respeitavam, como se reconhecessem o domínio e a força que um exercia sobre o outro. Daniel continuou acariciando o pescoço do cavalo.

— Às vezes, quando eu preciso desabafar, tirar algo da cabeça, quando estou triste, eu o monto e converso com ele. Tenho certeza de que ele me entende. Quando o comprei, ele ainda era um potro. O Mozart me viu crescer — ele falou, baixinho —, acompanhou um dos momentos mais difíceis da minha vida.

Eu estava tão perto dos dois que escutava a respiração de ambos, alternada e forte.

— Quantos anos ele tem?

— Dezesseis.

— Isso é...

— Um adulto. Quer fazer carinho nele?

Senti meu coração na boca. Eu queria? Neguei com a cabeça.

— Vamos, eu seguro a sua mão junto. Não precisa ter medo.

E, antes que pudesse responder, ele já levava minha mão até o pescoço do cavalo.

— Você está tremendo — Daniel disse em minha orelha.

— Estou? — Já não sentia nada além daquele pelo quente e macio que se acomodava entre meus dedos. Então, devagar, me encorajei e arrisquei movimentos circulares com a ponta dos dedos, até que algo mágico aconteceu: aquele animal enorme e poderoso soltou uma espécie de suspiro.

— Ai, meu Deus! — vibrei, entre admirada e apreensiva.

— Sim, ele gostou de você. — Senti os braços de Daniel envolvendo minha cintura e me puxando sem aviso para longe do cavalo e mais junto dele.

— Nem se acostume, Mozart — ele falou, com diversão na voz —, ela é minha.

Era? Eu era dele? Queria muito ser. Mas, ao mesmo tempo, eu não sabia. Seria capaz de ser dele, depois que ele me contasse o que o torturava? Ou, o que me dava ainda mais medo, ele seria capaz de se entregar a alguém de verdade, de vencer o que quer que fosse que precisava vencer?

189

— Daniel — minha voz falhou, e eu limpei a garganta —, o que te atormenta tanto? Do que que você tem tanto medo? Por que você precisa vir para cá e conversar com o Mozart quando está triste?

Senti o corpo dele enrijecer. Ele ficou alguns momentos em silêncio, e acreditei que ele decidia se iria me contar ou não.

— Confie em mim — eu o estimulei —, por favor.

Ouvi uma respiração profunda seguida de outra. Os braços que me seguravam afrouxaram. Perdi o calor dele junto a mim. Virei e encontrei Daniel de costas, com os cotovelos apoiados na porta entreaberta do estábulo. Ele olhava para fora.

— Eu vou te contar — ele disse. — Só não agora, não hoje.

Fechei os olhos. *Meu Deus, que merda aconteceu na vida dele?* Eu queria convencê-lo a se abrir. Não aguentava mais aquilo.

— Todos nós passamos por coisas difíceis, todos nos sentimos errados em algum momento. Por isso, não se torture por suas escolhas ou por quem você acredita que é. Olhe para mim, Daniel.

Notei os ruídos naturais do estábulo: cascos de cavalos em movimento, respirações, relinchos curtos e palha em atrito com corpos grandes. Era um misto de vários sons, menos a voz dele me convidando a entrar em sua vida.

— Você não sabe. — Foi mais um murmúrio, com ele ainda de costas.

— Não, não sei... Mas, se você não me deixar entrar, nem eu nem ninguém vai ser capaz de te ajudar a sair de qualquer que seja o buraco que você abriu no seu coração. E, pelo que eu posso sentir... tem tanta culpa aí que parece que nem você lembra mais qual é a saída.

— Nós combinamos que conversaríamos no fim das apresentações.

Então ele se virou para mim. Seus olhos estavam escuros de tão azuis; dor, confusão e um rastro de culpa molhada refletiam um turbilhão de emoções.

— As pessoas falam como se soubessem — prosseguiu com a voz embargada. — É muito irônico como quem nunca viveu uma merda de verdade se sente no direito de tentar ajudar ou mesmo entender, ou acha que é capaz de lidar com o caos do outro. Ninguém sabe de porra nenhuma, até que uma merda real te cobre a ponto de você achar que nunca vai ser capaz de sair dela sem sujar tudo à sua volta.

Minha garganta era comprimida pela vontade de chorar, e tive que engolir o nó para poder falar:

— Eu nem sei do que estamos falando. Como posso fazer qualquer coisa se eu não conheço quem...

— Você dançando o balé de um conto de fadas... Isso é tão maluco. — Daniel riu de maneira ríspida antes de acrescentar: — Porque você se parece mesmo com uma princesa: a Bela. Só que isso aqui não é um mundinho de fantasia, é vida real!

E bateu no próprio pulso, para reforçar o que dizia.

— Nesta merda de vida de carne e sangue, existe um preço alto a pagar por suas escolhas, e, o pior, muitas vezes pagamos pelas escolhas dos outros também. Aqui não existe milagre ou magia capaz de nos libertar do peso do que carregamos.

— Me conta, me deixa entrar, Daniel — falei com lágrimas descendo pelo rosto.

Ele venceu a distância entre nós e me abraçou com força, me surpreendendo.

— Para quê? Para você nunca mais me olhar do mesmo jeito? Quando eu te contar... você... Eu não quero perder a luz que vejo nos seus olhos quando você me olha. Eu não quero, Nicole, que você tenha medo de me deixar tocá-la — ele concluiu e me abraçou com tanto desespero que algo dentro de mim quebrou.

Fosse qual fosse a ferida que ele carregava, era grande a ponto de ele acreditar que eu poderia ter medo dele. Nunca quis tanto sentir a dor no lugar de alguém. Nunca quis tanto que alguém dividisse a culpa por qualquer que fosse o erro ou o mal que o atormentasse. Peguei o rosto dele entre as mãos e, assim como o meu, estava molhado de lágrimas. Pensar no que poderia deixar aquele homem imponente, e aparentemente invulnerável, abatido daquele jeito fazia meu estômago gelar.

Ali, abraçada a Daniel, não quis que ele me contasse mais, porque... eu só queria consolá-lo.

Mentira, eu não quis que ele me contasse porque tive medo. Medo de verdade do que poderia ser. Por ele, por mim, por nós. E então... eu entendi a fuga dele.

— Está tudo bem, nós conversamos quando as apresentações acabarem — concordei, compreendendo minha urgência de apenas ficar a seu lado, acreditando em nós dois e desejando que nada no mundo pudesse mudar qualquer coisa entre a gente. Entretanto, não sabia, não tinha mais certeza se seria assim, e somente por isso agradeci e apreciei o silêncio.

Ele respirou fundo e me beijou.

Logo estávamos ofegantes, pedindo com os lábios que os beijos fossem o suficiente para nos manter seguros e bem. Ao menos durante aquele fim de semana.

29

You're constantly waiting for life
To start or for love to surround it
If you only looked right by your side
You'd find that it never had left you.

— THE SCENE AESTHETIC, "Humans"

> Saudade.

> Já? Vc acabou de me deixar aqui.

> Eu sei, é que aquela casa vai parecer grande demais sem você.

> Mas você ainda não está em casa?

> Não, estou exatamente na porta do seu prédio.

> Aqui embaixo?

> Eu deixei você, dirigi quinze minutos e voltei. Tô me sentindo meio idiota.

> Haha, eu gosto de você meio idiota, melhor que falando francês.

> Então...

> **Então?**

> **Meu Deus, Nicole, não me faça sentir mais imbecil ainda, tendo que pedir para você descer.**

> **Haha, desculpa, não tinha me ligado. Por que você não dorme no seu apartamento em Londres hoje?**

> **Você está me convidando para dormir no meu apartamento?**

> **Sei lá, se você quiser eu posso te fazer companhia lá.**

> **Me sentindo bem menos idiota... Desce e vamos jantar, depois podemos ir a uma apresentação no Century Club, Dark Side of Love ou algo parecido. O que acha?**

Não entendi por que senti um frio cobrir meu estômago, como se aquela apresentação tivesse algo a ver com a nossa relação "sombria".

> **Vou pegar umas roupas e desço em cinco minutos.**

⌒⌢⌒

> **Cadê você? Eu cheguei em casa e achei que fôssemos ver um filme juntas.**

> **O Daniel passou aqui e saímos, vamos no Century Club.**

> **Ué, você não estava até agora com o Daniel?**

Estava, mas ele me deixou em casa e depois voltou... Talvez eu durma no apartamento dele hoje. Te aviso.

Ah, meu Deus! De verdade? Vocês já? Ele já?

Não rolou nada ainda. Mas...

Mas?

Sei lá, estou me sentindo meio diferente.

Diferente? Como?

Como?

Como?

Depois conversamos, Nathy. Ele está na minha frente, me encarando enquanto eu teclo.

Ótimo. Lembra quando você reclamava que ele só queria falar com você pelo celular? Então, agora eu estou assim com você! Fala pra ele te dar um tempo para curtir a sua amiga, amiga!

Deixa de ser bobinha, minha amiga ciumenta. Eu amo você.

Dá um chute na bunda dele por mim?

Haha, vou deixar você dar pessoalmente.

Não dá, ele ainda é nosso diretor. Divirta-se.

Eu me sentia tocada durante os últimos ensaios, e isso nada tinha a ver com a música ou com a dança. Era Daniel. Ele me observava de longe e virou o culpado pelo calor excessivo que fazia naquele balé. Seus olhos estavam sempre estreitos, como se estivesse com sono quando analisava meus movimentos.

Eu precisava me concentrar para não perder os passos enquanto notava Daniel Hunter me analisar com algo além da frieza analítica profissional. O dono dos olhos responsáveis pelo calor me secava com tesão, eu tinha certeza. E, quanto mais eu me entregava à dança, aos movimentos, mais isso parecia mexer com o inabalável sr. Maestro Hunter. Por vezes, ele levava as mãos aos cabelos, esfregava os olhos e respirava com dificuldade, como se fosse ele quem estivesse se exercitando. E perceber como eu mexia com aquele homem, dotado de toneladas de cinismo e quilômetros de frieza, me deixava absolutamente em fogo. E isso me desconcentrava um pouco, então nos últimos ensaios eu vinha errando mais que o normal.

— Srta. Aurora, precisamos conversar — Daniel disse em seu melhor tom sr. Hunter.

— Está bem — respondi enquanto ele arrumava uns papéis em sua pasta.

— A sós... Espere todos saírem — afirmou sem olhar para mim.

— Ok. — Eu tinha certeza de que levaria bronca pelos meus erros no ensaio. Ele estava mais controlado e resolveu não chamar minha atenção na frente dos outros. Quando todos deixaram a sala, ele largou a pasta na cadeira e me fitou. Que olhar era aquele?

Meu peito ardeu, os pulmões esqueceram como respirar.

Meu Deus, ele iria me matar?

Andei para trás até as costas baterem na parede. Daniel foi, devagar e em silêncio, para a porta e a trancou. Respirar ficou impossível. Em poucos passos, ele parou na minha frente e suas mãos envolveram minha nuca. E, antes que eu pudesse inspirar, sua boca estava na minha, incendiando o restante do mundo. A língua entrava, saía, dava voltas e me enlouquecia.

Eu não era alta, na verdade estava mais para baixa, só que Daniel era enorme, e pela primeira vez, sem perceber, eu o beijava em cima das pontas, o que facilitou o acesso a seus lábios. Seus braços envolveram minhas costas, e meu corpo se moldou por completo ao dele. Afundei os dedos em seus cabelos e ele gemeu dentro do beijo.

Ele soltou minha boca enquanto eu lutava por ar. Daniel escorregou os lábios até minha orelha e sussurrou com aquela voz grave:

— Você não faz ideia de como eu morro de tesão por você nessas roupas e há quanto tempo eu queria fazer isso com você vestida assim. — Os lábios contornaram a linha do meu maxilar e abriram trilhas de calafrios por minha pele. — Sapatilhas... — Daniel continuou. — Nunca achei que fosse ficar assim só de olhar para um par delas.

— Você tem tesão por bailarinas? — perguntei com a voz trêmula, enquanto ele mordia e sugava a lateral do meu pescoço.

— Por essa bailarina aqui... e só por ela. Morro de tesão. — Sufoquei um gemido quando os dedos dele apertaram de leve meus mamilos. — Agora eu vou fazer você subir pelas paredes sem dançar.

— O que... hum... — foi tudo o que consegui dizer, porque a mão dele invadiu o meu collant. — Não... V-Você está louco — eu disse, sem fôlego.

— Shhhhh... quietinha. Se segura na barra.

E me beijou outra vez enquanto testava meu equilíbrio com os dedos, virava o meu mundo do avesso e me fazia subir pelas paredes, como prometeu.

Na quarta-feira, recebi uma mensagem de Daniel:

> Você estava linda ontem no ensaio. Parabéns, srta. Aurora, foi perfeita... principalmente depois do ensaio.

Meu corpo esquentou com as lembranças de Daniel me fazendo ter um orgasmo contra as barras da sala.

> As barras nunca mais serão as mesmas. Você me deu um problema enorme para lidar.

> Problema enorme? Ahhh, Nicole, você não faz ideia do tamanho do problema que eu terei cada vez que entrar em uma maldita sala de ensaio pelo resto da vida.

Eu ri e digitei:

> Falando em ensaio... estou tão orgulhosa de você. Faz duas semanas que você cumprimenta todos quando chega. Parabéns também, sr. Hunter.

> Não fique tão à vontade, **MERDE!**

> Haha, você está em casa?

> Saindo.

> Vamos fazer alguma coisa?

> Indo para a Academia de Música. Tenho um concerto para reger amanhã, esqueceu?

> Ah, verdade!

> Saudade.

Na quinta-feira, mandei uma mensagem para ele:

> Boa sorte no seu concerto. Nos vemos amanhã no balé?

> Oi, meu anjo! Que saudade.

> Eu também... Onde você está?

> Na Academia de Música.

> Hummm, ficando com ciúme dela... Dizem que é imponente e muito chamativa.

> Haha, sim, é mesmo linda.

> Danem-se vocês. Pode ficar com ela que eu vou me arrumar com algum pas de deux. O balé sempre foi a minha primeira opção mesmo.

Srta. Aurora, tão impertinente... Tenha mais respeito com o seu diretor.

Eu queria que o meu diretor perdesse todo o respeito e me levasse para um ensaio completo...

Ahhh, Nicole...

MEIA HORA DEPOIS

Você já pensou no que uma bailarina é capaz de fazer entre os lençóis? Imagina até onde eu consigo alongar as pernas?

Eu estou no meio de uma reunião com dez maestros.

Imagine... Mesmo você sendo grande, acho que eu conseguiria jogar as pernas sobre os seus ombros e você poderia me beijar deitado em cima de mim... Meu alongamento facilitaria essa manobra, eu queria testar.

Sua diabinha, agora estou tendo que disfarçar uma ereção na frente de alguns velhos de oitenta anos. Você vai me pagar por isso.

Haha. Não esquece que amanhã tem o aniversário do Ivo.

Quem?

O sr. Florimundo.

Ah, sei, o príncipe encantado. Que romântico.

Vamos, por favor. Vai ser no Muse, todo mundo vai, até o sr. Evans, e... nós disfarçamos lá. Depois escapamos e podemos comprovar a teoria do alongamento, só nós dois.

Pare com isso, não está ajudando a minha situação aqui.

Haha, brincadeira, sei que temos que esperar 😵 até depois das apresentações, mas estou com saudade.

Muita saudade também. Por causa dos concertos dessa semana, eu me atrasei com algumas coisas que preciso entregar, e temos o balé. Os ensaios estão a mil por aqui, não sei nem que horas consigo sair da Academia de Música amanhã.

Mesmo que saia tarde, eu posso te esperar. Se você quiser, é claro.

Vou ver se consigo adiantar as coisas, e amanhã fico liberado mais cedo.

Eba! Boa sorte hoje.

Te chamo quando acabar.

Ato II
A VISÃO

30

> We feel the love
> Sparks will fly
> They ignite our bones
> And when they strike
> We light up the world.
>
> — KYGO, "Firestone"

O ENSAIO DE SEXTA TINHA ACABADO, E ESTÁVAMOS EM UM GRUPO GRANDE indo para a festa do Ivo. Caminhávamos entre risadas e piadinhas, alguns abraçados, outros de mãos dadas. As cerca de vinte pessoas do corpo de balé, mais os quatro diretores artísticos, se movendo juntos eram algo que reforçava o sentido de união que nasce em um trabalho em equipe. Natalie vinha ao meu lado, abraçada a Paul, que havia nos encontrado na saída do balé. O ar saía como fumaça do nariz. Não estava tão gelado, uns doze graus, mas frio o suficiente para fazer o ar ficar branco.

— O Richard perguntou de você — Paul falou.

— É... estou um pouco sumida, vou ver se ligo para ele.

— A Nicole está namorando o nosso diretor.

— Shhh, Natalie, cala a boca.

— Ai, desculpa, achei que tinha falado baixo.

— Falou, mas isso não se fala aqui no meio. — Olhei ao redor e completei: — Nem alto, nem baixo, pelo amor de Deus!

— Qual deles? — Paul perguntou em tom de voz contido e apontou com a cabeça para o grupo dos quatro diretores que caminhavam juntos.

— O careca barrigudo — Natalie brincou.

Paul não conseguiu disfarçar e arregalou os olhos. Dei risada, porém teria achado mais graça se Daniel não tivesse me enviado um pedido de desculpa meio sem graça, dizendo que não conseguiria ir à festa.

— Aquele é o sr. Evans — eu disse. — Não é ele.

— Ainda bem, senão eu teria que conversar com o Richard para ele vir te socorrer.

Eu teria achado graça outra vez se não fosse pelo incômodo e pela tristeza muito maior do que deveria sentir por Daniel não ter vindo conosco. Meu Deus, eu só queria um namorado normal. Queria viver essa paixão, sem medo de ser vista. Sem medo do que ele pudesse me contar. Queria um namoro de verdade.

Nada na minha vida parecia muito justo, exceto em alguns momentos. Ponderando: não é que a vida fosse injusta; é que esse lance de estar completamente à deriva, fora do controle das próprias emoções, era meio alucinante. Por isso eu nunca quis essa droga de me apaixonar. Mas aconteceu e, apesar de querer viver todos os clichês piegas e melosos de casais apaixonados, eu não tinha isso. Só podia sonhar com andar de mãos dadas pelas ruas, ter uma música nossa, dividir o meu apartamento apertado em algumas noites com ele e sexo. Sexo. Sexo.

Pelo amor de Deus, eu tinha vinte anos, queria muito mais, e queria já. Imediatista? Sim, esse sempre foi um dos meus defeitos, ou qualidades. Eu queria para ontem tudo o que um casal de namorados normal entrega um para o outro.

Dane-se o passado, o drama que ele carregava, a porcaria da ética. Eu precisava dele mais do que algum dia precisei de qualquer coisa, até do...

Balé?

Acho que é por esse tipo de pensamento louco e exagerado que as pessoas apaixonadas são tachadas de cegas e burras.

Dizem que a paixão é ainda mais intensa quando se é jovem. Eu não precisava resolver nem comprovar as teorias do amor e do sexo, só queria... estar com ele de verdade. Não ter que mendigar por um beijo. Fazer valer aquela eletricidade maluca que tomava posse do meu sangue só de pensar nele. Fazer valer a falta de ar, o coração tresloucado todas as vezes em que eu o via, as vinte e quatro horas por dia em que ele me acompanhava em pensamentos, debaixo da minha pele.

Mas eu não tinha nada disso.

Imagino que o que eu vivia era como ser amante de um homem casado que esconde isso de todos, só que sem a parte do sexo.

Detive os passos com o coração acelerado. E se ele fosse casado?

Não, claro que ele não era casado.

Será?

Jesus, estou perdendo a cabeça.

Estava indo para uma festa da qual todos, ou quase todos, sairiam acompanhados e fariam valer a pena. Enquanto eu voltaria para casa sozinha, tendo o sr. Darcy e Fred Astaire para me fazerem companhia. Eles sempre me bastaram.

Não mais.

Inferno. Eu era feliz e não sabia.

Chegando à festa, eu resolvi ser... jovem. O fato de não gostar de beber não era falso moralismo ou excesso de seriedade por causa do balé, não. Natalie mesmo vivia enchendo a cara quando saía. Eu é que nunca curti muito. Mas naquela noite, frustrada, me sentindo jogada de escanteio mais uma vez pelos monstros do sr. Sou Louco Hunter, eu bebi: uma cerveja, duas tequilas, três taças de vinho, quatro cervejas ou tequilas e...

— E aí, o maestro já regeu a sua sinfonia?

Gargalhei.

— Não, Nathy, ele ainda não me comeu. — A música tocava alto, e eu já nem ligava se alguém nos escutasse. Estava puta da vida e bêbada demais.

— Qual será o problema dele?

— Acho que ele é um vampiro.

— O quê? — Nathy perguntou, enlaçada a Paul, que pedia uma bebida no balcão.

— Vampiro. Ele tem essa coisa de não me toque e pirou diante da possibilidade de ter me cortado um dia. — *Ih, caramba, contei...* Dane-se. Não aguentava mais aquela porcaria toda. Tudo rodava e eu ria que nem uma besta.

— Sério, Nicole, qual será o problema dele?

— É sério, Nathy, eu acho mesmo que ele é um desses vampiros com medo de xoxota.

Natalie estourou em uma gargalhada.

— Você fica engraçada bêbada.

Olhei para meus pés, depois para ela, escondendo a vontade de chorar. Não me sentia mais engraçada.

— Seja o que for, é algo tão horrível que ele disse que acha que eu vou ter medo dele. Ele quer ter uma conversa séria e...

— Meu Deus, é mesmo?

— É.

A boca de Natalie abriu e depois fechou. Então, os olhos dela se arregalaram.

— Ai, Nicole, será que ele é um tipo de louco, sei lá, psicótico, bipolar... Será... será que ele pode te machucar?

— Cala a boca, Nathy! — Fechei os olhos e sacudi a cabeça. — Eu já pensei em tanta coisa.

— Será que ele foi abusado quando criança? Ou abusado e torturado, e agora não consegue fazer sexo sem ser de maneira perversa?

— Meu Deus, Nathy, pare! — Por isso, nunca contei para ela.

— Sei lá, esses romances que andam fazendo sucesso... A vida imita a arte ou...

— Não, acho que não. — Mesmo bêbada alguém tinha que manter a coerência.

— Talvez a conversa seja para propor um contrato, te colocar em uma coleira e te açoitar até tirar sangue. Ou então... ele transa com cadáveres e quer que você participe. Como é mesmo o nome disso? Necrosalgia.

— Necrofilia — Paul corrigiu, entregando uma cerveja para Nathy. — Quem pratica necrofilia?

— Para! Credo, se vocês continuarem com esse filme de terror, eu não vou dormir, ou vou vomitar... Esquece isso, Nathy, vamos aproveitar.

Começou a tocar uma música que eu sabia que a Nathy adorava.

— Kygo — falei.

— Uhuuuu! "Firestone" — ela vibrou. — Vamos dançar? Vamos, vai! — Nathy já me puxava entre as pessoas. Corpos se movendo, cheiro de fumaça e iluminação indireta. Era um desses lugares meio secretos onde só se entrava com nome na lista e nunca lotava demais. O nome do Daniel estava na lista, e ele, idiota, não foi.

Senti um toque no meu ombro. Virei e encontrei Ivo. Ele era um cara bonito, olhos verdes intensos. Um dos melhores bailarinos com quem eu já tinha dançado, e era o aniversariante.

— Dança comigo?

Nem pensei duas vezes. A música tinha um ritmo bem sensual, com uma batida gostosa. Joguei os braços por cima dos ombros do Ivo e começamos a nos mover. As mãos dele sustentavam minhas costas e me guiavam. Ondulávamos conforme as escalas subiam. Entrei no clima da dança e no que ela pedia. Comecei a cantar olhando nos olhos do meu amigo, poucos centímetros entre nosso rosto, e ele também cantava, me encarando. Éramos parceiros de dança. Nossos movimentos se encontravam com uma perfeição ensaiada. Entre piruetas e levantamentos que tínhamos experiência em fazer, nem percebi que dávamos um showzinho para a pequena plateia no local. Só entendi isso quando paramos de dançar e muitos bateram palmas e assobiaram, empolgados. Inclinei-me em um agradecimento exagerado e Ivo me imitou.

DANIEL

Eu estava louco de saudade. E foi só por isso que saí da Academia de Música mesmo sem ter terminado o que precisava fazer. Foi pela vontade que tinha de estar com ela todos os malditos minutos do dia que larguei alguns músicos antes de o ensaio acabar e uma pilha de partituras para revisar. Durante o caminho inteiro até o bar, eu estava sorrindo como um adolescente com a expectativa de encontrá-la.

Tinha acabado de entrar no bar e me deslocava tentando chamar o mínimo de atenção possível. Cumprimentei dois bailarinos e uma das coreógrafas da peça. Nunca gostei de misturar a vida pessoal com a profissional, então eu deveria estar dando risada da minha cara na frente do espelho. Só que as coisas dentro de mim estavam uma bagunça filha da mãe, e não dava nem para achar graça.

Dei alguns passos com a cabeça baixa; queria chegar logo até o balcão do bar, pois dali poderia vasculhar o ambiente à procura de Nicole, achá-la e sair dali o mais rápido possível com ela.

Filho da puta!

Sim, era isso mesmo que eu sentia ser toda vez que não conseguia manter as mãos longe dela. Encostei no balcão de madeira e pedi uma cerveja. Estava com o copo a meio caminho da boca quando percebi um toque no ombro.

— Nossa, você por aqui. Que surpresa!

Virei e dei de cara com Marie.

— Oi, srta. Carabosse — disse, forçando uma expressão de saco cheio. *Como essa mulher é sem noção!*

— Eu adoro quando você me chama assim, a fada má... É tão sugestivo. Acho essa coisa de "senhorita" supersexy.

Dei um longo gole na bebida e a ignorei.

— Não esperava te encontrar aqui. — Ela apertou meu braço e se aproximou mais do que deveria.

Respirei fundo; ela estava bêbada. *Shit! Merde!* Passei a olhar para a frente, procurando Nicole.

— A Aurora e o príncipe dela estão dando um showzinho — Marie falou e apontou para a pista.

Foi somente aí que reparei em um casal dançando no meio de uma roda de pessoas, todas assistindo entusiasmadas. O bar era em uma área mais alta, dando uma visão de camarote para a cena.

Aquilo não era uma dança, era...

O Ivo estava com as mãos na bunda e a boca junto à orelha dela enquanto eles se moviam colados.

Nicole sorriu e enroscou os dedos nos cabelos daquele puto.

Meu sangue ferveu.

Ele a virou de frente, com as mãos nos quadris, guiando-a, e agora ela se esfregava naquele desgraçado!

Minha visão embaçou.

— Nossa, se ele ainda não comeu a garota, com certeza vão sair da pista direto pro banheiro — alguém disse ao meu lado, nem vi quem.

— A gente podia fazer igual, só que no quarto — Marie soprou na minha orelha.

O copo quebrou em meus dedos. Alguns cacos penetraram a pele. Um pouco assustado com meu descontrole, olhei para minha mão.

Merda, eu me cortei!

Eu precisava sair dali, e rápido, antes que fizesse merda de verdade. Olhei para o sangue e senti cheiro de fumaça misturado à confusão do bar.

— Nossa, você está bem? — Marie perguntou.

— A droga do copo devia estar trincado — respondi, virei de costas para ela e saí.

Acho que Marie tentou falar mais alguma coisa. Não sei, não consegui ouvir. Olhei outra vez para a pista, e as mãos do Ivo estavam embaixo dos seios dela.

Nicole era uma visão, com os olhos brilhando, as maçãs do rosto coradas e os lábios entreabertos. Os mesmos lábios que eu queria beijar, reclamar, possuir. Uma expressão de prazer atravessou o rosto dela e fez meu coração sangrar mais que o corte em minha mão. Fechei os olhos com força ao entender que aquilo não era errado. Era isto que Nicole merecia: alguém como Ivo, cheio de coisas boas a oferecer, e não um desgraçado como eu. Meu maxilar travou e meus olhos arderam. Essa certeza não era o bastante para acabar com a minha loucura por aquela garota. Apertei a mão em punho e nem senti dor. Saí de lá quase correndo, com a certeza de que, se não saísse, faria alguma besteira.

Me aproximar dela foi a maior besteira que fiz. Sou eu quem está errado.

Saí o mais rápido que consegui, me controlando para não bater em alguém e para não chorar como uma criança, lutando contra o maior ciúme que eu já tinha sentido na vida e contra a certeza de que eu deveria ir embora da vida de Nicole. Não somente hoje, mas para sempre.

31

Oh don't don't don't get out
I can't see the sunshine
I'll be waiting for you, baby
Cause I'm through
Sit me down
Shut me up
I'll calm down
And I'll get along with you.

— THE STROKES, "You Only Live Once"

SEMANA DA ESTREIA. ADRENALINA CORRENDO SOLTA NAS VEIAS. CONCENtração, equilíbrio e disciplina.

Ao menos era como deveriam funcionar as coisas dentro de mim. A estreia da minha vida. O dia mais importante do universo a apenas alguns passos de distância. E eu me sentia meio torta por dentro.

Fazia duas noites que eu não dormia direito, e meu apetite fora reduzido ao de uma formiga de dieta.

Queria e precisava ficar sozinha, então, quando Natalie estava em casa, eu deitava na cama fingindo dormir, ou me trancava no banheiro com algum livro durante um tempo. Nathy dizia coisas para me acalmar, trocávamos incentivos e tentávamos parecer duas amigas normais.

Mas nada parecia normal.

Ela também estava ansiosa com a estreia. Então, nos conhecendo e entendendo nosso humor volátil, mantivemos uma distância saudável e necessária naquele momento.

Eu me sentia meio doente, mas não era uma doença física. Nada acalmava a agitação em meu sangue, a alma à flor da pele, enquanto eu pontilhava qualquer piso. Afinal eu dançaria em um palco enorme, iluminado, um teatro para três mil pessoas. O maior e mais bem preparado de Londres. Talvez do mundo. O piso que minhas pontas esmagariam era perfeito: camadas de textura anti-impacto, cobertas por uma lâmina especial que tornava desnecessário o uso de parafina. Era... incrível. As sapatilhas que me sustentariam eram as melhores do mundo.

Nem sempre tudo pareceu tão certo, tão em seu devido lugar, e mesmo assim... não estava certo. O meu mundo estava errado.

Por quê?

Havia o nervosismo extraordinário com a estreia, claro, mas tinha também meu coração masoquista e idiota que escolheu esse momento para experimentar o que era estar apaixonado. Detalhe: o objeto dessa experiência, entenda-se Daniel, a levava ao limite do suportável. Fazia exatamente três dias que o sr. Louco Hunter ignorava minha existência.

O fim de semana passou. Enviei dez, vinte... Perdi a conta de quantas mensagens mandei e permaneceram sem resposta.

Hoje era terça-feira, o antepenúltimo ensaio antes da estreia, marcada para sábado. Era assim que funcionava: três ensaios gerais, com um dia de descanso, e depois a estreia. Não tinha nada de errado com o calendário do balé, o meu mundo é que estava do avesso porque eu não conseguia entender que diabos poderia ter acontecido com aquele homem, com aquele louco, com aquele... deus! E precisava me concentrar, senão...

Ele viria no ensaio de hoje.

Naquele momento, eu andava pelos corredores do balé com um café quente na mão, lutando para manter os dedos longe daquela parte do copo sem proteção. Olhei para Natalie, que caminhava ao meu lado. Ela havia brigado com Paul no dia da festa do Ivo. Foi uma discussão boba por ciúme, mas ela ficava de péssimo humor quando isso acontecia.

Então, a briga com o Paul, ou a bebida, fez Nathy esquecer, ignorar ou não conseguir se importar com minha vida amorosa. Ela nem mencionou nada do que eu contei para ela sobre Daniel na noite da festa. E eu não tive coragem de dizer que o maluco do nosso diretor tinha resolvido brincar com meu controle emocional uma semana antes da estreia. Ela ia querer matá-lo. Se isso acontecesse, não seria legal, não antes das apresentações.

Eu devia estar exagerando.

Nós éramos o que, afinal? Nada. Ou quase nada.

Uma amizade indefinida.

Coloquei o café em cima do balcão do vestiário.

— Você não vai mais tomar o seu café? — Nathy perguntou.

— Acho que não.

Peguei o celular dentro da bolsa. Estava desligado desde ontem à tarde. Achei que era melhor fazer isso que morrer de ansiedade. Eu estava olhando para aquela maldita tela de dez em dez minutos, esperando que Daniel desse sinal de vida.

No domingo, fiquei tão preocupada que liguei para a casa dele. O sr. Clarke atendeu, com toda a sua educação britânica. Disse que estava tudo bem, mas que o sr. Hunter, psicótico dos infernos, estava em Londres. Ele estava era muito ocupado tentando ferrar com a minha cabeça.

— A senhorita quer o telefone dele em Londres?

— Não, obrigada — respondi.

E foi aí que resolvi desligar de vez o aparelho. Respirei fundo e apertei o botão. Agora, precisava checar se tinha alguma mensagem antes do ensaio. Minha mãe poderia ter ligado ou... Que desculpa ridícula. Eu queria era ver se ele tinha resolvido dar algum sinal de fumaça. Meu coração comprometido disparou. A tela acendeu alguns segundos depois e... o sinal verde indicando uma nova mensagem. Era dele, enviada ontem à noite. Uma única mensagem.

> Oi, boa noite. Desculpe, estive ocupado e não consegui te responder, depois conversamos melhor.

Pronto, era isso. Sem beijo, sem saudade. Sem merda nenhuma. Ao menos era algum sinal. Eu me olhei no espelho ao passar.

Se concentra, porcaria!

32

> What a wicked game to play
> To make me feel this way
> What a wicked thing to do
> To let me dream of you
> What a wicked thing to say
> You never felt that way.
>
> — STONE SOUR, "Wicked Game"

IVO JÁ ME ESPERAVA EM CIMA DO PALCO. NOS ÚLTIMOS ENSAIOS, NÓS DANçaríamos com o cenário e o figurino completos. Era quase a apresentação real, com exceção da orquestra, que só ensaiaria junto nos dois últimos dias antes da estreia.

Quando cheguei, Daniel já estava lá sentado, com uma prancheta na mão, mas nem levantou os olhos. Ele não cumprimentou ninguém. O contato visual mantido nos outros ensaios, um sorriso de aprovação ou qualquer gesto que demonstrasse que tinha uma alma vivendo naquele corpo sumiram durante as quase três horas de peça.

Agora eu estava fazendo meu último *pas de deux*. O ensaio chegava ao fim, o que significava que a peça também. Algumas correções foram feitas pelo sr. Evans: tempo, posicionamento, pequenos ajustes corporais e nos movimentos. Daniel permanecia mudo, vez ou outra rabiscava algo na prancheta. Ele e o vinco entre as sobrancelhas, que era a única testemunha de que havia algo em sua mente.

No final do número, assim que os aplausos diminuíram, a voz de Daniel fez quase todos se calarem e olharem em sua direção:

— Eu tenho algumas observações a fazer.

Ele caminhou até nós dois e disse com toda a calma:

— Sr. Florimundo, não está nada bom. Não é isso que as pessoas esperam ver de um casal apaixonado. Vocês estão apaixonados, não estão?

Senti o estômago gelar e vi Ivo consentir com a cabeça.

— Ótimo — ele prosseguiu. — Mostrem isso. Pegue-a de verdade, ela é a princesa dos seus sonhos, vocês esperaram a vida inteira por isso... certo?

Ele olhou para o sr. Evans, que apenas concordou e fez algumas observações mais técnicas sobre o nosso número. O sr. Hunter voltou a falar:

— Sabe o que eu quero de vocês? Que mostrem a mesma vontade e calor de sexta à noite, quando dançaram no bar, no aniversário do sr. Florimundo.

Meus olhos quase saíram das órbitas, de tão arregalados, e isso ficou claro, porque Daniel disse em seguida:

— Não façam essa cara. Mais da metade das pessoas aqui assistiu e deve concordar comigo. Ali, sim, foi perfeito. Parecia que vocês sairiam de lá direto para a cama mais próxima. E é isso que se espera de um casal que expressa a paixão e o amor através da dança, é aquela eletricidade que eu quero que vocês transmitam nas noites de apresentação. Entenderam? — As sobrancelhas dele se arquearam enquanto meu peito subia e descia com a respiração acelerada.

Ele tinha visto a nossa dança na sexta? Era evidente que sim, então ele esteve lá. A mão do Ivo apertou de leve a minha. O que Daniel falou sobre cama? Ah, sim, que parecia que sairíamos de lá para a cama mais próxima.

Filho da puta!

O sr. Evans disse qualquer coisa a respeito, assim como Ivo, mas eu não conseguia ouvir mais nada.

Desgraçado!

Olhei para o diretor artístico e perguntei, juntando o pouco de voz que consegui encontrar:

— Estou dispensada?

Ele concordou, murmurei um "obrigada" para Ivo e saí. Não olhei para Daniel novamente. Senti os olhos dele queimarem minhas costas enquanto eu me afastava.

$\backsim$

Eu me vestia para ir embora quando Natalie se aproximou.

— Que louco! Nós estamos cercadas de malucos imbecis... Só que o seu consegue ser pior, porque é o nosso diretor de merda. — Senti a mão dela apertar meu ombro em um gesto de apoio.

— Vou ficar por aqui mais um tempo — eu disse, pegando minha mochila.

— Tem certeza? — Nathy perguntou.

— Sim... Preciso dançar.

— Ok. Se cuida, amiga.

33

> Now the muse she was his happiness
> And he rhymed about her grace
> And told her stories of treasures
> Deep beneath the blackened waves.
>
> — POETS OF THE FALL, "The Poet and the Muse"

LIGUEI A MÚSICA NO IPAD. EU TINHA ACABADO DE SAIR DO PALCO ONDE acontecera o primeiro ensaio geral e onde o psicótico do Daniel me humilhara mais uma vez.

Meu Deus!

Não com o balé. Não com ele sabendo quanto eu lutava para estar onde estava.

Como ele pôde fazer uma coisas dessas? Quem ele achava que era para me tratar daquele jeito na frente de todos? Ai, que ódio!

— Senhorita? — Olhei para a porta e vi um dos seguranças do prédio. Eu o conhecia, era o sr. Harrison.

— Está tudo bem, sr. Harrison, eu vou treinar mais um pouco hoje.

— Ok, deixe a chave da sala na portaria quando sair.

— Está bem, obrigada.

Abri minha mochila e peguei as sapatilhas, as mesmas que usava há pouco no palco. Sentei para calçá-las. Reforcei o esparadrapo em volta dos dedos e fiz uma careta de dor. Precisava de uma bacia de gelo. Precisava dançar até ficar inconsciente. O ar entrava e saía dos meus pulmões. A música começou. Minha pele passou a respirar o som. Era uma versão clássica de "The Unforgiven", do Metallica.

Eu, o piso, meu corpo e a dança.

Eu, o céu, os movimentos e a música.

Eu, o êxtase, a entrega e a melodia.

Eu, o suor, a liberdade e a alma.

Não sei quanto tempo passou. Podiam ser horas ou dias. Fechei os olhos e outra música começou. Quantas foram? Já não contava. Era "One", do U2. Meu cabelo estava molhado. Não sentia mais o corpo. O ar me mantinha em pé. Ou era a música? Tinha tirado as sapatilhas e o coque. Fiz movimentos no chão e em pé, entremeados de arabescos e piruetas. Eu precisava colocar tudo para fora. Não pararia até a raiva e a dor irem embora. Só o balé poderia tirar essa obsessão do meu sangue. A raiva por ter entregado... Um *jeté*, um *entrechat*, algumas piruetas e um *cabriole*... Por ter entregado meu coração a um idiota. Eu seria perfeita na estreia. Nada iria estragar isso. Braços para cima, uma volta com todo o corpo e dois braços na minha cintura me segurando.

— Pare, Nicole, pare!

Abri os olhos e encontrei Daniel com a boca entreaberta, a respiração curta. Ele olhava para o chão, pálido. Abaixei o rosto e vi o motivo: sangue. Meu sangue, dos meus pés. Passei as mãos nos olhos, tudo estava embaçado. Lágrimas ou suor, eu já não sabia.

— Pare! — ele repetiu, me apertando em seus braços. Então o mundo esquentou e derreteu. Eu queria muito bater nele e bati: no peito, nos braços, no peito de novo. Várias vezes, mas Daniel nem se mexeu.

Não sentia o corpo, não tinha mais forças para ficar em pé. Ele me ergueu no colo.

— Me solta! — exigi, entredentes.

— Estou atrás de você há horas! Fui no seu prédio, andei pelos bares e restaurantes vizinhos, te enviei umas mil mensagens... até que resolvi voltar para cá. Estou há um tempão rodando neste maldito prédio.

— Me solta! — Ele já me levava para fora.

— O que você pensa que está fazendo, Nicole? Olhe para você... olhe os seus pés.

Olhe o meu coração, seu idiota. Olhe o que você fez. Olhe para mim e me enxergue de verdade. Era o que eu ia dizer, mas estava exausta como nunca na vida e me deixei apoiar no colo dele.

Saímos do prédio e nos aproximamos do carro. Daniel abriu a porta e me colocou no banco do passageiro.

— As minhas coisas — consegui dizer.

— Eu peguei.

Fizemos a viagem curta em silêncio. Eu me sentia confusa, dolorida e com tanta raiva que tinha medo de explodir se falasse alguma coisa. Ele parou o carro.

— Você precisa cuidar dos seus pés, colocar no gelo.

Seu idiota bipolar, eu sei o que preciso. Coloquei a mão na maçaneta. Ele segurou meu ombro.

— Nicole... — Daniel sacudiu a cabeça. — Eu...

Minha respiração voltou a acelerar, mas não pelo esforço físico, e sim pela raiva. Pelo ódio de tudo aquilo.

— Você é um filho da puta! — explodi e resolvi falar o que tinha vontade. Ele iria ouvir.

Vi suas narinas inflarem conforme ele inspirava com força.

— Sim, talvez, mas...

— Qual é a sua? Qual o seu problema? Você some por três dias e então surta no ensaio! — Virei de lado para poder encará-lo. — Se você tem merdas na sua vida, parabéns, eu também tenho. Só que não jogo na cara de todos aqueles que respiram em direção diferente da que eu quero!

Ele ergueu a mão como se fosse me tocar.

— Nicole... me desculpe.

— Estou cansada, Daniel, estou realmente esgotada de tudo isso que tentamos fazer. Eu nem sei o que tentamos, se é que tentamos alguma coisa.

— Eu surtei de ciúme. Uns dias antes da ceninha no bar, que todo mundo viu, aquele idiota do Ivo estava no banheiro masculino falando que queria te comer, e depois de ver o jeito como vocês dançavam, de ouvir as pessoas comentando... Porra, Nicole, eu surtei...

— Não quero saber! Você não tem o direito de surtar em cima da minha vida. O balé é tudo, entendeu? Tudo para mim! Está vendo isso aqui? — disse, apontando para os meus pés. — Isso é o que eu entrego para o balé, e ele me dá tudo de volta, enquanto você... você não me dá nada, nem a porcaria da verdade.

— Eu... eu... acho que você está exagerando. Eu...

Saí do carro, batendo a porta com força. Ele veio atrás de mim.

— Me escuta, Nicole, me deixa falar, vamos conversar. Eu quero te contar tud...

— O quê? Você o quê? Mesmo que eu estivesse transando com o Ivo, você não tinha o direito de falar como falou.

— Não, eu não...

— Você não sabe nada da minha vida. Você acha que tem problemas? Que sofreu, que sofre? Eu enfrentava duas horas de viagem por dia pela chance de dançar. Não tinha dinheiro para comprar sapatilhas, então a minha mãe dormia em cima da máquina de costura para que eu pudesse trocar o máximo de pares possível. Eu dancei com roupas remendadas e sapatilhas estouradas. — Eu ofegava e tremia de raiva por ele ter me machucado. — Sabe por que eu resolvi fazer balé? Bonito dizer que foi por causa de Fred Astaire e Ginger Rogers, né? Sim, eu queria dançar como eles, mas sabe por quê?

Ele negou com a cabeça.

— Porque a minha mãe dizia que eles eram como anjos. Eu queria ser um anjo para ela, não porque são seres celestiais, e sim porque a única lembrança que tenho dos meus pais juntos é dele batendo na cara dela com tanta força que a arremessou no chão. Depois disso, ela aproveitou a primeira brecha para me pegar no colo e fugir de casa. Eu não tinha nem cinco anos. Nós não tínhamos para onde ir e dormimos uma noite na rua. Eu só me lembro de ver a minha mãe chorar pedindo aos anjos que nos protegessem. Foi ali, naquela noite, que eu quis mais do que nunca ser um anjo. Por isso resolvi que dançaria para sempre.

Inspirei fundo. Daniel me encarava com olhos enormes.

— No dia seguinte — continuei, exaltada —, nós viajamos para o Rio, onde a família da minha mãe morava. Eu nunca tive uma tia rica que sustentasse os meus sonhos. Eu lutei muito, dei tudo o que podia para o balé, tudo. E o balé é a minha vida, meu sangue, minha liberdade, é tudo o que eu mais amo no mundo.

Senti as lágrimas descerem pelo rosto.

— Nem você nem ninguém tem o direito de me enlouquecer, de tentar tirar isso de mim, apesar de ter tentado, como você mesmo disse que insistiu para que o sr. Evans me tirasse do papel principal.

Ele abriu a boca para falar, mas eu gritei, impedindo-o:

— Eu não vou falhar, vou ser muito mais, muito mais perfeita do que você acredita que seja possível. Vou provar para você e para todo mundo que eu mereço estar onde estou.

— Nicole — a voz dele saiu quebrada —, eu nunca disse que...

— Chega, merda, chega! Nós estamos a poucos dias da estreia e eu não quero ouvir mais nada. Estou exausta.

Fechei os olhos e senti o coração quebrar antes de dizer:

— Acabou, Daniel. O que quer que tentávamos fazer acabou. — Voltei a encará-lo.

Vi-o assentir com o olhar baixo, sua respiração saindo em rajadas falhas pela boca.

218

— Está bem... Boa sorte na estreia, eu sei que você vai ter o sucesso que merece. — Ele virou e saiu.

Conforme Daniel andava, levava junto pedaços da minha alma, parte de tudo o que eu acreditei ser a minha paz e aquilo que batia dentro de mim. No meu peito, restou só uma coisa: o amor pela dança. E o vazio.

ⵦ⭗

Quando entrei em casa, Natalie veio correndo até a porta.

— Nicole, graças a Deus, que demora! Está tudo bem?

— Eu acabei tudo...

— Ah, meu Deus, Nicole! — Nathy olhou para os meus pés. Sem dizer mais nada, foi até a cozinha e voltou com uma bacia com gelo e água. Sentamos no sofá e mergulhei os pés na água gélida. Senti muita dor e então, aos poucos, alívio.

— Ele me encontrou enquanto eu dançava — eu disse, olhando para baixo. — Não deixei nem ele falar... Terminei tudo.

Ouvi Natalie suspirar.

— Talvez tenha sido melhor assim.

Eu estava tão confusa que já não sabia.

— Talvez.

Ela me abraçou de lado.

— Você vai ficar bem, minha amiga.

Ficamos um tempo em silêncio, então ela tirou meus pés da água e começou a massagear minhas panturrilhas. Coisa de bailarina.

— E você e o Paul? — Eu queria mudar de assunto; precisava, na verdade.

— Ele veio aqui e... — ela encolheu os ombros — nós voltamos.

— Fico feliz que vocês tenham se entendido.

Eu não estava feliz... O mundo do avesso não me deixaria ficar feliz com nada.

Depois de Nathy me ajudar a fazer curativos nos pés, fomos para a cama. Quando ela dormiu, me permiti chorar. Não queria preocupá-la. Também não gostava de chorar na frente dos outros. Lembrei de Daniel, da expressão dele quando o mandei embora: os olhos cheios de lágrimas.

Eu nem ao menos o deixei falar.

O balé era minha vida, meu mundo, tudo. Treinar o máximo possível, dar tudo ao balé. Mas nunca era o bastante. Nunca era o suficiente; mais horas de treino, mais perfeição. Nunca errar, não era permitido errar. Sempre foi assim e sempre seria.

Eu daria tudo. Morreria se fosse preciso, mas não deixaria de dar tudo. Dor nos pés, nos músculos, por dentro e por fora.

O balé era o meu mundo. Por quê?

Valia a pena me impor tanta pressão? Eu só tinha certeza de que quando dançava me sentia viva. E que nunca me superaria se não tivesse coragem de sair da zona de conforto.

O balé sempre tinha sido tudo para mim. Até ele... Até Daniel.

Eu só queria ser o anjo. As lágrimas e os soluços eram abafados pelo travesseiro.

O balé sempre fora meu motivo para viver. Minha grande paixão. Até ele aparecer...

Perfeita. Horas de treino. Horas de vida.

Me perdoa, mãe, eu não sei se vou conseguir. Solucei.

Tudo parecia tão certo antes. Por que ele tinha que entrar na minha vida? Agora era ele quem exigia perfeição.

Minha equilibrada disciplina escorria em uma umidade quente pelo rosto. Eu já não sabia se o balé poderia remendar qualquer coisa. Dormi sem encontrar o conserto para a dor.

Ele queria falar. Era eu quem precisava ouvir. Essa era a única certeza que tive naquele momento.

Pão quente: torradas, baguetes, croissants. Essa era a única coisa capaz de despertar meu apetite pela manhã. Com geleia, manteiga ou ovos mexidos. Nunca importou o acompanhamento; pães sempre me deixavam com fome. Mas, naquela manhã após a briga com Daniel, nem a ideia da Nathy de comprar um pão recém-assado me animava. Minha consciência estava ocupada demais lutando: uma parte dizia que eu tinha feito a coisa certa, que terminar tudo tinha sido melhor. Outra parte — infelizmente a maior naquele momento — me fazia sentir triste e arrependida por não ter nem deixado que ele falasse.

— Vou buscar uma baguete quentinha para você — Nathy disse, já abrindo a porta. — Você precisa comer alguma coisa e... — Parou de uma vez.

— O que foi?

— Meu Deus! — ela exclamou, com a voz surpresa.

— O quê? — Eu me ergui do sofá, tentando enxergar.

Nathy virou para mim.

— Ele parece um bêbado ou um mendigo na sarjeta.

Eu me levantei.

— Quem?

Nathy saiu da frente da porta e eu enxerguei: Daniel estava sentado no hall com as costas apoiadas na parede, as pernas esticadas e a cabeça caída para o lado. Dormindo.

Meu coração acelerou. Há quanto tempo ele estava ali?

Aproximei-me devagar. Ele usava a mesma roupa que vestia ontem durante o ensaio, tinha a barba por fazer e os olhos sombreados de roxo. Eu me abaixei perto dele, estendendo a mão, incerta, e toquei seu ombro de leve a fim de acordá-lo.

Daniel abriu os olhos, a princípio lentamente, e então os arregalou de uma vez, parecendo assustado, como se não soubesse onde estava. Olhou ao redor e depois para mim. Esfregou as mãos no rosto, inspirando devagar. Tive vontade de abraçá-lo. De dizer que tudo estava bem, que eu queria consertar as coisas, que o desculpava. Engoli as palavras com a vontade de chorar.

— Eu não consegui ir para casa — ele falou.

Concordei com a cabeça.

Ele deixou a mão escorregar pelo chão. Fechei os olhos quando ele cobriu minha mão com a dele.

— Daniel — comecei, sem saber como terminar a frase.

— Por favor, me deixe falar — ele sussurrou. — Eu quero te contar tudo, você vai entender que... há um motivo.

— Agora? — perguntei, com um fio de voz e com o coração na boca.

— Sim. Chega de fugir, chega de adiar.

Eu o encarei.

— Depois que eu falar tudo, nós... não... — Ele se deteve antes de acrescentar: — Eu te deixo em paz depois dessa conversa, eu... só preciso que você saiba que tudo o que fiz, a minha fuga e até mesmo o meu ciúme têm uma razão.

Os dedos dele apertaram os meus, e Daniel levantou me puxando com ele.

— Por quê? — perguntei, precisando entender.

Ele soltou o ar devagar.

— Porque eu sei... eu sei que você merece mais.

Franzi o cenho, sem entender, e olhei para a porta fechada. Nem percebi que Nathy havia entrado.

— Você vai entender — ele afirmou, triste, e meu coração encolheu.

Eu sentia medo, dúvida, curiosidade, nervosismo... tudo misturado. Em um impulso, eu o abracei. Senti os lábios dele beijarem minha fronte e sua respiração quente se aconchegar em meus cabelos. Ele se afastou devagar, ainda segurando minha mão.

— Vamos, vou te levar para um lugar. Eu quero que você veja com os próprios olhos e entenda a história que vou te contar.

— Está bem. Vou só avisar a Nathy.

Ele concordou em silêncio.

E então fui invadida pelo nervosismo, a ansiedade e o medo pela certeza da conversa que, enfim, teríamos.

34

Love is our resistance!
They'll keep us apart and they won't stop breaking us down
Hold me, our lips must always be sealed.

— MUSE, "Resistance"

FORAM VINTE MINUTOS EM SILÊNCIO. A MÚSICA ERA A ÚNICA COMPANHIA DO ar-condicionado dentro do carro.

Vez ou outra, ele olhava para mim ou segurava minha mão.

Eu tinha tantas perguntas na cabeça. Aonde estaríamos indo? Eu deveria estar assustada?

O silêncio imenso nos envolvia, parecendo proibir as palavras.

Às vezes, o silêncio entre duas pessoas é confortável. Uma maneira de estar mergulhado em seu próprio mundo, mesmo na companhia do outro. A quietude confortável não é pesada, é natural. Essa não era a do tipo confortável, era a que antecede uma conversa séria. Decisiva. Aguardada. Difícil.

Como se nada mais pudesse ser dito a não ser *a conversa*. Apesar disso, não nos submetemos totalmente ao silêncio. Trocamos frases, algumas bem espaçadas.

— Você está tranquila com a estreia? — ele perguntou.

— Um pouco ansiosa — respondi.

— Gosta dessa música?

— Ãhã...

— Não está mais tão frio.

— É verdade.

Diálogos tão assépticos quanto música de elevador. Graças aos céus, o tempo de silêncio era maior. Eu sabia que nada do que pudéssemos dizer importava, sem ser o que realmente tínhamos para falar.

Entramos no bairro de Highgate. Reconheci o Waterlow Park. Eu quase nunca vinha para essa região. Senti o coração disparar ao perceber que Daniel diminuía a velocidade do carro. Era o portão de entrada do Cemitério de Highgate. Olhei para ele buscando confirmação. Ele encontrou uma vaga. O carro foi desligado.

Minhas mãos tremiam. Acho que minhas pernas também.

— O cemitério?

Ouvi uma respiração longa dele.

— Você vai entender.

Ele virou o rosto e me encarou, as íris com uma cor azul nova, como se guardassem no fundo delas algo além do que ele iria me contar.

Daniel abriu a porta do motorista.

— Vamos?

Eu não sabia mais se queria descer do carro. O que ele ia me mostrar ali? Vi Daniel dando a volta e abrindo a porta para que eu descesse. Em seguida, estendeu a mão em um gesto de convite. A dele também tremia. Então, percebi que aquilo devia ser infinitamente mais difícil para ele do que para mim. Movida por essa certeza, encontrei a força para segui-lo.

Dizem que é um cemitério histórico, conhecido pelas esculturas vitorianas e egípcias e por ter ali enterradas pessoas famosas. Havia alguns turistas fotografando.

Eu não conseguia ver nada além dos nossos pés caminhando pela trilha, a vegetação sobrepondo-se às lápides e mostrando que a vida seguia, que até mesmo o nome das celebridades que estavam ali se apagava pela erosão do tempo.

Daniel parou em frente a uma lápide, minha mão suando frio. Eu já não identificava o que era chão, meus pés, meu coração roubando o raciocínio e a ansiedade que me fazia tremer.

Olhei para a lápide. Sentia tanto medo que não consegui unir as letras com coerência para ler.

A voz de Daniel chamou minha atenção:

— A minha mãe morreu quando eu tinha pouco mais de seis anos. A ironia é que ela morreu e então, anos depois... — ele me olhou — eu tive que aprender muito cedo a conviver com essa realidade. A fragilidade da vida. A verdade de que ninguém sabe quando será o último dia por aqui. Quando uma criança fica órfã tão cedo como eu, não aprende pelo amor, e sim pela dor, pela falta... por aquilo que nunca ninguém será capaz de preencher ou consertar. Eu tive que crescer muito rápido.

Lágrimas geladas encharcaram meu rosto. Senti o sopro frio do vento sobre a pele molhada.

— Só que, além dessas lições que qualquer órfão conhece, também tive que aprender outra mais tarde.

Ele olhou para baixo e, em seguida, para as próprias mãos.

— Eu tinha dezenove anos e era músico, tocava em uma banda nos primeiros meses de faculdade. Eu sempre gostei de rock... Tive uma amiga, na verdade era mais que amiga. Ela era alguns anos mais velha e era a vocalista. Nós tocávamos juntos e... também dormíamos juntos. E, em meio à idiotice da juventude e da bebida, transamos sem camisinha algumas vezes.

— Entendi... — sussurrei sem perceber.

Ele esfregou os olhos, parecendo cansado.

— Então a banda acabou e algum tempo depois eu... comecei a namorar outra garota, a Mirella. — Ele apontou com a cabeça para a lápide, e eu não tive coragem de olhar.

Daniel estava com os olhos cobertos de lágrimas. Eu sentia a respiração e o corpo vibrarem.

— A Mirella tinha dezenove e eu vinte. Nós estávamos apaixonados, quer dizer... achávamos que sim. Namoramos durante seis meses, e eu...

O maxilar de Daniel travou e ele fechou os olhos, desolado.

— Nós resolvemos transar sem camisinha. Ela tinha feito todos os exames fazia um tempo. Eu tinha feito menos de dois anos antes, e não achei... — A voz dele falhou. — Não achei que precisava repetir, e então... o meu mundo caiu.

Daniel soltou o ar pela boca de uma vez.

— A garota com que eu ficava, a da banda, o nome dela era Eloise. Ela me procurou; não só eu como todos os seus antigos parceiros.

Ele cavou os cabelos com as mãos enquanto encarava a lapide à nossa frente. Senti como se um buraco se abrisse sob meus pés, tomei coragem e desviei os olhos para ler o que estava escrito na pedra:

MIRELLA CAMPBELL — AMADA FILHA E IRMÃ
1992-2013

Como um filme acelerado, várias cenas voltaram à minha memória: ele se aproximando e então se afastando. Todas as vezes que ele recuou, parecendo irritado, nervoso, com medo — minha respiração acelerou —, o dia na cozinha, o corte, o sangue. Mordi os lábios por dentro, engolindo um soluço quando a compreensão me envolveu. Como eu pude ser tão cega? Eu pensei em tantas loucuras, exceto na mais humana e provável possibilidade. Eu tinha rondado as hipóteses mais fantasiosas e absurdas. Por que isso nunca cruzou minha mente? Como eu não me dei conta? Tive que buscar o ar com força, duas ou três vezes.

— A Eloise, a garota da banda, era uma menina incrível, cheia de vida, e quem poderia imaginar... nem mesmo ela. Ela ficou doente, e então descobriram que tinha HIV. Quando ela me procurou, eu já estava com a Mirella fazia seis meses.

Ele respirou fundo, lentamente, devastado, e eu tentei respirar também, mas não consegui... porque começava a entender aonde ele iria chegar.

Ele soluçou.

— Nós, a Mirella e eu, fizemos os exames... Foi o pior dia da minha vida. Eu passei esse maldito vírus para a minha namorada. Ela entrou em depressão, largou a faculdade.

Ouvi mais um soluço, agora abafado por suas mãos.

— Ela era uma flautista brilhante e nunca me perdoou. Como poderia? O fato é que o vírus nunca se desenvolveu em mim, eu sou apenas portador, mantenho a taxa viral zerada, tomo os remédios, levo uma vida normal, controlo a doença. Já ela... Ela não conseguiu se tratar, começou a beber demais, largou os remédios... Nós não ficamos juntos, e ela morreu um ano e meio depois. Como posso não me culpar? — A voz do Daniel desapareceu.

Não cabiam mais lágrimas no meu rosto, e busquei a mão dele. De repente eu queria ser um anjo, não para consolá-lo, nem mesmo para abençoar qualquer porcaria. Eu queria não ser deste planeta, deste mundo de dor e morte. Onde as merdas acontecem e o que resta é a obrigação de continuar lidando com elas. Queria ser de um lugar onde nada disso existisse e não pudesse destruir tudo à nossa volta. Encarei Daniel. Ele se desfazia em lágrimas.

— A minha mãe sofreu um acidente e morreu dois dias depois, eu tinha apenas seis anos... Antes de ela partir eu a visitei, ela prometeu que não me deixaria... só que a morte não a ouviu. E, mais tarde, quando a Mirella foi embora, eu compreendi que a morte escolhe algumas pessoas para amar e, em seu egoísmo frio, não quer que seus eleitos amem mais ninguém. — Ele soluçou outra vez.

Então reparei na data inscrita na lápide. Era o mesmo dia em que eu tinha encontrado a agenda do Daniel, o dia do aniversário da Mirella.

Lembrei da frase escrita: "Hoje é o dia em que a morte se apaixonou por mim, mais uma vez".

Meu Deus, eu não encontrava voz para dizer qualquer coisa.

Ele me encarou, e parecia não haver fim na dor que via nele.

— A mãe... — A voz dele falhou outra vez, e ele inspirou de maneira entrecortada. — Lembra daquele dia em que eu fiquei supermal, o dia em que você me deu a corrente?

Ele tocou no peito ao dizer; notei o colar dourado que entrava na gola da camiseta e concordei com a cabeça.

— Aquele dia eu tinha visto por acaso a mãe da Mirella. Ela... ela me ligou algum tempo depois que a Mirella e eu terminamos, eu não via a filha dela fazia quase um ano. Nunca vou esquecer aquele telefonema.

Os dedos dele apertaram os meus, e senti uma pressão desconfortável, tudo em mim parecia desconfortável, isso não era novidade.

— A mãe dela disse que eu era um assassino, que eu tinha matado uma jovem brilhante. A Mirella tinha acabado de morrer. Eu... eu fiquei transtornado, fui até o velório sem conseguir me manter em pé direito. Quando cheguei, a mulher ficou louca, gritou, me xingou e me botou para fora. A Jessica, a minha amiga que você conheceu, é a irmã mais velha da Mirella.

Ele sacudiu a cabeça, agitado.

— Ela foi a única pessoa da família que não me culpou. A Jessica me consolou naquele dia e disse que não era culpa minha, que nós dois éramos responsáveis por não termos nos protegido, mas que ninguém era culpado. Foi ela quem me contou que a Mirella ficou deprimida e não se tratou. Ela contraiu uma gripe e morreu de pneumonia. Ficou muito fraca, o organismo não reagiu. A Jessica e eu ficamos amigos ao dividir e lidar com aquela dor, cada um à sua maneira.

Daniel levou as mãos ao rosto.

— Mas como? Como não me culpar?

Foi a minha vez de apertar o ombro dele com força, porque tudo em mim ainda doía e eu continuava sem voz.

Ele apontou com a cabeça para a lápide.

— Com ela eu enterrei qualquer chance de acreditar que poderia me relacionar com alguém de maneira normal. Enterrei minha esperança e minha confiança na vida aqui — a luz do sol refletia nas lágrimas dele —, sete palmos abaixo da culpa que eu carrego e da dor que tenho que fingir não existir na minha alma.

Daniel ficou em silêncio, encarando a lápide. Eu queria ajudá-lo a desenterrar seu coração, que, eu sabia, estava sufocado debaixo daquela culpa. Se fosse preciso cavar com minhas próprias mãos e resgatá-lo, eu faria isso. Mas estava paralisada; aquela verdade também me despedaçou, arrancando algo de dentro de mim e o enterrando em algum lugar daquele cemitério, embaixo daquela conversa. Então fiz a única coisa que podia, queria e precisava: eu o abracei com força, com toda a força que consegui.

Nós choramos juntos por bastante tempo, enquanto os turistas fotografavam lápides de celebridades. Conforme o sol iluminava o verde da vegetação rasteira que cobria as pedras, meu coração era sombreado pela tristeza e coberto pela cumplicidade da maior dor e culpa que eu já tinha visto em alguém.

35

> Remember once the things you told me
> And how the tears ran from my eyes
> They didn't fall because it hurt me
> I just hate to see you cry.
>
> — BIRDY, "No Angel"

ENTRAMOS NO CARRO SEM TROCAR UMA PALAVRA. O MESMO SILÊNCIO ENTRELAÇAVA nossa alma.

— Daniel, eu... — Queria falar tanta coisa.

— Nicole, não.

Minha voz ficou presa na exigência explícita dele.

— Não fale nada agora. Vá para casa, pense com calma. Não vou pedir nada de você, nunca... Eu quis te levar lá para que você entenda o tamanho da merda em que eu estou metido, o tamanho de tudo... Eu nem sei se sou capaz de te dar o que você merece.

Ele passou a mão no cabelo.

— Apenas descanse, se concentre na sua estreia e deixe tudo isso no lugar em que deve ficar.

Como assim? O que ele quis dizer com essa última parte?

— E onde é isso?

O silêncio foi entremeado pelo barulho do pneu contra o asfalto e do meu coração que queria gritar todos os protestos do mundo.

— Você merece algo diferente, Nicole, algo melhor. Eu sempre soube disso.

— Então você já decidiu por mim?

— Não, eu só não quero que você diga nada agora. Deixe as apresentações terminarem, leve a sua vida adiante e... — Ele respirou profundamente e completou: — E então vamos ver o que acontece.

Vamos ver o que acontece? O que eu queria que acontecesse? O que realmente eu queria? Que nada daquilo fosse verdade. Que ele me dissesse que era a porra de um vampiro imortal. Que essa bosta de morte não existisse. Era isso que eu queria que acontecesse.

Queria que o coração dele estivesse livre desse peso, que ele fosse capaz de estar comigo sem esse fantasma. Queria tantas coisas que nem sabia como começar a enumerar ou organizar em meu ficheiro mental. Queria também que existisse aquele troço do Dumbledore, aquele para esquecer as memórias. Queria arrancar de Daniel as lembranças ruins e jogá-las na Penseira. Todas. Elas. Foi por esse tipo de genialidade que J. K. Rowling ficou tão famosa. Eu queria a porcaria de uma Penseira, a Varinha das Varinhas ou qualquer outro artefato de magia que tirasse a dor dele e me esvaziasse do medo. Mas aquilo tudo era fantasia, então eu não disse nada. Respeitei o seu pedido e a minha covardia.

O carro parou na frente do meu prédio. Antes de descer, dei um beijo rápido em seus lábios.

— Obrigada por me contar. — Olhei para ele com vontade de chorar outra vez.

Imaginei Daniel, primeiro criança, perdendo a mãe, sendo abandonado pelo pai antes de nascer, e agora, acompanhado pela realidade de exames, remédios, o medo, o preconceito e a culpa. E a vontade de chorar aumentou.

— Eu só quis deixar as coisas claras, Nicole. Sei que não é o jeito mais romântico de iniciar qualquer relacionamento, mas para mim sempre existirão barreiras intransponíveis.

— Eu sei. — Não queria falar mais, mal segurava as lágrimas. Não queria demonstrar que estava sofrendo por ele.

— Só não me olhe assim. — Ele percebeu.

— Assim como? — tentei disfarçar.

— Com pena.

— Eu... não estou com pena. — Meu coração afundou um pouco mais.

— Não mesmo?

— Acho que não.

Ele negou com a cabeça.

— Podemos ser amigos, ou podemos nunca mais nos encontrar, só não mude a maneira como você olha para mim. Eu continuo sendo a mesma pessoa que você conheceu — ele falou sem desviar o olhar firme do meu, mas sua voz saiu fraca.

230

Não o contestei, porque ele tinha razão. Merda, ele tinha toda a razão. A verdade sobre sua história parecia mudar tanto as coisas que acho que senti pena mesmo.

Não, eu não sentiria isso. Ele, eu, ninguém merecia.

Desci do carro e entrei no hall do meu prédio. Lá dentro, me encolhi no pé da escada e chorei de fazer barulho: confusa, desnorteada e perdida.

✎

Fiquei sentada na escada do prédio por um tempão. Enquanto revivia nossa conversa, pesquisei no celular tudo que encontrei sobre o tema. Três horas depois, quando consegui controlar as lágrimas e organizar as ideias, entrei em casa. Já tinha decidido o que fazer. Mesmo com um lado meu mergulhado em insegurança, eu sabia o que faria e isso diminuiu a dor que me esmagava por dentro.

Natalie estava jogada no sofá assistindo à televisão. Parte da minha decisão era contar a ela, e foi o que eu fiz. Naquele momento, tentei me isentar ao máximo da emoção. Queria passar segurança para Nathy.

— Que coisa mais trágica — minha amiga disse no fim do meu relato, com a voz embargada.

— Eu só me pergunto como essa possibilidade nunca passou pela minha cabeça.

— Eu também não entendo como não me ocorreu.

— Acho que é mais fácil imaginar hipóteses loucas do que uma realidade tão crua.

Ela me abraçou e ficamos um tempo em silêncio. Porém, quando se afastou, minha amiga ainda estava com lágrimas nos olhos.

— Nossa, achei bem mórbido ele te levar no cemitério.

— Acho que na cabeça dele está tudo acabado, acho... que ele tem certeza de que eu não vou topar.

Ela suspirou e pegou minha mão.

— Pelo menos ele não foi egoísta. Talvez tenha sido melhor mesmo ele ter pintado esse quadro horrível.

— Como assim? — Realmente não entendi.

— Ele foi sensato em te mostrar a verdade, por mais dura que seja. Acho que foi nobre da parte dele fazer isso, porque, se fosse diferente, talvez você ainda considerasse a hipótese de estar com ele.

— Oi? — Fiquei bem confusa.

— Ah, Nicole, ele pode ser louco, completamente traumatizado, mas a atitude dele foi corajosa e honesta. Ele queria acabar com tudo e fez aquilo que, com certeza, assustaria qualquer pessoa.

— Nathy, eu vou ficar ele. — Já tinha decidido.

Ela riu, sem achar graça.

— Claro que você está brincando.

— Como assim? — Senti o coração encolher.

— Ni, ele... Você... — Ela franziu o cenho. — Você não pode.

— Não posso?

— Como alguém pode viver em um relacionamento desses, Nicole? É como não querer se molhar e sair sempre em dias de chuva. Por mais apaixonada que você esteja, é claro que você entende que isso seria um absurdo, uma loucura.

A resposta não saiu. Minha boca travou, entreaberta, e não consegui formar meia palavra.

— Ele sempre será assombrado por esse trauma, e você também. Não existe amor que sobreviva a um clima de horror desses, amiga... Pelo amor de Deus! — ela foi mais enfática.

— Você fala como se eu estivesse assinando a minha sentença de morte.

— Humm... e não estaria?

— Você não pode estar falando sério.

— Você é que não pode. Nicole, cai na real, a cada transa você vai ficar neurótica pensando se foi dessa vez que contraiu a doença, e ele também.

— Eu não acredito que estou ouvindo isso.

— O quê? A verdade?

— Você por acaso tem a porra de um atestado garantindo que vai estar viva ou inteira amanhã de manhã? Porque, pelo que eu saiba, ninguém tem.

— Eu sei, Nicole. Eu não duvido do acaso, mas também não o provoco brincando de roleta-russa.

De maneira rude, levantei do sofá em que estávamos sentadas lado a lado.

— Vou fingir que não ouvi nada disso.

— Se liga, Nicole. Ele mesmo sabe que é improvável, impossível, por isso bancou o louco do cemitério.

Eu, que já estava de costas para ela, me virei para dizer:

— Eu te amo, Nathy, mas odeio o que você está me falando.

— Porque você sabe que eu tenho razão! Ponha juízo nessa sua cabeça oca e volte a raciocinar.

— Vai à merda! — eu explodi. Já tinha sido um dia muito duro, sem esse abecedário da moral isenta de sentimentos.

232

— Não, não vou. Vou ligar para a sua mãe, você está precisando de ajuda.

— Se você fizer isso, esquece que eu sou sua amiga. Juro que nunca vou te perdoar! — Soltei o ar com força pela boca. — Você acha que eu sou uma criança idiota?

— Não, acho que você está abalada e fragilizada demais. Esse maluco conseguiu ferrar com o seu emocional, o que é muito legal da parte dele, já que a nossa estreia é daqui a dois dias. Aff! — ela bufou. — Se eu encontrasse ele agora, juro que matava esse filho da mãe.

— Eu achei que podia contar com o seu apoio. Eu estou apaixonada por ele, Natalie, e nunca achei que isso fosse acontecer na minha vida. — Abri as mãos no ar, nervosa. — Mas aconteceu, e eu quero, eu preciso tentar levar isso adiante.

Ela sacudiu a cabeça.

— Ele despejar tudo isso em você, dois dias antes da estreia, é inacreditável.

— Ele me fez o favor de contar a verdade, porque o silêncio dele era o que estava acabando comigo. Agora eu entendo que tudo tem um motivo. Não quero desistir sem tentar, nunca fiz isso e não vai ser agora que vou começar. O Daniel é muito importante para mim e... eu só queria contar com o seu apoio. Mesmo você acreditando que estou errada, queria que me dissesse que quer me ver feliz.

— É isso mesmo que eu quero, te ver feliz e não correndo atrás de exames e psicólogos para segurar a barra da história dele. Aliás — ela arregalou os olhos —, vocês se beijaram...

— Não seja ridícula. Beijo na boca nunca transmitiu HIV.

— Eu sei que não. Nicole, porra... eu só não quero te ver em uma relação que começa com a foice no seu pescoço, com essa tensão de uma doença grave.

Mordi os lábios por dentro para não chorar.

— Eu sei que você se preocupa e só quer a minha felicidade, mas sinceramente — funguei — não era isso que eu precisava ouvir. Eu só queria o seu apoio.

Ela ficou me olhando com os olhos estreitos e a boca entreaberta enquanto negava com a cabeça. Esse era o código universal da Natalie para: "Problema seu então, não vou falar mais nada!" Naquele momento, dei graças a Deus por isso e entrei no quarto, batendo a porta atrás de mim.

Horas depois, Nathy entrou no quarto. Eu não tinha parado de repassar a conversa com Daniel e reafirmar várias vezes minha decisão. Era quase um mantra, que começava com "Qualquer doença é pequena demais" e terminava com "Eu vou provar para ele que podemos encontrar a felicidade juntos".

Natalie se agachou ao lado da minha cama. Somente a luz do abajur estava acesa, mas consegui ver seus olhos inchados. Ela esteve chorando. A pergunta era: Quem não esteve? Alguém no mundo não chorou hoje?

— Eu sinto muito — Nathy disse e segurou minha mão.

Senti o peito encher de ar. Pelo menos os aliens que abduziram minha melhor amiga tiveram compaixão e a devolveram para mim.

— Eu também.

— Desculpe a minha reação, eu... só me preocupo com você. Eu não queria que fosse assim.

— Eu também não, mas é... E acho que, se eu quero tentar de verdade qualquer coisa com ele, preciso conseguir olhar isso como uma situação normal... ou o mais natural possível.

— Eu sei. — Ela mexeu no meu cabelo. — Eu fiz uma pesquisa enorme na internet agora há pouco... e descobri muitas coisas que eu nem imaginava sobre o HIV atualmente. Mas acho que você já deve ter pesquisado também, né?

— Sim, pesquisei bastante antes de subir.

— Sabe o que eu acho que pode ser uma boa? — Ela pegou o celular do bolso. — Vou ligar para o Paul, ele está se formando em medicina. Na verdade, está se especializando em infectologia... Ele deve conhecer bem mais do assunto do que eu, você e a internet.

Neguei com a cabeça.

— Oi, gato. Tudo bem?

Continuei agitando a cabeça numa negação, ignorada pela Natalie.

— Meu amor, tem uma amiga que está enfrentando uma barra.

— Natalie, não — pedi em voz baixa.

Eu não queria conversar com Paul sobre isso, não naquele momento.

Ela colocou o telefone no viva-voz.

— Então, é uma amiga que você não conhece.

Suspirei, aliviada, e Nathy prosseguiu:

— Ela se apaixonou por um cara que tem HIV e está triste, preocupada...

Eu queria ouvir do melhor médico da Inglaterra o que ele tem a dizer sobre isso. E, ah, a Ni está ouvindo a gente.

— Oi, Nicole — Paul cumprimentou, e comecei a roer as unhas. Entendi que estava com medo daquela conversa. Apesar de ter lido coisas que me deixaram mais segura, era diferente ouvir de um médico.

— Oi, Paul — retribuí o cumprimento.

— Bom, o que vocês querem saber? — ele perguntou.

— Tudo — minha amiga disse e se sentou a meu lado, segurando minha mão com força.

— Vou falar o que eu acho que a sua amiga precisa saber, ok?

— Ok — respondi sem nem me dar conta.

— Para começar... ele se trata?

— Sim, ele disse... quer dizer, ela disse que ele mantém a taxa do vírus indetectável, faz exames sempre e nunca manifestou a doença.

— Ótimo, então fale para a sua amiga que, se ele continuar com o acompanhamento médico certo e eles transarem sempre com camisinha, ela estará bastante segura.

Nathy respirou fundo e fechou os olhos, mas eu ainda não respirava direito.

— Veja — prosseguiu Paul —, a camisinha é um método com segurança superior a 95%. O fato de ele se tratar e se manter indetectável diminui consideravelmente o risco de contágio em caso de algum acidente. E, mesmo assim, hoje ainda pode se contar com o tratamento profilático, pós ou pré-exposição, para a parceira negativa.

— E isso quer dizer...? — Nathy perguntou, olhando para mim.

— Que a combinação de métodos preventivos torna seguro o sexo com o namorado dela.

Nathy bateu palmas em silêncio, comemorando.

— Mas eles vão ter que fazer exames regularmente: ele para saber se a taxa do vírus está sob controle, e ela para saber se está tudo bem. E sexo com preservativo, *sempre* — Paul enfatizou.

— E sobre a expectativa de vida dele? — perguntei, sentindo os olhos se encherem de lágrimas.

— Se ele continuar se tratando e mantiver hábitos saudáveis, não vai morrer de aids. A expectativa de vida de um paciente assim pode ser igual à de qualquer pessoa. Hoje temos que driblar os efeitos colaterais do tratamento a longo prazo, mas isso também varia de caso para caso, e as drogas novas têm efeitos colaterais bem menores. Tem pacientes que não sofrem nada e outros que sentem mais. Além disso, novos estudos surgem todos os dias. A cura pode estar muito próxima.

— Graças a Deus! — eu disse, cobrindo o rosto com a mão.

— E filhos? — Nathy perguntou, arqueando as sobrancelhas.

Sorri e balancei a cabeça, incrédula.

— Sim, hoje isso é possível — Paul afirmou, e eu achei graça da cara de felicidade da minha amiga. Ela era uma figura.

— É por reprodução assistida, já tem vários casos de sucesso no mundo. Esse ainda é o método mais aconselhável na maioria dos países. Eu mesmo conheço um casal sorodiscordante que está junto há mais de quinze anos e tem três filhos saudáveis.

Nathy já me abraçava, e chorávamos em alto e bom som.

— Meninas... está tudo bem? — Paul indagou, parecendo surpreso.

— Sim, é que... — ela começou, afobada — eu amo tanto essa minha amiga e quero muito que ela seja feliz, que eles sejam felizes.

— Mas fala para eles se cuidarem, hein? O sucesso tanto do tratamento como da prevenção depende da responsabilidade em fazer tudo o que é indicado. Ninguém quer que ele fique doente, nem que ela se contagie.

— Não, pode deixar. Nós... Eles vão fazer tudo direitinho — eu disse, ainda abraçada a Nathy.

— Então ok. Fala para a sua amiga ficar mais tranquila, e qualquer coisa ela pode me ligar.

— Obrigada, Paul — agradeci.

— Um beijo para vocês duas.

— Um beijo, meu amor. — Nathy desligou, envolveu minhas mãos com as dela perguntando em seguida, com uma expressão indecifrável: — Sabe o que tudo isso quer dizer?

Neguei com a cabeça.

— Se o Daniel continuar se cuidando como você diz que ele se cuida, provavelmente você vai ter que aturar aquele chato pelo resto da vida.

Não aguentei e sorri. Senti os olhos se encherem de lágrimas outra vez.

— A gente nem namora ainda, e você vem me falar de filhos e resto da vida...

— Eu sempre quis te ver apaixonada — ela me cutucou com o ombro — para poder rir da sua cara.

Achei graça e a abracei.

— Obrigada, minha amiga, obrigada mesmo.

— Você sabe que eu sempre vou estar ao seu lado, não sabe?

— Sei, e eu te amo muito.

Essa era a amiga que eu amava e de quem precisava tanto.

236

36

I let the melody shine, let it cleanse my mind, I feel free now
But the airwaves are clean and there's nobody singing to me now.

— THE VERVE, "Bitter Sweet Symphony"

NOITE DE ESTREIA.

Ninguém imagina o que é dançar em um dos teatros mais absurdos do mundo, em uma das montagens mais extraordinárias já vistas, até fazer isso.

Mais de duas mil pessoas em pé aplaudindo.

Delírio.

Nos dois dias que se seguiram à conversa com Daniel, tranquilizei o coração e a mente e deixei o balé voltar a reger minha vida. Não foi difícil, porque isso era natural para mim. O que estava acontecendo antes, toda aquela história mal explicada, a conversa sempre adiada, é que vinha me tirando do sério. Ninguém se preocupa se o coração está batendo ou como será a próxima batida a não ser que algo não vá bem com ele. Essa analogia cardíaca era bem próxima do que rolou comigo.

Eu não estava bem naquele momento, e o balé deixou de ser meu compasso natural.

Por mais estranho que possa parecer, depois da nossa conversa, quando entendi tudo e, principalmente, resolvi que isso não mudaria nada entre a gente, eu me tranquilizei. Queria tentar o que quer que fôssemos tentar juntos. Depois da conversa, da verdade, das informações, de digerir e me decidir, o balé voltou a circular em minhas células como oxigênio.

Oxigênio que era infundido em meu corpo pela música de Daniel. Nunca imaginei que dançar pudesse ganhar outro significado, ainda mais forte e incompreensível que antes. Foi como alcançar uma dimensão inexplicável e quase mística, algo impossível de se traduzir em palavras. Dançar a música que Daniel fazia foi muito mais que isso. Ele regia, e eu convertia em movimentos. Ele comandava a melodia, e minha pele absorvia, transformando o som em dança. Era quase como se as mãos dele tivessem o poder não apenas de organizar os instrumentos, mas também de reger a mim.

Foi o mais próximo ao estado de perfeição que eu já alcancei enquanto dançava. Os aplausos que recebia e a comoção dos outros bailarinos eram a prova disso.

Daniel tocou para eu dançar e foi além; era como se meu corpo tivesse sido feito para dançar a música que vinha de dentro dele.

Aplausos, lágrimas, mais aplausos e assobios e... Meu Deus!

Ivo, Natalie e muitas outras pessoas vieram me abraçar quando as cortinas fecharam. Flores, eu segurava flores na mão? Sim, nem lembro quem as entregou.

Fui cumprimentada por diversas pessoas nos bastidores: diretores, a equipe de cenário, de figurino e os outros bailarinos. A verdade é que todos se cumprimentavam e se reconheciam — uma entrega ao sucesso.

Entorpecida em meio a uma nuvem de surrealismo e máxima alegria, tive o maior sentimento de realização da minha vida. Eu me emocionei com cada um dos cumprimentos e elogios, a ponto de não saber quanto tempo havia se passado desde que a peça se encerrara.

Assim que entrei no camarim, liguei para minha mãe e choramos juntas ao telefone. Infelizmente ela não pôde estar presente por causa do preço das passagens e do trabalho, mas acompanhou a apresentação ao vivo por uma câmera instalada no palco. O vídeo era acessado por meio de uma senha no site da companhia.

Agora fazia pouco tempo que Nathy tinha vindo me dizer que iria me esperar na saída. Eu estava quase pronta para ir embora quando ouvi duas batidas firmes na porta.

— Entra — disse, fechando o casaco de plush que vestia.

Pelo espelho, vi Daniel entrar e ocupar todo o camarim, de fraque e cabelos mais curtos, bagunçados com gel. Acho que ele havia cortado o cabelo naquele dia, antes da estreia. Os fios ainda eram compridos, porém o mais longo deles batia na altura da orelha. Daniel estava lindo. Eu tinha lhe mandado uma mensagem mais cedo dizendo que queria conversar. Ele respondeu que ficaria em Londres durante os dias de apresentação e que podíamos marcar alguma coisa quando eu preferisse.

Estava tão imersa na adrenalina da estreia que ainda não tinha dito a ele que queria conversar hoje, o mais rápido possível. Teríamos um dia de descanso e só haveria outra apresentação dois dias depois. Eu queria conversar agora.

238

— Parabéns, srta. Aurora — ele disse. Eu o abracei, ele deu dois beijos tímidos no meu rosto e se afastou com um educado distanciamento. Não entendi o que acontecia, até ver o atarracado sr. Evans atrás dele.

— Parabéns, Nicole! — o sr. Evans falou e apertou minha mão, entusiasmado. Depois que soltou, deu dois tapas firmes no ombro de Daniel. — Parabéns a você também, meu amigo. Eu já disse como foi extraordinário contar com a sua música no balé hoje, não disse?

— Sim, Evans. Obrigado mais uma vez.

— Eu é que agradeço. E duplamente, porque afinal, se não fosse a sua insistência desde o começo para mantermos a srta. Alves no papel principal, eu e minha cega teimosia não permitiriam que esse talento brilhante aflorasse no palco. Como ela provou hoje, é mais do que merecido o lugar que ocupa.

Perdi o ar e as palavras. Meus olhos turvaram. Daniel? Foi ele quem insistiu para me manter no papel principal, e não o contrário, como dizia? Busquei a confirmação com o olhar, mas o par de íris azuis à minha frente se desviou da interrogação.

— Imagina, eu não fiz nada além de tentar dar o meu melhor... Foi a minha tia quem realmente insistiu — ele afirmou, contendo um sorriso.

— Você pode não ter herdado o talento da sua tia para a dança, mas certamente herdou a capacidade dela de reconhecer jovens talentos.

O homem soltou o ar pela boca e concluiu com expressão divertida:

— Estou ficando velho e cansado, acho que posso me aposentar. Além de um maestro genial, você daria um excelente diretor artístico... Você entende e conhece os movimentos e tem sensibilidade artística.

— Não, não, não! Nem pense em uma coisa dessas. Eu deixei claro que este seria o único balé que eu regeria ou dirigiria, e fiz isso pela minha tia e pelo senhor antes que me enlouquecessem.

— Eu te garanto, meu rapaz: depois do sucesso de hoje, eu e, se a conheço bem, também a sua tia, além de toda a crítica e o público, não o deixaremos em paz enquanto você não unir de vez esses dois talentos.

— Chega, Evans. Meu humor está ótimo e você não vai conseguir arruiná-lo. E, por falar na minha tia — ele olhou para mim —, ela está no lobby do balé e quer conhecê-la.

Eu sentia alguma dificuldade para articular as palavras, porque a informação de que tinha sido Daniel quem lutara para que eu conseguisse o papel de Aurora ainda martelava meus neurônios. A voz do sr. Evans me chamou a atenção:

— Bom, vou deixá-los, se não se importam. Estou esgotado e já estive com a sua tia hoje.

— Boa noite, sr. Evans — eu disse.

— Parabéns, mais uma vez, Nicole. Você foi sublime!

Meus lábios tinham vida própria e sorriam sozinhos a cada cumprimento.

— Vamos? A sra. Bonnet nos aguarda. — Daniel me ofereceu o braço.

"Sim, com você eu vou para qualquer lugar", eu quis responder. Porém, em vez disso, concordei em silêncio, porque minha voz não encontrava passagem entre as milhares de emoções que eu sentia.

37

> You are the snowstorm
> I'm purified
> The darkest fairytale
> In the dead of night.
>
> — GABRIELLE APLIN, "Salvation"

— ELA É AINDA MAIS ADORÁVEL ASSIM, A POUCA DISTÂNCIA — DISSE OLIVIA enquanto segurava um monóculo entre os dedos compridos, iguais aos de Daniel.

— Obrigada — respondi, um pouco tímida. Olivia Bonnet era um fenômeno do balé, uma lenda.

— Não, não, eu que agradeço, minha jovem. E a você, meu sobrinho, é claro, por ter me dado o privilégio e o presente de assistir a um balé regido e dirigido por sua maestria.

— Um dia tinha que acontecer, não é? — Daniel respondeu sem tirar os olhos de mim.

Olivia olhou dele para mim e me examinou mais uma vez, sem a menor discrição. Eu me senti uma escultura viva do Rodin.

— Qual o seu nome mesmo, srta. Alves?

— Nicole, senhora.

— Ah, sim, sim, é verdade.

Ela desviou a atenção de mim e se virou para Daniel.

— E você, graças a Deus, tirou aquela barba horrível. — Ajustou o monóculo como uma personagem de livro de suspense antes de acrescentar: — Penso se devemos essa mudança a alguém...

Não era à toa que Olivia Bonnet era temida e admirada; ela parecia ler nas entrelinhas, uma pessoa que tinha tecla SAP para pressentir emoções ocultas. Meu rosto esquentou, porque agora ela olhava para mim.

— Devemos a alguém, sim. À minha incapacidade com a tesoura, que, em vez de aparar as pontas, abriu um buraco no meio da barba — Daniel respondeu, e eu mirei o chão.

— Hummm... certo — disse ela. — Pena que essa incapacidade demorou três anos para aparecer.

Eu ainda fitava o chão, mas sabia que Olivia me encarava. Meu rosto deve ter deixado mais que claro que a sra. Bonnet tinha razão nas deduções que fazia, porque ele estava ainda mais quente. Entenda-se: vermelho-vivo.

— O balé tem grande sorte em encontrar talentos como o seu, srta. Alves.

— Obrigada — respondi e a encarei.

Ela tinha um resquício de sorriso nos lábios.

— E talvez alguém mais tenha muita sorte também — terminou olhando para Daniel, que continuou com a expressão inalterada. Ele devia estar acostumado com a tia.

Após nos despedirmos dela, Daniel me deu um sorriso torto, como se soubesse o que eu pensava.

— Ela é assim — ele encolheu os ombros —, sempre opinando e querendo adivinhar tudo sobre todos.

— E acerta?

O sorriso torto ficou mais pronunciado.

— Muitas vezes. É irritante.

— Daniel, nós podemos conversar? — Fui direto ao assunto.

Os olhos dele aumentaram por uma fração de segundo. Mas eu o conhecia. Já tinha percebido que o rosto de Daniel, quase sempre impassível, demonstrava emoções em pequenos gestos, tipo aquele. Acho que ninguém nunca conhece outra pessoa totalmente. E, quando essa outra pessoa é assolada por desgraças na vida e precisa manter a fachada de "está tudo bem", isso pode se tornar um buraco abismal.

Eu mesma carregava minha cota de traumas. Ninguém fica forte por acaso: a vida te lança desafios e você escolhe se vai deixar que eles te atropelem ou se vai passar por cima deles. Lembrei de uma frase de Bernard Shaw: "A vida é uma pedra de amolar: desgasta-nos ou afia-nos, conforme o metal de que somos feitos". No meu caso, quanto mais a vida tentava me mostrar que eu era ferrada, mais eu mergulhava no balé; era meu porto seguro, minha própria pedra de amolar. Acho que para Daniel esse mergulho era na música.

Ali, enquanto mirava os olhos dele, me perguntei em silêncio se mergulharia em outro porto seguro. Meu coração disparou e revelou que sim. Minha decisão de continuar com aquilo era outro sinal de que talvez o mergulho já tivesse sido dado.

Daniel estava pensando. Ele não esperava o meu pedido, talvez não tão cedo.

— Agora? — A resposta interrogativa era a confirmação de que eu o havia pegado de surpresa.

— Agora. Eu só preciso me despedir da Nathy, que está me esperando lá na frente. — Olhei em direção à porta do balé. — Se você puder, é claro.

— Eu, hum... posso. Posso, sim.

— Então você me encontra na frente da minha casa?

— Ok. E aonde você quer ir?

— Não sei... Qualquer lugar tranquilo. Mas deixa eu escolher, porque o último lugar tranquilo em que estivemos juntos foi meio... pesado. — Tentei sorrir. Tudo aquilo ainda parecia loucura demais.

— Não... Quer dizer, sim, tudo bem, você escolhe.

— Seu apartamento?

— Oi?

— Vamos para o seu apartamento.

Ele me olhou com tantas perguntas que senti o estômago gelar.

— Ok, em vinte minutos eu te pego na frente do seu prédio.

243

38

> When you were here before
> Couldn't look you in the eye
> You're just like an angel
> Your skin makes me cry
> You float like a feather
> In a beautiful world
> I wish I was special.
>
> — RADIOHEAD, "Creep"

EU SERIA UMA BAITA MENTIROSA SE DISSESSE QUE ESTAVA TRANQUILA. EU ME sentia calma com essa conversa quando a estreia ocupava tudo... Mas ali, no carro, quem ocupava tudo era esse homem de um metro e noventa, moreno, de olhos azuis e que dirigia com um vinco entre as sobrancelhas.

Engraçado como as coisas em nossa imaginação funcionam de um jeito totalmente diferente da realidade.

Eu tinha imaginado que, ao dizer que queria conversar no apartamento dele, Daniel entenderia que eu havia topado encarar os problemas do passado, a doença ou qualquer outra coisa. Achei que ele fosse ficar radiante e teríamos uma noite de amor, de sonhos, que nada, nem mesmo a fada má, poderia arruinar.

Ledo engano.

O vinco de tensão em sua testa era a resposta mais decidida que eu tivera por parte de Daniel até aquele momento. Era como se o vinco contasse: "Eu não tenho certeza de nada, Nicole. Não sei se estou disposto a levar isso adiante e achei que havia sido claro ao te aterrorizar levando você até o cemitério e mostrando o túmulo da minha ex".

O carro diminuiu a velocidade e encostamos na entrada da garagem. Com ou sem vinco, a conversa iria acontecer e, pelo estado de ansiedade em que eu me encontrava, era melhor não traçar nenhum outro cenário imaginário, cheio de expectativas.

Eu deixaria rolar. Respiraria e deixaria rolar.

Subimos em silêncio.

O apartamento dele ficava em frente ao Regent's Park, perto da Academia de Música — a esposa oficial do homem que eu estava prestes a pedir que me levasse para a cama. O balé era o meu marido até há pouco... E talvez ainda fosse, o que significava que, se transássemos, nós dois cometeríamos adultério. *Que ridícula!* Essa era eu tentando aliviar o peso da conversa que teríamos.

— Quer beber alguma coisa? — ele perguntou.

— Não, obrigada.

Eu já tinha estado ali antes, já tinha dormido com ele ali enquanto ainda éramos somente amigos. Passei os dedos pelo sofá de camurça marrom colocado sobre o piso de madeira encerada. O piano de cauda estava com a tampa aberta, e havia partituras espalhadas na mesinha ao lado. Ele devia estar tocando antes de sair para o balé. Mirei a janela imensa que cobria metade da parede da sala e em seguida os quadros de fotografias em preto e branco: dele regendo, tocando, regendo e tocando de novo. A cozinha americana estava com a luz sobre o balcão acesa, e ao lado era a porta do quarto — minha respiração acelerou. Eu reconheci tudo ali, só que naquela noite o apartamento me pareceu diferente, mais...

Masculino?

Daniel parecia mais masculino. Ele tinha tirado o fraque, a gravata e estava apenas com a camisa com as mangas dobradas e calça social, sentado com as pernas levemente afastadas e as mãos apoiadas nos joelhos. Isso fazia os músculos dos seus braços se destacarem. Fazia também uma parte da tatuagem aparecer. Sem dúvida alguma, tudo ali parecia mais masculino.

Ou será que esse sensor de testosterona é uma ilusão criada pelos meus hormônios, querendo jogar em favor do sexo?

Eu nunca quis transar com alguém desse jeito antes, então com certeza eram os hormônios.

— Você esteve incrível hoje — ele disse, passando a mão no maxilar quadrado já escurecido pela barba.

Esquece os hormônios. Era culpa de Daniel.

— Obrigada, você também. Gostei do cabelo — afirmei, apontando com o olhar.

— Cortei hoje cedo — ele respondeu, parecendo desconfortável com o elogio, e disfarçou. — Parece que os nove dias já estão lotados.

— É... ouvi falar.

E lá estava: o silêncio constrangedor entre duas pessoas que precisam conversar assuntos difíceis outra vez. Era isso que rolava, isso e o ocupadíssimo sensor de hormônios. Ninguém sabe direito por onde iniciar, e aí frases idiotas começam a surgir. Coisas que já foram ditas ou que não fazem a menor diferença.

— Está com fome?

— Não, eu comi um pouco entre os intervalos.

Silêncio.

— A noite está bem bonita hoje — Daniel afirmou.

— Está? Quer dizer, eu não reparei.

As perguntas idiotas eram piores que o silêncio. Resolvi ir direto ao ponto.

— Daniel, eu... Bom, eu pensei sobre tudo o que você me falou e... eu... — Engoli em seco, respirei fundo e disse de uma vez: — Tudo bem para mim. Eu quero ficar com você.

Meu coração surrava o peito. Minha respiração transcendia o coração e... nada do que eu imaginei acontecia, porque, naquele momento, nós deveríamos arrancar nossas roupas enquanto nos agarrávamos indo em direção à cama. Mas o que estava de fato acontecendo era que ele me encarava como se estivessem nascendo pés de rúcula e brotos de beterraba na minha cara.

Daniel respirou uma, duas, três vezes.

— Que parte do "eu sou HIV positivo" e "eu infectei e matei minha única namorada" você não entendeu?

— Oi? — Foi o máximo que consegui articular em meio ao choque.

— Nicole, eu... Você é jovem e eu acho que está iludida. Você não sabe o que está falando.

— Como assim?

Ele respirou fundo de novo, várias vezes. Parecia derrotado, exausto. Tudo naquela sala estava errado, porque, se tinha alguém que era para estar respirando fundo a fim de tentar não sufocar ou surtar, era eu.

— Nós conversamos faz poucos dias — Daniel começou, com os olhos fechados. — Você não teve tempo de pensar direito. Eu vou te levar para casa e...

— Eu não estou entendendo. — *Ele está me dispensando, é isso?*

— Nicole, presta atenção. — Ele falava como se eu tivesse cinco anos, controlado e ponderado.

— Você está me dispensando? — Precisava ter certeza antes de desmoronar.

— Não, estou sendo sensato.

— Você está sendo um covarde.

246

— Não, você está sendo impulsiva e...

— E o quê?

— Eu estou te fazendo um favor.

Aí eu gargalhei, de um jeito bem feio na verdade; parte do som saiu pelo nariz, e eu me senti uma louca.

— Você está fazendo o favor de me dispensar, é isso?

— Não. Eu estou...

— Você é um covarde mentiroso. Você sempre soube, não é? — Sim, eu me sentia uma louca.

Daniel me olhou sem dizer nada, porém a respiração dele acelerou.

E então... eu entendi realmente, e continuei, ainda mais exaltada:

— Você sempre soube que nunca levaria isso adiante, que não me daria a escolha. Você já tinha tomado a decisão sozinho, por isso, seu... seu... Por isso me levou até o cemitério, não é? Para você aquele era o fim. Você só me disse "Pense com calma, Nicole" para não ter que você mesmo dizer... Talvez porque...

Eu queria sumir, queria deixar bem clara a dor que sentia.

— Porque você tinha certeza de que eu nunca diria sim — concluí, travando o maxilar para não explodir de tanto chorar.

— É errado você dizer sim — ele soltou entredentes.

— Nunca houve uma chance para nós dois. Você queria que aquela conversa mórbida no túmulo da sua ex-namorada fosse o enterro de qualquer chance que pudéssemos ter juntos. — Eu ofegava e gesticulava com as mãos, indignada e arrasada.

Ele ficou um tempo em silêncio. Porém, quando falou, a voz saiu rouca e baixa:

— Acho que você tem razão, eu sempre soube que não daria certo entre nós dois... Apesar de ter tentado me enganar.

Daniel levantou, e eu pulei junto, como se o sofá tivesse me queimado.

— Não acredito.

— Eu nunca, nunca me perdoaria se algo acontecesse com você.

— Parece uma saída honrada, mas para mim você está sendo fraco. Por isso você grita, não é?! Para que ninguém perceba quanto medo você tem de viver!

Seus olhos se estreitaram, mas eu nem liguei, porque não via mais nada além da raiva e da dor pulsando, tatuando meus nervos.

— Você me pediu para não te olhar com pena. — Ri, debochando. — Patético! É você quem tem pena de si mesmo.

— Pare, Nicole! — Ele segurou meus braços.

— Parece que você morreu com a sua ex.

— Chega! — ele grunhiu, exaltado.

— Faça um favor: nunca, nunca pare de gritar e de assustar as pessoas. Você machuca menos fazendo isso. — Eu tremia. Minhas pernas, minha voz, o chão.

— Cresça, srta. Aurora. Você ainda vai entender o favor que eu estou te fazendo. E vou esperar você vir me agradecer por ter tido essa coragem. — Então ele soltou meus braços. — Eu vou te levar para casa — terminou, dando dois passos para trás.

O mundo ruiu sob meus pés. Eu mergulhei no vazio. Nem sabia que podia sentir tanta raiva de alguém, e que essa raiva podia tomar o controle da situação. Ela me fez levantar o braço. Fez toda a minha força se concentrar nele. Foi a raiva que jogou meu braço para trás e levou minha mão espalmada a cortar o ar. Eu só entendi que Daniel tinha captado minha intenção de bater nele quando meu pulso doeu pela força que ele usava a fim de imobilizá-lo. Com apenas uma mão, Daniel segurou minhas duas. Com a outra, deteve minha cabeça.

Quando Daniel falou no meu ouvido, entendi que tinha conseguido deixá-lo com raiva também.

— O que é isso agora? Você vai me bater, sua louca?

Então me senti humilhada e fragilizada, e a raiva virou dor e inconformidade. Odiava me sentir frágil. Tinha muito medo de admitir que o controle é uma ilusão. Nós não temos controle de nada. Talvez só de como vamos reagir diante do que acontece, e nesse caso nem mesmo isso, porque um soluço escapou do meu peito, passou pela garganta e eu caí no choro.

— Eu... — soltei em meio às lágrimas — só queria... — solucei — te machucar... como... como você me machucou agora.

Notei suas mãos afrouxarem a pressão e me soltarem. Ele envolveu minha cintura, abraçou minhas costas e me trouxe para dentro dos seus braços, onde, por qualquer motivo incoerente e masoquista, eu me sentia em casa.

Ele beijou a minha fronte várias vezes antes de falar:

— Nicole, me perdoe. Me perdoe porque... Deus, o que eu acabei de dizer foi a coisa mais difícil que já fiz na vida. Mas é o certo. Você, nós... Eu não posso... Você merece alguém com menos problemas, alguém que te faça sorrir e que não te leve para a merda de um cemitério querendo expulsar da própria vida a única coisa boa que aconteceu em anos.

Eu respirava com dificuldade e não tinha mais pernas; ele me amparava de todas as maneiras que eu poderia ser amparada.

Sua voz rouca me puxou um pouco mais para ele:

— Alguém que possa te dar um futuro cheio de vida e... que não tenha medo de te amar, como eu tenho. Você merece, Nicole, alguém completamente diferente de mim. Normalmente eu perco todos aqueles que amo, e não quero você perto da morte. — E me abraçou com força.

Era isso. Eu estava ali, nos braços de um homem tão complicado que me assustava. Um cara que carregava uma bagagem tão pesada, pesada demais para uma única pessoa. Eu mesma tinha meus dramas e minha bagagem, e, apesar de ser bem menor que a dele, ela também me incomodava vez ou outra. Eu não sabia se conseguiria levar a dele junto, se conseguiríamos encarar nossas expectativas e nossos medos em dupla. Mas ali, nos braços dele, eu me sentia em casa. De maneira tão profunda que nem mesmo o balé seria capaz de proporcionar.

Olhei para Daniel e vi lágrimas nos olhos azuis.

— Eu não quero ninguém melhor que você. — Segurei o rosto dele entre as mãos. — Você não é esse vírus, você é uma pessoa que vive com ele e que vai viver por muitos e muitos anos. Então... — Inspirei, fazendo uma pausa. As pupilas dele estavam agitadas, deslocando-se de um lado para o outro. — Então, trate de aceitar isso e viva, Daniel.

Ele respirou fundo.

— Você sabe o que tudo isso traz junto, não sabe? Os exames, o medo de ser contaminada, o meu medo de te contaminar.

— Eu sei... Eu pesquisei, conversei com um amigo que é médico, você deve saber. — Busquei os olhos dele, sem fôlego. — Se nos cuidarmos, eu... eu vou estar segura.

— Por mais pesquisas e evolução que se tenha hoje, sempre vai existir o medo... Eu tenho muito medo, porra — ele confessou e passou as mãos no rosto, parecendo cansado e abatido.

Encostei a cabeça no peito dele, sentindo-o soltar uma respiração lenta.

— Você tem medo de que eu pegue esse vírus caso algum acidente aconteça enquanto transamos... Mas sabemos que, se seguirmos tudo o que é indicado, as chances de algo assim acontecer são praticamente nulas.

Ele respirou fundo outra vez, mas eu continuei:

— Para mim, isso parece uma desculpa para não viver, não sentir, por medo... Ninguém sabe o que a vida nos reserva no próximo instante. Enfim...

eu entendi que nunca me apaixonei porque também sentia medo. O exemplo de amor dos meus pais é um fracasso.

Inspirei pela boca e ouvi o coração acelerado de Daniel.

— Sabe — prossegui —, as desculpas para o nosso medo de viver podem assumir muitas formas: um vírus, um trauma, a ilusão de que estamos mais seguros com o que conhecemos... Mas no fundo é uma coisa só: medo. A única coisa que temos de verdade está aqui. — Toquei a pele sobre o coração dele, sentindo-o ainda mais acelerado. — Eu e você, agora. Eu posso sair daqui e morrer de câncer daqui a um ano, enquanto você pode envelhecer e ter uma morte natural e tranquila. Você pode nunca mais se permitir sentir ou se apaixonar, ou até mesmo amar alguém, e de repente passar o resto da vida se arrependendo por não ter... tentado. Nós só temos o agora, só temos esta vida, então eu quero viver de verdade.

— Nicole, parece tão simples com você falando — murmurou ele.

— Sabe o que eu senti hoje enquanto dançava a música regida por você? Ele negou com a cabeça.

— O que fez valer a pena ter conseguido chegar até aquele palco como primeira bailarina, o que tornou os aplausos tão absurdamente emocionantes, foi cada passo dado em direção àquele momento. Cada bolha, cada dor, cada limite superado. O caminho percorrido é o que faz tudo valer a pena. E dançar nunca foi tão indescritível, perfeito, sublime e mágico como hoje, com a sua música.

— Eu... eu não sei, Nicole.

— Eu não quero passar o resto da vida, que eu não sei quanto tempo vai durar, pensando: *E se eu tivesse tido a coragem de me permitir, como teria sido?*

Senti os lábios dele na minha testa e nas minhas bochechas. Daniel ficou um tempo em silêncio, o ar quente de sua respiração tocando a minha pele.

— Eu... não posso. Eu não consigo. Desculpe. — Os braços que me envolviam caíram do lado do corpo.

Fiquei parada olhando para Daniel, sem acreditar que tudo acabaria ali, daquele jeito.

Nossa respiração estava acelerada, assim como meu coração.

— Não acredito — murmurei, sem me dar conta.

— Me desculpe — ele repetiu e tocou meu rosto, minhas lágrimas.

Dei alguns passos para trás, me afastando. Não queria mais nada, nem gritar, nem bater nele. Só queria sair de lá. Chorar até tudo voltar a fazer sentido. Continuei me afastando e peguei minha bolsa em cima do sofá.

— Deixa eu te levar em casa — Daniel pediu, com olhar derrotado.

— Não. Eu vou de táxi.

Virei de costas para ele e coloquei a mão na maçaneta.

— Me perdoe, Nicole — ele disse.

As lágrimas continuavam embaçando minha visão, enquanto meu coração esmigalhado doía demais.

— Sabe? — comecei antes que me afogasse em decepção. — Eu também tenho medo, só que sempre acreditei que o amor é maior que qualquer medo. Mas talvez, entre nós, ele não seja grande o bastante.

Ouvi a respiração cortada dele atrás de mim.

— Adeus, Daniel.

Abri a porta, meio zonza. Porém, antes que pudesse sair do apartamento, braços fortes me envolveram e me trouxeram para junto dele outra vez. Nem percebi que ele havia se aproximado.

— Meu Deus. Eu não consigo... Eu não consigo... — Daniel repetiu, desolado.

Virei de frente para ele.

— Eu não vou conseguir te deixar ir embora — ele afirmou com a testa colada na minha.

Sem pensar, retribuí o abraço e voltei a respirar, meu coração voltou a bater. *Graças a Deus!*

— Eu quero tentar — começou ele —, eu quero muito tentar vencer tudo isso, voltar a ser feliz... Me...me ajuda?

— Sempre — eu disse e ergui o rosto para encará-lo.

Seus braços me envolveram com mais força, e meu corpo se moldou completamente ao dele. Então, seus lábios estavam nos meus. Tudo o que parecia errado foi consumido no nosso beijo. Nada nunca pareceu tão certo. Sua boca na minha, meu mundo voltando a girar em seu eixo, a gente se encaixando. Nem sei quanto tempo ficamos perdidos um no outro, dentro daquele beijo. Eu sentia tanta saudade e, pelo jeito como me beijava e apertava, ele também.

Ofegantes, nos afastamos.

— Eu quero te levar para um lugar muito especial — ele disse.

Eu quis dizer que já estava nesse lugar, mas ele continuou, com os lábios ainda colados nos meus:

— Um lugar que eu sei que você também vai achar especial. Como você.

Nossos dedos se entrelaçaram e, quando notei, ele me puxava em direção à porta.

— Agora? — perguntei, tonta e sem ar. Culpa dos beijos.

— Sim. Quero que tudo seja o mais perfeito possível.

— Vai ser — eu disse, mirando a porta do quarto. Não queria mais esperar, meu corpo não queria.

Ele segurou meu rosto entre as mãos.

— Vai ser o momento mais especial da minha vida. Em uma hora e meia a gente chega lá.

— Uma hora e meia?

— Você tem medo de andar a cavalo, mas e de moto? Tem medo também?

— Nunca parei para pensar nisso. Por quê?

— Que bom — ele disse, abrindo um armário e tirando dois capacetes. — Nós vamos em uma.

— Moto? — Quase ri quando lembrei que desde o começo o rotulei de roqueiro ou motoqueiro.

— Sim. Você tem alguma troca de roupa na sua mochila?

— Tenho.

— Ótimo.

Daniel abriu a porta do apartamento, mas parou antes de cruzá-la e perguntou com voz baixa:

— Você... você tem certeza?

— Eu nunca tive tanta certeza na vida.

E o sorriso que ele abriu como resposta preencheu tudo o que ainda estava vazio em meu coração.

— Vamos, srta. Aurora, conhecer o lugar que é o meu paraíso na Terra.

O clima mudava muito rápido entre a gente, culpa da bipolaridade dele e talvez da minha também. Que porcaria, eu nunca tinha me sentido mais feliz que naquele momento, e nunca tão miserável como menos de dez minutos antes. Se essa era uma amostra do que viveríamos juntos, eu só tinha uma certeza: nunca, jamais morreríamos de tédio.

39

> Love me tender, love me true,
> All my dreams fulfilled.
> For my darlin', I love you,
> And I always will.
>
> — ELVIS PRESLEY, "Love Me Tender"

EM POUCO MAIS DE UMA HORA E MEIA, ENTRAMOS EM UMA CIDADE QUE parecia um cenário. Nada ali pertencia aos nossos dias e, mesmo assim, tudo era atual.

Ruas estreitas harmonizavam o contemporâneo e o antigo. Casas amarelas de pedra porosa, banhos romanos esfumando calor não humano. Casas de época com elevadores de ferro a fim de transitar comida de cima a baixo.

Era como mergulhar em um clássico.

Cores georgianas, em ruas de passear do século passado, encheram meus olhos de sensações e meu coração de uma alegria atemporal.

Em algum ponto entre as flores nas janelas e o estilo dos romances, eu entendi o motivo de aquela cidade ser um refúgio para os artistas nos dias de hoje e para os imperadores de séculos atrás.

A moto parou perto de um parque que descia como um desfiladeiro. Na frente dele, casas iguais faziam um arco, como uma lua crescente.

— Chegamos — ele disse depois de tirar o capacete.

— Bath? — perguntei após tirar o meu também.

— Sim, você conhecia?

— Só de fotos.

— Amanhã nós podemos visitar alguns lugares.

— Eu vou adorar — disse, admirando o entorno.

— A minha casa é aqui. — Ele apontou com a cabeça para a fachada de meia-lua de pedras.

— É lindo.

— É um dos lugares de que eu mais gosto. Às vezes, quando me sinto meio...
sem inspiração, venho para cá — ele contou enquanto andávamos em direção a uma das muitas portas iguais.

Durante a viagem, eu estava com a mão no peito dele e, à medida que entrávamos na cidade, senti o coração de Daniel acelerar sob a camisa. A eletricidade entre nós aumentava a cada passo. Quando entramos na casa, ainda na penumbra, essa onda de energia explodiu em um beijo louco de desejo. Com a língua na minha boca, os dedos de Daniel se enroscaram em meu cabelo e me convidaram a um mergulho mais profundo.

Gemi quando ele se pressionou contra mim, depois de fechar a porta. Ele segurou meu rosto entre as mãos e deslizou a ponta dos dedos pela minha pele, desenhando meus lábios, meu nariz, meus olhos. Minha respiração acelerou. Abri a boca e um dedo dele deslizou para dentro. Sem pensar, fechei os olhos e o chupei.

Daniel gemeu e me puxou pela nuca até nos beijarmos outra vez. Ele acariciava minha língua devagar, com os lábios e os dentes. Um arrepio percorreu minha coluna e eu gemi.

As mãos grandes deslizaram por minhas costas e em um impulso ele me ergueu no colo. Suguei o ar pelos lábios, surpresa, mas o que recebi foi mais de Daniel. Ele não parou de me beijar enquanto subia a escada, nem mesmo quando entramos no que acreditei ser o quarto.

Não abri os olhos, eles pesavam demais. Meu corpo inteiro estava sem força, e ondas de frio e calor percorriam meu estômago e contraíam meu ventre.

— Nicole — ele disse sem fôlego —, olhe para mim.

Obedeci e perdi ainda mais o ar ao ver amor infinito refletido nas íris azuis cheias de luz.

— Eu quero que seja especial para você — Daniel confirmou.

— Já está sen...

Não consegui terminar, porque ele me beijou com um desespero doce, com uma urgência possessiva. O fecho do meu sutiã foi aberto. Afastamos os lábios e tiramos o casaco e a camiseta. Gememos juntos dentro do beijo quando nos encontramos pele a pele.

Daniel deslizou os lábios pelo meu rosto, distribuindo carícias. Arfei baixinho quando os dedos dele se fecharam em um mamilo e o apertaram. Em seguida, ele se inclinou e tomou um dos seios com a boca, chupando, mordendo e deslizando os lábios, alternando movimentos rápidos e lentos com a língua, com uma pressão perfeita. Logo eu gemia mais que respirava. Ele deu a mesma atenção ao outro seio, e minhas pernas fraquejaram. Fiquei zonza e enterrei os dedos na massa de cabelos escuros. Ele deslizou a língua por todo o seio, e eu enrosquei os dedos com força em seu cabelo, puxando os fios longos sem perceber. Daniel grunhiu, levantou e segurou meu rosto entre as mãos. Os olhos azuis agora estavam pesados de desejo.

— Não acredito que isso está acontecendo — meu maestro disse e me beijou de leve. — Eu te quero tanto, sonho com isso há tanto tempo... Nem sei mais se é verdade... Se você é de verdade.

— Sim — confirmei e beijei o maxilar quadrado —, é verdade. — Beijei a orelha dele e o pescoço, senti seu coração acelerado pulsar em meus lábios e encher meu corpo de calor e vida.

Daniel me ergueu pelas coxas, e enrosquei as pernas nos quadris dele, arrancando mais um gemido de prazer do peito masculino. Ele pressionou os lábios nos meus conforme andava comigo no colo. Dei um gritinho ao cair na cama e, quando se deixou tombar sobre mim, Daniel se apoiou sobre os cotovelos e me olhou de maneira tão encantadora que meu coração triplicou de tamanho.

— Meu Deus, como você é linda, como eu te desejo.

Ele levou a boca até o meu pescoço, passou pelos seios, desceu contornando a barriga e desabotoou minha calça. Ergui os quadris, e ele retirou a peça e a calcinha de uma vez.

Daniel segurou meus joelhos e os empurrou para o lado, fazendo minhas pernas se abrirem.

— Você sabe que isso é seguro, não sabe?

Concordei com a cabeça.

— Você sabe que eu nunca faria nada que pudesse te colocar em...

— Eu sei — interrompi-o e fechei os olhos.

Daniel afundou a cabeça entre as minhas pernas e fez uma loucura com os meus sentidos. Sua língua compôs uma sinfonia de sensações em meu corpo. Então ele passou a usar os dentes e os lábios, acelerando os movimentos quando comecei a tremer. Eu parecia flutuar. Ele segurou meus quadris e pressionou os lábios e a língua com mais força em meu sexo. Eu me desfiz e gritei, explodindo em um êxtase tão intenso que tudo dentro de mim se misturou com ele.

— Eu preciso de você — Daniel afirmou com os olhos em brasa.

— Eu também — confirmei com a voz falha.

Ele sorriu e tirou a calça. Sua boca subiu por minha barriga, seios e pescoço. Nós nos beijamos, dessa vez com entrega e paixão tão completas que eu arquejei e meu corpo ficou aceso de desejo novamente. Daniel respirava com os lábios entreabertos.

Ouvi o barulho da embalagem da camisinha sendo rasgada, e ele se posicionou entre as minhas pernas.

— Nicole, tem cinco anos que eu não faço isso. Eu nunca mais quis fazer amor com ninguém. — Ele roçou os lábios nos meus.

— O quê? — eu disse, sentindo que minha voz derretia.

— Você é a primeira em cinco anos.

Meus olhos se encheram de lágrimas e meu coração, mais uma vez, triplicou de tamanho. Então, senti seu membro lá embaixo, pressionando a entrada, e meus quadris o buscaram sem que eu comandasse. Meu ventre se contraiu, meu corpo inteiro se contraiu.

— Eu vou tentar ir devagar — ele começou com a voz rouca. — Pode ser que agora doa um pouco... Eu sinto muito — concluiu com o rosto tenso. Daniel se esforçava para manter o controle. — Porra! — ele gemeu conforme deslizava lentamente para dentro de mim.

Minha respiração acelerou no ritmo das batidas do meu coração, que não cabia mais no peito. Ele me preencheu devagar. Então desceu a mão entre nosso corpo e passou a estimular meu centro de prazer com movimentos circulares. Quando ele me penetrou por inteiro, puxei com desespero seu rosto para baixo e sufoquei um gemido em seus lábios, ao ser invadida por uma pontada de dor e uma sensação tão incrível que é impossível explicar.

Ele estava dentro de mim, ofegante, intenso, lindo. A luz da lua cheia que cruzava a janela nos iluminava em tons de prata, as gotas de suor eram como estrelas na pele dele, e Daniel me olhava quase que com devoção. Eu queria guardar aquele olhar para sempre, e gravei a imagem no coração. Ele acelerou um pouco as investidas enquanto ondas de prazer varriam meus sentidos. Puxei seu corpo para mim e ergui o quadril em um movimento que o convidava a ir mais fundo. Daniel abriu mais minhas pernas e as levou para cima, minhas panturrilhas nos ombros dele. Então meu maestro me beijou com a mesma intensidade que passaram a ter suas investidas.

— Olhe para mim... minha Aurora — ele disse e emoldurou meu rosto com as mãos.

O prazer crescia em ondas em meu ventre, entre as minhas pernas, em todos os poros.

— Meu sonho — ele murmurou, e a boca grudou na minha em um beijo vitimado pelos movimentos dele e por minhas ondulações.

Enterrei as unhas com força nas costas largas e me arqueei conforme choques de prazer se espalhavam por minha coluna. Gritei e exigi que ele aprofundasse o beijo. E, quando os choques me viraram do avesso, pressionei seu traseiro e me estiquei inteira, tremendo violentamente em um clímax monumental. Daniel arremeteu mais uma vez e outra, com força.

— Nicole — ele convulsionou. — Nicole — repetiu, e todo o seu corpo foi percorrido por espasmos. Ouvi-o soltar um gemido alto, tipo um rosnado. Ele ainda me tocava em todas as partes. Dobrei-me para cima ao entender que ele atingia o êxtase. Acabamos os dois dentro do beijo, ofegantes e molhados de suor.

Ele deslizou de dentro de mim e me puxou para um abraço em seu colo.

— Minha Aurora — disse e beijou minha testa —, obrigado. — E beijou minha bochecha. — Obrigado por me deixar ser o primeiro — repetiu e beijou meus lábios. — Você é o meu melhor sonho — afirmou, baixinho, e beijou minhas pálpebras.

Suspirei, satisfeita e emocionada.

— Foi tão bom.

— Foi perfeito — ele sussurrou. — Você é perfeita.

Ficamos por um tempo abraçados enquanto Daniel desfiava meus cabelos com os dedos e vez ou outra apertava os braços em minha cintura, beijando minha têmpora.

— Minha Aurora — senti um beijo na testa —, vou me lavar e depois venho te pegar para te dar um banho.

Eu me sentia exausta, entorpecida, sonolenta. Notei o frio por ele ter se afastado e acho que resmunguei. Acabei dormindo. Sonhei com um banho quente de banheira e com muitos beijos de um Daniel entregue e apaixonado.

Acordei com Daniel me beijando. Parecia ser cedo, e o rosa do céu confirmava a aurora. Os lábios macios e quentes percorriam minhas costas, meu pescoço e desenhavam círculos em meus ombros. Eu dormia de bruços, como sempre.

Ele sussurrou no meu ouvido:

— Eu quero ter você de novo... Está muito dolorida, cansada?

Eu sentia bastante sono e uma vontade crescente dele, despertada pelos lábios em minha pele.

— Não — menti, mas por um bom motivo.

— Você tomou banho meio dormindo ontem. Tem certeza?

Lembrei que ele me carregou até a banheira e depois me ajudou a me lavar. Venci o sono e olhei para Daniel, os músculos dos braços, o abdome definido, a respiração entrecortada, a boca entreaberta. Lindo!

— Não foi sonho?

— Não — ele disse, me beijando outra vez, e de repente eu não estava mais cansada.

40

> Come on, keep me where the light is
> Away from all the dark
> Keep me where the light is
> Keep me where, keep me where the light is.
>
> — JOHN MAYER, "Gravity"

NÓS APROVEITAMOS O DIA PARA PASSEAR PELA CIDADE. CONHECI OS BANHOS romanos, almoçamos em um restaurante centenário e depois comemos fudge de chocolate, que Daniel jurava ser o melhor doce do mundo. Eu achei meio enjoativo. Pouco satisfeito por não ter me agradado, ele entrou em três chocolaterias e comprou uma dúzia de barras. Experimentei metade e não aguentava mais nem sentir o cheiro. Continuamos nosso tour pela cidade, e eu ainda sentia o chocolate na boca.

Entramos nos Assembly Rooms, o prédio histórico que servia como salão social da nobreza nos séculos XVIII e XIX. Olhei para Daniel com atenção: ele parecia cheio de expectativa. Aquela expressão de criança que espera o Papai Noel. Ele mal conseguia disfarçar a inquietação. Percorremos parte do local e a cara dele não mudava. Notei que era uma construção imponente, cheia de sancas de gesso em tetos tão altos que elas nem precisariam estar ali. Vez ou outra, eu lançava um olhar para ele, tentando entender o porquê da aparente ansiedade. Entramos no salão principal, e a voz do Daniel tirou minha atenção do enorme lustre central:

— Foi neste salão que a srta. Austen dançou alguns bailes. Muitos, na verdade.

— Como? — Meu coração fez uma pausa.

— Jane Austen morou em Bath durante alguns anos.

Levei a mão à boca, o coração dava piruetas no peito.

— É sério? Sério mesmo? A Jane Austen, a minha Jane?

— É sério. Se você quiser, depois podemos passar na frente da casa dela.

— Você... lembrou. Me trouxe em Bath de propósito. — Era uma confirmação em voz alta do que o meu coração já sabia.

Ele dobrou o corpo em uma vênia, igualzinho a um lorde inglês.

— Sim, srta. Aurora... Você me daria a honra da próxima valsa ou do próximo forró?

Ele era incrível. Eu me apaixonei por um cara incrível.

— Sim, sr. Hunter, vai ser uma honra. — Imitei uma reverência como as que lembrava dos filmes antigos, e ele começou a murmurar o ritmo do forró que dançamos juntos, na casa dele, havia mais de um mês: "Numa sala de reboco", do Luiz Gonzaga. Sorri com os olhos, com o corpo e com a alma.

— Você lembra do ritmo? — perguntei, admirada e surpresa.

— Eu sou um maestro, srta. Aurora — ele retrucou entre os passos. — Desse jeito você me ofende.

— Desculpe, senhor — respondi com forçada seriedade.

E, sem avisar, ele mudou o ritmo e começou a cantarolar "Danúbio azul" enquanto girava comigo nos braços, e o mundo girava dentro de um par de olhos azuis.

Parei, um pouco ofegante, e o abracei.

— Já cansou? Ainda nem comentamos sobre o tempo, ou sobre como está adequada a iluminação de velas, ou sobre qualquer outra trivialidade de que os nobres ingleses falavam ao dançar no século XIX.

— Obrigada — eu disse, perdida dentro dos olhos dele e entre as risadas que trocávamos.

— Você me fez muito feliz. — E ele me beijou, não um beijo longo e provocador, mas uma carícia com os lábios.

— Eu te amo — afirmei, ainda tonta pela valsa.

Só podia estar tonta mesmo. *Como eu pude dizer isso? De onde saiu isso?* Senti os músculos do braço dele tensionarem e achei que ele fosse sair correndo do salão, apavorado. Mas ele se aproximou do meu ouvido, do jeito que eu já conhecia, e meu corpo também.

— Agora vamos voltar para a cama. Se a senhorita não se importar, eu me sentiria muito honrado em estar dentro de você mais uma e outras muitas, muitas e muitas vezes, ainda hoje, com o seu obséquio — ele disse, forçando o sotaque inglês como um nobre empolado.

E eu corei até os dedos dos pés, como uma donzela afetada do século XIX, o "eu te amo" esquecido sob o calor das minhas bochechas.

260

41

Lights will guide you home
And ignite your bones
And I will try to fix you.
— COLDPLAY, "Fix You"

DANIEL NÃO ERA MAIS MEU DIRETOR. ESTÁVAMOS OFICIALMENTE NAMOrando. Fazia um mês que tínhamos assumido para o mundo. Pouco mais de uma semana após o término das apresentações. Muito cedo? Com certeza. Mas estávamos apaixonados demais para fingir que não. Dormíamos todos os fins de semana juntos e alguns dias da semana também.

Daniel era... incansável.

Sabe toda aquela fúria que ele colocava no boxe? Multiplique isso por um milhão: essa era a energia sexual que ele tinha para gastar. Comigo. E eu não podia reclamar.

Na verdade, nestes quase dois meses desde a nossa primeira noite em Bath, eu vinha descobrindo muitas coisas novas. Entendi, por exemplo, por que casais apaixonados parecem coelhos. Compreendi por que mulheres engravidavam cedo. E entendi por que homens apaixonados parecem pensar mais com a cabeça de baixo.

Isso eu entendi na primeira apresentação do balé depois de Bath. Eu estava no camarim, me trocando para o próximo ato. Daniel entrou de fraque, parecendo um maestro civilizado, e trancou a porta.

— O que você está fazendo?

Ele não respondeu; em vez disso, me pressionou contra a mesa cheia de maquiagens. Não era um maestro civilizado. Até tentei trazê-lo à razão naquele dia.

— Daniel, daqui a quinze minutos começa o segundo ato.

— Eu sei. Eles precisam de um maestro e de uma primeira bailarina para isso. — Então os braços dele envolveram minhas costas e ele me colocou em cima da mesa, lançando ao chão as maquiagens.

— Você está lou... — Seus lábios capturaram os meus, e ele exigiu que eu envolvesse seus quadris com as pernas enquanto sua língua invadia minha boca. Pela intensidade do beijo, Daniel queria não apenas possuir meus lábios, mas entrar sob a minha pele. Aquele dia ele não removeu nem a casaca e me deixou sem chance de voltar a ser a pessoa que era até conhecê-lo.

Acho que ele estava tirando o atraso. E nós dois estávamos muito felizes. Talvez até mesmo irritantemente felizes. Tipo aqueles casais apaixonados, piegas e insuportáveis. Sim, éramos nós. Os primeiros da fila.

Fazíamos tudo de mãos dadas, trocando beijinhos pelas ruas, cochichávamos no ouvido um do outro só para fazer cócegas, tínhamos uma lista de pelo menos dez músicas nossas. Íamos ao cinema, ao teatro, a restaurantes e nos beijávamos muito em todos eles. Às vezes, a ponto de as pessoas ficarem um pouco... constrangidas. Eu o acompanhava nas apresentações, e ele sempre me pegava depois dos treinos.

Para nos sentirmos mais seguros, ele fez questão de me levar ao infectologista que o acompanhava e decidiu que faria exames mensais, em vez de a cada trimestre, para controlar a carga viral.

Porém, mesmo em nossa alegria, Daniel tinha dias cinzentos. Principalmente quando fazíamos amor com a intensidade cabível a uma bailarina e um maestro-boxeador, como aconteceu naquela madrugada.

Ele me acordou com beijos pelo corpo. Quando venci o torpor do sono, a claridade do abajur aceso no quarto me fez perceber a intensidade do seu olhar e meu coração disparou.

— Você confia em mim? — ele perguntou enquanto os lábios brincavam no meu pescoço.

— Sim, hum... — Minha voz falhou, mas me espreguicei e disse mais firme: — Sim, confio. — Ele escorregou em direção à lateral da cama, e notei que agarrou duas faixas de tecido brancas.

— O que...? — comecei quando ele envolveu uma das faixas em meu pulso direito.

— Eu quero te amarrar — ele confirmou enquanto trabalhava em uma espécie de nó, prendendo meu pulso à cabeceira da cama.

— São suas gravatas?

Daniel me encarou em silêncio. O peito nu descia e subia em ritmo acelerado, os olhos escurecidos. O que me fez gelar não foi o rosto tomado de desejo, pois já tinha me acostumado com isso. Acontece que a expressão dele era um misto do desejo conhecido com uma sede por algo desconhecido que sombreava seu rosto quando ele lutava no "lá embaixo". Eu confiava nele, era ridículo sentir medo, mas... engoli em seco, arrisquei uma risada trêmula e disse, enquanto meu outro pulso era amarrado:

— Eu estou um pouco assustada... Devo ficar? — Em silêncio, ele terminou o nó que imobilizou meus braços. Então me observou, sacudiu a cabeça negando e me beij... me deixou sem fôlego com o beijo. Eu lutava por ar, e o que conseguia era mais dele em mim.

— Não vou fazer nada que você não queira, ok? É uma fantasia antiga minha... Vou fazer ser bom pra você. Confia em mim? — a voz de barítono murmurou em meu ouvido.

Consenti.

Ele se levantou, usando só uma calça de malha preta. A visão daquele homem lindo, de cabelos desarrumados e olhos sombrios, me fez rir pela intensidade de tudo o que eu sentia.

— Dani... Daniel... — Ele mexia no celular e não me deu atenção. Ouvi uma música preencher o quarto: "The Old Ways", de Loreena McKennitt. Nem sabia que ele gostava desse tipo de música. — World music — arrisquei, e ele continuou em silêncio.

Cada vez mais ansiosa, enquanto o via mexer em uma gaveta da cômoda, continuei falando:

— Não sabia que você tinha um lado assim, mais... dominador.

Ele não parou o que fazia para responder, e o silêncio aumentava as sensações dentro de mim, então prossegui:

— Meu Deus, você está acendendo velas? De verdade? — Sim, é claro que eram de verdade. — Eu sempre soube do seu lado mandão, mas amarras de seda e...

Ele se virou em minha direção, com um tipo de pote de vidro nas mãos, com uma vela dentro. Me olhou daquela mesma maneira insana, e toda a eficiência do meu sistema nervoso evaporou.

— Vela? Para quê? Você não está pensando em co...

— É uma vela para massagem, não queima.

— Você comprou isso? Quando? — O que estava acontecendo: eu estava tomada por uma excitação sem limites, que se convertia em perguntas disparadas como uma metralhadora. — Você planeja isso faz tempo? Desde quando?

— Shhhh...

Notei o líquido morno escorrer nas minhas panturrilhas.

— Eu não quero amordaçar você, amor, então fica quietinha — Daniel disse enquanto seus dedos iniciaram uma espécie de massagem nos meus pés.

— Eu... hummmm... — Não consegui dizer mais nada.

— Vou tocar você como eu toco o meu piano. — Então os dedos subiram em movimentos rítmicos e acelerados por toda a minha perna, avançando pela parte interna das coxas. — Não, definitivamente muito melhor que o piano.

Dizendo isso, ele me beijou com força e de maneira tão profunda que todas as palavras do mundo sumiram e renasceram nas voltas da língua dele junto à minha, nas ondas do corpo dele junto ao meu. Daniel prosseguiu me beijando enquanto deslizava os dedos em movimentos alternados no meu ponto mais sensível. Cada toque dele arrancava um gemido do meu peito. Ele parecia gostar dos sons que estava provocando, porque aprofundava o beijo e grunhia de satisfação comigo.

Quando atingi o clímax pela segunda vez, ele afastou os dedos do meio das minhas pernas.

— Eu preciso descansar, me dá um temp... — comecei.

Só que o maestro estava surdo naquela noite, porque voltou a me tocar. A princípio de maneira suave, acalmando a vibração do meu corpo, varrido pelos choques do prazer alcançado.

— Shhh... calma — ele pediu conforme movia os dedos dentro de mim.

— Eu... eu não aguento — choraminguei, com as pernas trêmulas.

— Só mais uma vez. Eu quero que você chegue junto comigo agora.

Daniel se colocou entre minhas pernas. Escutei o barulho da embalagem da camisinha.

— Eu... eu... — tentei me expressar, sem fôlego.

— Vou amar você de um jeito inesquecível. — E me beijou com posse e paixão, então deslizou para dentro de mim de uma vez. Eu estava entorpecida, completamente entregue e fiquei assim até Daniel começar a murmurar palavras no meu ouvido: — Perfeita... demais... Me deixa... louco... Preciso.

Meu corpo obedecia somente a Daniel. Ele tirava de mim tudo o que desejava, como um músico experiente, enquanto cumpria a promessa de me amar de um jeito que eu jamais esqueceria.

Após o terceiro clímax mais estrondoso do universo, Daniel, que agiu o tempo todo com um misto de sutileza e força, desabou em cima de mim. Pouco depois, senti seus lábios nos meus braços e pulsos conforme os nós que os prendiam eram desfeitos.

— Obrigado — ele disse, e somente então notei que ele estava com os olhos cobertos de lágrimas.

— Você... estava chorando? — Enxuguei suas bochechas com a ponta dos dedos.

— Você me deu a melhor experiência da minha vida, a mais foda e forte de todas. — Ele me abraçou, aconchegando minha cabeça em seu peito.

Ficamos um tempo olhando para o teto, em silêncio, enquanto nossa respiração voltava ao normal.

Apesar de me sentir exausta e completamente relaxada, imaginava o que estava acontecendo. Ele devia estar se culpando. Era assim: quanto mais intenso, ou quanto mais prazer ele sentia, mais difícil parecia ser para ele lidar com isso depois. Passados dez minutos de um silêncio incômodo, ele levantou e beijou minha testa.

— Durma, meu anjo. Eu já venho.

— Ok. — Às vezes, ele precisava desse espaço só dele para voltar a ser o meu Daniel.

Esperei por uma hora e meia na cama. Quando ele tinha esse tipo de reação, mesmo tentando entender, eu sentia como se o palco estivesse ruindo debaixo dos meus pés e acabava lutando contra as lágrimas.

Sem conseguir dormir, desci resolvida a trazer à tona seus pensamentos, a convencê-lo a falar a verdade. Estava cansada de criar mil teorias sobre o que se passava na cabeça e no coração dele nessas horas.

Encontrei-o tocando "Moonlight", sonata de Beethoven. Era incrível como os músculos dos seus braços trabalhavam enquanto ele tocava de olhos fechados, possuindo a música, ou se deixando ser possuído por ela. Meu estômago gelou, efeito que Daniel sempre provocava em mim, mesmo diante de uma situação desconfortável como essa.

Antes de ele perceber minha presença, falei:

— Você disse que voltava logo.

Ele tocou mais algumas notas e parou devagar.

— Desculpe, perdi a noção do tempo.

Engoli a vontade de chorar.

— Você me deu os orgasmos mais fortes que eu já vivi e saiu da cama quinze minutos depois, me deixando sozinha, como se... como se fosse difícil ficar ao meu lado.

— Não. — Ele levantou do banco e ergueu a mão com a intenção de me tocar.

Dei dois passos para trás, me afastando.

— Fico pensando se fiz algo errado, ou se você sempre vai se ausentar depois de dividirmos momentos tão intensos. — Ouvi-o respirar fundo. — Eu fiz alguma coisa errada? — perguntei.

— Não, meu anjo, não. — Ele voltou a se sentar e escorregou as mãos pelo rosto até o cabelo, em um único movimento.

— Então é por causa dela, não é? — indaguei, sentindo as vísceras se contraírem. Ele me encarou com a boca aberta, sem responder. — Me diz! O que acontece com você?

— Estou tentando, Nicole — ele confirmou com voz fraca, e minhas pernas amoleceram. *Então era verdade.*

— Você ainda ama a sua ex? Vo-Você pensa na Mirella enquanto fazemos amor?

Daniel se levantou em um pulo, e a tampa do piano bateu.

— Como você pode dizer uma coisa dessas?

— Até quando o fantasma dela vai estar na nossa cama?

Subitamente, a cor sumiu de seu rosto.

— Ela nunca esteve na nossa cama.

— Então... que porcaria acontece? Por que você se afasta desse jeito?

— Eu tenho medo, Nicole. Tenho muito medo de você se... de você pegar... Ou de se ligar de que não vale a pena. Tenho medo de perder você — ele confirmou, com voz embargada.

Então era isso. Medo. Não era culpa nem falta. Não era comigo o problema.

Dei alguns passos até estar na frente dele. Toquei o rosto lindo que eu amava, a ponta dos meus dedos escorregou na barba por fazer, e ele fechou os olhos.

— Você está sendo incoerente — comecei. — Eu me sinto segura, Daniel. Lembra o que o médico falou, mais de uma vez?

— Sim — ele disse, olhando para baixo.

Sabia que ele não acreditava, por isso resolvi repetir o que ouvimos do infectologista:

— Você toma os remédios, se cuida, controla a taxa do vírus e nós sempre usamos camisinha. Ainda assim, se algum acidente acontecer, tem o tratamento profilático. Eu me sinto segura... só que você não acredita nisso.

Ele negou com a cabeça.

— Eu tenho medo. Olha o que aconteceu com a vida da minha ex-namorada... Eu...

— A gente se afasta um pouco mais a cada vez que você acredita que pode me perder, quando se culpa por isso e se fecha em seus medos.

Vi o peito dele subir e descer com o movimento longo da respiração. Daniel envolveu minha cintura com o braço e me trouxe para dentro de um abraço longo.

— Vamos conversar, vamos acreditar que tudo está bem... Tudo vai ficar bem — insisti, ainda abraçada, sentindo a respiração dele marcar minha fronte. — E me deixa entender os seus medos, não me poupe deles, vamos enfrentá-los juntos.

Senti o polegar dele puxar meu rosto para cima. Rastros de lágrimas desenhavam linhas em suas bochechas. Eu sabia o que ele precisava ouvir para tentar vencer os fantasmas do passado, pelo menos alguns deles, por isso continuei com firmeza:

— Daniel, você não tem culpa porque a sua ex-namorada não se tratou... você não entende?! *Ela* se matou, Daniel... Não foi o vírus que fez isso.

— Eu sei. — O rosto dele voltou a ficar branco.

Segurei sua mão.

— Faz muito tempo... Você precisa se perdoar e entender que, se ela tivesse se tratado como você faz, provavelmente estaria bem e talvez tivesse uma vida longa e feliz.

— Eu sei — ele disse com a expressão triste, os olhos vermelhos e o cenho franzido.

Ficamos nos encarando por um longo tempo em silêncio, respirando descompassadamente.

— Agora repete comigo: "Mirella, me perdoe, eu estou pronto para me perdoar".

Eu o encarei; ele fitava o piano, sem reação.

— Fala, por favor — insisti.

Ele repetiu baixinho. Passei as mãos em suas costas ao dizer:

— Mirella, eu me perdoo por me permitir ser feliz de novo.

Dessa vez não precisei pedir; ele repetiu as palavras com a voz falha e em seguida emendou, espontâneo:

— Mirella, sinto muito que a sua vida tenha acabado tão cedo. Eu amei você e nunca quis te fazer mal. Me perdoe, por favor. — Ele soluçou. — Eu nunca imaginei, me perdoe. Fui irresponsável, mas não queria. Me perdoe. Eu me perdoo.

Abracei-o com força outra vez.

— Faça isso toda vez que a culpa tentar fazer você esquecer que merece ser feliz. Até que você tenha verdadeiramente se perdoado.

Daniel confirmou com a cabeça, e seus lábios cobriram os meus. Não foi um beijo quente ou sedutor. Havia ali entrega, força, um pedido de desculpa e a sensação de que poderíamos tentar vencer os nossos monstros juntos e assim, talvez, construir passo a passo a nossa felicidade.

42

É preciso amar as pessoas como se não houvesse amanhã
Porque, se você parar pra pensar, na verdade não há.

— LEGIÃO URBANA, "Pais e filhos"

DANIEL NUNCA TINHA IDO AO MERCADO DE NOTTING HILL, DÁ PARA ACRE-
ditar? Um londrino não conhecer a maior feira de antiguidades a céu aberto
do mundo? Sendo que essa feira ficava na cidade dele?

— Vamos almoçar em Notting Hill? — ele perguntou enquanto andávamos entre os turistas fuçando velharias: pilhas de discos de vinil, exempla-
res de livros antigos, casacos de pele usados.

— Não, não precisa me dar um exemplar de *Orgulho e preconceito* de 1850
— eu disse enquanto ele já enfiava a mão na carteira.

— É um presente, não estou perguntando se você quer.

— Não, pelo amor de Deus. Custa trezentas libras.

O vendedor olhava para ele com esperança, e para mim como se eu fosse
uma nazista queimadora de livros. No fim, ele pagou sem levar meus protestos
em consideração.

— Obrigada — agradeci e enchi o rosto dele de beijos.

— Achei que você não queria.

— Eu não disse que não queria, disse que não precisava.

— Olha, vendem até paella em barraca de feira? — Daniel comprovou,
incrédulo.

— Vendem de tudo aqui.

Paramos em frente a uma banca de vinis. Foi demais para ele; o maestro
se rendeu.

— É, até que é interessante toda essa mistura.

— Eu sabia que você ia gostar.

Enquanto ele explorava uma pilha de discos clássicos, fui fuçar a de rock. Sem que ele notasse, escolhi e comprei um vinil de presente. Escondi nas minhas costas, o que parecia bem bobo, porque o disco era enorme. Sabia que ele colecionava e não tinha visto nas coisas dele nenhum álbum dessa banda.

— O que você tem aí atrás? — Ele largou os clássicos ao escutar meu risinho animado e tentou xeretar. — O que você comprou?

— Para você. — Estendi o vinil.

— Queen?

— *I was born to love you with every single beat of my heart** — comecei a cantar. Daniel colocou a mão na frente da boca, imitando um microfone.

— *Yes, I was born to take care of you every single day of my life.***

Eu o acompanhei e, no fim de mais duas estrofes, seguimos caminhando abraçados, rindo.

— Sim, eu sei que sim — ele disse no meu ouvido.

— Oi?

— Você foi feita para mim, você é o meu êxtase — ele repetiu parte da música que tínhamos acabado de cantar.

Beijei a mão dele em um gesto de carinho e meus olhos pararam em uma banca de flores.

— Você faria uma coisa por mim? — perguntei, exagerando na expressão sugestiva.

— O que você quiser — ele respondeu, cheio de malícia.

— Jura?

— Contanto que não te coloque em risco...

— Quando eu era criança, cada vez que ficávamos tristes com alguma coisa, minha mãe e eu saíamos e... Você vai ver — eu disse, indo em direção à banca de flores. Uma vez lá, comprei cinco lisiantos e entreguei a ele.

— Para mim? — Daniel olhou das flores para o meu rosto.

— Agora nós vamos escolher cinco pessoas, e você vai dar uma flor para cada uma delas.

— Não, Nicole, nem pensar — ele respondeu, com um sorriso tímido.

— Vai, Daniel. É incrível ver a reação das pessoas.

Ele sacudiu a cabeça.

— De jeito nenhum. Eu sou homem, vou ser mal interpretado.

---

* "Eu nasci para amar você a cada batida do meu coração."
** "Sim, eu nasci para tomar conta de você todos os dias da minha vida."

— Ah, como você é bobo. E daí?

— Não.

— Você prometeu.

— Eu fui enganado. Achei que você estava me oferecendo outra coisa.

— Você prometeu — insisti.

— Não.

— Vai? — Fiz um biquinho de criança mimada. — Por mim.

Ele bufou e balançou a cabeça, resignado.

— Você vai ficar do meu lado.

— Tá bom. — E passei o braço pela cintura dele. — Vamos, eu escolho as pessoas.

— Só você para me fazer topar uma coisa louca dessas — ele murmurou, parecendo mal-humorado de verdade. Achei graça, mas ele continuou com tom de voz seco: — Vamos acabar logo com isso.

Daniel virou e entregou um lisianto para a primeira mulher que viu: uma menina de uns quinze anos. Ela parou, deu dois passos para trás, nos encarando, depois mirou a flor e perguntou:

— Para mim?

— Sim — ele respondeu, ainda carrancudo.

Aí o milagre aconteceu: um sorriso tímido apareceu nos lábios dela, que voltou a olhar para a flor, e então o sorriso se alargou e se destacou no rosto cheio de sardas.

— Obrigada — ela disse, corando.

— Tudo bem — ele respondeu, em seu melhor estilo troglodita. Envergonhado, virou e saiu andando.

Antes de ir atrás dele, ouvi a garota e a amiga darem gritinhos de alegria e fazerem comentários do tipo: "Você viu como ele era lindo? Ah, meu Deus, ganhei o dia!"

Isso seria infinitamente mais divertido do que quando eu fazia o mesmo com a minha mãe. Corri para alcançá-lo. Ele entregava agora uma das flores para um grupo de quatro senhoras.

A que recebeu o lisianto arregalou os olhos e levou a flor ao coração enquanto perguntava:

— Você está me dando esta flor?

— Sim, senhora.

— Por quê, meu jovem?

Ele me fitou, confuso. Abri as mãos no ar, na típica pose de "sei lá".

Daniel respondeu:
— Para... para alegrar o seu dia.
— É sério?
— Sim.

E, no mesmo instante, as outras três mulheres se manifestaram:
— Eu também quero uma.
— Uma para mim também.
— Não se esqueça de mim.

Ele entregou uma a uma, até as flores acabarem. Achei que ele fez de propósito, escolheu um grupo com o número certo. Mas com certeza ele não esperava o entusiasmo sincero que aquelas senhoras demonstraram. Sem avisar, uma delas beijou a bochecha dele. Daniel deu dois passos para trás, surpreso, e foi cercado pelas outras três mulheres, que agora também o beijavam no rosto e agradeciam. Depois do terceiro beijo, ele já havia se rendido e sorria com divertida timidez. Uma delas se expressou de forma mais entusiasmada:

— É de jovens galantes e educados assim que a Inglaterra precisa.
— Com certeza. Vou passar o telefone do meu neto para que você o ensine como se deve tratar uma dama — disse a outra.
— Tira uma foto comigo, meu jovem? — pediu a primeira a receber a flor, e logo todas estavam solicitando o mesmo. Eu gargalhava tanto que perdi o ar.
— E essa moça tão bonita e feliz, é sua namorada? — uma delas perguntou.
— Sim, senhora.
— Sorte sua, senhorita — a mulher declarou.
— Eu também acho — respondi, ainda sem fôlego.

Quando nos afastamos do grupo, ou melhor, quando elas largaram Daniel e deixaram que a gente fosse embora, ele me olhou, cruzou os braços sobre o peito e disse:

— Você vai me pagar.
— Ah, vai... É impossível permanecer triste fazendo isso.
— Sim, você fica sem tempo para pensar em qualquer outra coisa que não seja se desvencilhar das investidas do sexo oposto.
— Convencido.

Ele encolheu os ombros ao dizer:
— Obrigado, foi estranhamente divertido.

Estávamos sentados no sofá da sala do apartamento de Daniel em Londres. Assistíamos a um concerto de outro grande maestro da atualidade. Tínhamos acabado de chegar de Notting Hill. Ele estava tão compenetrado no vídeo que era como se eu estivesse sozinha, exceto pela mão pousada em meu braço, que automaticamente desenhava movimentos conforme a música crescia ou diminuía. Ele estava em um mundo à parte, um mundo que eu conhecia muito pouco. Fiquei curiosa para entender, queria entrar nesse local estranho para mim.

— O que realmente um maestro faz?

Ele continuou em silêncio, ouvindo a música, em transe.

— Daniel! — fui mais enfática. — O que um maestro faz? — Ele me olhou como se tivesse acabado de perceber minha presença.

— Desculpe, eu estava tão concentrado.

— Sério? — perguntei com ironia.

— Você não tem ideia?

— Do quê?

— Do que um maestro faz?

— Para falar a verdade, não sei o que você faz além de estudar metade do tempo e tocar a outra metade.

Ele abriu um sorriso entusiasmado.

— Assim como a dança, a música é algo vivo.

— Certo.

— Um maestro pega a partitura, que aparentemente é uma coisa estática, desmembra parte por parte, nota por nota, e remonta a composição sendo o mais fiel possível à verdade dela. Entende?

— E o que vocês fazem na frente da orquestra?

— Tudo — ele respondeu, como se fosse óbvio.

— Tudo?

— Estou brincando, nós marcamos o ritmo e equilibramos as dinâmicas de cada grupo de instrumentos. Assim eles não se perdem nos tempos nem nas dinâmicas indicadas nas partituras.

— Então é o maestro quem toca a orquestra?

— Sim, é ele quem arranja o conjunto e o conduz, a fim de extrair a maior verdade possível daquela composição. Isso, claro, pela sua interpretação ou sensibilidade.

— Concentração a ponto de antecipar a entrada de cada instrumentista da orquestra. Meu Deus, por isso que você é meio maluco — eu disse, em tom de brincadeira.

— Ah, mas não é só isso — ele falou, com forçada seriedade.

— Não?

— Não — confirmou e virou subitamente, me recostando no sofá. Deitado sobre mim, ele acrescentou: — O maestro tem que conhecer cada instrumento particularmente — disse, dedilhando minhas costelas —, saber como se toca cada um deles... — Desceu a boca no meu pescoço, e eu gemi enquanto ele avançava com os lábios, desenhando notas na minha clavícula. — Antecipar e entender os sons que cada parte desse instrumento produz. — Mordiscou minha orelha e eu gemi de novo, baixinho. — Estudar minuciosamente cada partitura... — Os dedos dele subiram por minhas coxas, e ele sussurrou no meu ouvido: — Antecipar os possíveis movimentos, entradas e saídas de cada grupo... de cordas — dedilhou, e eu tremi —, de sopro — soprou na minha orelha, e eu ofeguei, pois todas as minhas terminações nervosas foram acesas —, de percussão. — Arqueei as costas quando senti minha calcinha ser invadida pelos dedos dele. — E, acima de tudo, amar, adorar, idolatrar a resposta dada a cada comando e estímulo da interpretação ou variação de cada um dos acordes tocados. — Ele ofegou ao se acomodar entre minhas pernas. — Essa é a melhor regência de todas.

Não ouvi mais nada, nenhuma nota ou acorde. Só entendia Daniel brincando de reger meu corpo com absoluta maestria.

— Eu te amo, eu te amo tanto... — ele disse ao atingir o clímax. Isso sim eu consegui escutar.

Foi a primeira vez que ele falou que me amava. Eu estava sem ar, trêmula e esmorecida pelo êxtase recém-dividido no sofá da sala.

— Minha Aurora — ele segurou meu rosto entre as mãos —, luz do meu coração.

— Eu te amo. — E foi a primeira vez que repeti para ele o que já sabia desde aquele dia no salão de baile da Jane Austen.

Naquela noite, dormi mais cedo que o habitual. Após brigar contra a barreira do sono e do escuro, acordei e busquei Daniel espalmando o colchão ao meu lado. Ele não estava na cama. Olhei para o relógio na mesa de cabeceira: 2h45.

Espreguicei-me e sentei na cama. Sabia onde ele estava. Estudando. Sabia disso porque ele não estava na cama e porque o piano estava quieto. Eu nunca deixaria de me surpreender com a quantidade de horas que Daniel estudava. Levantei e senti um arrepio percorrer minha espinha quando o calor da cama foi perdido. Eu usava apenas uma regata e a calcinha e estava com frio, mas não queria vestir mais roupas — queria Daniel ao meu lado. Saí do quarto para chamá-lo.

Encontrei-o sentado na poltrona ao lado da janela, tão concentrado no monte de papéis em suas mãos que nem percebeu minha presença. Pude estudá-lo com despreocupada calma, enquanto ele estudava o que quer que fosse. Ele era um homem impressionante, ainda mais sem camisa, só com a calça do pijama. Era usual, quando ele lia, surgir um vinco profundo entre suas sobrancelhas. Eu nunca achei que um vinco pudesse ser tão atraente. Mas ali, emoldurando os olhos mais azuis que existiam, o vinco ganhava personalidade e brincava de provocar choques no meu estômago. Na verdade, eu sentiria isso simplesmente por estar perto dele.

Suspirei. Ele ainda não tinha notado minha presença.

— No lugar de "Você é um CDF", as pessoas deviam dizer: "Você é tão maestro"

Antes de levantar os olhos do papel, um sorriso brincou em seus lábios.

— É mesmo? — ele disse, colocando as partituras em cima da mesa ao lado.

— Ãhã — concordei enquanto o olhar dele subia lentamente dos meus pés até... os cabelos? Achei que sim. Senti as bochechas esquentarem, e outras partes do corpo também.

— Em vez de dizer: "Você fica uma delícia de calcinha e regata", as pessoas deviam falar: "Você é tão Nicole" — provocou Daniel, vindo em minha direção.

— É mesmo? — eu o imitei.

— Eu quero dançar com você.

— Agora? — perguntei, surpresa.

— Sim, mas quero aquela música que você dançou com o Ivo no aniversário dele.

— Kygo?

— Sei lá — Ele envolveu minha cintura com os braços. — Eu quero a dança, a mesma dança, na verdade.

— Mas eu não lembro.

— Eu lembro — ele soprou no meu ouvido.

— Você realmente ficou com ciúme daquilo. — Não perguntei. Era possível que ele ainda se incomodasse?

— Eu só quis arrancar a pele dele e fazer com que a vestisse do avesso. Fora isso... nada.

— Você é louco! O Ivo é... Ele não gosta muito de mulher.

— Ele falou no banheiro que queria te comer.

— O Ivo prefere meninos, ele mesmo me contou.

Daniel não respondeu. No lugar disso me beijou e, enquanto os lábios dele avançavam nos meus, as mãos desceram até abaixo dos meus quadris. Ele deixou uma trilha de beijos em direção à minha orelha. Chegando lá, passou a murmurar ordens:

— Mexa os quadris assim. — Começou a se mover e eu o acompanhei, ao som do "Bolero", de Ravel.

— Essa não é a música que eu dancei.

— Shhh, apenas obedeça e me siga.

Senti os braços dele me girarem; as mãos pararam em minha cintura e exigiram que eu movesse os quadris em ondas.

— O Ivo ficou de pau duro enquanto você dançava assim com ele? — perguntou, ainda com a boca na minha orelha.

Eu via o nosso reflexo pelo vidro da janela e... Meu Deus, Daniel era quente.

— Não — foi mais um gemido que uma palavra. Isso porque as mãos dele envolveram meus seios.

— Ele com certeza é gay. — Daniel me virou e ficamos de frente outra vez, nariz com nariz, bocas quase se tocando.

Ele soprou as palavras entre nossos lábios:

— Eu vou fazer amor com você no ritmo dessa música. Não vou acelerar nem diminuir, não peça por isso.

Sua boca grudou na minha novamente, as mãos ainda mandavam na aceleração dos movimentos. Ele inteiro comandava o ritmo. Daniel era um dos melhores maestros do mundo. Cada dia que passava, meu corpo e minha alma comprovavam isso.

Ato III
O CASAMENTO

43

Memory, all alone in the moonlight
I can smile at the old days
Life was beautiful then
I remember
The time I knew what happiness is
Let the memory live again.

— EPICA, "Memory"

ERA PARA SER UM ENSAIO COMO OUTRO QUALQUER. APENAS ISSO, UM ENSAIO.

Circulávamos em um grupo de cinco bailarinos: eu, Natalie, John, Marie e July. Fazíamos o trajeto normal até as salas de ensaio. Nada fora do usual, exceto pela movimentação da equipe responsável por desmontar uma ópera.

Caminhávamos atrás do palco, em uma área tão grande que parecia uma cidade cenográfica. Empilhadeiras passeavam de um lado a outro, canhões de luz eram deslocados em cabos de aço, enormes caixas de metal eram transportadas por andaimes elétricos. No meio de tudo isso, funcionários de várias empresas transitavam entre bailarinos, coreógrafos, marceneiros, engenheiros, eletricistas e estoquistas. Era incrível a quantidade de profissionais que passavam por ali todos os dias. O tamanho dos cenários, o espaço e a logística necessários para manter tudo funcionando. Ao mesmo tempo em que se desmontava uma ópera gigantesca, montava-se um balé enorme — *O Quebra-Nozes*, que seria encenado por uma companhia russa.

Eu andava olhando para todos os lados. Acho que poderia viver uma vida ali e nunca me cansaria de admirar o tamanho das produções e a quantidade de trabalho necessária para montar uma peça. *Ninguém imagina*.

Naquele momento, eu observava dois carrinhos elétricos que passavam com homens de terno e gravata.

— Opa, desculpa. — Distraída, Natalie tinha acabado de trombar em um cara que carregava uma pilha de figurinos.

Fui fechada por um dos carrinhos elétricos e fiquei alguns metros para trás do grupo. Ouvi um estrondo em algum ponto à minha direita. Notei, assustada, os apitos sonoros de aviso de um carro de carga em movimento. Tudo se misturou entre estouros, sirenes, gritos de alerta e o barulho seco do metal se chocando contra a pedra no chão. Caixas de metal caíram de cima de uma empilhadeira como blocos de brinquedo.

Meu peito gelou. Eu estava perto, muito perto, e as caixas caíam rápido demais. Guiada por uma inteligência instintiva, atirei-me com agilidade para fora do mundo que desmoronava ao meu lado. Ouvi gritos, as sirenes dos carrinhos elétricos e, caída, senti o chão gelado.

Olhei rapidamente para cima a tempo de ver que as caixas continuavam a despencar como um cachoeira de ferro. Fui me arrastando, me contorcendo e desviando como possível. Frenética, eu impulsionava os braços e as pernas a fim de me afastar daquele caos que desabava em camadas.

Estouros, estalos. Confusão. Cobri o rosto com os braços ao ouvir um barulho ensurdecedor de atrito antes de tudo silenciar e eu sentir a pior dor da minha vida. Tentei me mover, abrir os olhos, entender o que acontecia.

Zumbidos. Silêncio. E, em seguida, os sons voltando devagar.

Puxei a perna dolorida em um movimento involuntário para cima. Precisava ver o que tinha acontecido. Não consegui; algo a prendia no chão. Ela parecia pregada.

O ar que entrava e saía queimava meus pulmões. As lágrimas não me deixavam respirar.

Tentei me erguer sobre os cotovelos e vi as caixas que caíram da empilhadeira espalhadas caoticamente pelo chão. Analisei a situação até encontrar o motivo de eu estar presa: uma caixa em cima do meu pé. A dor inundou meu sistema, meus olhos e o mundo todo dentro de mim.

— Ah, meu Deus, Nicole! — Acho que era Natalie, mas não tive certeza.

Tudo ficou preto, no escuro não havia dor. Deixei-me ser tragada pelo conforto, não vi mais nada, ou quase nada.

As coisas começaram a passar em flashes esparsos. Natalie segurava minha mão, alguém mais segurava a outra.

Eu estava em uma espécie de ambulância? Sim, uma ambulância.

A dor voltava quando eu saía do sono. Eu queria o escuro, lá onde não existia a maior dor que alguém pode suportar.

— Não vou aguentar — era só o que dizia. — Daniel, alguém chama o Daniel. — Eu queria o breu de volta.

Nas idas e vindas do escuro, cheguei a um hospital.

— Eu preciso de algo para a dor — lembro de ter gritado ou murmurado, não sei. Nada tinha tempo, volume ou limite. Quando vinha, a dor era desmedida, ofuscando qualquer outro sentido.

Soube que a primeira coisa que me deram foi morfina, e só depois vi Daniel ao meu lado, segurando minha mão. Estávamos em uma das baias do pronto-socorro.

— O que aconteceu? — perguntei.

— Você sofreu um acidente, lembra?

Fechei os olhos e contorci a expressão ao me lembrar das caixas, do barulho do metal caindo.

— Eu estou dopada — falei, sem sentir quase nada além de uma flutuação constante entre sonho e realidade.

— Te deram morfina. Descansa, minha Aurora — ele falou e me deu um beijo. Não tenho certeza se deu. Eu queria o beijo.

Em algum momento, entre delírio e realidade, vi um grupo de pessoas à minha frente: três delas de jaleco, Daniel, Natalie e minha primeira professora de balé, a madame Vivan, como ela gostava de ser chamada.

Mas o quê?

— Daniel! — gritei, ou tentei gritar.

Ele se aproximou em passos rápidos.

— Oi, meu anjo.

— O que a madame Vivan está fazendo aqui?

— Desculpe, meu amor, quem?

Eu o puxei pela camisa e, quando se aproximou, reuni minhas forças para conseguir falar:

— Ali, aquela senhora é a minha primeira professora de balé. O que ela está fazendo aqui?

Ele virou para o grupo que conversava com a madame.

— Aquela ali é a enfermeira, amor.

— Não é, Daniel. — Eu tinha certeza. — Essa mulher, ela... ela não devia estar aqui.

— Eu sei, meu anjo, agora descansa. — Dessa vez ele beijou minha testa.

Tudo ficou escuro.

Voltei para a realidade outra vez e vi um homem de jaleco virando umas folhas de papel na minha frente. Daniel segurava a minha mão, Natalie estava sentada em uma cadeira ao lado da cama e nenhum sinal de madame Vivan.

— Meu amor — era a voz de Daniel, e eu virei para ele —, você vai ser levada agora ao centro cirúrgico. Este é o dr. Robert Cole. — Apontou com a cabeça para o médico. — É o melhor cirurgião ortopedista da Inglaterra.

Senti a boca seca, mas tão seca que eu tinha certeza de que minhas funções internas estavam seriamente comprometidas.

— Água.

— Desculpe, mas a senhorita não pode beber nada. Vai entrar em cirurgia agora — falou o tal dr. Robert.

— Doutor, por favor — Daniel pediu e esfregou os olhos com os dedos.

Eu o conhecia: ele só fazia isso quando estava prestes a perder a paciência. Era uma tentativa de manter o controle.

— Está bem, apenas um gole.

Daniel segurou o copo para eu beber.

— Logo virão buscá-la para a cirurgia. Eu vou me preparar, com licença — o médico afirmou e se afastou em seguida.

Somente então a palavra "cirurgia" fez sentido em minha razão alterada.

— Minha mãe — foi só o que consegui dizer.

— Já liguei para ela. — A voz de Nathy saiu embargada. Eu queria perguntar o porquê, mas o escuro me levou embora outra vez. Antes de apagar, ouvi:

— Eu te amo, minha Aurora. Tudo vai ficar bem.

Não sei por que, mas acho que sorri.

44

> Juliet, when we made love you used to cry
> I said I love you like the stars above,
> I'll love you till I die
> There's a place for us, you know the movie song
> When you gonna realize,
> it was just that the time was wrong, Juliet?
>
> — THE KILLERS, "Romeo and Juliet"

DANIEL

Removeram meus ossos e me deram para comer. Esse era o gosto ruim que eu sentia na boca.

E essa era a dor que tomava meu corpo. Moído emocionalmente, destroçado definiriam melhor. Nada, nenhuma dor que eu já tinha sentido na vida se comparava àquela. Não era física, apesar de parecer; era puramente emocional. Sete horas, sete malditas horas foi o tempo que ela ficou no centro cirúrgico.

— Senta, Daniel, por favor — disse Natalie, a irritante fada da alegria.

Ela não era irritante, é só que nós estávamos a ponto de explodir; ao menos eu estava. Já tinha dado voltas dentro daquele quarto por não sei quantas vezes. Só sei que no chão tinha uns quarenta quadrados de piso emborrachado. Vinte centímetros cada um, em dezesseis metros quadrados. Já tinha contado quantos passos eu levava para ir até a porta e, sim, 1610 era o código da recepção do centro cirúrgico. Eu tinha ligado umas trezentas e oitenta vezes para lá nessas últimas sete horas infernais.

Peguei-me barganhando, implorando, oferecendo tudo mentalmente a Deus: *Por favor, faça com que ela fique bem.*

Eu sabia que ela não corria risco de vida, mas mesmo assim barganhei sem parar. Entretanto, também sabia o que me levava a isso: era a tristeza da realidade à minha frente.

Uma bailarina não podia quebrar o pé. Não desse jeito grave.

Ouvi a porta do quarto se abrir. Era ela, sendo trazida naquelas camas móveis. Fazia pouco tempo que haviam ligado do centro cirúrgico dizendo que tinha corrido tudo bem e que logo ela estaria no quarto.

— Ela está acordada — falou uma das enfermeiras —, mas ainda sob efeito dos sedativos, e tem conversado bastante. Não é mesmo, Nicole? — a mulher perguntou enquanto a transportavam da maca para a cama.

— Daniel, você voltou! — Nicole disse olhando para mim. Ela sorria, meu Deus, ela sorria. Senti os olhos se encherem de lágrimas.

— Eu nunca saí daqui, meu amor.

— Eu disse para a madame Vivan que você é meu namorado. — E apontou com a cabeça para a mulher que ela insistia ser sua primeira professora de balé. — Ela disse que você é bonito, todas te acham lindo de morrer, e isso é muito irritante, na verdade.

Eu já segurava a mão dela, que parecia tão pequena e frágil.

— Ainda bem que você é mais bravo que bonito. Isso mantém as mulheres longe.

— Eu não disse? — a enfermeira indagou com um sorriso. — Está assim desde que voltou da anestesia. Eu vou sair e volto mais tarde para ver se está tudo bem. — Dizendo isso, a suposta madame Vivan deixou o quarto com os outros enfermeiros.

— Natalie, você também está aqui? — Nicole perguntou outra vez.

— É claro que eu estou aqui. Onde mais estaria?

— Essa é a melhor amiga que alguém pode ter na vida. — Os olhos dela caíram para o pé da cama. — Alguém avisou ao sr. Evans que eu me machuquei?

— Eu avisei, amiga. Ele e o Ivo também já passaram por aqui — Natalie disse, com a voz falha.

— Então quer dizer que eu sou bravo? — Engoli o bolo que se formava na garganta. Queria distraí-la, precisava distraí-la.

— Não, você é o homem mais encantador, amigo e irresistível que existe. Mas não espalhe isso para as outras mulheres do mundo, por favor.

Fechei os olhos para espantar as lágrimas. Eu tinha que me controlar, Cristo!

— Você está chorando? — Nicole perguntou.

— Não, meu amor.

— Está sim, sr. Hunter. Não minta para mim.

— Sim, estou.

— Por quê?

— Porque eu te amo.

E aí ela sorriu de novo. Eu tive certeza de que daria o mundo para que esse sorriso nunca desgrudasse dos seus lábios. Ela puxou minha camiseta. E eu me debrucei sobre ela.

— Eu te amo também. Sabia que eu nunca tinha me apaixonado?

Neguei com a cabeça.

— A Nathy sabia, não é? — Ela buscou a amiga com o olhar.

— Sim, é verdade. A Nicole achava o sr. Darcy o melhor partido do mundo.

— Ele é o segundo melhor... e... eu quero um beijo do primeiro. — Dizendo isso, ela me puxou ainda mais.

Beijei-a com cuidado.

— Não, Daniel — ela murmurou sobre meus lábios. — Um beijo de verdade.

Aprofundei o beijo, ainda com cautela, e a ouvi gemer baixinho em minha boca. Ela estava com gosto de remédio, mas mesmo assim aquela continuava sendo a melhor sensação que eu já tinha experimentado na porra da minha vida. Sempre foi, desde a primeira vez que nos beijamos. Eu me afastei, devagar, e toquei o rosto dela, o rosto da mulher que encheu meu mundo de calor, ar e sentido.

— Eu estou apaixonado por você desde que te vi no avião, só que naquela época eu não percebi isso — afirmei.

Ela suspirou, concordando com a cabeça, fechou os olhos e pouco depois voltou a dormir com um sorriso nos lábios.

Meu Deus, rezei em silêncio, olhando para Nicole, *sei que eu nunca fui de rezar ou agradecer. Parece que só lembramos de fazer isso nas horas difíceis. Mas também sei que não sou o único a fazer esse tipo de barganha não merecida. Porém, aqui, olhando para ela, entendo que eu devo ter feito algo de muito bom para merecê-la em minha vida. Por favor, meu Deus, pegue todos esses créditos que talvez eu tenha e os converta em força e alegria para a minha Aurora. Toda vez que ela sorri, meu coração se aquece. Não leve embora o sol da minha vida.*

285

45

> When your day is long and the night
> The night is yours alone
> When you're sure you've had enough of this life
> Well hang on
> Don't let yourself go, 'cause everybody cries
> and everybody hurts, sometimes.
>
> — R.E.M., "Everybody Hurts"

— A BOA NOTÍCIA É QUE, DEPOIS DE CONCLUÍDO O PERÍODO DE REABILITAÇÃO, você poderá ter uma vida praticamente normal, fazer atividades físicas, no início com acompanhamento. Uma vez que a musculatura estiver restabelecida, pode até voltar a dançar.

Demorei cerca de um mês para entender a verdade por trás daquelas palavras. A verdade que me foi oferecida em doses homeopáticas. Todos eles, Daniel e Natalie, e até mesmo minha mãe, que chegou a Londres dois dias após meu acidente, não tiveram coragem de escancarar a dura, crua e insuportável realidade: eu nunca voltaria a dançar balé clássico profissionalmente.

Minha vida virou um drama mexicano de mau gosto. Sofri fraturas múltiplas nos ossos do pé direito e passei por duas cirurgias. O maior problema foram as falanges... malditas falanges.

Os médicos diziam que eu tinha sorte, porque respondia bem aos tratamentos. Foram dois meses, entre cirurgia, gesso e fisioterapia. Mais de sessenta dias em clínicas, hospitais e psicólogos, e essa era só a primeira parte da minha recuperação, que ainda levaria um bom tempo.

O bonito disso é que o tratamento todo foi pago pelo balé. Mais bonito ainda: eu continuaria a receber meu salário integralmente por muitos e muitos anos. O salário de primeira bailarina. Ex-primeira bailarina.

Não tinha nada de bonito nisso.

Eu morria um pouco a cada momento que entendia o que um maldito acidente, uma mísera caixa caída de uma empilhadeira em cima do meu pé, faria com a minha vida.

Alguns segundos mudam o rumo de uma existência inteira.

Brincando de ser madrasta, a vida pode ser muito, muito filha da puta.

No começo, briguei com todos que tentavam me ajudar. Queria brigar com a vida. Depois cansei, e o silêncio passou a ser minha companhia frequente.

Daniel disse que não desistiria de mim. Durante dois meses, ele vinha me ver quase diariamente, mas eu não tinha muito a lhe oferecer.

Isso também não curava nada.

Nossa última discussão, dois dias antes, voltou à minha mente agora. Não chegou a ser uma briga; eu não tinha vontade nem de brigar.

Ele chegou com flores, e eu só tinha vazio e tristeza dentro de mim. Lembro de suas palavras:

— Vamos sair, vamos entregar essas flores para as pessoas na rua. — Ele me olhou com a mesma esperança renovada que trazia sempre que me visitava.

— Não, eu não quero — respondi, com a frieza que costumava dirigir não só a ele, mas ao mundo.

— Foi você quem disse que isso... te fazia feliz — ele respondeu, com os olhos enormes.

— Você pode mudar o passado?

Ele negou com a cabeça.

— Você pode consertar o meu pé e me fazer voltar a dançar profissionalmente?

— Eu daria o que fosse preciso se existisse algum meio.

— É muito irônico como todos dizem compreender o que eu estou passando, só que ninguém, ninguém mesmo, nem imagina.

— Eu sei o que é lutar contra algo que está fora do seu controle.

Então eu gargalhei, com ironia e desprezo.

— Você o quê? Me poupe, sr. Hunter. Você diz lutar contra um vírus que nunca nem afetou a sua saúde.

Ele ficou pálido.

— Durante algum tempo, eu lutei contra os efeitos colaterais do tratamento. — Daniel estreitou o olhar. — Eu sobrevivo dia a dia ao medo de ficar doente, finjo que não enxergo o pânico dos outros e o preconceito quando descobrem. Não vou deixar você fingir que é a única de quem a vida resolveu tirar alguma coisa. Testar a sua capacidade de continuar.

— Tem razão — murmurei. — A vida está testando a minha capacidade de continuar e, neste momento, acho que está ganhando de dez a zero.

— Você não está sozinha.

Meus olhos turvaram de lágrimas. Eu sabia o que precisava fazer. Já tinha decidido como continuar, e, por mais doloroso que aquilo pudesse parecer, era a única saída que fazia sentido. A única que eu consegui aceitar.

— Você precisou de cinco anos para deixar alguém se aproximar outra vez.

— E você não desistiu de mim. Você, Nicole, não me deixou desistir de nós. É a minha vez de fazer isso.

Meu coração encolheu um pouco mais.

— Daniel, você me ama? — perguntei, abatida.

— Mais que tudo no mundo.

Inspirei de maneira trêmula.

— Então por favor me entenda. Eu preciso de um tempo, preciso sair daqui.

— Eu vou com você.

Mirei as muletas apoiadas no canto do quarto.

— Tudo aqui me lembra o que eu perdi, a vida que não posso mais ter... Tudo, inclusive você.

Ele ficou pálido.

— Meu Deus — sussurrou.

— Arrancaram meus sonhos de mim — eu disse de maneira falha. Ultimamente eu não conseguia nem chorar direito.

— Crie outros.

Não existiam outros sonhos para mim. Nesse período, eu dormia ouvindo o som dos aplausos que nunca mais receberia e acordava suando frio com o baque das caixas de metal que esmagaram o que um dia desejei.

— Eu vou embora, estou deixando a Inglaterra daqui a três dias — confessei, com o coração ainda mais destruído.

Ele levantou os olhos arregalados, cheios de lágrimas.

— Quando... quando você ia me contar?

— Eu te amo, Daniel, mas não posso mais fazer isso. Ficar aqui está me matando... E-Eu preciso ir para casa. Não aguento mais a pessoa que eu me tornei nesses últimos dois meses e... tudo isso aqui, tudo isso está acabando de vez comigo. Por favor, se você me ama, me deixe, siga com a sua vida.

— Não, não faça isso! — ele protestou, abalado.

— Eu não posso mais continuar com nada aqui — falei com a maior firmeza que consegui. — Não posso seguir fingindo que a vida que eu levava tem conserto. Talvez eu mesma não tenha mais conserto.

Daniel fechou os olhos e eu vi rastros de lágrimas no rosto dele, rastros que me queimavam. Ele abriu os olhos e me deixou entrar, me deixou ver como eu o tinha machucado.

— Antes de você, eu esqueci que tinha um coração, então você me lembrou dele... Mas sabe o quê? — Ele me encarou por um tempo antes de responder: — Eu te dei o meu coração e adivinhe?! É impossível viver sem um. Então, só para constar, eu não vou desistir de nós dois... Não vou desistir de você.

— Eu não vou mais te responder, nem te atender, nem falar com você — murmurei enquanto sentia quebrar o que ainda estava inteiro dentro de mim.

— Eu não vou desistir — ele repetiu, deixando uma caixinha de veludo preta em cima da mesa de cabeceira.

— Acabou! — afirmei com a voz alta.

Ele se inclinou em minha direção e eu me encolhi na cama, sentindo seus lábios pressionarem minha testa.

— Não, Nicole. Este é apenas um capítulo triste da nossa história... Eu nunca vou desistir de tentar fazer você virar essa página.

Com um nó na garganta e raiva de mim por não conseguir sentir nada além de vazio e dor, por não enxergar nada além do escuro, gritei enquanto ele saía do quarto:

— Seu teimoso! Se divirta tentando.

Natalie já tinha desistido de tentar. Ela não falava comigo fazia duas semanas, apenas me olhava com lágrimas nos olhos e sacudia a cabeça em silêncio.

Naquela tarde isso mudou. Ela entrou em casa e encostou o ombro no batente da porta do quarto.

— Só quero que você saiba que eu te amo e sempre vou estar aqui para você.

Permaneci em silêncio, esperando que ela terminasse, fosse embora e me deixasse a sós. Não conseguia me sentir melhor, e todos à minha volta lutavam por isso. Eu sentia que todos lutavam contra mim.

— Quando eu tinha oito anos e a minha mãe foi embora de casa... durante anos eu não entendi o porquê de tudo aquilo, por que a vida parecia tão injusta com algumas pessoas e tão boa com outras...

Virei o rosto para não ter que encará-la, era mais fácil assim. Estava cansada de gritar com os outros para que me deixassem em paz, para que parassem de tentar fazer qualquer coisa. Eu só queria ficar sozinha.

Ela continuou:

— Eu pedia diariamente por uma irmã, alguém com quem pudesse dividir as dores e as alegrias da vida, alguém que me entendesse e me amasse do jeito que eu sou. — Ouvi-a suspirar. — A vida me deu você, Nicole, e isso nunca vai mudar, por mais raiva que você sinta agora de todos e tudo... Eu estarei sempre aqui para você, da maneira que for.

Olhei para ela, que me encarava em silêncio, e só então notei que ela usava a roupa do treino. Senti raiva.

— Me deixa em paz, Natalie.

Ouvi a porta do quarto fechar. A verdade é que eu sentia raiva de todos que ainda levavam a vida. Da Natalie, por continuar dançando e chegando em casa após os treinos. Do Daniel, por continuar tocando e viajando para concertos, sendo aplaudido mundo afora. Da minha mãe, por continuar tentando me ajudar e dizer que compreendia. Ninguém compreendia. Nem eu, porque, além de raiva, eu sentia inveja de todos que, de alguma maneira, ainda eram felizes e produziam algo de bonito e verdadeiro, como eu costumava fazer. E depois eu ficava ainda pior, mais arrasada e destroçada por sentir tudo isso em relação às pessoas que eu mais amava. E esses sentimentos estavam terminando de me destruir. Eu precisava ir embora.

46

Not really sure how to feel about it
Something in the way you move
Makes me feel like I can't live without you
It takes me all the way
I want you to stay.
— 30 SECONDS TO MARS, "Stay"

FAZIA QUINZE DIAS QUE EU ESTAVA DE VOLTA AO BRASIL. MEU PAI TINHA ME LI-gado algumas vezes, como se eu tivesse alguma importância para ele.

Eu fazia fisioterapia diariamente e sessões de análise três vezes por semana. Queriam me medicar contra depressão, mas não aceitei. Também queriam que eu frequentasse um grupo de apoio, onde pessoas com a vida estropiada, igual ou pior que a minha, se lamentavam durante duas horas. Só consegui ir a dois encontros. Não achava de ajuda alguma ouvir como a vida podia ser desgraçada com os outros. Nunca encontraria consolo em saber que existiam pessoas ferradas como eu.

Minha mãe chorava todas as noites até dormir, e eu não ia oferecer nenhum consolo. Como poderia?

Natalie me escreveu algumas vezes, pedindo perdão por não ter sido suficiente. Não era culpa dela. Ninguém seria o bastante. E Daniel cumpria a promessa de não desistir. Ele ligava para minha casa diariamente; minha mãe batia na porta do quarto e dizia:

— Querida, o Daniel está ao telefone.

Eu não respondia, ela esperava alguns minutos em silêncio, então eu ouvia sua voz abafada pedindo desculpa. Acho que eles estavam ficando amigos, porque acabavam conversando sobre a minha vida. Isso não me irritava, não mais. Agora eram apenas vazio, sessões de terapia e o único amigo ridículo que eu me permitia ter: o caderno que estava no meu colo.

Eu contava para ele coisas que queria falar com os outros, mas não tinha vontade o bastante para isso. Estranho, né? Sim, as coisas estavam muito estranhas dentro de mim. Esse lance de escrever ajudava um pouco; tinha sido sugestão da psicóloga, e eu resolvi tentar. Estava no início da primeira linha quando ouvi o celular indicar a entrada de uma mensagem. Olhei para a tela e vi que era de Daniel. Coloquei o aparelho de lado e voltei ao caderno. Ele sempre ligava na minha casa, tinha desistido de mandar mensagens fazia algum tempo.

Olhei novamente para o celular. Sem pensar muito, peguei o aparelho e fui surpreendida pela entrada de um vídeo. Coloquei de lado e voltei para o caderno. Escrevi até a mão doer. Encarei o celular desprezado por uns cinco minutos e a caixinha de veludo preta que Daniel tinha me dado na última vez em que no vimos, em Londres. Eu tinha demorado uma semana para ter coragem de abrir. Era uma correntinha com uma clave de sol, tudo de ouro. Dentro da caixa havia um bilhete:

Você me deu a sua dança, a sua bailarina e, quero acreditar, um pedaço do seu coração. Eu te dou a minha música e o meu coração inteiro.

Eu já tinha lido aquelas frases umas dez vezes, mas elas não me traziam conforto. No fundo eu sabia que parte dos fantasmas que me assombravam existia por eu não conseguir mais ser a mulher que ele merecia e deixar que ele fosse o cara que eu merecia.

Peguei o aparelho, decidida a ver e deletar o vídeo. O que quer que fosse, com certeza não mudaria a forma como eu vinha me sentindo, de modo que ver ou não ver não faria diferença. Eu me convenci disso antes de abrir.

Esperei o tempo de carregar e apertei play. Daniel preencheu a tela do celular.

— Nicole — ele disse —, *hoje faz dezessete dias que você deixou Londres. Resolvi fazer este vídeo porque eu precisava, de alguma maneira, falar com você. Não sei se você vai ver, espero que sim. Este é o primeiro vídeo que faço e quero te mandar um por dia. Neles, eu vou usar a música, porque foi ela que me trouxe você. Tenho esperança de que ela seja capaz de te fazer bem. Não quero te obrigar a se sentir melhor, eu também não me sinto bem, não ando muito bem... Penso que os vídeos, as músicas, talvez sejam um jeito de conseguirmos dar um significado diferente a tudo o que aconteceu, a tudo o que você tem passado. Tenho esperança de que, se for as-*

sim, quem sabe um dia a música te traga de volta para mim. Vou tocar o que eu quero dizer para você e é isso... Eu te amo.

Ele estava sentado ao piano e começou a tocar. Meu coração disparou e eu coloquei a mão no peito. Isso não acontecia mais sem estar vinculado ao sentimento de frustração e vazio. Mas, naquele momento, meu coração bateu por uma coisa diferente: bateu por... expectativa.

Ele tocou as primeiras notas e meu coração acelerou mais. Daniel lembrou o que eu havia lhe contado. Era a música de Elvis que minha mãe cantava para mim quando eu era criança: "Bridge over Troubled Water".

— *When you're weary, feeling small** — Daniel cantou a primeira frase.

Cobri os lábios com os dedos.

— *When tears are in your eyes I will dry them all. I'm on your side when times get rough.*****

E, conforme a voz de Daniel soava, trazia reações involuntárias ao meu corpo, às minhas emoções.

— *And friends just can't be found.******

Senti um aperto na garganta.

— *Like a bridge over troubled water I will lay me down.*********

Com o coração ainda mais disparado e a música falando com minhas células, minha boca se mexia em silêncio acompanhando a letra. Senti um gosto salgado... de lágrimas. Minhas lágrimas.

— *Like a bridge over troubled water I will lay me down* — ele cantou.

E, tantos dias depois do acidente, eu chorei de verdade. Abafei o rosto no travesseiro e fiz isso até dormir.

VÍDEO 2

— *Olá, Nicole. Esta música é do LP que você me deu em Notting Hill. Hoje eu me lembrei daquele dia e de como você me fez feliz. Me faz feliz.*

---

* "Quando você estiver exausta, sentindo-se pequena."
** "Quando houver lágrimas em seus olhos, eu vou enxugá-las. Estou ao seu lado quando as coisas ficarem difíceis."
*** "E quando não encontrar amigos."
**** "Como uma ponte sobre águas turbulentas, eu me estenderei."

Nos primeiros acordes de "Who Wants to Live Forever", eu soube qual era a canção e soube também o que, mais uma vez, a música que vinha dele me fazia sentir.

— *Touch my tears with your lips, touch my world with your fingertips and we can have forever, and we can love forever. Forever is our today.**

Quando acabou o vídeo, eu chorava de novo.

VÍDEO 9

— *Olá, meu anjo. Esta música virou uma compulsão para mim, quase a minha trilha sonora particular.*

O piano começou e meu coração já tocava alto antes da música. Por algum motivo que eu não tentava entender, as músicas que Daniel tocava faziam com que eu me sentisse viva outra vez. Reconheci a melodia pouco depois que a voz forte dele cantou a primeira estrofe de "Stay", do 30 Seconds to Mars:

— *Not really sure how to feel about it. Something in the way you move makes me feel like I can't live without you. It takes me all the way. I want you to stay.***

Eu esperava ansiosamente os vídeos dele. Sem saber, Daniel me dava algo para desejar novamente. Era a única hora do dia em que eu conseguia chorar.

---

* "Toque minhas lágrimas com seus lábios, toque meu mundo com a ponta dos seus dedos e poderemos ter o para sempre, e poderemos amar para sempre. Para sempre é o nosso hoje."

** "Não tenho certeza de como me sentir em relação a isso. Alguma coisa no seu jeito de se mexer me faz sentir que não posso viver sem você. Me leva até o fim. Eu quero que você fique."

47

> And all I can taste is this moment
> And all I can breathe is your life
> Cause sooner or later it's over
> I just don't want to miss you tonight.
> — GOO GOO DOLLS, "Iris"

— FILHA, EU FIZ O SEU BOLO FAVORITO, O DA VOVÓ.

Eu estava deitada na cama olhando para o teto. Via e revia mentalmente os passos do meu último *pas de deux* em *A bela adormecida*. Era uma tortura incontrolável que eu me infligia diariamente. Era mais um masoquismo inevitável. Quando eu fazia isso, meu corpo chorava em silêncio, inconformado, e eu implorava a Deus por uma explicação. Mas Deus não explicava.

— A Mariana ligou hoje para saber de você. A tia Lu também.

Mariana era a diretora da escola de balé que eu tinha cursado no Rio. Pensar nela e imaginar tudo o que já devia ter escutado sobre meu acidente fez meu estômago revirar.

— Ah, que bom. E o que ela queria? Saber como está a bailarina inválida?

— Não fala isso, Nicole. Você não está inválida, muito longe disso.

Eu sabia que era verdade, mas não me sentia nem um pouco aliviada. Era como se o acidente tivesse me deixado inválida para o meu sonho, para a vida que eu tinha e que acreditei estar apenas no começo.

— Mas foi isso o que aconteceu, então não venha me dizer que eu não fiquei inválida. — Senti as lágrimas pararem na garganta. — Eu fiquei inválida para tudo o que sonhei na vida.

— Eu sei, Nicole, que há mais de três meses você culpa Deus e todo mundo pelo que te aconteceu. Sim, você tem razão, foi uma grande merda, uma fatalidade, uma crueldade tão absurda que é quase inacreditável. Só que sempre existe uma escolha.

— Que escolha? — murmurei, abatida. — Eu lutei a minha vida inteira para chegar aonde estava. Tenho vinte anos e tinha acabado de estrear no papel de destaque em um dos grandes balés da companhia. Eu tinha um futuro brilhante, sonhei, dei meu sangue por ele e cheguei lá. — Ofeguei de desespero e dor, mas continuei: — E aí, um dia, um acidente de cinco segundos destrói tudo o que eu lutei para construir na vida e todos os sonhos que eu alimentei... Eu teria os palcos do mundo, e agora? Tenho que agradecer se um dia puder calçar uma sapatilha de novo.

— Você escolheu a sua vida, lutou por suas escolhas, e eu sempre lutei com você. — Minha mãe fechou os olhos e disse com tristeza na voz: — A única coisa que você tem que perceber é que existem outras escolhas. Você pode continuar neste quarto, afundando em mágoa, em raiva pelo que aconteceu, se culpando e culpando Deus e o mundo, ou pode abrir a janela e ver que tem um mundo de possibilidades lá fora, esperando por você.

Fechei os olhos para não chorar.

— Nenhuma possibilidade é suficiente para preencher um terço do buraco que a ausência do balé abriu.

— Enquanto você continuar acreditando nisso — ela respirou pesadamente —, não vai enxergar nada além desse buraco e dificilmente vai conseguir sair dele, por mais que as pessoas ao seu lado te estendam a mão.

— As pessoas querem me ver bem, querem que eu saia... — bati no peito — e reconstrua a minha vida. Parece que é uma obrigação voltar a ser feliz. Ninguém sabe o que é se sentir destruída para tudo o que se sonhou na vida.

— Não, Nicole, ninguém é obrigado a ser feliz. E, sim, as pessoas que te amam querem te ver bem, mas não te obrigar a isso. Elas querem, pelo menos, te ajudar a tentar.

— Ninguém sabe a dor que eu estou vivendo. — Virei o rosto.

— Realmente, minha filha, ninguém sabe. E ninguém, exceto você, pode decidir quando é a hora de começar a curar tudo isso.

Esperei que ela saísse do quarto para chorar. Não queria que ela me visse chorando, não apenas porque preferia esconder minha dor, mas porque, naquela noite, chorei sabendo que minha mãe tinha razão. Eu precisava tentar arrumar outro caminho para ficar bem.

❦

VÍDEO 26

— Oi, minha Aurora. Eu melhorei a produção, comprei um microfone profissional. A qualidade do som dos vídeos estava me enlouquecendo. — Ele deu um sorriso torto. — Resolvi também animar um pouco as coisas e... Eu te contei que fui guitarrista de uma banda, né?

Daniel sacudiu a cabeça com os olhos semicerrados, e aquele olhar... Meu Deus, eu sentia falta dele.

— Bom, o que eu quero te dizer hoje é...

Ele começou a tocar "I'm Yours", do Jason Mraz:

— *I tried to be chill but you're so hot I melted... It's your God-forsaken right to be loved love loved love loved.**

Meus dedos começaram a tamborilar de leve na coxa.

— *There's no need to complicate, our time is short.***

Fechei os olhos.

— *This is our fate, I'm yours.****

E, sem que eu percebesse, um sorriso se formou em meus lábios, acompanhado por um movimento em meu corpo: a cabeça e os ombros se mexiam no ritmo da melodia.

Eu dançava.

Meu Deus! Eu dançava outra vez.

Com sua música, Daniel... me fez dançar.

Passei as costas das mãos nos olhos, respirei fundo, ainda sem acreditar, e digitei rápido:

Obrigada.

Nem cinco minutos depois, meu celular vibrou com a resposta:

Eu te amo.

---

* "Eu tentei ficar frio, mas você é tão quente que eu derreti. [...] É seu direito, pelo amor de Deus, ser amada, amor."
** "Não precisa complicar, nosso tempo é curto."
*** "Este é o nosso destino, eu sou seu."

Não respondi. Ele respeitou meu silêncio voluntário e longo, muito longo. Já fazia quase trinta dias que ele mandava diariamente vídeos de músicas, e, apesar de esperar por suas mensagens como uma pessoa na chuva de granizo espera encontrar abrigo, aquele "obrigada" foi a única palavra que dirigi a ele nestes mais de vinte vídeos.

48

I used to be the man for you,
Did everything you wanted me to,
So, tell me, baby,
What did I do wrong...

— WHITESNAKE, "Too Many Tears"

OS DIAS SE PASSARAM, ENGOLIDOS ENTRE A FISIOTERAPIA, AS SESSÕES DE análise e a espera pelos vídeos de Daniel. Dia a dia, eu me sentia um pouco menos morta por dentro. E, depois do primeiro "obrigada", eu sempre enviava a mesma e única palavra para ele. Daniel sempre respondia: "Eu te amo".

Estava lendo com o celular na barriga. Sim, eu tinha voltado a ler. No começo não conseguia ter ânimo ou vontade de me fixar em nada. Mas, com o passar dos dias, a leitura voltou a preencher parte do meu tempo e a ocupar minha mente com outras coisas que não fossem caixas caindo, mundo despencando, dor e desilusão. Lia apenas romances melosos, que de certa maneira me traziam... esperança. O celular vibrou com a chegada de uma mensagem. Eu sabia que era o vídeo do dia. Então abri sem esperar:

VÍDEO 41

A voz de Daniel preencheu meu quarto:

— *Estou com muita saudade, muita saudade mesmo. Queria falar com você, saber como está, ouvir a sua voz, porque... sem você, o meu coração vive um eclipse total.*

Notei que o lugar em que o vídeo fora gravado era diferente. O foco da câmera era mais aberto, e ela não era estática: havia pequenos movimentos. Ele tocou os primeiros acordes no piano e eu reconheci: "Total Eclipse of the

Heart". Logo a voz de uma mulher encheu meu quarto; não uma voz qualquer, e sim a da Natalie. Então entraram guitarra, bateria e uma banda inteira. A câmera alternava o foco, ora em Natalie, ora em Daniel ao piano, mas, quando os backing vocals entraram, comecei a soluçar. Tinha umas trinta pessoas: era parte do corpo do balé cantando e dançando para mim, gelo seco e luzes... Era uma superprodução. No fundo, um telão exibia fotos minhas com meus amigos, com Nathy e com Daniel, intercaladas com frases de carinho de todos que participavam. Quando o vídeo acabou, eu ria e soluçava, segurando o aparelho com tanta força que os nós dos dedos estavam brancos.

Minha mãe entrou, seu rosto estampava a surpresa que ela devia sentir. Eu ainda chorava, ria e soluçava. Ela cruzou o quarto em três passos e me abraçou. Pela primeira vez, em mais de noventa dias, eu me deixei ser abraçada por alguém. Nós duas sabíamos que talvez fosse um passo em direção à cura das sombras que me consumiam.

— Me perdoa, mãe, me perdoa porque eu...

— Shhhh... Obrigada, Nicole — ela disse, me apertando com mais força.

— Eu não sei se algum dia vou conseguir... mas eu... eu quero tentar.

— Vamos tentar juntas.

Concordei. Ela soltou os braços, devagar, e me deu um beijo na testa.

— Eu vou ser grata e amar o Daniel pelo resto da vida pelo que ele está fazendo.

Concordei novamente com um movimento de cabeça. Ela me encarou em silêncio, com lágrimas nos olhos, e pouco depois saiu do quarto.

Sozinha outra vez, deitei na cama e, movida por aquela explosão de emoção, digitei no celular, dessa vez mais de uma palavra:

> Obrigada. Você me fez sentir dentro de um musical brega. Obrigada de verdade.

Um minuto depois, recebi a resposta:

> Estou me recuperando aqui. Foi você quem escreveu isso mesmo? Sou eu que agradeço e, sim, a saudade tem feito o meu gosto musical e as minhas atitudes ficarem um pouco comprometidos. Você é a responsável se eu virar um diretor brega de musical mela-cueca.

Então eu gargalhei e chorei em seguida por estar gargalhando.

> Hahaha. Daniel, você me fez rir e... Meu Deus, obrigada.

> Sério? Você está mesmo rindo? Posso chorar agora? Deixa eu voltar a respirar, depois continuo a escrever. Como você está? Jesus, que saudade!

Respirei fundo, limpei as lágrimas e digitei com os dedos trêmulos. Vencida a barreira do "obrigada", escrever para ele era quase um alívio.

> Eu não estou bem.

> Eu sei, minha Aurora, eu sei que não.

> Mas... quero tentar ficar.

> Vou fazer o impossível para isso.

> Obrigada.

> Eu te amo.

> E você, como está?

> Não estou bem, mas acho que vou ficar também. Agora, por exemplo, estou sorrindo de verdade. Há mais de noventa dias eu não me sentia assim.

> Eu sinto muito, sinto mesmo... por tudo.

> Não faça isso, não me peça desculpa, pelo amor de Deus! Eu não vou aguentar se você se desculpar, vou desmontar. Sou eu, meu amor, quem sinto, sinto tanto por tudo. Te amo.

Não respondi. Ele não insistiu. Entretanto, pela primeira vez em mais de três meses, senti algo que não fosse um buraco negro e vazio dentro de mim. Talvez houvesse alguma esperança pela qual valesse a pena continuar tentando. Talvez valesse a pena tentar voltar a ser feliz.

49

> Just don't give up
> I'm workin' it out
> Please don't give in
> I won't let you down.
>
> — ADAM LAMBERT, "Whataya Want from Me"

TRÊS MESES DEPOIS

Seis meses após o acidente, recebi alta da fisioterapia. Podia retomar as atividades físicas de maneira gradual. Podia até mesmo, com ponderação, dali a alguns meses, voltar a usar o calçado mais importante para os meus pés: uma sapatilha de ponta.

Eu sentia que as sessões de terapia estavam fazendo algum efeito. Na verdade, o que mudou mesmo foi minha vontade de tentar consertar as coisas. Eu vinha conversando com Daniel quase diariamente. Talvez no fim nos tornássemos apenas amigos.

Sentia saudade dele. Não como amigo, mas como o meu Daniel Hunter, meu maestro e o único homem que amei. Admitir que talvez pudéssemos ficar juntos outra vez foi mais uma vitória para mim. Admitir que eu queria ficar com ele foi uma vitória real. Mas eu não tinha certeza... porque fazia algum tempo que Daniel não falava nada sobre nós. No começo, achei que era para não me pressionar, mas agora era possível que ele tivesse desistido, superado, esquecido, e eu não podia culpá-lo nem cobrar nada. Já tinha muitas culpas para lidar, então tentava não me culpar por isso também.

A amizade dele podia não ser bem o que eu queria e, apesar de parecer pouco, eu sabia que era muito, e talvez fosse tudo o que tinha sobrado da nossa história.

Naquela noite, porém, eu tinha outra culpa para resolver. Sentei na cama e digitei o número. Eu sabia que, pelo horário, ela devia estar em casa. Depois do quarto toque, ela atendeu:

— Estou ligando para pedir perdão — soltei, antes mesmo do alô.

Ouvi silêncio e respirações longas do outro lado.

— Ahhh, Nicole, é você? — E um soluço. — Sua vaca, eu achei que nunca mais fosse ouvir a sua voz — ela disse, com a voz quebrada pelo choro.

— Desculpa, minha amiga, me perdoe, eu... Minha cabeça ficou tão ferrada... Acho... acho que ainda está, mas agora pelo menos eu consigo admitir como fui horrorosa com todos que eu amo. Eu te amo, minha amiga.

— Eu também, Nicole. Muito.

— E como você está? Me conta.

— Estou bem, sentindo a sua falta. — Ela suspirou. — O Paul está praticamente morando aqui.

— Eu sabia que vocês iriam acabar assim! Casados?! — perguntei, animada.

— Ainda não. Eu disse para o Paul que só aceitaria me casar com ele quando você voltasse a falar comigo. Porque eu não posso casar sem ter você como madrinha e...

— Ah, amiga, eu sinto tanto.

Nathy fungou.

— O problema é que o Paul tem certeza de que você só vai ficar bem quando se acertar com o Daniel, então esses homens resolveram se unir e sair para beber duas vezes por semana.

— Eles ficaram amigos, então?

— Melhores amigos — Nathy contrapôs e deu risada.

Ficamos por alguns instantes em silêncio.

— A verdade é que... eu estive triste, todo mundo esteve, principalmente o Daniel, sabe? E, admito, acabei também virando bem amiga daquele chato.

— Você? — perguntei, engolindo a vontade de chorar.

— E o Ivo também.

— Jura? — Dessa vez não consegui segurar as lágrimas.

— O Daniel me disse que vocês têm se falado por mensagens.

— Sim, eu... eu sinto muita saudade dele... de todos.

Nathy expirou profundamente.

— Fico muito feliz por você, por ele, por vocês, Ni. Mas juro que, se você ficar tanto tempo sem falar comigo outra vez, eu te mato.

Conversamos por quase duas horas. Eu a amava e sabia que ela sempre seria minha irmã. A única que a vida me deu. Ela prometeu que me visitaria até o fim do ano, e eu disse que iria visitá-la também, algum dia.

50

> I'm not a perfect person
> There's many things I wish I didn't do
> But I continue learning
> I never meant to do those things to you
> And so, I have to say before I go
> That I just want you to know.
>
> — HOOBASTANK, "The Reason"

MEU NOVO HÁBITO ERA PASSAR UMAS TRÊS VEZES POR SEMANA NA FRENTE da minha antiga escola de balé. Dizia a mim mesma que era mais fácil fazer esse caminho para casa, já que o consultório da psicóloga era lá perto. Dizia também que eu me sentia mais segura e confortável percorrendo o mesmo caminho que tinha feito durante anos.

Mas eu sabia por que fazia isso.

Eu queria ver. Era como se lá estivesse uma parte minha. Um pedaço da minha alma guardado, esperando por algo para ser resgatado. Eu não sabia o que era, nem se um dia seria capaz de encontrá-lo. Mas tinha certeza de que, se fosse possível achar esse pedaço, seria ali. Não exatamente naquela escola, mas no balé. Só não entendia como ainda.

Era uma tarde de calor no Rio e, quando fazia esse clima nessa cidade, parecia que todas as fornalhas do centro da Terra trabalhavam juntas ali. O céu estava nu de nuvens, escancarando um azul de inspirar. Em poucos passos, eu estaria em frente ao meu antigo balé.

Nunca passava na calçada da escola, como se isso representasse um risco que eu não podia correr. Naquele dia, atravessei a rua alguns metros antes de avistar a casa antiga onde a escola se instalava. Não entendi o motivo, mas fiz mesmo assim. Uma vez ali na frente, senti meu coração disparar, conduzido pela lembrança de anos. Tudo parecia tão igual. Eu me sentia tão diferente.

306

Engoli o choro que me embolava a garganta.

Dei alguns passos em direção à entrada e, quando percebi, estava lá dentro.

Fui tomada pelos sons que fizeram parte de tudo o que fui e de tudo o que eu era. Uma música tocava à direita; eu sabia que era horário de aula. Movidos pelo balé que ainda respirava em mim, meus pés seguiram a música, o cheiro da casa, o gosto das memórias que nunca seriam apagadas do meu sangue.

A porta estava aberta.

Era uma turma de iniciantes. Crianças entre oito e nove anos de coque, meias, collant e sapatilhas ainda sem ponta. As barras laterais e os espelhos, do chão ao teto, tudo que formava minhas artérias e meus ossos. Que susteve meu mundo.

— *Pas de bourrée* — a professora instruiu. Meus olhos se fecharam em lágrimas quando a vida se acendeu dentro de mim como a chama de uma vela. O coração vibrava nas veias do pescoço e a pele formigava pela emoção de estar ali, envolvida pelo que movia minha alma a querer mais, a se sentir livre.

Estava de olhos fechados quando ouvi:

— Nicole Alves. É você, não é?

Abri os olhos e encontrei uma garotinha que havia saído da barra, parada à minha frente.

— Sim — respondi, com a voz embargada pelo choro.

— Ah, meu Deus, eu sabia! Você... você me dá um autógrafo?

— Oi? — Notei o sorriso no rosto e no olhar da menina, que pareciam cheios de expectativa.

— Eu tenho um pôster seu em cima da minha cama e, quando crescer, quero ser igual a você. Quero dançar tão bem como você.

Levei as mãos à boca e engoli um soluço. As lágrimas desceram pelo meu rosto, impossíveis de deter. Notei a professora pedir um momento à turma e vir até mim.

— Nicole Alves — ela disse e apoiou as mãos nos ombros da aluna —, que honra ter você aqui. — Em segundos a sala, que antes estava em silêncio, foi tomada por um burburinho de alunas cochichando e olhando em minha direção. Em pouco tempo, fui rodeada pela turma inteira, meninas que me cumprimentavam, pediam beijos, fotos, autógrafos.

E ali, cercada uma vez mais pelo que eu fui e ainda era, entendi que o balé, que parecia morto em mim, estava vivo nos sonhos de outras pessoas. O meu sonho semeou outros sonhos, inspirou outros voos... como um dia eu mesma fui inspirada por anjos a dançar.

Cercada de alunas, no meio de sapatilhas e coques, collants e barras de apoio, senti meu coração voltar a bater e enxerguei além da janela as escolhas que a vida sempre nos daria de presente.

308

51

> It feels like there's oceans
> Between me and you once again
> We hide our emotions
> Under the surface and tryin' to pretend
> But it feels like there's oceans
> Between you and me.
>
> — SEAFRET, "Oceans"

— ALÔ, DANIEL. — EU TINHA ACABADO DE SAIR DA ESCOLA. POUCO DEPOIS DAS fotos e autógrafos, Mariana tinha vindo falar comigo. Conversamos por mais de duas horas. Saí de lá e só queria contar para ele.

— Nicole? — A voz dele soou preocupada. Não nos falávamos quase nunca; eu preferia as mensagens de texto, e ele não insistia que fosse diferente. — Está tudo bem? — Daniel perguntou.

— Sim — respondi, entre soluços. — Quer dizer, acho que vai ficar tudo bem.

— O que aconteceu?

— Acabei de sair da escola de balé e... a diretora me convidou para dar aulas. — Ouvi a respiração forte dele, ou era a minha? Continuei sem pensar: — Eu aceitei. — Solucei novamente. — Eu aceitei e acho... acho que vai me fazer bem.

— Nicole... — A voz dele falhou. — Que bom.

— Acho que pode ser um novo começo, não pode?

— Sim. — Ouvi uma respiração longa dele. — É claro que pode, meu anjo, eu sei que pode.

— Começo daqui a quinze dias.

— Você não faz ideia de como isso me deixa feliz.

Eu ainda não tinha processado direito o que havia acabado de acontecer, mas sabia que, se alguém havia me ajudado nesse novo começo, tinha sido ele.

— Obrigada por não desistir — eu disse, querendo sorrir.

— Eu nunca vou desistir de tentar te fazer feliz — ele respondeu,.com a voz ainda mais fraca.

— Eu te amo — falei sem perceber. Acho que foi a primeira vez em seis meses que me permiti dizer isso a ele.

Depois do silêncio, ouvi sua respiração entrecortada.

— Eu também te amo muito.

Desligamos sem prometer ou combinar nada, como vinha sendo desde o acidente. Oferecemos a verdade e, talvez nessa verdade, apesar de nos amarmos, não houvesse mais espaço para nada além disso.

Não consegui ficar triste, porque dentro de mim o mundo voltou a renascer.

52

> But my dreams, they aren't as empty
> As my conscience seems to be.
> I have hours, only lonely
> My love is vengeance
> That's never free.
>
> — THE WHO, "Behind Blue Eyes"

FAZIA MAIS DE DOIS MESES QUE EU DAVA QUATRO HORAS DE AULA TODOS OS dias. E, um mês atrás, tinha voltado a vestir uma sapatilha de ponta.

Tinham se passado oito meses desde o acidente.

Eu conseguia dançar cerca de duas horas diariamente. Meu corpo dava os sinais da hora de parar por meio da dor. Eu sabia que não poderia mais dançar oito ou nove horas seguidas, mas, cada vez que subia sobre as pontas, reconstruía um pedaço de mim que tinha sido quebrado.

A cada aula que dava eu caminhava um pouco mais, não para onde tinha sonhado, mas para um novo horizonte interior.

As conversas com Daniel continuavam. A gente se falava todos os dias pelo Skype, por cerca de duas horas ou mais. Era incrível voltar a vê-lo através da tela do computador. Meu coração achava isso ainda mais incrível; eu continuava apaixonada. Talvez até mais do que já tinha sido, ou achei ser.

Olhei para o computador; era o horário em que costumávamos nos falar. Tinha acabado de ligar o aparelho, e o quadrinho da chamada acendeu.

— Oi, maestro — atendi, animada.

— Olá! Vamos ligar as câmeras?

— Sim.

Vi Daniel preencher todo o computador, o quarto e meu coração.

— Você está linda.

— Obrigada.

— Como está se sentindo hoje?

— Um pouco melhor que ontem. E você?

— Bem melhor do que há cinco minutos.

Meu coração disparava sempre que ele falava algo parecido.

— Hoje estou com o Jean no colo — eu disse.

— Jean? — O cenho dele se aprofundou.

— Diz oi para o Daniel, Jean. — Levantei meu gato do colo e mexi a patinha dele, imitando um cumprimento.

— Oi, Jean. Tudo bem? — Daniel falou, com a expressão mais suave. — É, meu amigo, você é um gato de muita sorte.

— É mesmo?

— O mais sortudo do mundo.

— E por quê?

— Como assim? Por estar no seu colo! Nunca achei que fosse sentir ciúme, ou pior... inveja de um gato.

— Estou com saudade — eu disse, aconchegando o Jean entre minhas pernas outra vez.

— Eu também. — Ele fechou os olhos. — Muita.

— Fui almoçar na casa da tia Lu hoje. Lembra daquela amiga da minha mãe que eu te apresentei outro dia?

— Sim, claro que lembro.

— Se um dia você vier para cá, tem que comer a feijoada que ela faz. É a melhor do mundo.

— Hmmm, vou cobrar, hein?

— Vamos ver *Breaking Bad* hoje? — perguntei, mudando de assunto. Não falávamos sobre o futuro. Como se houvesse medo de estragar o que restava de bom se esse assunto fosse trazido à tona.

Pelo menos eu tinha um pouco de medo dessa conversa, mesmo sabendo que um dia ela seria inevitável. Nós construíamos um vínculo cada vez mais forte e uma cumplicidade cada dia mais viva. Falávamos sobre tudo. Daniel contava o que fazia, eu mostrava fotos das minhas turmas de balé. No dia em que subi sobre as pontas, liguei para ele e dividi aquele momento. Ele fez parte de todo o caminho até ali. Compartilhávamos fotos e mensagens o tempo inteiro. Eu sentia que o amava um pouco mais a cada hora.

— Tudo pronto por aqui. — A voz do Daniel me trouxe de volta ao presente. — Vamos começar a ver?

— Sim.

Nós víamos séries e filmes com o Skype ligado e comentávamos um com o outro. Quando acabou o episódio, apesar de ter sido um dos mais tensos, eu sentia sono.

— E aí, gostou? — Daniel perguntou.

— Muito — respondi em meio a um bocejo.

— Você está bocejando?

— Sim, estou com sono.

— Como você consegue ficar com sono em um episódio desses?

— Não sei. — Sorri.

— Vou tocar para você, pode ser?

— Vou amar. Mas você sabe que...

— Sim, eu sei que você vai dormir.

Vi a câmera em movimento; ele estava indo para o piano.

— Boa noite, srta. Aurora. Eu te amo — ele disse e começou a tocar.

— Também te amo, maestro.

Os acordes de "Ain't No Sunshine", de Bill Withers, embalaram o meu sono naquela noite.

53

> 'Cause all of the stars
> Are fading away
> Just try not to worry
> You'll see them some day
> Take what you need
> And be on your way
> And stop crying your heart out.
>
> — OASIS, "Stop Crying Your Heart Out"

ERA MAIS UM FIM DE MANHÃ DE MUITO SOL E POUCAS NUVENS NO RIO DE Janeiro. Eu estava saindo da escola de balé e ouvi o celular tocar. Tirei rapidamente o aparelho da bolsa.

— Oi, meu maestro — atendi, animada.

— Bom dia, srta. Aurora. Como foi a sua manhã?

— Cheia de minissapatilhas e sorrisos de criança. E a sua?

— Cansativa. Fiz um voo de mais de dez horas e fui direto para uma reunião.

— É mesmo? Que reunião te fez viajar tantas horas?

— Uma na Orquestra Sinfônica Brasileira.

Minha boca secou, meu coração subiu até a cabeça e eu tive que limpar a garganta para conseguir encontrar a voz.

— A sede não é aqui no Rio?

— Sim, srta. Aurora.

— Você está aqui?

— Sim.

— Ah, meu Deus! — Sentei na calçada, porque minhas pernas amoleceram.

Daniel soltou o ar devagar.

— Você... Eu... Hã... Quer dizer, você viria me ver?

Fiquei em silêncio, tentando colocar o coração de volta no peito.

— Nicole?

— Sim, claro que sim. Onde você está?

— No Copacabana Palace.

— Ok. — O coração agora devia estar em algum lugar entre Ipanema e Copacabana.

— Você pode... vir agora? — ele perguntou.

— Agora? Humm, sim... Claro, estou indo aí.

— Então até daqui a pouco.

— Um beijo.

Depois de desligar, tive que ficar sentada por um tempo, equacionando as emoções e a respiração. Pelo visto, a tal conversa sobre o futuro não esperaria mais. A ansiedade, a alegria pelo reencontro e o medo diante da conversa que teríamos me definiam.

54

> You hold me without touch.
> You keep me without chains.
> I never wanted anything so much
> Than to drown in your love
> and not feel your rain.
>
> — SARA BAREILLES, "Gravity"

LOGO DEPOIS QUE DESLIGAMOS, DANIEL ME MANDOU UMA MENSAGEM DIzendo que me esperaria no bar da piscina e que podíamos almoçar juntos. Almoçar? Como? Meu estômago trocou de lugar com as costelas. Acho que eu seria incapaz de comer qualquer coisa pelos próximos dois meses.

Assim que entrei na área do bar, foi fácil encontrá-lo. Ele era um homem grande e absurdamente atraente. De camisa polo e bermuda, era um desses caras que parecem existir só para brincar com o imaginário feminino. Eu achava isso, minhas pernas bambas também, e a meia dúzia de mulheres babando em cima dele concordava.

Porém o que quase me incapacitava não era a tensão sexual que sempre corria entre nós e foi ativada em meu sistema na entrada do hotel, nem sua beleza descomunal, mas simplesmente ele. A presença dele ali, na minha cidade, de surpresa.

Lógico que eu sentia saudade e lógico que eu sabia que era muita, entretanto só me dei conta de que era quase insuportável quando olhei para ele, a dez metros de distância. O Daniel já tinha me visto, levantou da cadeira, abriu um sorriso acaba-com-a-estrutura-e-com-o-equilíbrio e veio até mim de braços abertos.

Não sei quem alcançou quem primeiro; só sei que nos abraçamos antes mesmo de estar juntos. Ficamos em silêncio nos braços um do outro enquanto eu respirava toda a presença dele e minhas células se enchiam de calor e vida. Várias perguntas lotaram minha mente.

Como eu vou dizer adeus quando ele for embora? Como consegui dizer adeus em Londres, há nove meses?

Como respirei durante tanto tempo sem ele? Como pude ser tão fria?

Eu fiquei mesmo muito louca.

Mas agora estava me recuperando, me reconstruindo dia a dia, e a prova de que me sentia melhor era a certeza de que eu morreria outra vez quando ele partisse.

Engoli todas as dúvidas quando seus lábios se demoraram de um jeito carinhoso na minha bochecha esquerda e depois na direita.

— Que saudade — ele disse. — Meu Deus, que saudade eu senti de você!

— Eu também.

Ele segurou meu rosto entre as mãos.

— Você está linda.

— Obrigada — respondi, ainda respirando com dificuldade.

— Vamos sentar? — Ele apontou a mesa com guarda-sol às suas costas.

— Sim.

Fomos de mãos dadas até lá e não soltamos nem depois de sentar.

— Como esta cidade é maravilhosa — ele disse.

Olhei a vista que tomava a extensão frontal da piscina e suspirei.

— Você não avisou que vinha.

— Quis te surpreender.

Sorri e olhei para os meus pés.

— Conseguiu.

Daniel levou minha mão até os lábios e a beijou com ternura.

— Como você está hoje? — perguntou após o beijo.

— Surpresa, feliz, meio tonta... E você?

— Agora? Muito bem.

Meu coração deu um pulo, e disfarcei o calor que sentia nas bochechas.

— Como está tudo em Londres?

— Bem... Igual, eu acho. Você sabe, estou morando exclusivamente lá já faz algum tempo.

— Sim, eu lembro que você contou.

— E acabei não te contando que vendi a mansão. Era muito espaço para uma pessoa sozinha.

— Eu... sinto muito.

317

Ele apertou um pouco mais minha mão.

— Ah, sente?

— Quer dizer, eu entendo, mas você tinha tanto carinho por aquele lugar que eu imagino como deve ter sido difícil.

Ele deu um sorriso torto, daqueles que eu amava e me deixavam sem fôlego.

— Só vou sentir se a reunião de hoje não tomar o rumo que eu desejo.

Meu coração acelerou tanto que eu tinha certeza de que Daniel podia ouvir. Ele era maestro e tinha a audição supersensível, então eu estava certa de que ele escutava.

— Até... hum... quando... — O ar não conseguia cumprir sua função nos pulmões. E, meu Deus, que calor era aquele?

— Oi? — ele perguntou.

Respirei fundo e tentei novamente:

— Até quando você fica aqui?

— Depende.

Ele me olhava intensamente, como costumava fazer.

— Do quê?

— De você.

— De... de mim? — Era isso mesmo? Ele disse que dependia de mim o tempo que passaria no Rio?

— Eu acabei de acertar os termos com a Orquestra Sinfônica Brasileira. Eles... Quer dizer, eu me ofereci para um cargo e eles aceitaram. Fui convidado para ser o primeiro regente. — Ele soltou minha mão e levou os dedos para o meu rosto, descendo até o pescoço e parando em cima da veia que pulsava com o meu coração. Então prosseguiu: — Fiquei de confirmar hoje até o fim do dia se concordo ou não com os termos discutidos.

Engoli em seco, e minha respiração acelerou mais. Queria perguntar tantas coisas, mas... ele tinha acabado de dizer o que entendi que ele disse? Sua mão voltou a segurar a minha, e ele levou a outra até o tampo da mesa. Notei que ela tremia um pouco. Ou era a Terra que tremia?

— Então, Nicole, você acha que eu devo aceitar a proposta deles?

— Eu? — Depois dessa pergunta-intimação, tive certeza de que eu explodiria.

— Sim. Para mim, hum... — a voz dele falhou — só haveria sentido em ficar aqui... — Deu uma risada com a respiração antes de concluir: — Qualquer lugar só tem sentido se você estiver junto comigo.

As lágrimas queriam chegar, mas o coração acelerado não deixou.

— Junto como? — É verdade, eu não raciocinava mais. A boca falava sem que eu comandasse.

Ele tocou meu rosto e disse:

— Como a mulher que eu amo. Como a Aurora da minha vida.

Perdi o ar, e o que restou de mim se transformou em um sorriso. Meu corpo agiu sem comando, assim como minhas palavras. Em dois movimentos, fui para o colo de Daniel, com a boca na dele, reacendendo a chama que nutria e enchia meu coração de alegria.

Ele demorou alguns segundos para reagir. Logo que entendeu o que eu fazia, retribuiu o beijo, devolvendo o ar ao mundo e remendando o que ainda estava quebrado em meu coração. Eu nem sabia que boa parte dele estava fora do peito até ver Daniel aqui, na minha frente.

Paramos de nos beijar, ofegantes e alheios a qualquer plateia.

— Você me devolveu tudo, Nicole. Você é muito mais do que eu imaginei merecer um dia e... eu te amo tanto que hoje sei que milagres existem. — Ele limpou as lágrimas dos olhos antes de acrescentar: — Eu não acreditava mais, só que você, o seu amor, o seu entusiasmo e a sua força me fizeram entender que a vida é muito maior.

Ele respirou fundo; já eu não respirava mais, as lágrimas não deixavam.

— E você é o verdadeiro e maior milagre da minha vida — ele disse e, em seguida, me beijou com devoção.

O mar do Rio de Janeiro, de um azul pacífico, se tornou uma testemunha rubra nessa manhã em que fui beijada. Muito mais que escaldado pelo verão, ele continuava iluminado pela promessa de que Daniel e eu iríamos resgatar os toques negligenciados pela distância e cultivar novos, nascidos pela união da nossa alma muito antes do sim.

55

If I could, then I would
I'll go wherever you will go
Way up high or down low
I'll go wherever you will go.

— THE CALLING, "Wherever You Will Go"

DANIEL COMPROU UMA CASA NO JARDIM BOTÂNICO. NÓS MORÁVAMOS JUNTOS fazia cinco meses.

Era um imóvel de muro médio com árvores altas. Tínhamos frutas no quintal e brisa na rede no fim do dia. Eu retornava para lá com a certeza de ter encontrado não uma construção de cimento e pedras, mas um lar edificado pelo amor que nutria nossos sonhos e semeava raízes além do quintal.

Ele era um amante apaixonado, um amigo de todas as horas e um porto seguro para aguentar tempestades.

Daniel mostrou e reacendeu em meu coração a certeza de muitas janelas abertas e a esperança de tantas outras que os sonhos plantados veem nascer.

Naquela tarde, cheguei em casa um pouco mais cedo que o usual. Eu sabia que era folga dele na orquestra, e ele disse que queria aproveitar o dia comigo.

Abri a porta, cruzando a varanda, e deixei os sapatos tomando sol no degrau antes da entrada. Senti o perfume de alho e azeite. Ele estava cozinhando.

— Oi, meu amor. Hum... isso está com um cheiro delicioso — eu disse, abraçando-o por trás.

Ele virou e pousou os lábios nos meus.

— Você é quem tem um cheiro delicioso. Com fome?

— Ainda não.

— Que bom. Então vamos. — E me puxou pela mão em direção à porta.

— Quero te mostrar uma coisa aqui perto.

— O feijão... — Apontei para o fogão com a cabeça. — Vai queimar.

Ele abaixou o fogo.

— Voltamos logo.

— Ok — respondi, sem ter ideia de aonde iríamos.

Nem perguntei, porque sabia da mania que ele tinha de fuçar coisas e descobrir lugares. Como bom maestro que era, ou melhor, CDF, em cinco meses falava quase fluentemente o português. Fazia questão de tomar caipirinha todo domingo e comer feijoada com frequência regular. Fazia ainda mais questão de dançar um forró pé de serra ou uma valsa do século XIX embaixo do nosso pé de manga toda noite em que as estrelas brincavam de acender o Cristo, o Rio e o céu de janeiro. Eu o amava com todas as minhas forças e com alguma coisa além do explicável.

Duas quadras depois, paramos em frente a uma mansão centenária que eu conhecia de vista e sempre achei belíssima.

— É linda, não é? — Eu tinha certeza de que ele nunca tinha reparado na casa e por isso me trouxera para vê-la.

— É, é mesmo muito bonita — ele disse, batendo nos bolsos de trás da calça. Tirou um molho de chaves, me encarou com um brilho no olhar e um sorriso travesso. — Vamos conhecer?

Nem tive tempo de contestar e fui puxada para dentro da casa.

— O que significa isso, Daniel? — perguntei, achando graça sem realmente entender enquanto subíamos os degraus que levavam à entrada principal.

Ele agarrou uma espécie de tecido que cobria uma forma retangular alguns palmos acima do chão, junto à porta de entrada. Em um movimento rápido, puxou o tecido.

— Significa... isto.

Olhei para ele e para a placa de bronze, que trazia um entalhe de letras grandes e claras:

Fundação Senhorita Aurora
Anjos de Sapatilhas

— O quê? — Meus olhos se encheram de lágrimas.

— Está tudo aprovado pelo governo, já temos o apoio de duas empresas grandes e agora só precisamos encher essa casa de música e de crianças a quem você vai ensinar o amor pela dança.

— Mas como? — perguntei, minhas mãos trêmulas enquanto meus olhos estavam turvos de emoção.

— Eu comprei a casa... e achei que você fosse gostar de ensinar dança para anjos que não tenham oportunidades.

Eu o abracei sem dizer nada e o beijei com afeição. Ele aprofundou o beijo com ternura infinita, e os dedos dos meus pés se curvaram. Por reflexo, passei as mãos em seus ombros e arquejei quando a língua de Daniel foi mais fundo em minha boca. Abri os olhos, me afastando um pouco.

Ele encostou a testa na minha.

— Você quer conhecer lá dentro?

— Ãhã... — concordei, sem fôlego.

— Eu só preciso ir ao banheiro — ele disse, se afastando um pouco. — Me espere aqui, eu já volto.

— Ok — disse e fechei os olhos, emocionada.

— Não entre sem mim, hein? — ele frisou antes de sumir no interior da casa.

Encostei na grade da varanda e olhei, sorrindo, para a casa centenária de cor mostarda com janelas azuis. Inspirei devagar, tentando não chorar. Eu teria uma escola para dar aulas a crianças carentes. As lágrimas encheram meus olhos outra vez. Respirei devagar e ouvi o barulho da fonte perto das árvores no jardim.

Então, outro som preencheu minha percepção: era um piano sendo tocado. Meu coração disparou. Arregalei os olhos quando entendi que o som vinha do interior da casa, eu tinha certeza. Dei alguns passos nervosos e parei no batente da porta principal.

— Daniel, o que vo...? — Parei ao ver uma centena de flores em jarros e luzinhas penduradas do teto ao chão junto a cortinas de tule, que pareciam dançar com o vento, criando uma atmosfera de conto de fadas. Cobri a boca com a mão quando notei que, além de flores e luzes, havia painéis enormes colocados no hall de entrada da casa, montando uma espécie de exposição de fotos. Eram fotos minhas e do Daniel ampliadas, fotos nossas.

— Meu Deus — murmurei, incrédula.

Eu, criança, calçando sapatilhas, e Daniel, criança, no piano.

Meus olhos embaçaram.

Eu na barra, um pouco mais velha, e Daniel tocando violão.

Minhas mãos tremiam.

Continuei andando pelo caminho de fotos, flores e tules.

Eu na apresentação que me levou a Londres, ao lado de uma foto do Daniel regendo em Nova York.

— Santo Deus! — exclamei, depois de fungar.

Sequei as lágrimas com as costas da mão e respirei de maneira entrecortada. Em seguida, vi fotos dos ensaios do balé de *A bela adormecida*, e, em todas elas, os olhos de Daniel estavam em mim. Continuei seguindo o caminho de fotografias, sem conseguir parar de chorar e de rir.

Eram fotos nossas em Londres, depois que assumimos o namoro; no apartamento dele; no teatro; em Notting Hill. Nas últimas, eu dormindo na cama dele. Segui para uma porta dupla que estava entreaberta; era de lá que vinha o som do piano.

Aproximei-me com o coração disparado e as pernas bambas. Agora não havia uma foto, mas um cartaz com algumas frases. Limpei outra vez as lágrimas dos olhos, respirando fundo, e li:

Oi, minha bailarina!
Entre na sala ao lado.
Venha, srta. Aurora, e encha a minha vida com a
luz do seu amor.

Cobri os olhos com as mãos e solucei ao som de uma nova música que começou a ser tocada no piano, e a voz de Daniel fez meu coração rodopiar no peito. Com as mãos vacilantes, abri a porta, e lá estava ele ao piano, cantando para mim, como sempre fez. Cantando a música que ele sabia ser a que eu mais amava na vida.

— *Wise men say only fools rush in but I can't help falling in love with you.**

Ele sorriu para mim antes de prosseguir:

— *Shall I stay? Would it be a sin If I can't help falling in love with you?***

Daniel levantou do piano e deu alguns passos, se aproximando de mim. Eu estava encostada na parede, perto da porta. Minhas pernas tremiam tanto que eu receava não me manter em pé. Ele se abaixou, ajoelhando-se à minha frente.

Eu não conseguia falar nem parar de chorar. Nunca na vida tinha sentido uma emoção como aquela.

Daniel segurou minha mão e a beijou com ternura.

— *Like a river flows surely to the sea, darling so it goes, some things are meant to be.****

---

* "Sábios dizem que só os tolos se entregam, mas eu não consigo evitar me apaixonar por você."

** "Posso continuar? Seria um pecado se eu não puder evitar me apaixonar por você?"

*** "Como um rio flui certamente para o mar, querida, é assim que funciona: algumas coisas estão destinadas a acontecer."

— Eu te amo — sussurrei.

— Nicole — Daniel beijou minhas mãos e tirou uma caixinha do bolso da calça —, você aceita casar comigo?

Pisquei na tentativa de afugentar as lágrimas, que não deixavam meus olhos.

— Sim — respondi, com a voz falha. — Sim — repeti e gargalhei junto ao choro.

Daniel abriu o estojo e deslizou a aliança no meu dedo.

— Eu te amo, minha Aurora.

E agora eu não conseguia parar de sorrir. Ele levantou e me abraçou, beijando meus lábios com o maior amor do mundo, e eu retribuí com todo o sentimento que um beijo apaixonado deve ter.

Sabia que nossa história, assim como qualquer outra, não seria sempre perfeita, que ainda existiriam desafios a ser superados, momentos tristes com os quais teríamos de aprender a lidar e lições a serem absorvidas, mas que, no fim, nós faríamos tudo valer a pena. Sim, eu tinha absoluta certeza de que faríamos.

৵৹

TRÊS ANOS DEPOIS

DANIEL

— Nicole — chamei, entrando em casa.

Tínhamos deixado tudo para a última hora e, naquele momento, no meio da manhã do dia 24 de dezembro, eu carregava as sacolas cheias do que seria a nossa ceia de Natal.

— Meu anjo — chamei outra vez, apoiando as sacolas no aparador próximo à porta.

Era meu terceiro Natal tropical, quer dizer... sem frio. As portas duplas da varanda estavam abertas, e o cheiro doce das mangas que amadureciam no jardim invadia a casa.

— Ni, cheguei com as compras — prossegui, entrando na sala.

Parei ao lado da árvore recém-montada. Nicole tinha decorado o pinheiro com recortes das minhas partituras antigas, amarradas nos galhos com fitas de suas sapatilhas gastas.

"Vamos ter um Natal musical", ela dissera uma semana antes, montando a árvore.

— *My love* — voltei a chamá-la um pouco mais alto. A música na caixa de som respondeu com "Baby It's Cold Outside". Achei graça — lá fora estava qualquer coisa, menos frio.

Já ia levar as sacolas até a cozinha quando reparei em uma caixa grande com laço vermelho sobre o piano de cauda. Abri um pouco mais os olhos ao ver uma plaquinha em cima do pacote, em que estava escrito, com letras enormes: "SURPRESA — ME ABRA, MAESTRO".

Olhei para os lados, respirando fundo, e fui em direção à caixa. Sorrindo como um garoto ansioso, desfiz rapidamente o laço e destampei a caixa. Tinha um embrulho envolto em papéis finos e um envelope com meu nome.

Uma carta, comprovei, com o coração disparado. Ao fundo, "Make Someone Happy", de Jimmy Durante, fez meu pulso acelerar mais. Sem esperar, comecei a ler:

Meu maestro,

Eu sempre acreditei que o Natal é um estado de espírito. Que devemos botar fé nos recomeços e na magia da vida, que viver só vale a pena quando tocamos o coração de alguém e contribuímos com a alegria dos outros. Que o amor é o que faz a vida ser o maior presente de todos.

Sempre acreditei nisso, mas nem sempre consegui fazer isso valer nos meus dias, nas minhas escolhas ou nas minhas palavras. É um desafio e tanto colocar isso em prática todos os dias, não acha?

Engraçado como julgamos uns aos outros. Quase triste, na verdade, nossa inabilidade de nos colocar verdadeiramente no lugar do outro e entender as limitações de quem nos incomoda ou de quem amamos. Então é mais fácil rotular a maneira como as pessoas reagem, o que pensam, como algumas vezes não correspondem ao que esperamos.

Eu te julguei antes de te conhecer, critiquei tanto sua escolha de se manter afastado, de não ter a coragem de dar uma chance para nós, de se fechar para o mundo. Julguei suas dores, suas decisões, seu comportamento. Até um acidente desviar meus sonhos e me fazer passar pelo maior desafio da minha vida: ter que recomeçar, buscar novos sonhos, esquecer tudo pelo que lutei desde pequena.

Acho que eu nunca te disse que só te entendi totalmente e parei de te julgar por completo quando me vi em uma situação parecida com a sua: em que nada mais fazia sentido, a não ser acreditar que tudo estava perdido. E foi assim, você sabe, o tempo do luto. Eu perdi o balé e precisei chorar por ele sozinha durante alguns meses.

Foi somente quando eu encontrei um novo começo que pude deixar para trás a dor e buscar outros sonhos. Novos sonhos. Hoje sei que existem perdas na vida que nunca deixarão de doer um pouco ou de trazer saudade. Eu ainda morro de saudade do balé clássico, acho que sentirei isso para sempre. Talvez o segredo não esteja em esquecer uma desilusão, uma perda, um "não" da vida, algo que traz dor, e sim em colocar esperança nos espaços vazios deixados pelo que se foi e, quem sabe, dar outro significado às perdas.

É muito louco, porque só entendi isso quando parei de reclamar, quando percebi que estava viciada em minha própria dor. Quando parei de questionar o motivo de isso ter acontecido e aceitei.

O maior presente que recebi com tudo o que passei foi aprender a confiar mais.

As pessoas que te amam podem não estar sempre presentes, mas te amarão para sempre. Todos que entram na sua vida têm algo de bom para trazer, seja por meio de aprendizados ou do amor. Quem te ama te aceita e vê em você o seu melhor, mesmo em seus dias sombrios. Quem te ama vê em você a sua parte bonita. A vida sempre trará novos começos. As coisas mudam, mas nossa capacidade de amar e ser feliz sempre estará tão perto como o som do nosso coração batendo.

Aprendi e ainda aprendo todos os dias que amar é fazer os outros felizes. E não estou falando de trabalho filantrópico ou de ajudar centenas de pessoas. Pode ser apenas uma.

Uma pessoa é um universo inteiro.

E, Daniel, você me faz a mulher mais feliz do mundo.

Você nunca deixou de insistir em tentar me fazer feliz, mesmo quando eu estava triste demais e parei de fazer feliz quem estava ao meu lado.

Senti os olhos embaçarem com lágrimas e engoli a emoção antes de voltar a ler:

Acho que o espírito do Natal tem a ver com isto: fazer os outros felizes. Lembrar como somos felizes e agradecer por isso. Às vezes a loucura do mundo, os desafios da vida nos fazem esquecer... Sua *música seu amor me lembram de tudo o que faz sentido, por isso fiz questão de colocar a caixa sobre o piano.*

Sua música traz beleza e alegria para o meu mundo. Acho que tudo o que fazemos com alma tem esse dom mágico de nos lembrar do que realmente importa.

Há vinte dias, passei das doze semanas de gestação, e hoje existem dois corações a mais batendo dentro de mim, me lembrando a cada minuto de como você me faz feliz. De como eu sou feliz.

Hoje é Natal, meu amor, e o maior presente é a vida.

Eu te amo,

Nicole

Dei um suspiro trêmulo ao pousar a carta no tampo da caixa.

— Feliz Natal, meu amor! — A voz de Nicole chamou minha atenção. Ela estava em pé ao meu lado, apoiando a mão direita no piano.

— Eu não te vi chegar — falei com voz fraca.

— Abra o restante do presente — ela pediu, apontando para a caixa.

Tomei impulso para abraçá-la.

— Vamos — insistiu ela —, estou esperando há dias...

Franzi o cenho, curioso, e peguei o pacote de dentro da caixa. Desfiz o embrulho, um pouco atrapalhado, e encontrei uma minibatuta e uma sapatilha bem pequena.

— O que...? — comecei a perguntar e parei, de queixo caído, ao ler o que estava escrito na lateral da batuta e no interior da sapatilha: "É um menino" e "É uma menina".

Com o pulso acelerado, coloquei as coisas dentro da caixa de uma vez.

— Você disse que não tinha dado para ver no último ultrassom. — Os olhos dela se encheram de lágrimas, ou foram os meus?

— Eu menti... Queria fazer uma surpresa, um presente de Natal.

O mundo inteiro sorriu e ficou mais claro, vivo, feliz. Avancei para cima dela e a abracei com força, beijando-a na testa, nas bochechas e nos lábios repetidas vezes.

— Eu te amo. Você é meu maior presente.

Nicole inclinou o pescoço para trás, afastando-se um pouco.

— Vamos começar a fazer a ceia, senão... — ela disse, e eu a peguei no colo sem aviso, surpreendendo-a. A ceia teria que esperar. — Daniel, nós precisamos...

Beijei-a com paixão.

— Depois — disse, indo em direção às escadas.

— Mas...

Coloquei o indicador em cima dos lábios dela.

— Quero que todos os meus Natais sejam assim, com você nos meus braços, por toda a minha vida.

Ela apoiou a cabeça no meu peito, concordando em silêncio, e a música, soando nas caixas de som, não me deixava esquecer que eu viveria o resto da vida com o propósito de fazê-la feliz.

Love is the answer.
Someone to love is the answer.
Once you've found her
build your world around her.
Make someone happy.
Make just one someone happy
and you will be happy too. *

---

* "O amor é a resposta. Alguém para amar é a resposta. Quando a encontrar, construa o seu mundo ao redor dela. Faça alguém feliz. Faça apenas um alguém feliz e você será feliz também."

Epílogo

HÁ SEIS ANOS EU DANÇO NA PRINCIPAL COMPANHIA DE BALÉ MODERNO DO Rio de Janeiro. Ninguém disse que eu não poderia mais dançar, apenas que não poderia mais calçar uma sapatilha de ponta por muitas horas seguidas. Mas sabe de uma coisa? O balé contemporâneo quase não precisa de pontas.

Demorei algum tempo para me ligar nisso e para entender que a dança nunca me abandonaria. Já minha alma demorou um tempo para encontrar outro caminho de expressão. Só que eu encontrei. Achava que nunca mais sentiria um palco sobre os pés, e agora? Estava me arrumando para entrar no Teatro Municipal do Rio de Janeiro, em uma apresentação especial, em que comemoraríamos o sexto aniversário da Fundação Senhorita Aurora. E eu não dancei apenas ali, também já havia passado por alguns dos principais palcos do mundo, como sempre sonhei. Não exatamente como sonhei, mas com certeza como meu coração sempre quis.

Entendo hoje que os sonhos nunca nos abandonam, somos nós que desistimos deles. E fazemos isso porque, na maioria das vezes, as coisas não saem como esperamos, como planejamos. Porque temos medo de fracassar. Hoje sei que os desvios de caminho que enfrentamos nos levam exatamente aonde devemos chegar. E que Deus, a vida ou o universo nos entrega aquilo que pedimos e queremos, só que muitas vezes isso acontece de maneira um pouco diferente daquela que imaginamos. Entendo também que o que nos mata e nos tira a alegria não são os imprevistos e os desafios que precisamos superar, e sim nossa dificuldade de encontrar, nos caminhos inesperados, os sonhos e os presentes que estão ali, apenas esperando por nós.

Miro a foto da minha família na tela do celular. Sem dúvida nenhuma, eles são o maior presente que já recebi: Daniel e nossos dois filhos, a pequena Natalie e seu irmão Dante, que completaram três anos na semana passada. Comigo ao lado. Sorrio ao lembrar que eles estarão sentados em uma das fileiras da frente, com minha mãe e os padrinhos dos dois: Nathy e Paul.

Uma vez por ano, Natalie vem nos visitar. E, como nós também vamos para Londres com frequência, não dá nem tempo de sentir saudade.

Olho para o lado e vejo meu grupo de dança se arrumando para entrar no palco. É uma noite especial: a orquestra sinfônica vai tocar para os alunos da fundação dançarem, e o corpo de balé moderno do Rio vai dançar junto. É uma noite de gala, patrocinada pelos nossos investidores e com apoio do governo.

Retoco o batom, e minhas mãos tremem um pouco. Culpa da adrenalina presente antes de qualquer apresentação. Só que essa em particular faz meu coração disparar mais que o normal. Daniel estará em cima do palco, ele e uma guitarra, acompanhado pela orquestra. O número foi ideia do meu marido e de um amigo que produz o espetáculo do Cirque du Soleil em Las Vegas. Eu vou dançar "While My Guitar Gently Weeps" e...

— Mamãe? — Viro em direção à voz conhecida.

É a minha menininha que acaba de entrar no camarim segurando um arranjo de flores maior que ela.

— O papai mandou pra você — ela diz e estende o arranjo.

Pego o buquê, sentindo as lágrimas encherem meus olhos.

— No fim, você realmente conseguiu domar a fera — Natalie, minha amiga, brinca, sorrindo.

Coloco o ramalhete sobre a mesa, levanto e abraço as duas.

Nathy segura a mão da minha filha.

— Merda pra você — ela me diz antes de sair. Depois se afasta enquanto explica para minha filha: — Vamos voltar para os nossos lugares, daqui a pouco a campainha toca e estaremos aqui dentro e...

A voz da minha amiga se perde pelos corredores atrás do palco. Vou até a bancada e pego o cartão que veio com as flores. Abro o envelope branco. Antes mesmo de ler, já estou emocionada:

Srta. Aurora,
Para te lembrar que você é a bailarina mais amada do mundo. Para te lembrar também que, apesar de a plateia estar lotada, com centenas de pessoas admirando os seus movimentos, mais uma vez eu vou tocar só para você.
Para sempre seu,
Daniel Hunter

Nota da autora

Atenção: Contém spoilers!
Recomenda-se ler esta parte somente depois de terminar o livro.

Quando decidi escrever sobre o relacionamento de um casal sorodiferente — ou sorodiscordante —, não imaginava quanto aprenderia e me envolveria com essa questão, que hoje, graças a este romance, enxergo com mais profundidade.

Mergulhei em um intenso processo de pesquisa: li vários estudos publicados, conversei com médicos infectologistas e com pessoas que vivem essa realidade. Fiz isso para poder embasar a minha história em dados científicos e reais.

O casal sorodiferente citado pelo Paul — médico e namorado da Natalie —, que vive junto há anos e tem filhos, foi um dos relatos verídicos que encontrei durante este trabalho. Sim, hoje é possível, por meio da reprodução assistida, casais sorodiferentes (especialmente na combinação de homem soropositivo e mulher soronegativo) terem filhos sem HIV. Os filhos do Daniel e da Nicole são gêmeos, o que tem mais chance de acontecer quando se realiza a inseminação artificial.

Neste livro, Daniel se trata com os novos antirretrovirais, assim mantém a taxa de vírus no sangue praticamente zerada, o que, para pacientes que se cuidam (mantêm uma alimentação saudável, fazem exercícios e não se estressam), pode significar uma vida bastante longa e com qualidade. Daniel teve o diagnóstico precoce e, se mantiver o tratamento correto, isso pode igualar sua expectativa de vida à de pessoas sem HIV. Devo mencionar que os principais problemas de saúde de soropositivos decorrem atualmente dos efeitos colaterais por causa do uso prolongado dos medicamentos, e não da doença em si. Eles podem variar de pessoa para pessoa, de caso para caso. Existem pacientes que, mesmo se tratando há muitos anos, não sofrem efeitos adversos ou colaterais.

Nicole fala de se sentir segura com Daniel. Isso também provém da minha pesquisa com médicos infectologistas. Além de Daniel sempre usar preservativo, o fato de ele se tratar com os mais modernos antirretrovirais, mantendo assim a taxa de HIV indetectável, diminui consideravelmente o risco de contágio caso a camisinha fure ou rasgue durante a relação sexual. Além disso, "a PrEP Oral [tratamento oral pré-exposição] baseia-se no uso de medicamentos ARV para a prevenção da aquisição do HIV e sua eficácia parcial foi demonstrada entre homens que fazem sexo com homens (HSH) e heterossexuais. Intervenções de prevenção biomédica, como a PrEP, têm um grande potencial, especialmente se combinadas a testagem anti-HIV ampliada (mensal ou trimestral), diagnóstico e vinculação ao tratamento daqueles identificados como infectados pelo HIV".[*]

Mesmo assim, nesta história, Daniel faz exames mensais ou trimestrais para checar a taxa de vírus no sangue, e Nicole sabe que terá de fazer exames a cada três ou seis meses, para ter certeza de que os métodos preventivos estão dando os resultados esperados. É um modo de se sentir mais seguro para viver essa realidade.

E há esperança de que as coisas possam ficar ainda melhores, pois mais de quarenta novos remédios e vacinas estão em teste atualmente no mundo. Há, para o meio científico, uma boa expectativa de que a cura do HIV não esteja muito distante de ser alcançada.

Gosto de acreditar que Daniel é um dos afortunados, que terá uma vida longa e saudável e nunca manifestará a doença. Também gosto de acreditar que em breve teremos a cura e a vacina para a aids, e que os trinta milhões de pessoas que vivem com HIV hoje no mundo poderão ver isso se tornar realidade em um futuro não tão distante.

Pude perceber que, apesar de todo o avanço da ciência com relação ao tratamento e à diminuição do risco de contágio, um dos grandes problemas ainda enfrentados por pessoas que vivem com HIV é o medo de revelar sua condição, assim como acontece com Daniel. O temor da rejeição, do preconceito, de ficar sozinho e de se tornar "a doença", e não mais um ser humano que, por infelicidade da vida ou de suas escolhas, contraiu um vírus.

Volto a frisar que, mesmo diante dos grandes avanços com relação ao tratamento e à prevenção, e apesar de poder ser controlada (na maioria dos casos) e não ser mais fatal, a aids é uma doença crônica, e a maneira mais eficaz de

---

[*] Fonte: <http://prepbrasil.com.br/entendendo-a-prep/>. Acesso em fevereiro de 2018.

evitar o contágio ainda é o sexo seguro, com uso de preservativo, e a combinação de métodos preventivos em caso de relacionamentos sorodiferentes.

Desejo de coração que a informação seja a melhor arma contra qualquer tipo de preconceito e que o amor seja sempre o maior aliado em todas as escolhas da nossa vida.

Com carinho,

Babi A. Sette

Agradecimentos

Este livro só existe, só chegou até vocês, graças à contribuição de muitas pessoas.

Agradeço demais, muito mesmo, aos meus leitores amados, que transformam os sonhos dos meus personagens em realidade. Foram vocês que me incentivaram a tirar esta história da gaveta e são vocês que me inspiram a continuar.

Ao Grupo Editorial Record e a toda a equipe da Verus Editora, por abraçarem esta história com tanto amor e pelo lindo trabalho feito nela. É tão bom caminhar com vocês no universo literário. Minha eterna gratidão. Ana Paula Gomes, que trabalho sensacional foi feito neste livro. Você é a minha ninja das palavras. Obrigada por tudo.

À Guta, minha agente querida, e às meninas da Increasy. Vocês tornam o caminho muito melhor, mais divertido e mais fácil. Obrigada por apoiarem este livro e por me apoiarem sempre.

Ao meus leitores beta e primeiros apoiadores de cada livro. É fundamental contar com a vibração, os retornos e a ajuda de vocês durante todo o processo. E, além de tudo, ainda ganhei amigos para a vida! Isso é mais do que mereço. Eu, meus personagens, minhas histórias e eu (*risos*) agradecemos demais. Amo vocês.

À Cinthia Freire, autora tão talentosa que eu tenho a sorte de chamar de amiga. Foi o seu carinho por esta história que a ajudou a se tornar o que é. O Dani é muito seu... Você sabe, né?

A cada leitor que me indicou músicas incríveis, tendo participado ou não da lista do livro. Vocês são os melhores e me garantiram música boa por pelo menos um ano inteiro.

Às centenas de pessoas que me deram um retorno, publicando resenhas, posts, recados e mensagens apaixonadas durante os quarenta dias em que esta história ficou disponível na plataforma de autopublicação. Vocês não têm ideia de como me fazem feliz. Obrigada por todo o amor. Daniel e Nicole são de cada um de vocês.

Marina Ávila, obrigada por ser a melhor capista do mundo.

Pai, foi o seu amor pelas palavras que despertou em mim o melhor que posso ser. Porque, quando escrevo, eu me torno a minha melhor parte. Eu te amo.

Malu, você foi a primeira leitora-ouvinte de *Senhorita Aurora*. Eu me lembro da sua vibração. Nunca vou esquecer o desenho do Daniel e da Nicole que você fez pouco depois. Você ainda é pequena para entender que a mamãe precisou pular certas partes quando te contava a história, mas cada reação sua vai ser lembrada para sempre. Em breve poderei ler este livro na íntegra para você. Não vejo a hora. Você é minha maior criação. Te amo demais.

E, por fim: lembro até hoje a noite em que Nicole e Daniel nasceram. Eu estava jantando com meu marido e meus pensamentos iam longe.

— O que foi? — ele quis saber.

— Uma bailarina e um maestro querendo nascer — respondi, distante.

— Humm, legal.

— Ele é cego.

— Sério? — meu marido perguntou, surpreso.

— Não... não é isso. Ele tem alguma coisa, mas não é cegueira, eu só não sei ainda o que é.

— Câncer?

— Não — respondi. — Deixa, uma hora vem.

— E se ele tivesse...

E o resto você sabe. Obrigada por me inspirar todos os dias e por acreditar na vida dos meus personagens tanto ou mais do que eu. Te amo cada dia mais.

E, meu Deus, muito, muito, muito obrigada por me inspirar a contar histórias. Eu amo fazer isso, com todo o meu coração e com toda a minha alma.

Impresso no Brasil pelo Sistema Cameron da Divisão Gráfica da
DISTRIBUIDORA RECORD DE SERVIÇOS DE IMPRENSA S.A.

Marina Ávila, obrigada por ser a melhor capista do mundo.

Pai, foi o seu amor pelas palavras que despertou em mim o melhor que posso ser. Porque, quando escrevo, eu me torno a minha melhor parte. Eu te amo.

Malu, você foi a primeira leitora-ouvinte de *Senhorita Aurora*. Eu me lembro da sua vibração. Nunca vou esquecer o desenho do Daniel e da Nicole que você fez pouco depois. Você ainda é pequena para entender que a mamãe precisou pular certas partes quando te contava a história, mas cada reação sua vai ser lembrada para sempre. Em breve poderei ler este livro na íntegra para você. Não vejo a hora. Você é minha maior criação. Te amo demais.

E, por fim: lembro até hoje a noite em que Nicole e Daniel nasceram. Eu estava jantando com meu marido e meus pensamentos iam longe.

— O que foi? — ele quis saber.

— Uma bailarina e um maestro querendo nascer — respondi, distante.

— Humm, legal.

— Ele é cego.

— Sério? — meu marido perguntou, surpreso.

— Não... não é isso. Ele tem alguma coisa, mas não é cegueira, eu só não sei ainda o que é.

— Câncer?

— Não — respondi. — Deixa, uma hora vem.

— E se ele tivesse...

E o resto você sabe. Obrigada por me inspirar todos os dias e por acreditar na vida dos meus personagens tanto ou mais do que eu. Te amo cada dia mais.

E, meu Deus, muito, muito, muito obrigada por me inspirar a contar histórias. Eu amo fazer isso, com todo o meu coração e com toda a minha alma.

Impresso no Brasil pelo Sistema Cameron da Divisão Gráfica da
DISTRIBUIDORA RECORD DE SERVIÇOS DE IMPRENSA S.A.